U0854873

PHILIP ROTH
菲利普·罗斯全集

I Married a Communist

背叛

[美] 菲利普·罗斯 著
魏立红 译

上海译文出版社

philip
Roth

献给我的朋友兼编辑维罗妮卡·耿（1941—1997）

在家乡我听过许多歌曲——

快乐的忧伤的曲子。

有一首深深印在我的记忆里：

大众工人之歌。

嘿，抬起棍子，

嘿——嗬！

一起用力拉，

嘿——嗬！

——《伐木歌》，俄罗斯民歌

由苏联红军合唱团及乐团

于19世纪40年代在俄罗斯表演录制

第一章

我高中第一位英文老师默里是艾拉·林戈尔德的哥哥，我是经过默里结识了艾拉。一九四六年，默里刚退伍，阿登战役中他在第17空降师服役。一九四五年三月，他参与著名的莱茵河空降战，打响欧洲战场最后一场战役。那时，默里脾气暴躁，性急，秃头，个子没有艾拉高，四肢颀长，结实，时刻警觉地守着我们。他对人态度举止毫不做作，讲起话来则是口若悬河，智识近乎令人生畏。默里最喜欢作释义剖析，让我们去领悟，凡我们谈及的论题，他都一一细细分解，达其要素，那种精细不亚于他在黑板上图解分析句式。他独到的是让知识的求索生动起来，即令是对我们的阅读和写作做严谨分析，口头讲授解析时，也充满叙事魅力。

林戈尔德先生带进课堂的是他的健壮体格和过人智力，他的课堂氛围自然、开放，对我们这帮听训守礼的孩子来说，不啻为一种启蒙，日后我们才领悟到，遵守老师制订的行为规范，与心智发展其实风马牛不相及。题若答得不对，一只黑板擦就迎面飞来，他这特别的癖好，意义之重大，怕是他自己也没想到。也许并没有。也许林戈尔德先生心中有数，我们这些孩子，要学的不仅是如何精准表达及培养对语言的敏锐触觉，还应学会如何能活跃却不愚鲁，如何不会过于内敛或过度恭敬，如何在对聪明孩子威慑最深的体制规矩中，解放自己的阳刚生命力。

在默里 · 林戈尔德这样的高中男教师身上，人们能感受到男性的力量，不为宗教虔诚所规正的男性权威；在默里 · 林戈尔德这样的高中男教师身上，人们能看到其职业的神圣意义，他不曾迷失于美国式漫无边际飞黄腾达的梦想，他与学校里那些女教师不同，他本来做什么都可以，却选择了做教师，以此为终生事业。他整日孜孜以求的是与他能够影响的青年人相伴，并以青年人的回应为平生至大乐趣。

他大胆的教学风格给我的自由观刻下的印记在当时并不突显。孩子不太会那样分析学校、老师和自己。但我对自立的希冀则是在那时萌芽，大抵是由于默里的榜样，我把这点对默里讲了，那是在一九九七年七月，一九五〇年我高中毕业后第一次遇到默里。他已九十高龄，风采一如当年，实实在在，既无自嘲亦不做作，为学生演示他特立独行的格言“管他的”，他教给学生，越界违规，无须成为阿尔 · 卡彭，只须思考即可。“人类社会里，”林戈尔德先生教我们，“思考是最伟大的逾越。”“批、判、式、思、维，”林戈尔德先生指节叩桌，一字一顿说道，“是终极颠覆。”我对默里讲，中学起就从他这样的男子汉嘴里听到此话，看到他亲身演绎，这给我的成长提供了最珍贵的指示。我这样一个小地方的高中生，没经过风雨，心性又高，追求理性，向往着有所作为和自由自在，对当年默里的话虽似懂非懂，却紧握不放。

默里则把我少年时所不知道、也不可能知道的他弟弟的个人生活全讲给我听，那是困苦厄境，闹剧充斥其间。艾拉去世已有三十多年，默里仍不时为此陷入沉思。“那些年，成千上万的美国人毁了，为了信仰，成为政治牺牲品，历史牺牲品，”默里道，“但我不记得有谁是像艾拉那样被击垮的。没有倒在他会为自己选择的伟大的美国战场上。或许，不论意识形态、政治和历史如何，真正的灾难，其本质总是个人的平庸化吧。生活它使人平凡琐碎的功力可是不容置疑的。生活它剥夺人的意义，使人的尊严傲骨荡然无存的手段信手拈来，不由得人不折服。”

我问起默里他的经历，他也说了他被剥夺意义价值的经历。他的事我知道个大概，细节知道得不多，因为我在一九五四年大学毕业后也参了军，有多年不在纽瓦克，而默里所受政治迫害是从一九五五年五月才开始。开头，我们聊的是默里，直到下午将尽，我问他可愿留下来共进晚餐。此时，他才仿佛与我有了共识，认为我们的关系更亲近了一层，接下来坦率谈谈他弟弟的事儿也没什么不妥。

我住在新英格兰西部，附近有一所叫雅典娜的小型学院，为老年人开设为期一周的系列暑期课程。九十岁的默里报了一门课，题目宏大：《千禧年之莎士比亚》。他周日抵达那天，我在镇上碰到了他，我没认出他，幸好他把我认出来了。就这样，我们一起度过了六个夜晚。就这样，往日再现，寄身于老人，他从不会为自己的不幸遭遇多想一分一秒，除了正经话题，仍不愿将时间虚掷在空谈上面。时光将他昔日健壮体格吞噬得一干二净，但他那股鲜明的执拗劲儿使他仍有坚毅饱满的风骨。望着默里以他坦荡严谨的态度谈着，我想，这就是了——人类的生命力。这就是坚韧的生命力。

一九五五年，广播上宣布将艾拉列为共产分子黑名单后近四年，默里因拒绝配合众议院非美活动调查委员会在纽瓦克的四天听证会，被教育局解聘教职。后来复职，但是在历经六年诉讼后，才终以州最高法院五对四的裁决得以复职，补发工资，不过要扣除六年来他做吸尘器推销员养家的收入。

“不知道还能干什么，”默里微笑道，“就卖吸尘器吧。挨家挨户，把满满一缸烟灰倒在地毯上，再给人家吸干净。给人家把整座房子都吸一遍。这样才能卖掉吸尘器。那时候我把新泽西一大半的房子都吸过尘了。内森，有不少人对我不错的。我妻子常生病，要花钱治病，我们还有个孩子，照顾我生意的真不少，吸尘器我卖给了不少人。多丽丝也不管她脊椎有毛病又去上班了。回到医院实验室工作。做验血工作。后来当上实验室负责人。那时还未区分技术工作和医学研究，多丽丝全都做：抽血，做抹片。操作显微镜非常耐心非常细致。受过专门训练。观察力敏锐，做事精准，知识渊博。贝斯以色列医院就在我们家对面，她穿过马路就回家了，穿着实验服做饭。据我所知，从来只有我们家是用实验室烧瓶放色拉酱的。爱伦美氏瓶。用移液管拌咖啡。家里所有玻璃用具都来自实验室。我们穷困潦倒的时候，是多丽丝在撑着。一起对付过来了。”

“他们找上你是因为你是艾拉的哥哥吧?”我问他，“我一直这么以为。”

“我也说不准。艾拉认为是。但他们找上我，也可能是因为我的所作所为从来都没按教师该有的那样吧。也许即便没有艾拉，他们还是会找上我。起初我可是个狂热分子，内森。满腔热情，要树立教师职业的尊严。这可能是最让他们耿耿于怀的。我开始教书的时候，教师受到何等轻侮，你不会相信。给当成孩子一样。上级告诉你什么，什么就是法律。不容置疑。几点钟到，按时考勤。在学校要待那么长时间。下午和晚上还随时有差事，虽然合同里并没有。各式各样的破事儿。让人觉得被彻底轻视。

“我投入组织工会的工作，很快升到委员会领导层，任执行委员。我讲话没顾忌，我也承认，有时候不假思索。我认为自己什么都明白。我关注让教师获得尊重，付出的劳动获得相应的尊重和合理的报酬，等等。教师的薪水、工作条件、福利，都有问题。

“教育厅长跟我关系不怎么样。我是反对升他做厅长的主力。我支持另一个人，那人输了。我从不掩饰对这混蛋的反对，他恨透我了。一九五五年，该来的终于来了，我被传唤去市里联邦大楼，参加众议院非美活动调查委员会会议。去作证。主席是议员沃特。同来的还有两名委员会成员。三人从华盛顿来，带着律师，调查共产党在纽瓦克市各方面的影响，主要调查他们所谓在工会和教育界的‘共党渗透’。那时这股听证风席卷全国，底特律，芝加哥。我们料到这会来的。躲不过去。他们在一天内拿下了我们教师，最后一天，五月一个周四。

“我作证时间五分钟。‘你现在是不是或者曾经是……？’我拒绝回答。为什么不回答呢？他们说。你没什么可隐瞒的吧。为什么不坦白交待呢？我们搜集情报而已。此行别无其他目的。我们是立法的。不是惩戒机构。诸如此类。但是据我对《人权法案》的理解，我的政治信仰与他们无关，我就这么跟他们说的，‘不关你们的事儿’。

“那周前几天，他们找上了电业工会联合会，艾拉在芝加哥时候的工会。周一晚上，联合会一千名会员包车，从纽约赶到调查委员会入住的罗伯特崔特酒店外抗议示威。在《星纪报》笔下成了‘敌对势力反对国会调查，发起入侵’。不是由宪法赋予权利的合法示威，而是入侵，希特勒对波兰和捷克斯洛伐克那种入侵。委员会有位国会议员对媒体指出，很多示威者用西班牙语喊口号，在他看来，这证明示威者对自己手上牌子写的什么并不明白，只是愚昧地当了共产党的‘傀儡’。这位议员对自己言论里暗含的‘非美’态度丝毫不觉惭愧。纽瓦克警局‘反颠覆队’已将游行者监控起来，对此他深感宽慰。车队回纽约途中经过哈得孙县后，那边某警察据称曾放话：‘我要是知道这帮人是赤色分子，早就把他们全关起来了。’周四第一个传讯我时，当地的气氛就是这样的，媒体报道就是这种基调。

“我那五分钟快结束的时候，对于我的拒绝配合，主席说他很失望，我这样的教育背景和见识，居然不愿协助国家安全部门的调查。我默不作声。我仅有一次对抗，是有个家伙最后来了一句：‘我质疑您的忠诚。’我就说：‘我也质疑您的。’主席称，如果我继续‘中伤’委员会成员，就赶我出去。他说：‘我们不必坐在这里听你诽谤。’我说：‘我也不用坐这儿听你们诽谤，主席先生。’就这样。律师低声示意我别说了，我的听证就这么结束了。可以离席了。

“我起身要走，有个议员叫住我，估计是要激我犯下藐视听证会的错，他说：‘你怎么能拿着纳税人的钱，效忠共产党去教苏联那一套？

你怎么能身为自由个体，听共党驱遣教他们那套？为什么不退党弃邪归正？我恳请你，回归美国生活吧！’

“我可没上钩。我没告诉他们，我教的不过是作文与文学，没受任何人的摆布支配。然而最终看来，我说什么和没说什么也无关紧要。当晚，《纽瓦克新闻》体育版头版刊登了我的头像，头像下有个大标题：‘共党调查证人拒绝配合’，下面写着：‘“你的假话我们不信。”调查委员会告知纽瓦克教师。’

“委员会里有个纽约州国会议员，布赖登·格兰特。你记得格兰特夫妇吧，布赖登和卡特里娜。美国人都知道这对夫妇。我们林戈尔德家就是格兰特夫妇手下的罗森堡夫妇。这个精于社交的小子，恶毒的家伙，毁了我们家。你知道他为什么这么做吗？因为，有天晚上，艾拉和伊芙在西十一街办聚会，格兰特偕夫人参加，聚会上艾拉跟格兰特顶上了，以艾拉独有的那种方式。格兰特是韦纳·冯·布劳恩的同僚，或者说艾拉认为他是，艾拉对他猛烈抨击。格兰特这人，一看就是那种矫情的上层人士，让艾拉厌恶至极那种人。他夫人写那些妇人爱读的流行言情小说，格兰特那时还给《纽约新闻报》写专栏。在艾拉眼里，格兰特就是滥享特权的化身。他受不了格兰特。格兰特一举一动都让他厌恶，格兰特的政治观点也让他憎恶。

“两人吵得很激烈。艾拉大吼，大骂格兰特。艾拉始终认为，那晚以后，格兰特与我们结下了怨。艾拉是不掩饰自己的，本色做人，不加保留，不找托辞。对你那是他的魅力，仇敌恨他的也正是这一点。格兰特就是他的仇敌之一。那晚就吵了三分钟，但据艾拉认定，这三分钟决定了他和我的命运。他侮辱了尤利西斯·辛普森·格兰特的后裔，哈佛毕业生，威廉·伦道夫·赫斯特的员工，更别提还是一九三八年及一九四二年最畅销的《艾洛伊斯和亚伯拉德》和《加利莱奥之恋》的作者的丈夫。我们完了：艾拉公然辱骂布赖登·格兰特，挑战的不只是这丈夫无可挑剔的资历，还有他夫人那万事都要占理的心气儿。

“现在想想，我也吃不准是不是都要怪那晚的事儿。当然了，格兰特滥用职权并没有逊于其他尼克松同党。他进国会前给《纽约新闻报》写专栏，一周三次，写百老汇和好莱坞的八卦，穿插一些抹黑埃莉诺·罗斯福的内容。格兰特的公共服务事业是这么起步的。凭此在非美活动调查委员会占了一席。早在社会新闻演变到今日这般红火之前，他就开始写社会新闻专栏了。最早入行，在伟大先驱的黄金时代。那些人，有乔利·尼克博克，温切尔，埃德·沙利文，厄尔·威尔逊，戴蒙·鲁尼恩，鲍勃·康西丁，赫达·霍珀。这伙人里头，格兰特是势利的那个。他不是街头混混，不是底层犯罪分子，不属于混迹沙地、布朗德比或斯蒂尔健身房的那些花言巧语消息灵通人士，他是上层，泡在壁球俱乐部那伙的。

“格兰特写专栏起家，专栏名为‘格兰特内幕’，后来呢，你记得的吧，他差点当上尼克松的白宫幕僚长。格兰特议员颇受尼克松青睐，和尼克松一样坐镇非美活动调查委员会。要了不少尼克松总统在众议院的那种强硬施压的手段。我记得一九六八年尼克松新内阁提名格兰特任幕僚长，后又放弃，太可惜了。尼克松最错误的一个决定。如果尼克松发现，在掩盖水门丑闻行动上假如不用霍尔德曼而用格兰特这个波士顿上层庸才，政治上会有多少好处的话，格兰特的仕途说不定就是以入狱告终了。布赖登·格兰特在狱中，夹在米切尔和埃利希曼中间的牢房。格兰特的坟墓。可惜永远不会了。

“白宫的录音里能听到尼克松对格兰特大加赞赏。录音文稿里有。‘布赖登立场正确，’总统对霍尔德曼说，‘强硬。什么手段都敢用。任何手段。’他对霍尔德曼说起，关于对付政府的敌人，格兰特奉行的格言是：‘用媒体整垮他们。’这位醉心诽谤热衷诋毁的总统随后赞赏补充道：‘布赖登有杀手的直觉。没人的活儿能做得比他漂亮。’

“格兰特议员于睡梦中去世，坐拥富贵权势的老政治家，在纽约斯塔茨堡仍很受尊崇，那儿的高中足球场以他命名。

“听证会中，我观察布赖登·格兰特，想着他应该不会只是个为了与我的个人积怨就借全国反共潮伺机报私仇的政客。追求理性，我总想探寻有没有更高尚些的动机，更深层些的意义。那时候，我还是习惯对不合理的讲求理性，在简单中寻求复杂性。我会要求自己去参悟一些其实完全无需参悟的情况。我会想，他不会真是看上去那么狭隘乏味吧，不可能全是这样。一定不止如此。

“其实何必呢？狭隘乏味也有郑重其事的时候。还有什么比狭隘乏味更加坚定的呢？狭隘乏味难道会妨碍他精明强硬吗？会有损于他做要人的目标吗？醉心权术并不需要对人生有何深刻认识，没有成熟的人生观一样可以当权。其实，成熟的人生观也许恰恰成了最大的绊脚石，对生活并无成熟的体味恰恰是最大的优势。要了解格兰特议员，不必从他的贵族少年时代挖掘不幸遭遇。毕竟他的国会席位前任是原本憎恨罗斯福的汉密尔顿·菲什，跟罗斯福一样是哈得孙河畔上流人士，就在罗斯福后进哈佛。菲什羡慕罗斯福，也恨他，却因为菲什的选区包含海德公园，最终成了他的国会议员。彻底的孤立主义者，愚蠢。三十年代，菲什是首位出任那恶劣委员会前身的主席的。典型的自以为是的狂热爱国主义者，偏狭的混蛋权贵，汉密尔顿·菲什。一九五二年重新划分这老笨蛋的选区，布赖登成了他部下。

“听证结束后，格兰特离开三个委员及其律师所在的讲台，径直走向我的座位。就是他对我说了‘我质疑您的忠诚’，此时他亲切微笑着，仿佛这笑容是他自己独创的。他伸出手来，这手令我厌恶，我还是握了。像拳击手开赛前互碰对方手套，彬彬有礼地握了这只无理性之手，后来好多天，女儿洛兰都震惊于我这一行为。

“格兰特说：‘林戈尔德先生，今天我远道而来，协助你证明自己清白。你能再协力一些多好呢。对我们这些同情你的人，你都不配合。你知道吗？原本并不是安排我带队来纽瓦克。听说你要做证人，我才要求来的。如果是我的朋友和同事唐纳德·杰克逊出面的话，我看对你不会有大好处的。’

“杰克逊接任了尼克松在委员会的位子，加州的唐纳德·L.杰克逊。思想不凡啊，动辄公开宣称：‘依我看，谁要做美国人，谁不要做美国人，眼下即见分晓。’带头搜捕新教神职人员共党破坏分子的，就是杰克逊和维尔德。他们认为此事紧迫，事关国家利益。尼克松退出委员会后，格兰特就成了委员会的智囊，为他们做重大决策。他也确乎不枉担此名。

“他对我说：‘比起那位来自加州的尊敬的先生，我以为也许我更能帮得上你。不管你今天的表现如何，我还是认为我可以帮你。我想要你知道，你先好好休息一晚，然后如果你决定要证明自己清白——’

“就在这时，洛兰迸发了。她才十四岁。和多丽丝坐在我后面，听证会整个过程中她都怒气冲冲，比她母亲动静还大。十四岁身体内怒火难抑，坐立不安。‘证明他什么清白？’洛兰问格兰特议员，‘我爸爸都做过什么？’格兰特对她露出亲切的微笑。他长得十分好看，一头银发，身材匀称，一身昂贵的特里普勒西装，彬彬有礼，不会冒犯任何人的母亲。嗓音恰恰好，富有尊严，既温和又有男子气，他对洛兰说：‘你对爸爸很忠心啊。’洛兰可不会就此罢休。我和多丽丝也没想插手。‘证实他的清白？他不需要证实，他就没有污点，’她告诉格兰特，‘你才是玷污他清白的人。’‘林戈尔德小姐，你离题了。你父亲犯过事。’格兰特说。‘什么事？他犯过什么事？’他又微笑道：‘林戈尔德小姐，你这个年轻人很不错——’‘我是不是不错与此无关。他犯过什么事？他做过什么？他要证明什么清白？我爸爸做过什么，你说啊！’‘那得你父亲来告诉我们。’‘我爸爸已经讲了，’她说，‘你们歪曲他的话，捏造一堆谎言，只为让他出丑。他是清白的。晚上能安心入睡。而先生你呢，我想不出你怎么才能做到。我爸爸为国效忠，跟大家一样。他知道什么是忠诚、奋斗，什么是属于美国的。你们就这样对待效忠祖国的人吗？他拼搏就是为了这个吗？为了让你们坐在这里抹黑他？给他身上泼污水？这就是美国？你们所说的忠诚？你为美国做了什么呢？写社会新闻专栏？这就是真正美国的？ 我爸爸有原则，正派的美国原则，你们才别想去毁我爸爸。他去学校，他教孩子，尽心工作。应该有成千上万他这样的老师。问题就出在这儿？他太优秀了？所以你们要编造他的谎言？离我爸爸远点儿！’

“格兰特仍未作答，洛兰喊道：‘怎么了？你坐在台上的时候不是有很多话说吗？现在变哑巴了？闭嘴了？’她说到这儿，我探手按住她手，说：‘好了。’她冲我发火了。‘还没好。除非他们不这样对你。格兰特先生你不打算说点什么吗？因为我十四岁就什么都不跟我说，这就是美国？就因为我没有选举权，是这么回事吗？哼，我当然绝不会投票给你和你那帮烂朋友！’她哭了，格兰特对我说：‘我的联系方式你有。’然后对我们三人微笑一下，就回华盛顿去了。

“这事儿就是这样玩儿的。整了你，然后告诉你：‘整你的是我，不是加州那位先生，这是你运气好。’

“我没去和他联系。其实我在政治方面的主张是很地方化的。从未像艾拉那样庞大崇高。我不像他那样关心世界的命运。我比较关心从我专业的视角来看社区公众的境遇。我关心的，与其说是政治意义上的，不如说是经济上的，社会学方面的，具体到纽瓦克市教师的工作条件和地位。第二天，卡林市长对新闻媒体说，像我这样的人不应该来教孩子，教育局以行为与教师身份不相称为由对我进行审查。上级看出这是一个可趁机甩掉我的正当理由。我没有回答政府主管部门的质询，据此可认定我不称职。我对教育局说，我的政治信仰无关我在纽瓦克的学校任英文教师。解雇只有三条依据：不服从安排，不胜任工作，道德败坏。我认为这三条无一条适用于我。从前的学生到听证会上作证，证明我在课堂内及其他场所都没有对任何人灌输过意识形态学说。学校所有人，家长，学生，同事，只知道我教导学生重视英文，从没有人听到过我向任何人灌输任何其他思想。以前我部队里的上尉为我作证。从布拉格堡赶来。很让人感动。

“卖吸尘器也挺有趣。有的人看到我来了就绕到路对面去，他们也不好意思吧，但又不想受牵连。我其实没所谓。教师工会内部有不少人支持我，外界也有很多支援。有捐款，多丽丝挣工资，我还卖吸尘器。我结识各个行业的人，接触教书以外的真实世界。你知道，以前我是专业人士，教师，阅读书籍，教莎士比亚，让孩子分析句子、背诵诗歌、赏析文学，我以为除此以外别的生活方式都没有意义。后来呢，我走出去推销吸尘器，碰到的人里有许多人我都很欣赏，现在我还是心存感激。这段经历让我对人生有了更好的认识。”

“假使法庭没有判您复职。您还会有这美好认识吗？”

“如果我输了？我应该还能过得不错。能好好地过下来。或许会有一些遗憾。但性情不会变。在一个开放的社会中，再差也还是有条出路的。丢了工作，报纸上称你为卖国者，确实极其令人难过。但还不是极权的情况。我没入狱，没受到拷打。孩子没有因此失去什么机会。夺去了我的工作，是有人不跟我讲话了，但另外也有人钦佩我。太太钦佩我。女儿钦佩我。许多从前的学生钦佩我。公开表达的。而且我可以诉诸法律。我有行动自由，可以与记者见面，筹集钱款，雇律师，上法庭对质。我都做了。当然，你可能会一味郁闷苦恼，竟至突发心脏病。但你也可以找到别的办法，我也做到了。

“话说回来，如果工会失败了，那就会影响到我了。我们没失败。奋起抗争，最终赢得胜利。使男女同工同酬。初中和小学教师同工同酬。确定下来所有放学后的课外活动首先是自愿的，而且是有报酬的。争取到更多病假。据理争得五天假期，休假目的完全由个人决定。以考核决定升职，反对靠关系，弱势群体都有公平机会。吸收黑人加入工会，并随着入会人数增长，进入到领导层职位。但那是许多年前了。现在的工会大大令我失望。变成了敛财机构。有钱拿就行。没人关心教育。太令人失望。”

“您那六年处境很恶劣吧？”我问道，“把您给拖垮了？”

“我不认为我有什么垮了的。真没有。当然了，是有无数个夜晚辗转难眠。难以入眠。思绪纷杂，这件事要怎么做，接下来要做什么，去找谁，等等。总是把发生过的重过一遍，再预估会发生什么。晨曦降临，起了床，该做什么还是做什么。”

“对您的事儿艾拉怎么想的？”

“他非常难过。可以说是垮了，虽然他其实早被其他一切遭遇拖垮。我一直坚信我会赢，都跟他说了。说他们没有合法理由开除我。他总说：‘别骗自己了。他们不需要有合法理由。’他知道有太多人被开除了。最终我是赢了，但他依然觉得是他害我摊上这些事儿。他余生一直没能搁下。还有你的事儿，知道吗？你碰到的事。”

“我？”我说，“我没什么事儿啊。那时候我还小。”

“哈，你可是有事儿的。”

发现自己的人生竟包含了一项重大事件，自己却全然蒙在鼓里，自己的人生竟然自己知之甚少。当然，这在现在看来也不算意外。

“还记得吗，”默里说，“你大学毕业没有申请到富布莱特奖学金，就是因为我弟弟。”

自一九五三到一九五四年，我在芝加哥大学的最后一年，曾申请富布莱特奖学金去牛津读文学研究生，但遭到拒绝。在班里我是成绩拔尖的，还有人热心举荐，现在回想起来，也许是事后第一次想起此事，当年我很震惊，不仅仅是因为申请被拒，而且因为这个去英格兰研习文学的富布莱特奖学金给了班级排名远远落后于我的一位同学。

“默里，是真的？我当时只觉得有点古怪，不公平而已。命运弄人。我不知道该怎么想。我以为是被夺去了个机会，后来就应征入伍了。你怎么知道是这么回事的？”

“是一个特工告诉艾拉的。联邦调查局的。跟踪调查艾拉多年。顺道去看他。想让他举报别人。说是这样才能自证清白。他们以为你是艾拉的侄子。”

“艾拉的侄子？怎么会呢？”

“我怎么知道。联邦调查局也会弄错。可能是有时候就不想弄对。那家伙对艾拉说：‘你知不知道你有个侄子申请富布莱特奖学金？芝加哥那个。他没拿到奖学金就是因为你是共产党。’”

“你认为确实如此。”

“没错。”

我始终倾听默里，望着他这样一个敏锐的人，想着他的体格是他那种连贯条理的体现，源自他一生对一切事物的淡然，唯有最严正意义之自由除外……想着默里是个本质主义论者，他的个性不是随性任意的，无论在何种处境，即使是推销吸尘器，他都能做到不失尊严……想着默里（从前我不爱他，也不需要去爱他；和他之间仅是师生关系）是更具精神、理性又切合实际的艾拉（艾拉则是我确实热爱的），他是有着更实际、更清晰明确社会目标的艾拉，没有艾拉夸张的英雄主义抱负，不像艾拉那样对事事都抱有热烈的满腔激情，是不为冲动和处处较真所困扰的艾拉——我的心中有一幅画面，默里裸着上身，四十一岁的年纪，仍魁梧挺拔，充溢青春。这幅画面是一九四八年一个秋日，周二近晚时分，我看到的默里·林戈尔德在勒海大道上，从他与妻女住的那处二楼公寓窗口探身卸下纱窗。

卸下纱窗，再把纱窗安上，清除积雪，化冰，清扫走道，修剪树篱，洗车，将落叶归拢起来烧掉，十月至来年三月，每日两次下到地下室，照料取暖的火炉，添燃料，用灰掩上火，把灰铲走，装在桶里从楼梯拖到外面的垃圾房：租人家的房住，要在上班前和下班后做完这些杂活，体格要好，要自觉，勤快，强健。妻子也要长得结实，才能稳稳站定在地板上，身子探出洞开的后窗，不管什么气温，立在那里，仿佛缆索上工作的船员，将湿衣服晾到外面衣绳上，一件件用衣夹夹好，直到湿衣物都挂了上去，绳子上满满的，在纽瓦克工业区的空中吹动。待衣服干了可以熨烫了，又将绳子拉进屋里，一件件取下来，叠好放入洗衣筐，搬进厨房。养一个家，首要是维持生计，有规有矩，同时也有这些粗重活，爬高，拖拽，收线放线——每次我骑车两英里从家到图书馆，这一切打我身边晃过，滴答，滴答，老式美国城市家常日子的节拍。

林戈尔德先生勒海大道房子的对面是贝斯以色列医院，女儿出生前，林戈尔德太太在那儿做实验室助理，街角是奥斯本街图书馆分馆，我每周骑车去借次书。医院、图书馆，以及由我老师所代表的学校，所有这老一套的日常事务，可说都在这条街上了，尽在眼前，令人感到可亲。一九四八年那个下午，邻里的家常日子正红红火火，我看到林戈尔德先生自窗台上探身卸下前纱窗。

我刹着车从勒海大道斜坡上滑下来，看着他将绳子穿在纱窗的一个角钩上，对下面喊一声“来啦”，纱窗沿两层半高的楼面滑降到花园里一个人那边。那人解开绳子，将纱窗靠门前台阶摞起。林戈尔德先生完成这样一个既有运动性又家常实用的动作，我看了很是惊叹。要有他那样的优美自如，体格得极结实。

我骑到房子前，花园里那人戴着眼镜，身材高大。他就是艾拉。他到我们学校礼堂演过亚伯拉罕·林肯。身着戏服，一个人在台上，做了林肯的葛底斯堡演说和第二次就职演讲，结尾那句之优美，媲美以往任何美国总统及作家所写词句，长长的句首如隆隆作响的火车头，以一串沉沉的车厢收尾，演讲者的兄长林戈尔德先生后来花了整整一节课要我们以图示分析讨论此句：“我们对任何人都不怀恶意，我们对任何人都抱有好感，上帝让我们看到正确的事，我们就坚定地信那正确的事，让我们继续奋斗，以完成我们正在进行的工作，去治疗国家的创伤，去照顾艰苦作战的志士和他的孤儿遗孀，尽力实现并维护在我们自己之间和我国与各国之间的公正和持久的和平。”余下的时间，亚伯拉罕·林肯脱去大礼帽，与支持奴隶制的参议员斯蒂芬·A.道格拉斯辩论。道格拉斯是反黑人中最狡诈的，我们当代俱乐部课外小组对他大发嘘声。他的台词是由安排“铁林”来学校的默里·林戈尔德朗诵的。

林戈尔德先生不着衬衫领带，连汗衫都没穿就出现在公共场合，已经让人不知所措，但这还不够，铁林穿得几乎跟拳击手一样少。短裤，运动鞋，没别的，差不多是裸着身体。我近距离见到过的人里，属他最高大，也最有名。每周四晚上，广播里有铁林的节目《自由勇敢者》，这是个很受欢迎的系列剧，每周一集，取材自美国历史上的励志事件，他在剧中扮演内森·黑尔、奥维尔·赖特、怀尔德·比尔·希科克和杰克·伦敦等人物。实际生活中，他娶了伊芙·弗雷姆，她是“美国广播剧场”首席演员，剧场每周播出“正剧”剧目。我母亲在美容院看杂志，以掌握铁林和伊芙·弗雷姆的所有轶闻动态。那些杂志她从不会买，她是极不赞许这类读物的。我父亲也是，他希望自己有个模范家庭。母亲坐在烘发机下看这些杂志，周六下午去她朋友斯沃斯基太太那里，斯沃斯基太太和先生在贝根街上开了家时装店，母亲在那儿帮忙的时候会把所有时装杂志看一遍。紧挨着那家店就是昂特伯格太太的女帽店，母亲偶尔也会在周六和复活节前生意忙的时候去帮帮忙。

有天晚上，听完“美国广播剧场”的节目——自我记事儿起就听这节目了——母亲对我们说起伊芙·弗雷姆和铁林的婚礼，还有出席婚礼的戏剧界及广播界人士。伊芙身着灰粉色两件套羊毛裙，袖口镶两圈同色狐狸毛，头上那顶帽子，世上再没有第二个人戴上去如她那般动人。母亲把它称作“勾人的面纱帽”，式样因伊芙在和默片男星卡尔顿·彭宁顿合演《来啊，亲爱的》中戴过而出名。在那部剧中，她演一位娇纵的年轻社交名媛，演得极传神。这顶面纱帽正是她在美国广播剧场演出时所戴，为人所熟知。她立在麦克风前，手持剧本，戴着这顶帽子。她在麦克风前的照片，也有戴着垂边软毡帽的，还有平顶小圆帽、巴拿马草帽。母亲记得，有一回她上鲍勃·霍普节目做嘉宾，戴了一顶黑色卷边小圆草帽，垂着魅人的蛛丝般面纱。母亲告诉大家说伊芙·弗雷姆大铁林六岁，她的头发一个月长一寸，她为百老汇演出将头发染成浅色，她女儿西尔菲德弹竖琴，茱莉亚音乐学院毕业，是她与卡尔顿·彭宁顿所生。

“这些谁关心啊！”父亲说。“内森啊，”母亲辩解道，“铁林是林戈尔德先生的弟弟。林戈尔德先生是他偶像。”

父母亲看过伊芙演的默片，那时她是个美丽的女孩。如今她依然美丽。我知道这一点是因为就在四年前，我十一岁生日，头回跟父母去看百老汇剧，约翰·P.马昆德的《乔治·阿普利遗事》，伊芙·弗雷姆就在剧中。父亲对伊芙年轻默片时代显然是仍有着爱慕的记忆，看完剧后，他说：“她英文讲得太好了。”母亲不晓得有无领会到父亲的赞美之辞由何促成，也说道：“是啊，可是她太不注意保养了。她话讲得美，戏演得好，短短的齐肩发样子可爱，不过伊芙这样小巧的身材，重了几磅，穿着那样紧身的白色提花夏裙，不管裙摆宽不宽，都不太好看。”

轮到母亲请她麻将会的女士们来家打牌的那周，她们一定会议论伊芙·弗雷姆是不是犹太人，特别是几个月后我跟艾拉去伊芙那儿吃了晚饭以后。她们与我一样迷恋她，总忍不住要谈起人们都说她其实姓弗鲁姆金。查娃·弗鲁姆金。布鲁克林有家弗鲁姆金，她去好莱坞后就改名易姓，与家庭脱离了关系。

客厅里正打着麻将，一本正经的父亲如果恰好走过客厅又正巧听到这个话题，就会说："谁会在乎这个！好莱坞的人都改过名字。她开口讲话，就是一堂演说技巧课。她上台去演淑女，你知道淑女就是她演的那样子。”

“人家说她是弗拉特布什的，”女帽店昂特伯格太太照例要插上一句，“听说她父亲是犹太肉贩。”

“人家还说加利·格兰特是犹太人，”父亲提醒诸位女士，“法西斯分子说罗斯福是犹太人。说什么的都有。这个我不关心。我看重的是她的表演，照我看那是无与伦比的。”

“好吧，”和丈夫一起开时装店的斯沃斯基太太说道，“鲁斯·图内克的内弟娶了弗鲁姆金家的人，纽瓦克的弗鲁姆金。她有亲戚在布鲁克林，他们发誓说伊芙·弗雷姆是他们的表妹。”

“内森怎么说？”考弗曼太太问道，她是家庭主妇，母亲少女时代结交的朋友。

“他没说什么。”母亲答道。是我让她这么说的。我是怎么做到的呢？也简单。她代表大家问我，我可知道美国广播剧场里的伊芙·弗雷姆其实就是布鲁克林的查娃·弗鲁姆金。我跟她说：“宗教信仰是人类的麻醉剂！这种事情无关紧要，我不关心。我不清楚，也不关心！”

“她家里什么样子啊？她穿着什么？”昂特伯格太太问母亲。

“她都上了什么菜？”考弗曼太太问。

“她梳什么发型？”昂特伯格太太问。

“他真有六尺六寸吗？内森怎么说？他穿十六码的鞋？有人说只是炒作罢了。”

“他皮肤真像照片里那样满是痘痘吗？”

“内森怎么说她女儿的？西尔菲德是什么名字啊？”谢塞太太问道。她丈夫和我父亲一样是足科医生。

“是她的真名吗？”斯沃斯基太太问。

“不是犹太名。”考弗曼太太说，“‘西尔维亚’才是。西尔菲德是法语名吧。”

“孩子父亲不是法国人啊，”谢塞太太说，“卡尔顿·彭宁顿。伊芙同他一道演了那么多电影。那部电影里头，就是他演老男爵的那部，她跟他私奔了。”

“就是她戴那顶帽子的那部吗？”

昂特伯格太太说：“这世上没人戴帽子能像她那样的。干净小巧的贝雷帽，镶花小礼帽，卷边草帽，带面纱的黑色大宽边浅顶帽，随便哪顶帽子，缀着羽毛的棕色蒂罗尔式毡帽，白色针织头巾帽，镶毛派克风帽，不拘什么帽子，她戴着都美极了。”

“我永远不会忘记，有张照片，”斯沃斯基太太说，“她穿着一件金线刺绣的白色晚礼服，捂一只貂皮手笼。那样优雅，我这辈子都没见过。有一出戏，叫什么来着？姑娘们，我们一起去看的。她穿了件酒红羊毛裙，上身丰满贴身，裙摆上呢，是最迷人的那种蔓叶绣花——”

“对啊！还有那顶相配的面纱帽。酒红高顶毡帽，”昂特伯格太太说，“垂着绉纱。”

“还记得有出什么戏，戏里她穿的荷叶边吗？”斯沃斯基太太说道，“没人像她那么会穿的。黑礼服裙上镶双层的白色荷叶边！”

“可是西尔菲德那名字，”谢塞太太又问了，“西尔菲德是什么起源呢？”

“内森知道。问内森吧，”斯沃斯基太太说，“内森在吗？”

“他在做功课。”母亲说。

“问问他。西尔菲德是什么名字？”

“我以后再问他吧。”母亲说。

母亲不会来问我，这点她懂，虽然我自从进了那奇妙的圈子，私下其实憋不住见人就要说一说。他们都穿什么？吃什么？吃饭的时候都谈什么？那里到底什么样子？样子太华美了。

在林戈尔德先生房前第一次遇到艾拉的那个星期二是一九四八年十月十二日。那天，远远望到他们兄弟俩正合力卸下纱窗，若不是世界棒球大赛周一刚结束，我也许就会碍于对老师私人生活的尊重，畏怯地打房前加速骑过去了，既不挥手，也不喊一声打个招呼，直接骑到街角，左拐上奥斯本街。然而巧的是，就在前一天，我刚在林戈尔德先生办公室那层楼听了广播里印第安队击败老波士顿勇者队的决赛。那天早上，他带了一台收音机。放学后，他请家里还没有电视机的学生——我们大多数人都没有——上完他第八节英文课后就从教室直接出来，沿走廊涌进英文系主任那间小办公室，听广播里的决赛，比赛已在勇者体育场开赛。

于是，出于礼节，老远我就减慢车速，对他喊道："林戈尔德先生！昨天的事谢谢啦。"同样出于礼节，我对院子里的大高个儿点头笑了笑，生硬地停下车，嘴巴发干，向他介绍自己。他直接来了句："老兄，都好？"我怔了一下，傻愣愣回他说，那天下午他在礼堂，朝斯蒂芬·A.道格拉斯大发嘘声的学生里就有我，当时斯蒂芬对林肯宣称：

"我反对黑人获得任何形式的公民权。(嘘声。)我相信我们的政府建立在白种人的基础之上。(嘘声。)我相信它是为白人而设,(嘘声。)永远为白人及其后裔谋福利。(嘘声。)我赞成将公民权限定给白人,反对将它给予黑人、印第安人以及其他劣等种族。(嘘声。嘘声。嘘声。)"

有一种比礼节更深层、更内在的东西(渴望着凭借道德信念使自己为人欣赏),驱使我打破羞涩,告诉他,告诉在艾拉身上合为一体的那三个人——舞台上为爱国殉身的亚伯拉罕·林肯,广播中自然坚强的美国人铁林,纽瓦克一区出身的野汉艾拉·林戈尔德,告诉他说是我煽动了大家喝倒彩。

林戈尔德先生从二楼公寓楼梯走下来,只穿着卡其裤和一双莫卡辛软皮鞋。林戈尔德太太跟在他身后,在一只托盘上摆放了一罐冰水,三只玻璃杯,又上楼去了。一九四八年十月十二日下午四点三十分,一个炎热的秋日,我年少时光中最神奇的一个下午,我把自行车撑好,与伊芙·弗雷姆的丈夫、《自由勇敢者》中的铁林一同坐在我英文老师家门前台阶上,聊世界棒球大赛,鲍勃·费勒丢了两局,难以置信,拉里·多比二十二球击中七球,他是美国联队首位黑人队员,对他我们都很欣赏,不过不同于对杰基·鲁滨逊。

接着我们聊到拳击:路易斯在杰西·乔·沃尔科特大比分领先的

情况下将他击倒获胜；托尼·扎尔从罗基·格拉齐亚诺手中夺回中量级冠军，六月份，就在纽瓦克路珀特体育馆，第三轮中一记左勾拳将他击败，又在几周后，九月份，泽西市，败给一位法国拳击手，马塞尔·塞尔丹……铁林本来正和我说着托尼·扎尔，突然又说起温斯顿·丘吉尔，丘吉尔几天前的一次讲演令他气愤，他在演说中建议美国不要销毁核弹储备，因为全靠核弹来防止共产党统领世界。他讲温斯顿·丘吉尔与他讲里奥·杜罗切和马塞尔·塞尔丹没什么两样。他称丘吉尔是混蛋反动分子、战争贩子，恰如他将杜罗切唤作牛皮大王，称塞尔丹是个懒汉。他说起丘吉尔就好像丘吉尔是在莱昂斯街上开加油站的。我们在家里谈论温斯顿·丘吉尔不是这样的。倒更像我们说起希特勒。他和他哥哥一样，谈话中不存在某种无形的尺度分寸，也没有传统意义上那些禁忌，可以把随便什么东西都搅和在一起：体育，政治，历史，文学，无所顾忌抒发意见，引经据典展开辩论，理想主义情怀，道德品行……令人振奋，带人进入一个迥异的世界，危险，严格，直接，积极，无需取悦他人。没有学校的束缚。铁林不仅仅是广播明星。他是我课堂外认识的人，畅所欲言，无所畏惧。

我刚读完一本关于另一位无惧畅言的人——托马斯·潘恩的书，霍华德·法斯特所著的历史小说《公民汤姆·潘恩》，就在我自行车篓中，要去图书馆还的那些书里。那堆书已从车篓中翻倒在门廊下走道上。艾拉对着我谴责丘吉尔的时候，林戈尔德先生走过去细看书脊，看我都在读什么书。一半书是关于棒球的，约翰·R.图尼斯的，另一半是美国历史，霍华德·法斯特所著。我的理想主义（以及我对于人的理念）由两条平行线构建，一条线来自写棒球冠军的小说，他们在逆境、屈辱和失败中奋力拼搏，最终赢得胜利。另一条线则来自以英勇美国人为主角的小说，他们与暴政和不义作战，是美国和全人类的英雄。英雄磨难。我专攻的领域。

《公民汤姆·潘恩》情节不用一般的小说模式，书中贯穿极华美的词句，刻画了这位声名不太好的作家兼革命者身上的矛盾，才智过人，拥有最纯粹的社会理想。“他是全世界最为人憎恨的——也许又是最为一些人所热爱的。”“人类历史上极少有人有他这般不息的精神。”“以一己之灵魂承天下人之苦痛。”“他的思想理念远比杰弗逊更贴近普通工人群众。”这就是法斯特笔下的潘恩，有野性的赤诚，不易为人亲近，非凡的传奇斗士，不修边幅，邋遢，穿着乞丐式的衣服，在战时费城混乱街道上端一把步枪，锐利苛刻，常常喝醉，出入妓院，为刺客追杀，没有朋友。他独来独往：“惟以革命为友。”读完这本书，我认定，若决心为人类自由而向冷漠统治者和粗俗民众寻求社会变革，惟有像潘恩那样去生与死。

他孤身一人。法斯特笔下的潘恩有着与生俱来的叛逆独立。法斯特用笔并不渲染感情色彩，但潘恩身上最吸引人的无疑就是这一点。潘恩去世时也是孤身一人，年迈多病，穷困潦倒，独身一人，遭众人排斥，被出卖——为世人所嫌恨，因为他在最后的自白《理性时代》中写道："我不相信无论犹太教会、罗马教会、希腊教会、土耳其教会、基督教会还是任何教会所信奉的信条。我自己的头脑即是我自己的教会。"读他的事迹使我感到勇敢、愤怒，最重要的是，勇于为信念而奋斗。

《公民汤姆 · 潘恩》正是林戈尔德先生从我车篓中选出来的书，拿到了我们坐的地方。

"这本书你知道吗？"他问弟弟。

铁林伸出阿贝 · 林肯的硕大手掌接过书，翻看头几页。"不知道。没看过法斯特的书，"他说，"但应该读一读。这人很不错。有胆识。一开始就是华莱士一派的。每次看《工人报》，我都读他的专栏，不过我没空读小说了。在伊朗的时候读小说，那时读了斯坦贝克、厄普顿 · 辛克莱、杰克 · 伦敦、考德威尔……"

"如果要读法斯特的书，这本是他最优秀的作品，" 林戈尔德先生说，"我说得对吗，内森？"

"这本书非常好。"我答道。

"你读过《常识》吗？"铁林问我，"读过潘恩的作品吗？"

“没读过。”我答道。

“读一读吧。”铁林仍旧翻着书对我说道。

“霍华德·法斯特引用了不少潘恩的文字。”我说。

铁林抬头说道：“‘群众合力就能革命，人类历经数千年奴隶制，却毫不醒悟。’”

“书里有这句。”我说。

“我想该有这句。”

“潘恩的天赋在哪里你知道吗？”林戈尔德先生问我，“这种天赋是杰弗逊、麦迪逊那些人身上都有的。知道是什么吗？”

“不知道。”我说。

“你知道的。”他说。

“反抗英文。”

“这个很多人做过了。不是这个。是用英文来阐述理想。那场革命完全是不可预见的，无组织的。内森，这是不是你从书中获得的印象？他们要为这革命寻找一种语言。为崇高事业寻求诉诸文字。”

我对林戈尔德先生说：“潘恩说：‘我写这本小册子，希望人们能明白他们攻击的是什么。’”

“这点他确实做到了。”林戈尔德先生道。

“这一段，”铁林指着书里几行字，“写到乔治三世。‘若我迫灵魂为妓，立誓效忠一个愚蠢顽固，无用残忍的家伙，那么我该承受魔鬼的苦难。’”

铁林用他《自由勇敢者》式大众热爱的沉哑嗓音背诵的潘恩这两句话，正是我自己抄写记诵的十多句中的一句。

“你喜欢这句话。”林戈尔德先生对我说。

“对。我喜欢‘迫灵魂为妓’这句。”

“为什么呢？”他问道。

太阳照在我脸上，我开始大汗淋漓，因为遇见铁林兴奋激动，现在又要像在课堂上一样回答林戈尔德先生的提问，坐在身长过六尺、赤着上身的两兄弟之间，两人生得高大，态度又亲切，一身智慧果断的男子气概，令我神往。他们可以聊棒球和拳击，现在谈的则是书籍。谈书中存在的问题。他们打开一本书，不是为了崇拜它、提高修养或迷失于周围的世界。他们阅读是为了与书交手。

我说：“因为通常不会把灵魂与娼妓相比。”

“‘迫灵魂为妓’，他要说的是什么？”

“出卖灵魂，”我回答，“出卖他的灵魂。”

“对。‘若我迫灵魂为妓，那么我该承受魔鬼的苦难’这样的表达，比‘若我出卖灵魂’要有力多了，你看出来了吧？”

“看出来了。”

“为什么会更有力呢？”

“因为他把灵魂拟人化为‘娼妓’。”

“对—— 还有呢？”

“嗯，‘娼妓’这个词……不是常用的词，公众场合听不到。没有人会经常写到‘娼妓’这个词，或者，在外面说到‘娼妓’。”

“为什么不会呢？”

“羞耻心吧。觉得尴尬。守礼。”

“守礼。说得好。对。所以这样写够大胆无礼。”

“是。”

“你喜欢潘恩的就是这一点吧？他的胆识？”

“我想是的。是。”

“现在你能知其所以然了。内森，这你就大大领先了。怎么做到的呢？研究他用的一个词，只要一个词，思考他用的这个词，就这个词给自己设问，到后来你就把这词研究透彻了，像是透过放大镜，看到了这位伟大作家力量的源泉之一。他是大无畏的。托马斯·潘恩有胆量。这就够了吗？这只是一部分而已。胆识必须有目标，否则就是低级的，太容易做到，而且平庸。托马斯·潘恩为什么会有这样的胆识？”

我说：“为了他的信仰。”

“这就对了！好孩子！”铁林突然说道，“不愧是给道格拉斯喝倒彩的！”

就这样，五天后，我作为铁林的后台嘉宾，参加了在纽瓦克市区最大的剧院“清真寺剧院”举行的一次聚会。聚会是为新成立的进步党总统候选人亨利·华莱士而举行的。华莱士任罗斯福内阁农业部部长七年，在罗斯福第三个任期中担任副总统。一九四四年，华莱士不再任副总统，由杜鲁门接任，华莱士转而短期担任商务部部长。一九四六年，总统开除华莱士，因华莱士公然宣称支持与斯大林合作以及美苏友好，而恰就在此时，杜鲁门和民主党人开始视苏联为意识形态上的敌人，对和平构成严重威胁，西方必须抑制苏联在欧洲和其它地区的扩张。

民主党这次分歧，发生在以总统为首的反苏派和以华莱士为首的反杜鲁门主义和马歇尔计划的“进步”亲苏派之间。在我自己家，这种分歧反映在我们父子之间。父亲对过去在罗斯福门下的华莱士还算欣赏，但他不支持华莱士参选总统，因为美国人一般不支持第三方政党竞选人，华莱士参选会拉走杜鲁门的民主党左翼选票，由此使共和党候选人、纽约市市长托马斯·E.杜威的当选几成定局。华莱士竞选团队称其党派可获六七百万张选票，占普选票比例大大高于以往任何美国第三方政党所得。

“你支持的人只会使民主党落选，”父亲对我说，“如果共和党当选，会给我们国家带来多少苦难。你没经历过胡佛、哈定、柯立芝的时代。对共和党的无情没有切身体会。你讨厌大企业吧，内森？你鄙视你和华莱士所说的‘华尔街大人物’吧？但你不了解大企业的政党是怎么践踏普通民众利益的。我了解。我知道什么是贫穷，知道经济困难的滋味，你和你弟弟有幸没经历这些，感谢上帝。”

父亲出身纽瓦克贫民区，白天在一家卡车面包店工作，晚上去夜校学习，就这样才当上足科医生。即便在他赚了些钱，我们全家搬进自己的房子以后，他始终都认为自己与他称为普通民众而我沿袭华莱士叫法称为“平民”的那些人的利益息息相关。华莱士是支持罗斯福“新政”的，我努力说服父亲，父亲断然拒绝投华莱士的票，我大感失望。华莱士要建立全国医疗系统、保障工会和工人福利，反对《塔夫脱-哈特莱法案》和虐待劳方，反对《蒙特-尼克松法案》和迫害政治激进分子。《蒙特-尼克松法案》如获通过，所有共产党人和“共产党阵线”组织均须向政府登记在案。华莱士曾说《蒙特-尼克松法案》是迈向极权国家的第一步，意在使美国人民惧怕从而缄默，他说这是国会提出的“最具破坏性”的法案。进步党倡导思想自由参与华莱士所称的“思潮市场”里的竞争。我印象最深的是华莱士在南部竞选宣传时拒绝对种族隔离之下的听众做讲演，他是第一位如此勇敢和正直的总统候选人。

我对父亲说："民主党永远不会着手去结束种族隔离，不会将私刑、人头税和《吉姆·克劳法》定为非法。他们从来没做到过，也永远不会去做。"

"我不同意你的观点，内森，"父亲说，"你注意看哈里·杜鲁门，他政纲中有公民权条款，现在他已经甩掉了南方那些种族偏激分子，你留心看他的作为吧。"

那一年，脱离民主党的不只是华莱士，还有父亲提到的那些"种族偏激分子"，南方民主党人，他们建立了自己的政党，即"南方民主党"。推选南卡罗来纳州州长斯特罗姆·瑟蒙德竞选总统，他是个狂热的种族隔离分子。南方民主党也会拉走南部通常投给民主党的选票，这是杜威在选举中获得支持、以压倒多数的选票击败杜鲁门的又一原因。

每晚在厨房吃晚饭，我都劝父亲投票支持亨利·华莱士和恢复新政，父亲则尽力要让我明白在这类选举中妥协的必要性。然而我是以托马斯·潘恩这位美国历史上最不妥协的爱国者为英雄的，单是听到"妥协"这词的第一个音节，我就会从椅子上跳了起来，对着他，对着母亲和十岁的弟弟说，以后只要父亲在，我就绝不在这张饭桌前吃饭。每次我要离开，弟弟都用夸张的愤怒语调对我说："投给华莱士就是投给杜威。”

有天晚饭时，父亲换了一种策略，他给我深入剖析共和党如何轻视我所珍视的经济平等和政治公正，但我不买账：两大党派在黑人权利方面，同样缺乏良知；对于资本主义体系固有的不公正，同等漠视；对于因我们国家蓄意挑衅热爱和平的俄罗斯人民而给全人类带来的灾难性后果，同等无视。我含泪郑重对父亲说：“你真让我惊讶。”仿佛他才是那个毫不让步的儿子。

更令我惊讶的还在后面。周日下午，将晚时分，父亲对我说，他希望我不要去参加当晚在清真寺剧院举行的华莱士聚会。如果我们谈过以后我仍旧要去，他不会拦着我，但希望我起码听完他的话之后再做最终决定。周二从图书馆回家后，晚饭时我得意地宣告，我应邀作为广播剧演员铁林的嘉宾，参加在市中心举行的华莱士聚会。结识铁林我实在太兴奋，他对我的关注令我得意忘形，母亲干脆不许父亲对聚会提出保留意见，但现在父亲要我听他讲，他认为他作为父母有责任跟我探讨，我还不能生气。

父亲对我很认真，这点和林戈尔德兄弟一样，但是父亲没有艾拉那样政治上的无畏，没有默里的文采，最主要是父亲做不到像他们那样不关心我举止是否得体，会不会长成个好孩子。林戈尔德兄弟好比拳赛中快拳左右开攻，把我引入大赛，引我探知何为真正广泛意义上的人。他们推动我进行严谨缜密的思维，现时的我回顾当年，对此也很认同。他们不在意我会不会做个好孩子。只在意我的信念。他们对我是没有做父亲的责任的，父亲的责任是引导儿子规避各类潜在危险。这些事父亲是要操心的，老师则不用。父亲要操心儿子的行为，操心怎么让自己的小汤姆·潘恩适应社会生活。可是一旦小汤姆·潘恩已经为成人圈子所接纳，他父亲却仍当他是个小男孩来教育，这父亲就没指望了。没错，父亲要担心可能出现的危险陷阱，他不担心就不对了。但无论如何，父亲还是没指望了。小汤姆·潘恩只能将父亲甩在一边，背叛父亲，义无反顾跨向人生第一个陷阱。然后独自一人，这样才达成人生真正的统一，从人生一个陷阱迈向下一个陷阱，直至墓穴。若无意外，这总归是他落入的最后一个坑吧。

“听我说完，”父亲说，“你再拿主意。儿子，我尊重你是独立的。你要戴华莱士的徽章去上学吗？戴吧。咱们是自由国度。但你要掌握全部真相。没有事实真相，你没法做出明智决定。”

尊敬的总统遗孀罗斯福夫人后来何以不再支持亨利·华莱士转而反对他呢？哈罗德·伊基斯是罗斯福信任的忠诚的内政部长，当之无愧的伟人，他何以不支持亨利·华莱士转而反对他呢？我们国家有史以来最有抱负的工会工业组织联合会又何以撤回了对亨利·华莱士的资金投入和支持呢？是因为共产党势力渗透进了亨利·华莱士的竞选活动。父亲不想让我去集会，是因为共产党几乎完全控制了进步党。父亲说亨利 · 华莱士不是太天真，毫不知情，就是太狡诈，不愿承认——不幸的是，后者更有可能。但是共产党人，尤其是来自为共产党控制的工会、已经被工业组织联合会开除的那些——

“你这个反共分子！”我吼道，随后离家，坐 14 路车去了集会。我遇到了保罗 · 罗伯逊。艾拉给他介绍说我就是艾拉曾跟他提过的那个高中生，他伸手与我握手。保罗 · 罗伯逊是黑人演员和歌手，任华莱士总统竞选委员会联席主席。几个月前，在一次发生于华盛顿的反《蒙特-尼克松法案》的抗议活动中，在华盛顿纪念碑脚下，五千名抗议者面前，他演唱了歌曲《老人河》。在参议院司法委员会的《蒙特-尼克松法案》听证会上，当被问及如法案通过他会否遵守法案规定，他大无畏回答：“我会违反这项法案。”当被问及共产党支持什么，他同样回答得直截了当：“支持黑人取得完全平等权利。”保罗 · 罗伯逊握住我的手说：“年轻人，不要丧失勇气。”

我与演员和发言人站在清真寺剧院后台，同时浸润于两个崭新的独特世界，左派的氛围和“派系”的世界，那种兴奋，堪比在大型棒球联赛与球员一同坐在休息室。我立在舞台一侧，听艾拉再次化身亚伯拉罕 · 林肯，这次斥责的不是斯蒂芬 · A.道格拉斯，是两党派的战争贩子：“支持世界各地的反抗组织，把西欧武装起来对抗俄罗斯，将美国军事化……”我看到了亨利·华莱士本人。他上台对群众发言前，我就在他身边不过二十英尺。集会后的酒会上，艾拉趋前对他耳语时，我就站在他身旁。我凝视这位总统候选人，他来自艾奥瓦，父亲是拥护共和党的农夫，他跟我见过的任何一位美国人一样，有美国人的容貌和声音。这位政治家反对高价、大企业、种族隔离和歧视，反对对弗朗西斯科·佛朗哥和蒋介石此类独裁者实行绥靖政策，我忆起法斯特对潘恩的描述：“他的思想理念远比杰弗逊的更贴近普通工人群众。”那晚，这位代表普通民众、人民和人民政党的候选人站在讲台上，紧握拳头，大声疾呼“我们的自由正被肆意践踏”，听得我起了一身鸡皮疙瘩。清真寺剧院那晚六年后，一九五四年，我申请富布莱特奖学金被拒。

我并没有过也不会有多大影响力，然而这股打败共产主义的狂潮还是连我都席卷到了。

铁林一九一三年生于纽瓦克，早我二十年，他家那片儿很穷困，家里没有温情。 他上过巴林杰高中，时间不长，除体育课外无一门功课及格。他视力很差，眼镜也不管用，课本上的字几乎看不清，更不用说老师写在黑板上的字了。看不清，学不进，于是有一天，照他说是这样的：“我就没起床去上学。”

默里和艾拉的父亲，艾拉谈都不愿谈及。那次华莱士聚会后几个月，艾拉跟我说的最多不过是："我没法跟父亲讲话。他对两个儿子从没有过丝毫关注。不是故意的。是兽类本性。"艾拉的母亲在他记忆中是他钟爱的，在他七岁时去世了。替代她的，是艾拉形容为"童话故事里那种继母，地道的贱女人"。进高中一年半，他退了学，几周后，永远离家，那年他十五岁，在纽瓦克找到一份挖沟的活儿。二战爆发前，全国经济大衰退期间，他四处漂泊，先在新泽西，后来走遍全美国，有什么干什么，大部分是重体力活。珍珠港事件后，他就入了伍。他看不清视力表，查视力的队很长，艾拉绕到视力表前，把表上能背的都背下来，再站回队列，就这样通过了体检。一九四五年退伍后，艾拉在伊利诺伊州卡柳梅特城待了一年，和他部队里最好的朋友约翰尼·奥戴同住，约翰尼是钢铁工，信仰共产主义。他们一起在伊朗码头上做过装卸工，卸下由铁路经德黑兰运往苏联的援助物资装备。因为艾拉做活力气大，奥戴给他起了个绰号"铁人艾拉"。到了晚上，奥戴教铁人如何阅读书籍和写信，把马克思主义教授给他。

奥戴灰发，比艾拉年长约十岁。"他这个岁数是怎么混进部队的，"艾拉说，"我一直没搞明白。"奥戴六尺高，瘦得跟电线杆一般，却是艾拉遇到过的最厉害的家伙。奥戴随身带一个轻便拳击袋，训练击拳速度。他出拳又快又猛，"不得已的情况下"，他能一次击败两三个人。奥戴还极有才华。“那时候我对政治、对政治运动一无所知，”艾拉说道，“政治哲学和社会哲学不同流派我一概不懂。他跟我讲了不少。他讲了劳动者。讲到美国的社会状况。政府对工人利益的损害。他说的都有事实依据。特立独行是吧？奥戴就是极其特立独行，没有一件事按规矩来。奥戴为我做了很多，我明白。”

那时奥戴和艾拉一样没结婚。“牵缠不清的关系，”他对艾拉说，“我永远都不想掺和。在我看来，孩子根本就为人性之恶所控制。”奥戴也就比艾拉多上了一年学，但他靠自己练了出来，用他的话说就是“在口头和书面辩论方面技艺娴熟”，方法是从各种各样的书籍中不作甄别大段大段抄写，再借着小学语法书辨析句子结构。就是奥戴给了艾拉那本艾拉说是重塑了他生命的袖珍词典。“这本词典我在夜里读，”艾拉对我说道，“像读小说。我让人寄来一本《罗热同义词汇编》。白天卸一天船，晚上学习词汇。”

他发现了阅读的乐趣。“有一天，他们寄来整套的文库丛书，这一定是部队犯下的最大过错之一，”他笑道，“后来我把那些书差不多都读了一遍。他们搭了座活动房藏书，打好书架，对大家说：‘想看书就来拿。’”是奥戴告诉艾拉去拿哪些书，现在也还是。

艾拉早先给我看过三页纸，上题“给林戈尔德的几条具体建议”，这是他们在伊朗的时候奥戴写的。“第一条：手边常备词典一本，富含同义词和反义词的好词典，给送奶工写便条也要用。词典要用。不要按老习惯胡乱揣测单词拼写和确切含义。第二条：隔行书写，以便日后添加批注和修正。我不管这不符合个人书信的正确用法，因为这样才能做到表达准确。第三条：不要把文字排得紧紧的、不作分段。每论及新的概念，或进一步阐述已有论题，要另起一段。可能会显得不那么平整流畅，但能大大提高可读性。第四条：避免用词陈腐。即使非用不可，也要把你读过听过的换种方式表达，不要原文照搬。读书会那天晚上，你用来陈述观点的那句话：'我简要说了现存体制的一些弊端……'铁人，这是你读来的，不是你自己的，是别人的。听着像罐头里出来的。假使你这样来表达同一个观点呢：'以我在伊朗的所见为依据，我论述了土地私有权的影响及外国资本的垄断。'"

总共有二十条，艾拉给我看是为帮助我写作，不是我写的那些高中广播剧，而是我的日记，我零散记下的"思考"，我计划中是"政治性的"随笔杂记。我仿照艾拉开始记日记，艾拉则仿照约翰尼·奥戴。我们三个用同一个牌子的笔记本，伍尔沃思商店出的一种简易笔记本，一页五十二行，四寸长三寸宽，页眉装订在一起，斑驳棕色底子的硬壳面。

奥戴来信中每提到一本书，随便什么书，艾拉都会去弄一本，我也是。我是直接去图书馆借。"最近我在读鲍尔德《青年杰弗逊》，"奥戴写道，“同时也在读其他有关美国早期历史的著作。那个时期的通讯委员会是具有革新思维的殖民者推进了解和协调计划的主要代表机构。”我就是这样在中学时读到了《青年杰弗逊》一书。奥戴写道：“几周前，我买了《巴特里特格言集》第十二版，说是作参考书用，其实翻读起来乐趣极多。”于是我到市中心的大图书馆，坐在参考书区，依我想象中奥戴翻读的样子去翻看《巴特里特》，手边放着日记本，一页页翻读，找寻可促我成熟、成为不容小觑的人的智慧。“我定期买《共产情报局》杂志（布加勒斯特出版的官方刊物）。”奥戴写道。共产情报局是共产党和工人党情报局的简称，我知道本地图书馆不会有。谨慎起见，我也没去查询。

我写的广播剧是对话形式，比起奥戴的具体建议，倒更容易受艾拉和奥戴谈话的影响，艾拉把他们的对话复述给我听，或是逐字演示，仿佛他和奥戴一起就在我眼前。剧本也带有工人阶层惯用语色彩，艾拉去了纽约成为广播剧演员后很长时间，言语中仍常会突然冒出这类用语。剧本的观念深受奥戴写给艾拉的长信的影响，这些信我常请艾拉诵读。

我作品的主题是普通老百姓的命运，广播剧作家诺曼·科温在《胜利手记》中赞为“小老百姓”的普通人。他这出剧六十分钟长，欧洲战役结束当晚，哥伦比亚广播电台播放了该剧（应大众要求，八天后重播了一次），这出剧使我沉湎于以文学救世的抱负，期冀借写作匡正这世上的弊端。时至今日，我不愿去判断我曾如热爱《胜利手记》般热爱的东西是不是艺术，它给了我最早关于艺术神奇魔力的感受，加强了我对自己希望和期待中的文学家语言作用的最初认识，即为铭记战争中人民的斗争。（它也教我可以在句首用“而且”，跟我们老师坚持的正相反。）

科温的剧本形式松散，没有情节——“是试验性的”，我对足科医生父亲和居家母亲这么说。风格非常口语化，用头韵，这种风格部分源自克里福德·奥德茨，部分源自马克斯韦尔·安德森，二三十年代美国剧作家为舞台打造的一种独特朴实格调，自然又带抒情色彩和严肃的寓意，是诗意化的语言。在诺曼·科温作品中体现为日常用语的韵律与略带文学矫饰的语言结合为一种语调，在十二岁的我看来其精神是民主大众的，其影响又是英雄风骨的，与公共事业振兴署艺术家计划中艺术家所画壁画极为相像。惠特曼称美国属于粗犷的人，诺曼·科温则认为美国属于小老百姓——这小人物正是刚打了爱国战归国并为人民所爱戴的美国人。这名小人物正是美国人自己！科温的“小老百姓”正是“无产阶级”的美国人，以我现在所理解的，美国工人阶级战斗并赢得胜利的革命，其实就是第二次世界大战，我们不论如何卑小，都是这宏大事物的一分子，这场革命证实了存在一种为所有人共享的神话般的国民特性。

包括我在内。我是犹太孩子，毋庸置疑，但我不愿带上犹太民族的特性。我甚至都不清楚它是什么。也不太想明白。我想有的是国民的特性。对于生在美国的我父母来说，对于我来说，没有比这更自然、更合适的了。对于我而言，没有其他方式比共用诺曼·科温的语言意义更深刻，战争在人民中激起的振奋情绪在他的语言中升华了，是二战的祷告文，高尚的大众诗歌。

历史取了缩影，人格化了；美国取了缩影，人格化了；对于我，这即是诺曼·科温及那个时代的魅力所在。你投入历史，历史也涌入你。你汇入美国，美国汇入你。一切都是由于十二岁的我，活在一九四五年的新泽西，守着收音机听广播。那时大众文化充分连结着上个世纪，仍易受老百姓语言影响，这一切令我着迷。

终于可以讲了而不会破坏这场运动：

衰落的民主，拙劣的布尔什维克，容易上当的、软弱的人，

最终却比纳粹恶棍更顽强、更机智；

因为他们并未鞭笞牧师，焚烧书籍，打犹太人，没有把女人关进妓院，从孩子身上取血，

各地民众，普通的自由人，从家常日子中醒来，清晨起床，

活动肌肉，学习用武器，越过危险重重的平原与海洋，击败正规军。

他们做成了。

若需确认，请看上期公报，上有最高联合司令部标记。

从晨报上剪下来吧，交给孩子好好保存。

《胜利手记》单行本发行后，我马上买了一本（是我没用借书卡去借、自己直接买下的第一本精装书）。几周内，我背下了六十五页自由诗形式的篇章，尤其喜欢那些游戏般随意使用日常市井用语的句子（“第聂伯罗彼得罗夫斯克古镇上今晚一度气氛热烈”），或是把看似无甚关联的专有名词放在一起，产生给人意外刺激的反讽效果（“在来自巴尔的摩的杂货店员面前，那非凡武士搁下了他的日本武士剑”）。这场大战让我这年纪的人牢固树立了爱国情绪，战争开始时我差不多九岁，结束时差半年十三岁。战争终了之时，广播中单是提到美国的城市和州名（“新汉普顿刺骨夜风中”，“自埃及直至俄克拉何马草原上的小镇”，“在丹麦的哀悼与在俄亥俄的哀悼是出于同样的缘由”），就足具令人敬仰的效果。

他们投降了。

终于精疲力竭，叛徒死在威廉斯特拉斯后一条小巷。

鞠躬谢幕吧，美国兵，

鞠躬谢幕吧，庶民。

明日的英雄就在今日午后你们这些平民的脚下。

该剧以这首颂诗拉开序幕。（广播中果敢的声音与铁林相仿，将赞美坚定地献给我们的英雄。那是学校教练——教练还教英文课——在中场休息时的声音，坚定，饱含热情有些沙哑，带点威吓阵势，这是平民大众共同良知的呼声。）以下是科温的尾声部分，是一段祷文，扎根当下，在已是坚定无神论者的我看来，一方面是完全世俗和非宗教的，同时却又比我在学校每日清晨听人背诵的祷文，或是陪父亲在至圣日礼拜时读到的祈祷书，都更强大、更勇敢。

主啊，挥剑开辟……

主啊，新鲜面包，宁静的清晨……

主啊，外套，薪水……

将新自由精准分配……

公布证言，使大家相信兄弟情谊……

坐在谈判桌前，越过重重困境，为庶民的希望护航……

数千万美国家庭在收音机旁收听，虽然比他们过去常听的要复杂，但我窃以为，在他们心中激起了一股曾同样作用在我身上的变革与忘我的冲动，从没有哪个广播节目能对我产生这种影响。这广播节目的力量！收音机里走出灵魂，如此奇妙。平民精神激发了民粹崇拜，语言喷涌而出，从美国人民之心升腾，自美国人民之嘴释放，一小时节目献给科温所谓的普通美国人民——“广大民众，平常但自由”——身上的高贵品质。

对我来说，科温将汤姆·潘恩现代化，将事业的危险大众化，使之不单是一位正直狂人个体的问题，而是集全体正直人民力量为一体。高尚的事业，于是民众同心。崇高的追求，于是民众同心。令人激奋的理念。科温为之奋斗，实现理想，至少是在创作的作品中实现吧。

战后，艾拉首次自觉加入阶级斗争。他对我说，自己一辈子忙忙碌碌，不知忙些什么。在芝加哥时，他在一家唱片厂工作，周薪四十五美元，电业工人联合会为工厂订立的合同严密可靠，甚至有工会职业介绍。奥戴则回到印第安纳港国内钢厂做装船固定工。奥戴常想着辞去工作，晚上在他们的房间里对艾拉发牢骚：“如果我能有六个月全职来做，不受限制，我就能在这个港口建起我们的党。这儿好人不少，缺的是能把全部时间投入组织的人。没错，组织方面我不是太好。要跟胆小的布尔什维克示好合作，我却更想敲他们脑袋。但其实又有什么区别呢？这里的党太拮据了，招不起全职人员。搜罗到的每分钱都要用来维护党的领导地位。用来作宣传，以及很多不容延缓的事情。付完上一份账单后我就没钱了，靠赊账过了一阵子。可是还有税啊，车啊，这样那样的……铁人，我应付不了——必须去工作。”

我喜欢听艾拉跟我转述他们工会里粗汉之间用的那些切口，就连约翰尼·奥戴这样的人也说这些行话。奥戴用的句子结构不像一般工人的那么简单，但他很明白他们用词的力量，同义词汇编可能给奥戴一些不良影响，但这类工人用语奥戴一直运用自如。“我得缓缓……管理方高举斧头……我们一跟他们掰……他们一旦上街……他们要是逼我们接受黄犬契约，不让我们加入工会，那就是砖头上溅血……”

我喜欢听艾拉说他们电业工会联合会的活动，听他跟我讲他唱片厂里的人。“工会很团结进步，由普通人领导控制。” 普通人—— 这个词使我激动，就如为辛劳工作、坚强意志以及融合两者的正义事业而激动。“每组轮班的一百五十名工人当中，有一百多个参加每两周一次在厂里的聚会。虽然大部分工作拿的是时薪，”艾拉对我说道，“但厂子里没人耍威风。你懂的？老板有话要跟员工说的时候，还是很有礼貌的。工人就算是犯了大过错，被叫进办公室的也还有主管。这就很不错。”

艾拉跟我讲工会例会都有什么内容——“一些例行公事，比如新合同提案，旷工的问题，对停车场的投诉，讨论战争逼近”（他指的是苏联美国之间的战争），“种族主义，工资与物价相互作用之迷局”——不停地说啊说啊，不仅是因为十五六岁的我渴望知道工人一切行为，他们如何说话、做事和思维。艾拉在离开卡柳梅特城到了纽约，在广播界工作，牢固树立《自由勇敢者》中的铁林形象后，还是会谈起唱片厂和那些工会会议，用的是他工人同事那种吸引人的语气和词汇，仿佛他还每早去那里上班一样。其实是每晚，因为没多久他就转到了夜班，空出白天做“传道工作”，后来我才明白他是指发展新人入党。

在伊朗码头上工作时，奥戴吸收艾拉加入了共产党。孤单一人的艾拉正是奥戴最合适的目标，正如我最适合艾拉发展入党，虽然我并不是孤身一人。

那次是艾拉工会举办的华盛顿-林肯诞辰募款会，是他到芝加哥第一年的二月，会上有人想到把艾拉扮成阿贝·林肯。艾拉瘦高结实，关节粗大，头发粗黑像印第安人，走路懒洋洋步子很大。给他装上络腮胡，戴上大礼帽，穿上高帮鞋和不合身的老式黑礼服，让他上台，朗读一段林肯和道格拉斯的辩论词，林肯最有代表性的一段对奴隶制的谴责。他把“奴隶制”这个词演绎为浓重的工人阶级政治语调，赢得一片掌声，自己也陶醉其中，接着诵读了他上了九年半学唯一能背诵的葛底斯堡演说。最终那句，有史以来无论天国抑或人间最辉煌果决的句子，博得满堂喝彩。有三次，他举起关节多毛的灵活大手，挥舞着，以他异常修长的手指中最长那根直指工会听众眼球，压低嗓音，说出“为民”一词。

“大家都以为我是太激动，以致不能自已，”艾拉对我说道，“以为我是为了激情。其实不是。我那是第一次为智慧深深感动。一生中第一次明白自己讲的到底是什么。我明白了这个国家的意义。”

那晚以后，每逢周末和假日，他游遍芝加哥地区，足迹远至盖尔斯堡和斯普林菲尔德，走入林肯的地道美国，在产业工业联合会代表大会，文化节目，游行，野餐会上扮演亚伯拉罕·林肯。他上了电业工会联合会广播节目，即使没人能看到他比林肯还高出两英寸。他演得极好，一字一句念得清楚明白，将林肯带给大众。艾拉·林戈尔德登台演出时，人们带着孩子去看。演出结束后，一家子上台去和他握手，孩子们要求坐在他腿上，对他说圣诞节想要什么礼物。他演出的那些工会，一般都是在产业联合会主席菲利普·默里一九四七年开始肃清联合会内共产党领导的工会和共产党成员后，与产业工会联合会决裂或者被联合会开除的那些当地工会，这也不奇怪。

但在一九四八年，艾拉是纽约正值上升期的广播明星，刚娶了美国最受尊敬的广播剧女演员，当时他是安全的，还没被那场要从工会运动中及全美国肃清亲苏亲斯大林政治势力的运动所波及。

他如何从唱片厂的工作发展到演广播剧的？他最初是为了什么离开了芝加哥和奥戴？那时我绝不会想到与共产党有关，主要是那时候我根本不知道他是共产党员。

据我所知，广播剧作家阿瑟·索科洛有次到了芝加哥，有天晚上在西区一处工会会堂看到了艾拉演林肯。艾拉在部队时就见过索科洛。那次他作为军人到伊朗演出《这是部队》节目。一同巡回演出的有不少左派分子，有天深夜，艾拉和几个左派分子去了场自由讨论会，艾拉记得，会上他们讨论了“世上一切政治问题”。其中就有索科洛，不多时即为艾拉所推崇，艾拉眼里他是为理想而奋斗的人。索科洛年幼时就是底特律街头与波兰人对抗的犹太孩子，艾拉很认同他这点，一见他就有亲切感，对无根无底的爱尔兰人奥戴，艾拉没体会过这样的感觉。

索科洛那时是个正在写《自由勇敢者》的平民。那次他恰巧到了芝加哥，当时艾拉已在台上演了一个小时的林肯， 不光是背诵或朗读演讲词和文书，还假亚伯拉罕·林肯之名，回答观众就当前政治论争的提问，用林肯式尖厉的乡下鼻音，笨拙巨人的手势，风趣直率的言谈方式。林肯支持控制物价。林肯谴责《史密斯法案》。林肯捍卫工人的权利。林肯批判密西西比参议员比尔博。工会会员热爱他们这位坚定的自学成功者极具说服力的口技，他对林戈尔德主义、奥戴主义、马克思主义和林肯主义的大融合。（“加油！亚伯！”他们冲黑发络腮胡的艾拉大喊，“别饶了他们！”）索科洛也是，他把艾拉介绍给另一位犹太老兵，这人是纽约肥皂剧制片人，有左倾倾向。正是因为认识了这位制片人，艾拉在试演后得到了一部日间肥皂剧余下的一个小配角，扮演住在布鲁克林的房客。

报酬一周五十五美元。哪怕在一九四八年来看也不算多，但工作稳定，比他在唱片厂挣的多。新工作也跟着纷至沓来，处处都有活儿接，跳上候着的出租车，从一处录音室冲到下一处录音室，从这场日间演出冲到下场演出，一天演出多达六场，演的都是劳动阶级出身的角色，言辞粗鲁，艾拉说删去他们的政见才能通过审核，“为了上广播把无产阶级搞成符合美国标准的，拿去了胆气和头脑”。这些工作将他推上了索科洛每周一小时知名节目《自由勇敢者》主角的位置。

艾拉在中西部的时候开始身体不适，促使他转回东部换新工作。他肌肉酸痛难忍，一周要有好几次——不用忍着疼痛去演林肯或发展新人的时候——直接回家，在房间外门厅那边，浸在一大缸热气腾腾的水里泡上半小时，随后上床，带上本书、词典、笔记本和就手找到的吃的。他觉得这病是他在部队里挨的那几次打落下的。最厉害的一次，码头上一伙人认定他“同情黑鬼”便揍了他，他因此住院三天。

这帮人在艾拉和三里外河边那片隔离区几个黑人士兵结交后就盯上他了。那时奥戴组织了一个小组，在活动房碰面，在他指导下讨论政治和书籍。有九名或十名士兵每周两三晚在饭后聚到图书馆，讨论贝拉米的《回顾》、柏拉图的《理想国》，或是马基雅弗利的《君主论》。隔离区两名黑人加入小组前，基地上几乎无人留意这图书馆和那些士兵。

艾拉先是和部队上这帮叫他黑鬼分子的人论理。“你们凭什么侮辱有色人种？对黑人全是诋毁。你们不仅反黑人，还反劳工，反自由主义，反智。反对一切对你们有益的东西。你们怎么会这样？在部队服役三四年，看着朋友死去，受伤，生活被打乱，却丝毫不明白背后的原因以及这些都是为了什么。你们就知道是希特勒挑起来的。只知道是征兵局找你们的。其实呢？我跟你们说，你们如果处在德国人的位置，会跟他们一模一样。可能比德国人要晚一点，因为我们社会的民主因素。但是因为人们如你们一样满嘴胡言，我们最终会整个变成法西斯，独裁者，诸如此类。码头这些官员的歧视就够恶劣了，可是你们呢，你们出身贫寒，没几个钱，不过是流水线、血汗工厂和煤矿的饲料，被社会压迫剥削，低工资，高物价，庞大利润，可你们竟成了一群吵吵嚷嚷、一肚子成见、还迫害赤色分子的浑蛋。你们不知道……”然后艾拉跟他们说他们不知道的事情。

这类激烈争论于事无补，艾拉也承认因为他的脾气反而使事情恶化。“我一开头就太激动，本来想打动他们的，结果大部分没达成。后来我学会对这些人保持冷静，用事实影响到了一些人。和这些人对话是非常艰难的，他们脑中的成见根深蒂固。给他们分析种族隔离的心理起因、经济起因、他们热衷使用‘黑鬼’一词的心理原因，他们无法理解。他们说，为什么喊黑鬼，因为黑鬼就是黑鬼——我一遍遍跟他们分析，他们的回答就这个。我反复说儿童教育和个人责任，没用，还是被他们痛打，打得厉害到我觉得自己快不行了。”

艾拉给《星条旗报》写了封信，控诉部队中的种族隔离，呼吁种族融合，这件事后，他同情黑人的名声给他自己带来很大危险。“写这封信就用上词典和《罗热同义词汇编》了。这两本书我啃透了，通过动笔写东西来操练。我写信好比搭脚手架。真正懂英语的人也许会持批评意见吧。我那语法实在没法看。但我还是写了这封信，我觉得应该写。我气坏了。你懂吗？明白吗？我要站出来告诉大家这是错误的。”

那封信刊出后，有一天，他在装货筐里干活，正在舱底上方，管拉筐的家伙威胁他，说如果他对黑人的事再不放手，就把他摔下舱底。一次次把他降下十尺，十五尺，二十尺，说下一次就会松手，摔他个粉身碎骨。他也害怕，但就是不说他们要听的话，最后他们还是放他出来了。次日早晨，在食堂，有人叫他犹太杂种。和黑鬼鬼混的犹太杂种。“是个大嘴巴的南方土老帽，”艾拉告诉我，“老是在食堂说犹太人和黑人。那天早上我饭快吃完了，屋里也没多少人了，他开始大声胡扯起黑人犹太人什么的。我还在为前一天船上那事憋着一肚子火，忍不下去了。我把眼镜摘下来，递给和我坐一起那人，他是唯一还会和我坐的人。然后我穿过食堂，屋里坐着两百多号人，我为着政见完全被他们排斥。我冲着那浑蛋扑了上去。他是列兵，我是中士。我把他痛踢一通，从食堂这头直踹到另一头。后来军士长走过来说：‘你要指控他吗？列兵冒犯士官？’我心想，我照做肯定就完了，不照做一样完了。对吧？但打那以后，只要我在，没人再说过一句反犹太的话。说黑鬼还是照样。黑鬼这个黑鬼那个，一天上百遍。当晚，那山里人又来找我麻烦。我们正洗餐具。那里用的那种臭烘烘小刀你知道吧？他拿着那么一把朝我扑来。我又把他收拾了，收手以后没再怎么样。”

几小时后，夜色中，艾拉遭到埋伏，进了医院。他在唱片厂干活时开始肌肉酸痛，就是那次凶暴殴打造成的伤害所致。老是拉伤肌肉或关节扭伤，脚踝，手腕，膝盖，脖子，而且常常是压根没做什么，光是坐公交车回家下车，在吃饭的小餐厅从柜台那头拿个糖罐。

这就是为什么艾拉一听到去为广播剧试音，不管希望多渺茫，还是迫切抓住了这个机会。

艾拉移居纽约，在广播界一夜成名，其中也许还另有原委，当时我没有多想。用不着想。这个人，是他把我带到诺曼·科温以外的世界，让我知道科温没谈到过的美国兵的情况，这些士兵不像《胜利手记》中的人物那样好或那样反法西斯，出国作战前，作战归国后，他们脑中的词一样是黑鬼和犹太鬼，没变。艾拉这人，慷慨激昂，饱经风霜，科温没触及的美国残暴的一面，你都能在他身上看到第一手证据。艾拉在广播界一举成名，我看无需和共产党有什么关联。我就是觉得，这人太厉害了。他就是个铁汉。

第二章

一九四八年那个晚上，在纽瓦克的亨利·华莱士聚会上，我还见到了伊芙·弗雷姆。她和艾拉一块儿，还有她女儿，竖琴手西尔菲德。我没看出西尔菲德对她母亲的态度，不知道她俩不和。当年我因年纪小而未曾注意到的，后来默里慢慢都跟我说了，关于艾拉婚姻的那些我不曾明白或理解不了的，那两年中艾拉没让我知道的。那两年，我隔几个月就与他见次面，有时候是他来看默里，有时候是我去他的小屋看他，艾拉说那是他的“小木屋”，在新泽西西北部，锌镇一个小村庄。

艾拉退居到锌镇，与其说是为接近自然，不如说是为贴近真实。生活在野外，泥塘中游泳到十一月。酷寒冬日，穿着雪靴踏过树林。有雨的日子，开着他的泽西产汽车，一辆二手的一九三九年产雪佛兰，四处游逛，和当地奶场工人，老锌矿工人闲谈，想让他们明白体制对他们有多压榨。他有一个壁炉，他喜欢在炭火上烘热狗和豆子，还在炉火上热咖啡，以此提醒自己：虽然成了铁林，有了点名和利，但自己仍旧只是个“工人”，普通人，口味普通，有普通的期望，三十年代坐火车流浪，后来只是运气太好而已。谈起锌镇上的这座小木屋，他常说：“让自己不至于生疏了做穷人。以防万一。”

这座木屋可以与西十一街相对抗，给了他一处庇护所，能从西十一街解脱出来，到这里劳作一番，卸掉烦郁，同时也联系着艾拉早年混在陌生人中间求生存的流浪生涯，那时每一天都是艰苦不稳定的，每一天对艾拉都是场战役。他十五岁离家，先在纽瓦克挖了一年沟，后在泽西最西北角干活，打扫各类厂房，有时做农活，看大门，做零工。后来，在他十九岁左右去西部前，有两年半时间，在苏塞克斯锌矿一千二百英尺的地下通道里干活。矿炸开后，矿上还满是烟雾，弥漫着呛人的炸药粉和气体，艾拉拿着锄头铲子和那些墨西哥人一起干活，最底层的工作，废石清除工。

那些年，苏塞克斯的矿区不成系统，和世界各地的锌矿一样，给新泽西锌矿公司带来高利润，却也同时危害了新泽西矿业工人健康。在纽瓦克帕塞伊克大道上把矿石融化制成金属锌，也加工制造成油漆用氧化锌。到艾拉四十年代末买下木屋时，泽西州锌矿业在来自外国的竞争下已经衰退，矿源也将枯竭，但吸引艾拉回到荒僻的苏塞克斯山区的，仍是当年他在矿区的第一次残酷人生经历，八小时在地下，把碎石和矿砂装上矿车，八小时忍着剧烈头痛，咽下红棕色灰尘，在装矿屑的桶里排便……只为挣一小时四十二美分钱。锌镇上的小屋是他这位广播剧演员一种不掩饰的感情态度，表明他与他曾身为一员的卑微普通小人物们团结不分离，用他的话说就是“没有头脑的人力工具，如果真有这玩意儿的话”。换作是别人，成功以后或许会彻底将这些可怕记忆永远抹去。艾拉不是，他倘若没有途径能实实在在感受到卑微的过去，就会觉得自己不真实，丧失太多。

我那时并不知道他来纽瓦克勒海大道不只是来看他哥哥。最后一堂课下课了，我和他去远足，穿过威克瓦西公园，环湖而行，最后到家附近一个叫米尔曼的餐厅，和工人一起吃热狗，餐厅仿科尼岛内森饭店而建。那些放学后的下午，艾拉对我讲起他当兵的岁月，他在伊朗学到些什么，讲起奥戴和奥戴教给他的，讲起他自己做过工厂工人和参加工会工作，讲起他孩童时在矿下铲矿石，他到这儿跟我聊这些，是在避开那个家，那个家从他到的第一天起就不欢迎他，西尔菲德眼里他是多余的人，他也没料到伊芙看不起犹太人，与伊芙愈加不和睦。

默里说她看不起的不是所有犹太人，不包括她在好莱坞、百老汇、广播界遇到的那些社会上层功成名就的犹太人，也基本不包括与她共事的导演、演员、作家和音乐家，这其中不少人常出现在她西十一街家的沙龙中。她看不起的是普通犹太人，她所看到的在商场购物的犹太人、纽约口音的收银员或在曼哈顿开着自家小店的普通人、开出租车的犹太人、在中央公园聊天散步的犹太家庭。她走在街上时让她心烦意乱的是那些热爱她的犹太女士，她们认出她，上前要她签名。她们是她百老汇的老观众，她却瞧不起她们。特别是年纪大的犹太妇女，她路过时总免不了嫌恶地哼一声。“看看那脸！”她说这话时打个颤，“丑恶的面孔！”

“这是种病态，”默里说，“她对犹太人那种掩饰不住的憎恶。她能长期与生活游离并行。不是在生活中，而是与生活保持并行。她给自己的定位是教养极好的淑女，也确实纯正。嗓音柔和，措辞考究，二十年代那时期，很多想当演员的美国女孩都努力培养英式优雅。伊芙·弗雷姆当时刚在好莱坞起步，就有了这种英式文雅，而且固化了，状似层层累叠的蜡，而在核心燃烧的烛心恰恰毫不娴雅。一招一式她再熟悉不过，亲切的微笑，夸张的克敛，一切得体的举止。然而，刷的一下，她会一晃就脱离这看似如此真实的轨道，于是就会有让你头晕目眩的事情发生。”

“这我倒从没察觉，”我说，“对我她总是和蔼又周到，很体贴我，要我放松自在。这并不好办。我是个容易激动兴奋的孩子，她又那么有电影明星派头，她在广播界那时候也是。”

说着我又想起了清真寺剧院那个晚上。我手足无措不知道该跟她说什么，于是她对我说，对着保罗·罗伯逊，她也不知道怎么说话了。只要他在场，她就说不出话来。“你和我一样怕他吗？”她悄声说，仿佛我们两个都是十五岁大，“他是我见过最漂亮的男人。我目不转睛地盯着他瞧，真丢人。”

我明白她说的，因为我就在不停地盯着她看，好像若盯得久了，就能看出点意义来似的。这样看着她，不只是因为她姿态优美，举止高雅，她的美有一种说不清的清雅——游离于神秘华丽和安静娴雅之间，两种气质所占比率不断变换，这种美丽一定是最具迷惑力的——还因为她身上纵使有那许多克制内敛，却仍明显带一种兴奋，一种轻快易变的气质，当时我理解为纯粹是她身为伊芙·弗雷姆的意气洋洋。

“您记得我遇见艾拉那天吗？”我问他，“你们俩正一块儿干活，在勒海大道，卸纱窗。他到您家来做什么？那是一九四八年十月，大选前几周。”

“哦，那天不怎么好。那一天我记得非常清楚。他心情不好，早上到了纽瓦克找我和多丽丝。在沙发上睡了两晚。这是头一回。内森，他那婚姻一开始就不般配。以前他就做过这一类的事，不过是在社会阶层另一端罢了。他们气质兴趣差异多大啊，谁都看得出来。”

“艾拉就看不出来吗？”

“艾拉？客气点说，一则呢，他是爱上她了。两人相识，他为伊芙倾倒。他第一件事就是跑出去给她买了一顶花哨的复活节游行的那种帽子，她根本不会戴的，她穿戴的都是迪奥。他不知道迪奥是什么，第一次约会后给她买了这么一顶昂贵的怪帽子，让人送到她家。坠入爱河，迷上明星。为她倾倒。她的确是令人目眩。迷惑有术。

“她又看上他什么呢？一个大个子土汉，到纽约找了个肥皂剧小角色。其实也不难推断。因为短暂学徒期后他就不再是普通乡巴佬，成了《自由勇敢者》里的名角，所以啊。艾拉成了他扮演的那些角色。我不信这套，但普通听众可是把他当角色化身来看待的。他一身英气。笃定。他踏进房间，一切自然发生。他参加了一个宴会。她在。形单影只，四十几岁，离了三次婚。他这张新面孔，新人，大树一般。她需要人，她有名气，她为他降伏。不就是这样吗？每个女人都有自己的诱惑力，伊芙的诱惑就是降服于你。外部看来，这巨人身子瘦长，纯粹，双手硕大，做过工厂的工人，做过码头装卸工，如今是演员。这种人相当吸引人。谁能相信，如此粗犷的也可以是柔软的。铁汉柔情，等等。她难以抵御。一个巨人，对她不就是这样的吗？他历经苦难生活，她看着多奇异。她认为他真正活过，而他呢，听过她的经历后，认为她才真正活过。

“他们相识时，西尔菲德正和父亲在法国避暑，艾拉对那些事没有直接的体会。他体验的是伊芙身上尽管有些特别却十分强烈的母性。两人相伴度过整个夏季，浪漫的时光。艾拉七岁就没了母亲，对伊芙大量灌注在他身上的那种细致关怀，他是渴望的。他们独自在家，她女儿不在。自从到纽约后，他一直按着无产阶级特色，住在下东区一处破烂的地方。出入便宜的场所，在廉价餐馆吃饭。可是突然间，这两个人就一起与世隔绝地住在了西十一街上，其时正值曼哈顿的夏日，美妙至极，天堂般的日子。屋子里处处是西尔菲德的照片，西尔菲德戴着围嘴小女孩时的照片。他以为伊芙如此挚爱女儿是很好的。伊芙诉说着她在婚姻和与男人交往上的不幸经历，给他讲好莱坞，专制的导演，庸俗的制片人，以及那种极可怖的俗艳，正是颠倒了奥赛罗的世界：‘这奇异，极端的奇异；可悲，令人惊奇的可悲’——他为她经历的重重危险而爱她。艾拉迷恋得入了魔，而且有人需要他了。他块头大，又结实，他闯了进去。哀婉的美丽女子，一身故事。露肩裙下有灵魂的女子。还有谁更能激活他的保护欲？

“他还带她到纽瓦克来见我们。在我们家喝了点酒，一起去伊丽莎白大道上的餐馆。她举止得体，没有不合情理之处。像是很容易就了解她了。那晚，他第一次带伊芙到我家，一道出去吃晚饭，我自己也没看出有什么不对。公正地说，没看透的不只是艾拉一人。他没有懂得伊芙这个人，是因为，老实说，没有人能当即就明白她这人。没有人能。在交际中，伊芙完全隐匿于那种彬彬有礼之后。别人可能会慢慢来，艾拉却是冒失地直接闯了进去，因为他本性如此。

“当时我马上意识到的反而是他配不上她。她给我的印象是，对他来说，她太过漂亮讲究，太温文尔雅。我心想，这位电影明星也很有头脑。果然，她从小就孜孜不倦阅读。我书架上的小说没有哪本是她不能熟悉谈起的。那晚听下来，仿佛她人生至高愉悦就是阅读。十九世纪小说的复杂情节她都记得，我教过这些小说也仍记不住情节。

“她无疑是在展示自己最好的一面。像所有与人首次见面的人一样，跟大家一样，她是在警惕着自己最差的一面。最好的一面确实是在，她是有这一面。真实，质朴，又是在这样的名人身上，愈加打动人。没错，我也看出——我无法不看出—— 这婚姻绝不是灵魂的结合，两人毫无共通点。但第一次见面那晚，我实在是为自己以为的她在外表以外独有的沉静气质所迷惑了。

“别忘了还有名气的作用。我和多丽丝是看着她的默片长大的。和她搭档的总是年长的男人，高个头，常常花白头发，而她是女孩子般，女儿那样的，孙女样的，影片里男人总是要吻她，她总是拒绝。在那个年代，这些就能使影院里观众心情激荡了。有一部电影，可能是她的处女作，叫《卖烟女郎》。伊芙演一个夜总会卖烟女孩。我记得，影片结尾处，夜总会老板带她参加一个慈善活动，在一个老古板富孀位于第五大道的宅邸举行。卖烟女郎身着护士制服，在场男士需竞价博得吻她的权利，竞拍所得捐给红十字会。男士出价一个高过一个，每有男士加价，伊芙就捂着嘴，日本艺妓般咯咯笑。出价越来越高，旁观的肥硕的社交界妇女目瞪口呆。留一撇小黑胡的著名银行家卡尔顿·彭宁顿出了一千美元天价，趋前吻下了人人期待的那一吻，这群妇女又疯狂拥上前去看。最后一幕，印在银幕中央的并不是那一吻，而是她们紧身衣下的硕大臀部，别的都被挡住了。

“那在一九二四年很不一般。伊芙很不一般。灿烂的笑容，无奈时一耸肩，那年代的眼神戏，她孩子时就已完全精通。她能演失败的样子，演发脾气，手支额头哭泣，也会演滑稽的失态。伊芙·弗雷姆开心起来会蹦蹦跳跳跑几步。开心地蹦蹦跳，非常可爱。她演贫寒的卖烟女郎、遇上有钱人的穷洗衣女，或是迷上电车司机的富家女。跨越阶级壁垒的电影。街景镜头下是贫穷移民，粗犷的生命力，镜头切到晚餐，则是美国富裕特权阶层，诸多约束和禁忌。德莱塞风格缩影。这种电影搁在今天没法看。当年若不是因为她，也看不进去。

“多丽丝，伊芙，我，我们差不多年纪。伊芙十七岁涉足好莱坞，二战前就登上了百老汇舞台。我和多丽丝曾在包厢看过她的戏，她演得真不错。戏本身不怎么样，但她作为舞台剧演员很有魅力，不同于她在默片中的女孩气。舞台上，她能让不那么有头脑的看上去有头脑，使并不严肃庄重的看上去多少庄重些。奇怪了，舞台上她有那样完美的平衡。真实生活中却事事夸张，舞台上她完全适度又圆滑，毫无夸张之处。战后，我们会听她的广播剧，因为洛兰喜欢听。美国广播剧场一些很不像样的剧，她也演出了高雅的意味来。眼下她在我家客厅，浏览我的书架，我和她聊梅雷迪思、狄更斯和萨克雷。她这样背景和趣味的女子，怎么会和我弟弟在一起?

“那晚我真没料想他们会结婚。在餐馆吃龙虾时他的虚荣心大大得到满足，他兴奋得意极了。在纽瓦克犹太人去的最豪华餐馆、陪在戏剧界象征伊芙·弗雷姆身边神情笃定的是从前纽瓦克工厂街上的粗汉。你知道吗，艾拉在那家餐馆打过杂工。退学后打过的零工之一。做了大概一个月。他块头大，端着装得满满的盘子出入厨房门实在不容易。打了第一千只盘子后他被开除了，后来去了苏塞克斯的锌矿。近二十年过去了，他又回到这家餐馆，自己已是广播明星，这一晚，他为哥嫂炫耀。他是生活的主人，为自己的生活得意。

“餐馆老板泰杰，萨姆·泰杰，认出了伊芙，带了瓶香槟来到我们桌前，艾拉请他一起喝一杯，对他讲起自己一九二九年在这里做过三十天杂工。既然艾拉如今可算功成名就，大家把听他讲不幸遭遇也当作有趣的事，感叹艾拉又回到这里的讽刺意味，欣赏他对旧创伤的戏谑态度。泰杰去他办公室拿来照相机，拍下我们四人吃晚餐的照片，后来，这张照片就和其他曾在餐馆就餐的名流照片一起挂在餐馆门厅内。若不是十六年前艾拉上了黑名单，那照片是没理由不一直挂到餐馆一九六七年动乱后关门的。听说那时他们当晚就取下了照片，仿佛他的一生已注定是败局。

“还是回溯到他们的幸福时光刚开始的时候吧—— 他晚上回他租住的房间，但逐渐就不回去了。后来住到她家，两人也不是孩子，她那段时间又没多少事。他们像一对性罪犯般拴牢在床上，独自锁在西十一街的房子里，那样热烈奇妙。甫入中年，为激情冲动沉沦。放手陷入恋情。释放了伊芙，将她解放，使她获得解脱。拯救了她。艾拉给了她一个新剧本，只要她肯要。四十一岁的年纪，她以为一切结束了，却被拯救。‘好，’她对他说，‘多少年了，总是要保持理性，现在不管了。’

“她对他讲的话从未有人对他讲过。她把他们的恋情称作‘我们那甜蜜至极到心痛的奇事’。她说：‘它直把我溶化了。’她告诉他：‘正和别人说着话，突然我就出了神。’她叫他‘我的王子’。她引诵艾米莉·狄金森的诗句。对着艾拉·林戈尔德。引艾米莉·狄金森。‘与你，共处沙漠/与你，同忍干渴/与你同在罗望子树林里/豹子呼吸——终于！’

“艾拉觉得这是他一生至爱。对一生至爱，是不由人细想的。找到了就不会放手。他们决定结婚，西尔菲德从法国回来后伊芙跟她说了。妈妈要再婚了，这次是嫁给一个极好的人。西尔菲德应该能接受。西尔菲德，是老剧本里的角色。

“在艾拉眼里，伊芙·弗雷姆就是整个成功世界。她怎么会不是呢，当然是了。他不是小孩，遭过不少苦，明白怎么武装自己。可是说到百老汇呢？好莱坞？格林尼治村？对于他，这些都是没碰过的。在个人的事情上，艾拉没有多聪明。他是自学了很多东西。他靠自己，还有奥戴，远远地离开了工厂街。但他学到的都是政治那一套。而且也没有深刻的思考。根本就不是‘思考’。伪科学的马克思主义词汇，乌托邦式说教，把这一套派发给艾拉这种没受过学校教育、知识基础差的人，拿宏大思想的智慧魅力去灌输给没多少脑力的成年人，教导一个才智有限的人，像艾拉那样愤怒的、容易激动的那类人……愤怒与不会思考之间的联系，这本身就是一项课题了。

“你前面问我你们相遇那天他怎么会在纽瓦克。艾拉这个人是不太善于解决婚姻问题的。再说那时候还早，他娶这位舞台、银幕、广播明星，搬进她家住，不过几个月时间。我怎么能就告诉他这是个错误呢？他毕竟也不是没有些虚荣心。我弟弟他是自负的。也会膨胀。艾拉天性里有夸张的一面，可谓自命不凡。地位能再提升，对他也是乐事一桩。不消三天，就适应了，让人振奋。霎时，事事皆有可能，运作起来，近在眼前，可不就是艾拉演戏吗？成功上演一场自己人生由自己决定的大戏。醉心于自我陶醉的幻象，以为已从痛苦失意的现实中脱身，以为他的生活并非是徒劳庸碌的，远远不是。不再徘徊人生低谷。再不是被排斥的命中注定是怪物的局外人。一头闯了进去。摆脱默默无闻。自豪于这一转型。多兴奋。天真的幻梦，他实现了！艾拉焕然一新，世故的艾拉。大个子，大人物日子。大家留心了。

“其实，我后来跟他说了，说他们结婚是个错。结果有六个星期他不跟我讲话，我跑去纽约对他解释说我错了，求他别记恨我，这才和他和好。我要是敢再提，他会一枪把我撂倒。如果彻底闹翻，我们俩都会很难过。艾拉出生后就是我照顾。那年我七岁，推着婴儿车里的他在工厂街上走。母亲死后，父亲再娶，家里来了继母，若不是有我在，艾拉早晚会进管教所。母亲那么好，但她过得也不好。嫁给父亲，并不幸福。”

“您父亲是什么样的人？”我问。

“咱们不说这个吧。”

“艾拉也是这么说。”

“只有这句话。父亲他……我自己年纪大了以后才明白。但为时太晚。我至少比弟弟幸运。母亲在医院挨了难过的几个月后去世，我已经读高中了。后来拿奖学金上了纽瓦克大学。我的生活已经上了轨道。艾拉呢，当年他还是个孩子。执拗，任性。对人对事充满怀疑。

“你知道在老一区有位鞋匠给他养的金丝雀办了场葬礼的事吗？透过那件事，你就明白艾拉有多执拗强硬，又有多不坚强。那是一九二〇年。我十三岁，艾拉七岁。在离我们家几条街的博伊登街上住着一个鞋匠，鲁索曼诺，埃米戴奥·鲁索曼诺。老人看去很穷困，矮个子，大耳朵，枯瘦的脸，下巴蓄着白胡须，身上那件外套不知穿了多少年，破破烂烂。鲁索曼诺在店里养着一只金丝雀作伴。金丝雀名字叫做吉米，活了很久，后来吃了不该吃的东西，死了。

“鲁索曼诺伤心至极，他请了个乐队，租了一辆灵车，两驾马车，金丝雀先是被安置在鞋店的长椅上供人瞻仰，以鲜花，蜡烛，十字架围绕，随后出殡，穿过全区所有街道，走过德尔格西奥的杂货店门前，店外大篮子里搁着蛤蜊，橱窗中有一面美国国旗，走过梅利罗蔬果摊，走过乔达诺面包房，走过马施利诺面包房、阿雷意式酥皮面包房。走过比昂迪肉店、德卢卡马具店、德卡洛修车铺、德诺桑齐奥咖啡店、帕里斯鞋店、诺尔自行车店、塞伦塔诺奶酪店、格兰德台球房、巴索理发店、埃斯波西托理发店和那个擦皮鞋的小摊，小摊配有两张旧痕斑驳的餐椅，客人需踩上高处一个台子才坐得上去。

“四十年了，如今都没了。一九五三年，城里为建廉租高层住宅，拆掉了整个意大利居民区。一九九四年，国家电视台上大力批驳这些高层住宅楼。到那时，这些楼已有近二十年无人住。无法住人。现在那儿什么都没有了，只剩圣露西教堂。仅存的建筑。教区教堂，却没了教区，没了教区居民。

"第七街上的尼克德米咖啡馆，第七街上的罗马咖啡馆，第七街上的多利亚银行。二战爆发前这家银行为墨索里尼提供贷款。墨索里尼打下埃塞俄比亚时，牧师将教堂的钟敲了半小时。就在这里，美国纽瓦克的一区。

"通心粉厂、装饰品厂、纪念碑店、木偶戏院、电影院、滚球房、冰库、打印店、俱乐部会所和餐馆。走过黑帮里奇·博亚尔多常去的胜利咖啡馆。三十年代，博亚尔多出狱后，在第八街和夏街街角建了维托里奥城堡餐馆。娱乐界人士从纽约专程来这里就餐。乔·迪马乔来纽瓦克时就在这儿吃饭。迪马乔和女友的订婚宴就在城堡餐馆举行。博亚尔多在这处城堡餐馆像君王般掌控着一区。里奇·博亚尔多管着一区的意大利人，朗吉·兹维尔曼管三区的犹太人，这两个老大之间争斗不停。

"走过了很多家酒馆，送葬队伍蜿蜒自东区行至西区，向北走一条街，下条街又往南，一直走到了克里夫顿大道上的市公共浴室，一区内仅次于教堂和大教堂的最奢华的建筑。小时候，母亲常带我们来这个大公共浴室洗澡。父亲也去那儿。淋浴免费，一便士租一条毛巾。

“金丝雀放在一架小小的白色棺木中，四个抬棺人抬着。聚拢来一大群人，沿出殡路线，约有一万人之多。防火梯和房顶上挤满了人。合家围拢在窗口看。

“鲁索曼诺坐在棺木后的马车上，埃米戴奥·鲁索曼诺哀泣着，一区其他人笑哈哈。有人笑倒在地上，笑得站不起来。抬棺的人也在笑。这会传染。开灵车的人在笑。为尊重送葬者，路边的人憋着，等鲁索曼诺的马车过去以后才笑出来。对大多数人，特别是孩子，这实在是太滑稽。

“我们这片儿不大，到处都是孩子：小巷里是孩子，门廊上挤满孩子，孩子们从楼里直拥出来，从克里夫顿大道冲到布罗德街。整日如此，夏天的时候，大半个晚上都能听到孩子互相喊着：‘嗨！嗨！’四下里一望，成群结队都是孩子，成群的孩子，投硬币，玩牌，掷骰子，打台球，吃棒冰，踢球，点篝火，吓唬女孩子。只有手持戒尺的修女才管得住这帮孩子。有成千上万的孩子，都不足十岁。艾拉就是其中之一。几千名好打架的意大利孩子，他们是铺铁轨、铺路和挖下水道的意大利人的孩子，小商贩、工厂工人、捡破烂的、开酒馆的意大利人的孩子。孩子名叫朱塞普、罗德福、拉斐尔、盖塔诺，那个犹太孩子叫艾拉。

“这些意大利人开心极了。从未见过金丝雀葬礼这种事。以后也没再见过。在那以前当然有过送葬队伍，乐队奏着哀乐，送葬者穿过街道。全年都有节日，为他们自意大利传来的圣者游行，成百上千的群众敬奉他们各自的圣者，盛装出行，举着绣着圣者画像的旗子，手持轮胎撬棒大小的蜡烛。圣诞节时抬出圣露西教堂的基督诞生像，仿那不勒斯一处村庄的圣像，玛丽、约瑟夫和襁褓中的基督旁有一百座意大利小雕像。意大利风笛伴着婴儿基督石膏像并行，基督像后的游行队伍唱着意大利语圣诞歌。沿街有小贩卖圣诞晚餐的鳗鱼。人们为了宗教成群结队地出来，将美元钞票粘满不知什么圣者的石膏像的长袍，抛彩带般自窗口掷出花瓣。甚至打开鸟笼，鸽子疯狂飞过人群上空，自一根电线杆飞向另一根电线杆。在这种日子，鸽子一定是希望还不如一直在笼里，不去看所谓笼外世界呢。

“圣米歇尔节那天，意大利人把几个小女孩打扮成天使，束在绳上，从街道两侧太平梯荡过人群上空。瘦瘦小小的女孩子，白色长袍，戴着花环和翅膀，出现在空中，哼唱着祷词，人群惊叹着沉寂下来。女孩扮完天使以后，人群疯狂了。就在这种时候，他们放飞鸽子，点燃烟花，总会有人炸飞了几根手指，住进医院。

“因此，刺激的奇观异景对一区的意大利人来说并不是什么新鲜事。搞笑，老家式的胡闹，喧哗，打闹，花样繁多的把戏，并不新鲜。

葬礼当然也不稀奇。流感肆虐时，死了那么多人，棺材排到了街上。一九一八年。丧葬店应付不了这么多生意。整日都有送葬队伍从圣露西教堂出发，走过几里路去往圣墓园。有婴儿的小棺材。要等着轮到自己来火葬自己的孩子——要等着让邻居先葬他们的孩子。对于孩子，是无法忘却的恐慌。然而就在流感之后两年，给那只叫吉米的金丝雀办丧事……没有比这更绝的了。

“那天，所有人都忍不住大笑。只有一个人例外。纽瓦克只有艾拉不把那当作笑话。我跟他说不明白。我试了，他理解不了。为什么呢？也许是因为他傻，也许是因为他不傻。或许他只是先天没有那份狂欢的心态，也许信仰乌托邦的人不具有这种天赋。也可能是因为母亲几个月前刚去世，我们经过了自家的葬礼，那个葬礼，艾拉不想参加。他想去街上踢球。他求我不要让他换下背带裤去墓园。他藏进了壁橱。最后还是和我们一起去了。父亲决意要他去。在墓园，他站在那儿，看我们将她下葬，但是他不肯拉我的手，不让我拥着他。他只是皱眉怒视拉比。不让人碰。不要人安慰。也没哭，一滴泪都没有。太愤怒，无泪可流。

“可是，金丝雀死了，葬礼上的人都笑个不停，惟艾拉除外。艾拉对吉米的认识只是在去学校的路上经过鞋匠的店，隔窗看看吉米的笼子。他应该从没进过店，然而，除了鲁索曼诺，在场的只有他一人落泪。

“我也笑起来，因为确实是滑稽，内森，十分滑稽。艾拉发作了。我第一次看到艾拉那样。他挥舞拳头，对我大吼。当年他个头也不小了，我压不住他，突然间他挥拳击向边上几个正笑得不行的孩子。我俯身要拽他起来，不能让他被这帮孩子打死，他一拳头挥到我鼻子上，打断了我鼻梁，七岁大的他。我流血了，鼻梁肯定是断了。艾拉逃走了。

“第二天我们才找到他。他睡在克里夫顿大道酿酒厂后院。这不是头一回了。睡在后院，装卸台下面。父亲早上在那儿找到了他，拽着他后衣领，一路拖到学校，拖进艾拉的班级教室，大家已经开始上课。孩子们看到艾拉一身昨晚穿着睡觉的脏衣服，被爸爸丢进教室，就呜呜地叫起来，那以后好几个月，这就成了艾拉的绰号。呜呜·林戈尔德。金丝雀葬礼上哭鼻子的犹太小孩。

“幸好艾拉比同龄孩子块头大，又结实，会踢球。要不是因为视力不好，艾拉能当体育明星的。他在家那片儿赢得的尊重都来自他的球技。但是打架呢？那时候起他老是打架。那时候起他变得过激。

“我们很幸运，没在犹太贫民三区长大。艾拉在一区长大，对那些意大利人而言，艾拉不过是个大嘴巴犹太外人。因此，不管他个头多大多壮，有多好斗，博亚尔多决不会把他当作黑手党人选。在三区，在犹太人中间，可能就会不一样。艾拉在三区不会被孩子群体排斥在外。单是他那大块头，他就极可能被朗吉·兹维尔曼盯上。就我所知，朗吉大艾拉十岁，青春期和艾拉很像：火爆脾气，大个子，看着就惹不起。他也休了学，打架不要命，气场强大，有头脑。贩运私酒，搞赌博业，开自动售货机，码头上，工会运动，建筑业，朗吉最终做大了。即便是在他风头最劲的时候，和外号'巴格西'的西格尔、兰斯基、昵称'幸运'的卢西亚诺合作，他最亲近的还是和他一起在街头长大的朋友，和他一样的三区犹太孩子，一碰就炸。尼金·拉特金，他的专用杀手。萨姆·卡茨，他的保镖。乔治·戈尔茨坦，会计。比利·蒂普利兹，负责人脉。多克·斯泰切，他的计算器。阿贝·卢，朗吉的表弟，为朗吉管着零售人员工会。还有迈耶·埃伦斯坦，也是三区贫民区街头的孩子，他当纽瓦克市长的时候，整座城等于是为朗吉管的。

"艾拉完全可能会成为朗吉的亲信，为他效忠。他已够老练，可以被他们招募去。很自然：这些孩子就是为犯罪而养成的。顺理成章。干那些非法行当，正需要用他们的暴力去恫吓，去占得上风。艾拉会由纽瓦克港做起，卸下快艇上加拿大贩来的威士忌，装上朗吉的卡车。他会和朗吉一样，拥有西奥兰治百万豪邸，最终被一根绳子吊死。

"是很无常吧？你最终成为什么人，又是如何终了。仅仅因为地理位置上一点点差异，与朗吉成为一伙的机会就没有发生在艾拉身上。凭借棒打朗吉对手，勒索朗吉客户，在朗吉的赌场监管赌桌开创成功事业的机会。在基弗维尔特别委员会前作证两小时后回家自缢身亡的机会。艾拉遇上比他更强悍聪明、对他产生巨大影响的人时，他已经在部队了。因此，使他转化的这个人，就不是纽瓦克的流氓，而是个共产党人，钢厂工人。艾拉的朗吉·兹维尔曼就是约翰尼·奥戴。”

“他头回来我家住那次，我为什么没跟他说让他终止婚姻脱身出来呢？因为那婚姻，那女人，那座美丽的房子，那些书籍、唱片、墙上的画，她那种生活里，往来的是功成名就的人，优雅，风趣，教养良好，这都是他从未有过的。别提什么他自己也是名人。这次他有了家。以前他从没有过，他三十五了。三十五岁，不再住在单人间，不再在小餐馆吃饭，不再和女服务员、酒吧女，以及比她们还不如的，有些连自己名字都不会写的女人睡觉。

“艾拉退伍后，刚搬去卡柳梅特城和奥戴住时，和一个十九岁的脱衣舞女有过一段。女孩名叫唐娜·琼斯。是艾拉在洗衣店认识的。起先以为她是当地高中生。她也没去纠正他。她身材娇小，吵吵闹闹的，打扮花哨，硬实。起码表面粗硬。沉迷声色。手总放在阴部。

“唐娜来自密歇根一处名叫本顿港的湖边度假小镇。在本顿港，夏天，唐娜在临湖一家旅馆做活。十六岁，整理房间，怀了芝加哥来的某个房客的孩子。具体是哪一位的她不知道。足月生下孩子，交给别人收养，不光彩地离开家乡，最后在卡柳梅特城一处下等酒吧做了脱衣舞女。

“每逢周日，艾拉不出外为工会扮演阿贝·林肯时，他常借奥戴的车带唐娜去本顿港看望她母亲。她母亲在一家糖果厂做工，糖果卖给本顿港大街上的度假者。度假糖果。软糖很有名，用船运往整个西部地区。艾拉和开糖厂那人聊上了。看他们如何生产糖果，不多久，他就写信给我说要和唐娜结婚，用他余下的退伍津贴入股糖果生意。再加上他在返乡兵船上赌双骰赢的几千块钱，这些都可以投入糖果生意。那年圣诞，他给洛兰寄了个软糖礼盒。十六种口味：巧克力椰子、花生酱、开心果、薄荷巧克力条和石板街……全是新鲜的，多奶油，密歇根本顿港糖果厂直送。你说，住在密歇根，逢年过节寄软糖礼盒给老伯母，这跟身为狂热赤色分子决意推翻美国制度差了十万八千里吧？盒子上的广告语‘湖畔风味小吃’，不是‘全世界工人联合起来’，而是‘湖畔风味小吃’。艾拉若是和唐娜结了婚，他这辈子就活在这句话上了。

“说服他放弃唐娜的是奥戴，不是我。放弃唐娜，并不是因为一位在卡柳梅特城情色俱乐部扮作‘沙利马小姐，邓肯·海因斯举荐之美味’的十九岁女孩为人妻母有何不妥；不是因为唐娜的父亲、失踪的琼斯先生是名醉汉，对妻儿家暴；也不是因为本顿港琼斯一家是没有知识的工人，服了四年役回来的人不该为这样的人担起家庭责任——这些我委婉跟他说过多次了。可是对于艾拉，凡是注定会成为家庭不幸的，反倒都成了偏向唐娜的理由。劣势人群对他是种吸引。一无所有的人自底层奋斗向上，对他有无法抵御的诱惑。痛饮之下，入口是残渣。人性对于艾拉而言，等同于艰苦不幸。对于艰苦，哪怕是最鄙陋的一面，也与他血脉相牵，坚不可破。直到奥戴出手，才卸去了唐娜·琼斯及十六种软糖口味那无所不在的催人情欲的能力。奥戴斥责他不该将政见个人化，用的不是我那套‘布尔乔亚’道理。奥戴批评艾拉的缺点不留情面。从不致歉。就是能把人扳正。

“奥戴根据自己战前的婚姻遭遇，给艾拉上了一课，他称之为‘婚姻与世界革命之关系进修课’。‘你跟我跑到卡柳梅特城就是为了这个吗？你要开糖果厂，还是开展一场革命？现在不是闹荒唐的时候！就在眼前了！十年了，我们都明白，现在是争取工作条件生死攸关的时刻！湖县各党派组织都集合起来了。你看着吧，如果我们能守住，如果没有人中途改主意，铁人，一年，最多两年，这些厂子就是我们的了！’

“于是，过了八个月吧，艾拉对唐娜说都结束了。她吞了些药，试了下自杀。再过了一个月，唐娜已回了俱乐部，又找了男人，她失踪已久的父亲带着唐娜的一位兄弟上了艾拉家，说要为艾拉对他女儿的所作所为教训艾拉一顿。艾拉在门口和他们两个厮打，唐娜父亲掏出一把刀，奥戴一拳挥出去，打碎了这浑蛋的下巴，抓住了刀……这就是艾拉要结婚的第一个家庭。

“从这种胡闹荒唐中脱身出来通常不易。但是，到了一九四八年，小唐娜的所谓救世主，已成了《自由勇敢者》中的铁林，万事俱备，可以犯下一个大错了。他得知伊芙怀孕后说的那些，你真该听听。有孩子了。有属于他自己的家了。不是跟他哥哥不赞同的脱衣舞娘，而是跟美国广播界深受喜爱的知名女演员。他平生最好的事。这样实在可靠的根基，他从没有过。他简直不敢相信。两年了——又有了孩子!他不再是暂时的、无常的了。”

“她怀孕了？什么时候？”

“他们结婚以后。只怀了十周时间。他就是为了这个才到我这里来住，又认识了你。当时她已经决定要堕胎。”

我们坐在屋外露台上，对着池塘，远眺横亘西方的山脉。我一人住在这儿，房子不大，有一间是我写作就餐的房间，带浴室的工作间，一角凹进去是厨房，石头壁炉与一墙书架成直角，一排五个细格拉窗俯瞰之下是开阔的干草地，一片防护老枫树将我与土路隔开。另一个房间是卧室，大小适中，样子质朴，一张单人床，一张梳妆台，烧木柴的暖炉，房间四角竖着裸露在外的老式木梁，还有些书架，我坐着读书的休闲椅，一张小写字台，拉开西墙玻璃滑门就是露台，晚餐前我和默里坐在那里每人喝了一杯马丁尼。房子我买下来了，装上过冬的设备——这本来是人家避暑的小屋——六十岁后自己住到这里来，大致是远离了人群。那是四年前了。这样素朴的日子，没有了人类生存通常该有的各类活动，并不总合人心意，但我相信我这个选择是危害最小的。不过，我的离群索居并不是我要讲的故事。怎么说都不是故事。我到这儿来是因为不想再有故事。我已有过故事。

我不知道默里是否认出来了，我这房子正是仿造特拉华峡谷泽西州一侧的那间两室木屋，那是艾拉至爱的归隐处，一九四九年和五〇年的夏天，我去那儿和他待了一周，初次体味了美国乡村生活。第一次单独和艾拉住那木屋我就很喜欢，等我看到这处房子，当即想到了他的住处。本来我要找的是较大些、较传统的房子，但还是立刻买了下来。各房间大小与艾拉的大致相同，布局也相仿。随时光逝去，他那里斑驳的松木板墙几近黑色，房梁架起的屋顶很低（对他而言是低得离谱），窗户小，又不多。我的房子虽说光线明亮得多，但与他的一样是建在土路旁，从外观看来，并无那种标示着“隐者在此闲人莫入”的灰暗倾颓、摇摇似倒之感，但也没有穿过干草田的小径通向锁着的前门，房主的心境由此可见一斑。有一条车行土路，转过弯，绕到房子的工作室一侧，有个小棚屋，冬天我把车停在棚屋里。棚屋木结构建得比房子早，已是摇摇欲坠，简直是从艾拉那杂草丛生的八英亩地上直接搬来的。

艾拉木屋观念的影响何以会如此持久？因为人生无论经历多少幸运抑或打击，顽固存留下来的依然是最早那些意象，尤其是独立自主的意象。木屋的理念毕竟也不是艾拉的，它由来已久。是卢梭的。是梭罗的。原始小屋的掩蔽作用。在这里卸除一切回至根本，是你的去处——即使它不是你的来处 —— 去除污秽，免除纷争。来到这里，脱去衣物，全部卸去，穿过的制服，着过的戏装，褪去旧伤怨恨，与世界之姑息之抗争，除去对俗世的操纵，除去俗世对你的粗暴。老去时归园田居，东方哲学多有这样的主题，道家思想，印度教教义，中国思想。"居于林"，人生路上最后一站。想想中国画中的那些山下老人，山下独居老人，自人生烦扰中退隐。曾与人生激烈角逐，如今，平静了，迈入与死亡的角力，终至素朴，终极之事。

* * *

喝杯马丁尼是默里的主意。主意虽好却不太妙，因为在夏日将尽时分，和我喜爱的人喝上一杯，和默里这样的人聊一聊，令我忆起了有人相伴的快乐。我曾喜爱过不少人，对生活并不淡漠，并没有抽身回避……

不过，我们讲的是艾拉，讲的是艾拉他为何不可能做到。

“他一直想要个男孩，”默里说，“盼着给孩子取他朋友的名字。约翰尼·奥戴·林戈尔德。我和多丽丝有个女儿，名叫洛兰，他每次留在我们这儿在沙发上过夜，洛兰总能让他高兴起来。洛兰喜欢看艾拉睡觉。喜欢站在门廊上看莱缪尔·格列佛睡觉。他喜欢上了这刘海黑黑的小女孩。她也喜欢他。他到家里来的时候，洛兰就要他陪着玩俄罗斯套偶。他送她的生日礼物。你知道的，传统的戴头巾的俄罗斯女人，一模一样的一个套在另一个里面，一直打开到最中间是小核桃般大小的玩偶。他俩给每个玩偶都编上故事，编这些小人族在俄罗斯工作得多么辛劳。然后他就把所有玩偶拢在一只手里，看都看不到。整个消失在阔长的手指间，修长奇特的手指，帕格尼尼的手指一定就是那样的。洛兰最喜欢他这样了：最大的套偶就是她硕大的叔叔。

“洛兰来年的生日，艾拉给她买了苏联红军合唱团及乐团演奏的苏联歌曲集。合唱部一百多名男声，乐队还有一百人。低音部隆隆声惊人，动听至极。她和艾拉听得很享受。歌是俄语的。他俩一起听。艾拉扮低音独唱，拟出不明其义的歌词的嘴型，做着‘俄罗斯式’的激烈手势，到合唱部分，洛兰就做合唱队部分歌词的口型。这孩子有当喜剧演员的细胞。

“有一首歌她特别喜欢。优美，激越，哀伤，圣歌般的民谣，歌名《伐木歌》，旋律简单，背景是俄罗斯三弦琴。唱片内封上印着英文歌词，她背下来了，有好几个月，在家里走到哪儿，唱到哪儿。

在家乡我听过许多歌曲——
快乐的忧伤的曲子。
有一首深深印在我的记忆里：
大众工人之歌。

这是独唱部分。她最爱唱的是合唱的副歌。因为其中有“嘿——嗬”。

嘿，抬起棍子，
嘿——嗬！
一起用力拉，
嘿——嗬！

洛兰一个人在房间的时候，就把空心娃娃排成一队，放上《伐木歌》的唱片，哀伤唱起‘嘿——嗬！嘿——嗬！’，把玩偶在地板上推到这边，又推到那边。”

“等一下，默里，等一等。”我说道，起身从露台回屋，进了卧室，那儿有CD机和留声机。我大部分唱片用盒子装着搁在壁橱，我知道我要找的唱片在哪个盒子里。我取出艾拉一九四八年送我的唱片集，抽出苏联红军合唱团及乐团的那张《伐木歌》唱片，放到唱机上。将唱针落在最后一根曲道前，音量调大，这样透过卧室与露台间那扇敞着的门，默里听得到音乐。接着，我又走出去与他同坐。

我们在黑暗中聆听，不是我聆听他或他聆听我，而是我们俩一起聆听《伐木歌》。正如默里描述的一般，优美，激越，哀伤，圣歌般的民谣。老唱片残旧的表面发出啪啪的声音，连绵往复，像夏日乡间夜晚熟悉的大自然的声音，这首歌曲仿佛穿越久远的历史过往，向我们走来。完全不同于我躺在露台上听收音机里直播周六晚的坦格伍德音乐会。“嘿—— 嗬！嘿—— 嗬！”发自遥远的空间和时间，那些迷狂的革命岁月留存于此奇幻，那个人人筹划着，天真、痴狂、不宽恕地渴求变革的年代，却都低估了，人类最崇高的理想恰恰为人类自己所毁，沦为可悲的闹剧。嘿—— 嗬！嘿—— 嗬！仿佛在合众之力面前，在人民合力获得新生、灭除不公平面前，人性之狡猾、软弱、愚笨与堕落没有一丝胜率。嘿—— 嗬。

《伐木歌》放完了，默里不语。本来听他讲话时我自动滤除的那些声音，此时又听见了：青蛙的咕噜声，火车沿家东边长满芦苇的沼泽地边上铁路哐啷哐啷远去，鷦鷯以啭鸣之声相伴。还有潜鸟，抑郁躁狂的潜鸟的哭声与笑声。每隔几分钟远远传来枭的嘶叫，贯穿始终的则是新英格兰西部的蟋蟀合奏的巴尔托克。一只浣熊在附近树林中吱吱叫，时光推移，我甚至感觉听到林间溪流汇入我家池塘处有河狸在啃噬树木。一群鹿一定是为寂静蒙骗，走得离房子太近了，因为突然间，那鹿已觉察出我们，迅疾听到它们相互警告逃遁的声音：呼哧鼻息，四蹄踏击，跳跃着远去了。它们的身体优美地直冲入灌木丛，接着，依稀可辨它们奔跑逃命而去。只听得见默里细沉的呼吸，老人均匀的呼吸声。

他再张口说话时，半小时已过。唱机的唱臂还没回到原位，能听到唱针在标签上沙沙划动。我没进屋去弄好它，怕打断讲故事的人厚重的沉寂。不知要过多久他才会再说话，是不是他就再不讲什么，直接起身要我开车送他回宿舍，是不是他脑中已信马由缰的各种意念，需睡上一晚才能平息。

然而，默里轻轻笑了，终于说道："听得我难过了。"

"哦？怎么会？"

"想女儿了。"

"她在哪儿呢？"

"洛兰死了。"

“什么时候的事？”

“二十六年前。一九七一年。三十岁死的，留下丈夫和两个孩子。脑膜炎，突然就死了。”

“多丽丝也去世了。”

“多丽丝？当然。”

我去卧室移开唱针，放回原位。“再听点儿别的吗？”我对默里喊道。

他纵声大笑道：“是要看看我能受得住多少吗？内森，你有些高估我了。《伐木歌》这曲子我已经应付不了了。”

“不见得啊，”我说，走回屋外坐下，“你刚才说到——”

“我说到……我说到……对了。说到艾拉被电台解雇后，洛兰很沮丧。她才九岁、十岁吧，一腔怒火。艾拉因为是共产党被开除以后，洛兰就不肯向国旗敬礼了。”

“美国国旗？在哪里呢？”

“在学校，”默里说，“还能在什么地方向国旗敬礼呢？老师要保护她，把她拉到一边说你得向国旗敬礼。这孩子就是不肯。火气很大。真正林戈尔德家族的怒火。她爱叔叔。站在他一边。”

“后来呢？”

“我和她长谈了一次，她又向国旗敬礼了。”

“您都和她谈了些什么？”

“我跟她说我也爱我弟弟。我也觉得那事不公正。我告诉她我和她看法一致，因为人的政治信仰而解雇人是极端错误的。我相信思想自由。绝对的思想自由。但是，我说不应该去找仗来打。那并不重要。为了达到什么目的呢？又会赢得什么呢？我跟她说，不要做无把握甚至无意义的斗争。我告诉她慷慨激昂的言辞存在什么样的问题，这些都是以前我常对我弟弟说的，从他小时候就跟他说，全是为了他好。关键并不在于愤怒，而是为了正确的事由愤怒。我告诉她，要从达尔文进化论的视角来看待这问题。愤怒的意义在于它令人有力。这是它存在的意义。这才是赋予人类愤怒的原因。倘若愤怒反倒让你无力，就要像丢掉烫手的热山芋一样舍弃它。”

五十多年前，默里做我们老师的时候，喜欢渲染事物，上课像演一出戏，用许多小手法让我们保持注意力集中。教书对他是富含激情的职业，他自己也是个令人激动的人物。如今呢，虽说他无论如何还不是个活力耗尽的老人，却不再认为有必要去竭尽全力阐释自己的意思，如今的他几乎是不动声色。语调平和淡然，无意以明显声音、表情或手势来引导或是误导人，即便在唱到“嘿——嗬。嘿——嗬。”时也是如此。

现在的他，头颅看上去如此脆弱、细小，其中却蕴含着九十年的过往。那里搁着的，有许多许多。所有逝去的人，他们做过的事，他们做错的事，汇集上所有无法回答的问题，无法确认的事……给了他一项艰巨的任务：公正判断，把这个故事讲出来，没有太多出入。

时光将到尽头时，走得极快。默里距尽头已是不远，他那样讲话，耐心，中肯，有种淡漠，间或停下，凝神啜一口马丁尼，我觉得时光已被他消融，走得既不快，也不慢，他不再活在时光中，而是独活在他自己的体肤之中。他作为一位认真尽责的教师，作为公民和顾家男人，积极努力、外向的生活是一场漫长的战役，为的是修成无欲无情的境界。冉冉老去，不可测知的湮没，万物归为虚无，凡此种种，并不是不耐久的。都是持久的，甚至是对可鄙之物的尽情鄙视。

在默里·林戈尔德这里，找不到所谓人生不尽如人意。他已脱离了这境界。万物逝去后，留存下来的是恬淡克制的忧伤。是冷却。炽热太久，生命曾激烈如斯，然后一点点消逝，继而冷却，终归灰烬。当初教我与书籍周旋的人，他回来了，教我与人的老去过招。

他传授的这技艺不凡，因为，面对衰老，没有什么比拥有过丰实的生命更能让你对之不加理会。

第二章

“艾拉来看我，”默里接着讲道，“就是你们俩碰到那次的前一天，他来我家过夜，是为了当天早上他听到的事。”

“她跟他说要堕胎。”

“不是。前一天晚上她已经说过了，跟他说要去坎登堕胎。坎登有位医生，早年人工流产手术风险较大，不少有钱人去找他。她这个决定其实也不意外。有好几周了，她反反复复，拿不定主意。她四十一岁了，比艾拉大。脸上虽看不出，但伊芙·弗雷姆已经不是小孩子了。她这个年纪怀上孩子，顾虑不少。艾拉理解，但是接受不了，不愿承认她的年纪会成为障碍。你知道，他不是那种谨小慎微的人。他有一种毫无保留、一往无前的劲儿，所以他一遍遍地劝她，说他们没什么可顾虑的。

“他以为已经说服她了，但结果又出了新问题，工作。头胎生西尔菲德时，兼顾事业和孩子，已经够不容易了。生西尔菲德时伊芙只有十八岁，那时她是好莱坞新星。嫁给男演员彭宁顿。我年轻那时候，彭宁顿名气极大。卡尔顿·彭宁顿，默片男星，外形堪称古典风格的典范。颀长，风度翩翩，黑润油亮的头发，一把黑黑的小胡子。风雅到了骨子里。地道的社交场与情场贵族，两者相互作用，为他的表演提供资源。童话王子，调情高手，合二为一，开皮尔斯镀银车送女人直达幸福彼岸。

“婚礼是电影厂安排的。她与彭宁顿的搭档广受欢迎，她又那么倾慕他，电影厂认定他们应该结婚。还认定结了婚就该要个孩子。都是为了消除彭宁顿是同性恋的传言。当然了，他是同性恋。

“要嫁彭宁顿，先得甩掉第一任丈夫。彭宁顿是第二任丈夫。第一任叫米勒，她十六岁和他私奔，是个没文化的粗人，海军服役五年刚回来，大块头，德裔美国男孩，纽瓦克附近卡尼一位酒保的儿子。出身低俗，人也粗鲁。有点像艾拉，只是没有艾拉的理想主义。她是在社区戏剧小组认识的他。他想当演员，她也想当演员。他住宿舍，她上高中，还住在家里，两人一道去了好莱坞。伊芙就是这样到的加州，中学时候和酒保儿子私奔过来的。来的当年就成了名，为了甩掉什么都不是的米勒，制片厂给了他一笔钱了事。也让米勒在几部默片里露过脸，还在最早的有声电影里扮演了几个硬汉角色，但他与伊芙的关系基本已查不到记录。一直到很后面都是。我们会再说到米勒的。总之她嫁给了彭宁顿，皆大欢喜。电影厂主办婚礼，有了小孩，然后呢，和彭宁顿过了十二年修女般的日子。

“和艾拉结婚以后，她还是常带西尔菲德去欧洲看彭宁顿。如今彭宁顿是死了，但战后他住在法国蔚蓝海岸。他在圣托佩山顶有座宅子。每晚喝个烂醉，四处闲逛，过气了，大骂好莱坞被犹太人控制，毁了他的前程。她带西尔菲德去法国看彭宁顿，三人在圣托佩吃顿晚餐，彭宁顿会喝上几瓶葡萄酒，饭席间盯着一位男侍应生看，然后打发西尔菲德和伊芙回酒店。次日清晨，她俩到彭宁顿家吃早饭，那男侍应就穿着浴袍坐在餐桌旁。大家一起吃新鲜无花果。伊芙于是回到艾拉那儿，哭诉那人如何胖了，如何醉醺醺，还总招些十七八岁的年轻人睡在家里，有侍应生，有海边醉汉，有扫大街的，她是再也不去法国了。然而她又回去了，是好是坏，都一年两三次带西尔菲德去圣托佩看父亲。对孩子而言一定是不好过。

“在彭宁顿之后，伊芙嫁了一位房地产投机商，弗里德曼。据她说这人花光了她所有的钱，差点儿要她签字转让房子。因此，当艾拉出现在纽约广播界，她自然迷上了他。高贵的伐木工林肯总统，爽朗，纯净，伟大的巨人，高尚，高谈阔论正义与万物平等。艾拉和艾拉的理想吸引了各式各样的人，从唐娜·琼斯到伊芙·弗雷姆，以及介乎两者之间的各种有问题的人。困扰情绪下的女人为他痴狂。那种朝气。活力。参孙式的革命巨人。他那种懒洋洋的体贴。而且艾拉身上的气味好闻。你记得吗？他那股自然的气息。洛兰常说：‘艾拉叔叔闻起来是枫糖浆的味道。’确实。他有树汁的气息。

“伊芙送女儿去看彭宁顿这事儿，一开始艾拉气得不行。我想艾拉是觉得这不只是让西尔菲德见彭宁顿，怕是彭宁顿还有吸引伊芙的地方。也许她真的还恋着彭宁顿。可能是为着他的怪癖，可能是恋着他的家世。彭宁顿家族是加州名门望族。他在法国生活靠的就是家族财富。西尔菲德戴的一些首饰就是她父亲家族收藏的西班牙珠宝。艾拉对我说：‘他女儿住在他家，女儿住一个房间，他就这么跟个水手睡另一个房间。伊芙应该保护女儿。不该把女儿拖到法国去看这种事儿。她怎么就不保护女儿呢？’

“我了解我弟弟，明白他的意思。他想说的是我不许你们再去。我跟他说：‘你不是西尔菲德的父亲，不能禁止伊芙的孩子做这个做那个。’我说，‘你如果为了这个要脱离这段婚姻，就明白说。不然的话，就留下，受着吧。’

“那是头一次，我把自己一直以来想说的试着跟他提，哪怕只是暗示。和她来段私情，没什么嘛。跟电影明星，干吗不呢。可是婚姻？彻头彻尾的错。那女人，与政治，特别是共产主义，从无接触。她能把握维多利亚时代小说家错综复杂的情节，特罗洛普笔下的人物名字她可以娓娓道来，对社会对日常的种种事务却毫无概念。她穿的是迪奥。锦衣华服。上千顶小面纱帽。蛇皮的鞋子手袋。置装不知花多少钱。艾拉呢，四十九块钱买一双鞋。他看到她有张账单是八百美元买了条裙子。搞不懂。就去她衣橱看，看看这什么衣服怎么会这么贵。作为一名共产党人，他应该一开始就看不惯她才对。他没娶革命同志，却娶了伊芙，怎么回事？难道在党内就找不到支持他、和他并肩战斗的人吗？

“多丽丝总是谅解他，为他开脱。每回我开始说他，多丽丝都为他辩解。‘是啊，’她说，‘艾拉是共产党，大革命者，一腔热忱的党员，一下子爱上了一位没有头脑的女演员，她穿的是时兴的细腰上衣与长裙，她是明星，光彩照人，浸淫的是贵族那套矫饰，与艾拉所有的道德标准正相对立——可这就是爱情。’‘是吗？’，我就问多丽丝，‘我看他就是容易受骗和犯糊涂。艾拉对感情问题没有判断力。像他这种不妥协的激进分子都这样。他们这种人心理上不太协调。’多丽丝反驳我的理由则是，爱情的摧毁力他抗拒不了。多丽丝说：‘爱情是没有道理的。自负虚荣是没有道理的。艾拉也是没有道理的。世上的人各有各的虚荣，因此各有各的盲点。伊芙·弗雷姆就是艾拉的盲点。’

“艾拉的葬礼，来了不到二十人。多丽丝本来很怕当众发言，但她竟然起身就此做了一段演说。她说艾拉是一名热爱生活的共产党人，是满怀激情的共产党人，不适合封闭的党内小团体生活，正是这点毁了他。从共产党的视角看来，艾拉不完美，感谢上帝。对于自我，艾拉是无法抛弃的。它不断从他身上迸发出来，压抑不住，虽然艾拉要自己做赤诚的战士。忠诚于党是没错，忠于自我，无法克制自我也是很自然的。艾拉身上的任何一面，都不是他能压制得了的。艾拉生命中的每件事都是自我的，多丽丝说，彻彻底底的，包括他的矛盾之处。

“也许是吧，也不尽然。他身上的矛盾之处是毋庸置疑的。自我的开放与共产党人的缜密。家庭生活与党。想要个孩子，渴望有个家——他这样有追求的党员应不应该如此在意有个孩子？就算是这样的矛盾之处，也要设个限吧。无根无底的人娶个女明星？三十多岁的男人娶个四十多岁带着已成年大孩子的女人？不般配的地方太多了。挑战也就在这儿。在艾拉这儿，一件事情，不对的地方越多，需要修正的就越多。

“我跟他说：‘艾拉，彭宁顿这事儿修正不了。唯一修正的方法就是离开。’我跟他讲的，大致就是当年他和唐娜在一起的时候奥戴跟他说的那些。‘这不是政治，这是个人生活。不能把你对外部世界的理念带到个人生活里。你改变不了她。摊到什么就是什么了，如果无法忍受，就离开。这个女人嫁过同性恋，同性恋丈夫对她一碰不碰的日子过了十二年，她知道前夫在女儿面前的行为有损女儿幸福，却还与他纠缠不清。她肯定认为如果西尔菲德见不到父亲会更不好。她左右为难，很可能是怎么做都不对——所以算了吧，别为这事儿去为难她了，放手吧。’

“接着我问：‘你说，除了这事儿，别的方面你也受不了吗？有没有别的什么事儿你想插手改变的？如果真有，也别想了。你什么都改变不了。’

“但是艾拉就是为了改变而活着的。这是他生活的理由。他全力投入生活的理由。每件事他都看作是对他意志的挑战，这是他的精髓。他必须不懈努力。必须改变一切。这是他存活于世上的目的和意义。而这个婚姻，有他想要改变的一切。

“但是一旦你热烈渴求的东西不是你所能控制的，就准备好受挫吧，预备屈服吧。

“我对艾拉说：‘你把你无法忍受的所有事情列成一栏，下面划道横线，加一加，总和是“完全无法忍受”吗？如果是，那么即使你才结婚不过两三天，即使还在新婚中，也必须离开。因为你犯了错的时候，你的脾气是怎么都不会走。你会拿出我们家族修正事情的激烈态度去修正。眼下我觉得这样要出问题。’

“他跟我说了伊芙的第三次婚姻，彭宁顿之后那次，和弗里德曼的。我对他说：‘听着像是一个灾难接着一个灾难。你又要做什么呢，消除这些灾难？不仅在台上，在台下你也要做个伟大的解放者吗？你找上她原来就是因为这个？你想给她看看，你比那好莱坞巨星更伟大、更好？你是要给她看看，犹太人不是弗里德曼那样贪得无厌的资本家而是你这样创造正义的机器吗？'

"我和多丽丝去伊芙那儿吃过晚餐。见识了生活中的彭宁顿-弗雷姆一家，于是我一并都说了，一吐为快。'伊芙女儿是枚定时炸弹，艾拉。满腹怨气，阴沉沉的，又恶毒。只关注展示自己，别的都进不了她的眼。固执，习惯了要什么有什么。而你，艾拉·林戈尔德，妨碍了她。当然，你也意志强大，比她强大，比她年长，又是男人。可是你没法施加你的意志。对于伊芙女儿，你没法凭你更强大、年长、是男性而获得任何道德权威。对你这样的教育权威，挫折一定不会小。在你身上，伊芙女儿会学到她在她妈妈那里永远学不到的一个词：抵抗。你是个六尺六寸高的障碍，威胁到了她对她明星妈妈的专制。'

"我话说得很重。当年我性子挺烈。看到不理性的事就按捺不住，特别是来自我弟弟的。我说得是有点儿过了，但没夸大事实。去伊芙家吃饭那晚，刚出那门儿，我就看出来了。我以为没人会看不出来，艾拉恼了。'你怎么就知道？怎么就你知道？因为你聪明，'他说，'还是因为我太傻了？''艾拉，'我对他说，'那房子里住着一户两口之家，不是三口之家，这两口人除了彼此外，没有任何其他实在的人际关系。那家人没有一件事情是有分寸的。妈妈被女儿情感勒索。你去守护一个被情感勒索的人，不会幸福。那个家，长幼颠倒，太明显了。要威风、教训人的是西尔菲德。一看就知道，女儿对母亲怨恨难消。一看就知道，女儿对母亲这种积怨，是认为母亲犯下了某项不可宽恕的罪过。两人相互牵缠不清的情感是失控的。她们之间绝无快乐可言。母亲诚惶诚恐，女儿永远断不了奶还如此过分，两人间永远不会有像样踏实的和谐状态。

"'艾拉，母女之间，母子之间的关系没什么复杂的。我有女儿，'我告诉艾拉，'我了解跟女儿的事。喜欢女儿，爱女儿，和她在一起，那是一种状态；怕女儿，和女儿在一起，那是另外一种状态。艾拉，伊芙女儿对妈妈再婚有意见，这注定了你的家庭生活不会幸福。"不幸的家庭各有各的不幸。"我就是给你描述一下那个家庭的不幸是什么样。'

"就在这时，艾拉骂了起来。'我不住在勒海大道，'他对我说，'多丽丝我喜欢，她是贤妻良母。不过，中产阶级犹太人家里两套餐具那种婚姻生活，我个人不感兴趣。我就没守过那套习俗，以后也不打算守。你是要我放弃我爱的女人，那么有才华、那么好的一个人，她的路也并不一直那么顺，你要我放弃她，就因为她那弹竖琴的女儿？你认为那是我人生的最大问题？我的问题是我所在的这个工会，默里，是改造演员工会的困境。我的问题是给我写剧本的作家。我的问题不是我妨碍了伊芙的孩子，我妨碍的是阿蒂·索科洛[1]，这才是我的问题。他交剧本前我要跟他过一遍，我的台词如果有我不喜欢的，我要直接告诉他。我不喜欢的台词我是不会接受的。我坐下来跟他争，最终修改成有社会意义的台词——'

"艾拉就是这么好斗，问题是他没抓住要点。他的思维推进不是靠逻辑清晰，他靠的是蛮力。我跟他说：'你在舞台上怎么大展身手，怎么教人家写剧本，我都无所谓。我说的是另外一回事。我讲的不是传统不传统，中产阶级还是波希米亚。我讲的是一个家庭里母亲在感情上被女儿任意践踏。你在我们家长大，有我们那样一个父亲，却认识不到家庭气氛有多大影响力，对人有多大伤害，实在荒唐。吵架吵得人疲惫不堪。日复一日的绝望。一小时一小时的拉锯。她们那个家庭完全是不正常的——'

"艾拉能想都不想就说一句'滚蛋'，然后再也不见你。他不调整。正开着第一挡，猛地就上到第五挡，走了。我不能住嘴不说，也不愿意住嘴。所以他跟我说滚一边儿去，然后就走了。六周后，我给他写了封信，他没回。接着我打电话给他，他也不接。最后我去了纽约，

---

① 阿蒂是阿瑟的昵称。

逮住他，跟他道歉：‘你是对的，我错了。不该我管的事儿。我们想你。想让你来家看看。你想带伊芙来就带，不想带就不带。洛兰想你了。她爱你，她不知道这事儿。多丽丝想你……’等等。其实我想说的是：‘对你的威胁，你看错了。威胁你的不是帝国资本主义。不是你的公众行为。威胁你的是你的个人生活。从来都是，永远都是。’

“有些晚上我睡不着，和多丽丝说：‘他为什么不走呢？怎么就不离开呢？’你知道多丽丝怎么说吗？‘因为他跟大家一样，事情过了才会明白。你为什么不离开我呢？造成人与人很难在一起的种种人性问题，我们就没有吗？我们也吵架。也有意见不合。人人都有的，我们也有——这个小问题，那个小问题，小小的憋气日积月累，小小的诱惑也累积起来。你以为我不知道有女人对你有好感吗？学校里的老师，工会的女的，被我丈夫深深吸引？你以为我不知道，你二战退役后有一年，不确定为什么还会和我在一起，每天都问你自己“为什么不离开她？”但是你没有。因为人一般不会那么做。每个人都有不满，但一般都不会离开。尤其是自己曾被人丢下过的，像你和你弟弟。经历过你们所经历的，会让人对安定特别珍视。有可能是过于珍视了。世上最难的事，莫过于舍弃与放下。再病态的行为，人都能去适应，不放弃。他这类男人，为什么感情上会与她这类女人互相吸引呢？原因很常见：他俩的缺点瑕疵很配。艾拉丢不下这个婚姻，正如他离不开共

产党。'

"话说回来吧，那个婴儿，约翰尼 · 奥戴 · 林戈尔德。伊芙对艾拉说，她在好莱坞带西尔菲德的时候，对她和对彭宁顿是不一样的。彭宁顿每天去拍电影，大家都接受；伊芙每天去拍电影，小孩交给保姆看，就成了坏母亲，不称职，自私，大家都不满意，她自己也是。她跟艾拉说她没法再经历一遍。当年对她太艰难，对西尔菲德也太苦。她说那种重负可以说是毁了她的好莱坞生涯。

"但是艾拉说她现在不演电影了，她现在做广播了。是广播界重要人物。不用每天去录音室，一周就去两天。现在的情况跟以前完全不一样了。艾拉 · 林戈尔德也不是卡尔顿 · 彭宁顿。艾拉不会丢下她和孩子。他们不需要保姆。见鬼去。如果需要，他可以自己带大他们的约翰尼 · 奥戴。艾拉这人一旦咬住什么，就不会放开。伊芙又架不住人不停地劝。人家盯上她，她就垮了。所以他确信已经说服她了。最后，她对艾拉说艾拉是对的，现在情况是不一样了，她说好吧，就要了这孩子吧，艾拉欣喜若狂，你该听听他说的那些。

"后来，他来纽瓦克，就是你们俩碰上那次，前一晚，她崩溃了，说她不能要孩子。她对艾拉说，他这么渴望的东西，她不能给他，她也很难受，可是她不能再经历那样的事了。这样连着好几个小时，艾拉又能做什么？他们的家庭生活如果有了这样的背景，对伊芙，对他自己，对小约翰尼，对谁能有好处呢？他很苦恼，那晚他们到凌晨三四点才睡，对他而言是就此结束了。他是很执着，但也不能为了要孩子把伊芙绑在床上七个月。她不想要，就是真不想要。他说会陪她去坎登看人工流产医生。不会让她一个人去的。”

听着默里讲述，记忆不禁涌上心头，与艾拉在一起的记忆，自己没有意识到依旧存在的记忆，从前饥渴地汲取他的言辞与信念的那些记忆，我们两人走在威克瓦西公园，他给我讲他在伊朗见到饥饿孩子的那些深刻的记忆。

“我到了伊朗，”艾拉对我讲，“当地人得什么病的都有。他们是穆斯林，大便前后会洗手，不过是在河里洗，就是我们面前的河。在同一条河里小便和洗手。他们生活条件十分恶劣，内森。那地方由酋长统治。不是浪漫的酋长，是部落独裁者。你明白吗？部队给他们钱，让当地土著为我们干活，我们定量配给他们米和茶。就这个。米和茶。那种生活条件，我没见过那样的。经济大萧条时期，我也做过苦工，我也不是在丽思酒店长大的，但伊朗那儿不是一个级别的。举个例子，我们都大便在军队发的桶里。铁桶，就是个铁桶。要去倒掉，倒在垃圾堆那儿。垃圾堆那儿有谁，你知道吗？”

突然间，艾拉讲不下去了，说不出话。走不了路。他每次这样我都很担心。他知道，所以会轻摆手，示意我别动，等他这阵儿过去，就会没事儿的。

对他难以接受的事，他做不到平静。说到人类悲惨境遇，他整个神态会扭曲变形，大概是因为他自己少年时的颠沛流离，对孩子的苦难遭遇他反应尤其激烈。当他问我："那儿有谁，你知道吗？"我就知道是谁了，因为他开始那样喘气："啊……啊……"似垂死的人。等他情绪平复、可以继续走路了，我装作不知道的样子问："是谁啊，艾拉？那儿有谁？"

"孩子。孩子们住在那儿。从垃圾堆里拣东西吃——"

他又停下不说了，这次我担心极了，怕他困住，陷进去，被情绪，被无边无际的孤独感淹没，失去力量，再也做不回我崇拜的那位英雄，我知道我必须做点什么，随便什么，于是我试着替他说完话。我说："真是可怕。"

他拍拍我的背，我们又向前走下去。

"对我而言是的，"他终于答道，"对我部队的战友则毫无关系。我没听见有人说过什么。没见有人，来自美国的人，感到痛惜。我是真气愤，但束手无策。军队里没有民主。你明白吗？ 不能跟上面讲。多少年了都是那样。世界历史就是如此。就这种生存条件。"他爆发了，"被整得这样生存！"

我们在纽瓦克四下走走，艾拉带我看那些我从没了解过的非犹太居民区，一区，他长大的地方，住着意大利穷人；唐内克区，住着爱尔兰和波兰贫民，艾拉就一直讲给我听，与我长大过程中听到的正相反，这些人不仅是非犹太人，还是“和全国各地劳动人民一样的劳动人民，勤劳，贫穷，无权无势，勤劳终日只为过上像样的有尊严的生活”。

我们走进纽瓦克的三区，黑人住进了那里老犹太移民贫民窟的街道和房子。艾拉遇见人就聊，男人女人，男孩女孩，问他们都做什么，过得怎么样，想不想去改变一下那种剥夺了他们的平等权利的“破体制和愚昧无情模式”。他在残破的云杉街上一家黑人理发店外长凳上坐下，那里距贝尔蒙特大道上我父亲长大的廉租公寓楼不远。他对聚在路边的人说：“我这人好插话。”然后开始跟他们讲平等权利，在我眼里，此刻的他从未如此酷肖纽瓦克埃塞克斯镇法院大楼前宽阔台阶脚下那尊修长的林肯青铜雕像，出自格曾·鲍格勒姆之手的闻名当地的林肯雕像，坐在法院大楼前大理石长凳上迎候大家，姿态友善，面庞枯瘦，一把大胡子，智慧，严肃，慈祥，贤明，善良。在云杉街那家理发店门前，当有人问艾拉，艾拉慷慨激昂答道：“黑人有权在自己愿意付账的任何地方用餐！”此时我发现我从没想过，更不要说是目睹一位白人可以与黑人如此随意自在地相处。

“多数人误以为黑人沉闷愚笨的那些特征，内森，你知道其实是什么吗？是一层保护壳。在没有种族偏见的人面前，你再看黑人是什么样的，他们不需要那层壳了。当然黑人也有不正常的，但哪个种族没有呢，你说。”

有一天，艾拉在理发店外发现了一位年纪很大、言辞尖刻的黑人，这人最喜欢激烈抨击人性之恶——“大家所知道的一切，并非出自暴君的暴政，而是来自人类的贪婪、愚昧、野蛮和仇恨的暴行。邪恶之源是民众自己！”我们又回去好几次，人们聚拢来，听艾拉批驳这位不满一切的人。这人一直穿着整齐，一身黑西装，打着领带，别人尊称他为“普雷斯科特先生”。艾拉挨个去改变他们的看法，一次对一名黑人，林肯对道格拉斯式辩论的新形式。

艾拉亲切问他：“你还是认为劳动阶级会继续捡帝国主义者餐桌上掉下的面包屑？”“是的！无论什么肤色，大众向来是也永远是没有头脑、迟钝、恶劣、愚蠢的。真有机会改善贫穷状况的话，也只会更加没有头脑，迟钝，恶劣，愚蠢！”“普雷斯科特先生，这个问题我认真思索过，我坚信你错了。因为没有那么多面包屑来喂饱劳动人民、让劳动人民一直听话，单这一个事实，就驳斥了你的理论。在场诸位都低估了工业衰退已近在眼前。没错，杜鲁门和马歇尔计划如果能保住咱们的工作，咱们大多数劳动人民还是会继续支持。但是，矛盾的是，把产能集中在为美国军队和傀儡政府的军队生产战争物资上，这正在让美国工人陷入贫困啊。”

即使面对普雷斯科特先生看似深得人心的愤世嫉俗，艾拉也仍努力在探讨中注入理性和希望。在普雷斯科特先生身上可能做不到了，但艾拉还是希望能在路边的听众心里，建立这样一种意识，即大家协同一致采取政治行动，就能推动变革。在我看来，这正如华兹华斯描述的法国大革命时期，“正是极乐天堂”：“黎明时分活着多么幸福/然而年轻着才正是极乐天堂！”我们两个，白人，被十来个黑人围着，却无需担忧，无需恐惧：我们不是他们的压迫者，他们也不是我们的敌人——压迫者对敌人，我们都惧怕的这种关系，而这正是我们社会组织运转的方式。

我们第一次去云杉街后，艾拉请我在韦夸希利小饭馆吃芝士蛋糕，边吃边给我讲起他在芝加哥时一起工作的黑人。

“那家工厂位于芝加哥黑人区中心，”他说道，“员工约有百分之九十五是有色人种，我跟你说的那种生机，就在此处萌生。我去过的地方，那是唯一黑人与其他人绝对平等的一处。所以白人不会良心不安，黑人不会一直愤怒。你明白吗？工作晋升仅以年资为依据，不做手脚。”

“你和黑人一起工作的时候，他们什么样？”

“就我判断，他们对我们白人没有猜疑。首先，他们知道，电气工会联合会派到这家厂子的白人，不是共产党员就是共产党的忠诚同情者。因此他们不觉得拘束。他们知道，我们这批白人是这个时代、这个社会最没有种族歧视的人了。看到有人读报纸，十有八九读的是《工人报》。位居第二不相上下的是《芝加哥卫报》和《赛马消息》。赫斯特报系和麦考密克报系两大阵营。

“黑人实际是什么样？生活中。”

“哦，朋友，黑人中有一些丑的，如果你问的是这个意思的话。现实中是有的。但只是极小的一部分。头脑开放的人，坐电车穿过黑人区一趟，就会明白黑人怎么长成这样的。我体会最深的黑人特点，是热情友好。还有就是，在我们唱片厂，黑人对音乐的热爱。我们厂到处都有喇叭，有扩音器，有人想听什么曲子，说一声就行，还都是在工作时间。他们就唱着，摇摆着，常有人拉上一个女孩就跳起舞来。员工有三分之一是黑人女孩。都是好女孩。大家抽烟，读书，煮咖啡，大声辩论，工作同时进行，没有停顿。”

“你有黑人朋友吗？”

“当然，当然有。有个大个子，叫厄尔还是什么的，我一见就喜欢上了，因为他长得像保罗 · 罗伯逊。没多久我就发现他是和我一样打散工的。厄尔和我一样要坐很久有轨电车，我们约好乘同一辆车，路上能聊聊天。一路直到厂门口，我和厄尔都是有说有笑，跟在上班时一样。车一进厂，上来他不认识的白人，厄尔就闭嘴不说话了，我下车的时候，他只说句‘再见’。就这样。你明白吗？”

艾拉从战场带回来的棕色小笔记本里，记录了他的观察、思考和信念，散见其间的，记着他在部队遇到的每一位政治理念相投的士兵的名字和美国地址。他已经开始找寻这些人，往全国各地发信，拜访住在纽约和新泽西州的人。一天，我们坐车去了梅普尔伍德郊区，就在纽瓦克西边，看望前中士欧文·戈尔茨坦。在伊朗时，他跟约翰尼·奥戴一样是极左的，艾拉称他是“相当成熟的马克思主义者”。回乡后，我们发现，他和在纽瓦克开床垫厂的一个家族联姻，现在是三个孩子的父亲，追随了他一度反对的一切。谈到《塔夫脱-哈特莱法案》、种族关系、价格管制，他一点儿都不跟艾拉争。只是笑。

戈尔茨坦的妻子孩子下午和他岳父母出去了，我们在他家厨房喝汽水。戈尔茨坦小个子，精瘦，态度是那种市井精明人的傲慢，艾拉说什么，他都是嗤笑嘲讽。他怎么解释自己的大转变？“以前我什么都不懂啊。哪知道我自己说的是啥？”对我，戈尔茨坦则说：“孩子，别听他的。你生在美国，全世界最伟大的国家，有全世界最伟大的体制。当然了，人民也有不幸。你以为在苏联就没有吗？他告诉你说资本主义残酷无情，不残酷无情那还叫生活吗？这制度和生活才是一致的。正因为如此，才是成功的。共产党说资本主义的那些，完全正确，资本主义说共产主义的那些，也正确。不同之处在于，我们资本主义制度成功，因为它建立在人人自私这个真理之上，他们共产主义制度不成功，因为建立在天下皆兄弟的童话之上。这个童话太荒诞，他们把人抓起来流放西伯利亚才能逼人信。为了让人相信他们那套手足情谊，他们要控制人的思想，不听话的就枪毙。在美国，在欧洲，共产党明明知道真相，还是继续编织童话。一开始你是不明白。其实有什么不明白的呢？明白了人，就什么都明白了。就明白这童话不可能成真。年轻人信这个，情有可原。二十岁，二十一，二十二，说得过去。过了这个年龄呢？有正常智力的人，怎么会轻信这种共产主义童话。'我们的事业是美好的……'其实呢，咱们还不了解自己的兄弟吗？他就是个渣。咱们还不知道咱们的朋友吗？就是个半拉子渣。我们自己也是半拉子渣。怎么可能美好得起来呢？用不着愤世嫉俗，用不着怀疑论，单是平常观察观察，就知道那根本不可能。

"要不要到我的资本主义工厂，看看资本家怎么做床垫？你会见到真正的工人。艾拉他是广播明星。你跟他谈，你不是和工人谈，是和明星谈。艾拉，是吧？你是杰克·本尼那样的明星，你哪知道什么做工啊？这孩子到我厂里，会看到我们怎么生产床垫，看到我们把控生产，看到我得监视生产过程每个步骤，确保床垫质量合格。他会看到万恶的生产资料拥有者过的是什么日子。是一天二十四小时卖命干。

工人五点钟回家，我不能。在厂里待到午夜。回家后也不睡，脑子里把账过一遍。早上六点又到厂了，去开门。孩子，别让他灌你一脑子共产主义。都是骗人的。去赚钱吧。钱不骗人。钱不做假，民主。赚上钱，然后呢，如果你还是想的话，你再去证明天下皆兄弟什么的。”

艾拉仰靠椅背，一双大手交叉枕在脑后，毫不掩饰蔑视，为达到讽刺戈尔茨坦的极致效果，没对着戈尔茨坦，却专门对着我说：“人生一大美好感觉是什么你知道吗？可能是顶好的，那就是没什么怕的。这房子的主人，这个唯利是图的家伙，他呢？他什么都怕。就这么回事。二战的时候，欧文·戈尔茨坦是不怕的。现在呢，二战结束了，欧文·戈尔茨坦怕他妻子，怕他岳父，怕收账的，什么都怕。你睁大眼睛往资本主义商店橱窗里瞧，要了还想要，取了再取，拿了还拿。买下了，到手了，攒起来。到这一步，信念没了，开始怕上了。我呢，我有的，没一样我放不下的。你明白吗？我不像唯利是图的人，会被什么东西拴住脱不了身。我，艾拉·林戈尔德，从工厂街我父亲那处破房子，到今天成就了铁林的角色，我就上过一年半高中，能遇上这批人，认识我认识的这些人，成了特权阶层一员，过上他们那种安逸日子，都太不可思议了，假如一夜之间我又一无所有，对我来说也没什么奇怪。你明白吗？你懂我吗？我可以回到中西部。可以到厂里干活。一定要去的话，我会去的。但决不会当他这种胆小鬼。你现在政治上就是这个，”他说，终于看向戈尔茨坦——“不是个有骨气的男人，是个胆小鬼，毫无价值。”

“铁人，在伊朗的时候你就整天胡说八道，现在还是。”然后，戈尔茨坦又对着我说——我是传声筒、搭档表演的、炸弹导火索——他说，“艾拉说的那一套没人听得进去。没人拿他当回事儿。这人太可笑了。不会思考。从来不会。什么都不懂，什么都不会，什么都不学。共产党拿艾拉这种笨蛋纯粹是利用。天下没人蠢得过他了，”他又转向艾拉，说，“从我家里滚出去，共产主义蠢蛋。”

我的心怦怦直跳，这时我看到戈尔茨坦从身后装银餐具的碗橱抽屉里掏出一把手枪。我还没如此近距离见过手枪，纽瓦克警察后腰枪套里的除外。那把枪看上去极大，并不是因为戈尔茨坦个头小。枪是真大，不可思议的大，黑色，做工精良，模塑，机制，威慑力十足。

戈尔茨坦是站着，举枪指着艾拉前额，就是站着他也不比艾拉坐着高多少。

“我怕你，艾拉，”戈尔茨坦对艾拉说，“一直都怕。你太野了。你对巴茨下那种手，我不会坐等你对我下手的。还记得巴茨吗？小巴茨？起来，给我滚，铁人。把小马屁精带上。马屁精，铁人没跟你说过巴茨？”戈尔茨坦对我说，“他要杀巴茨，要把巴茨淹死。把巴茨从食堂拖出去——艾拉，你没告诉这小孩？你在伊朗的事儿，在伊朗发作的事儿。巴茨一百二十磅，操起一把餐刀，那可是非常危险的武器，扑向铁人，铁人一把抄起巴茨，扛出食堂，拖到码头上，头朝下吊在水面上，抓着他脚，说：‘游游水吧，乡巴佬。’巴茨哭喊：‘不要，不要，我不会游泳。’铁人又说：‘不会吗？’就把他丢进了水。头朝前飞过码头边沿，栽进了阿拉伯河。水深三十英尺。巴茨一沉到水底。艾拉转身吼我们：‘谁也别管这混蛋！都走！不许过去！’‘铁人，他要淹死了。’‘让他淹死，’艾拉说，‘别过来！我有数！让他沉底儿！’有人跳进水去救巴茨，艾拉随即也跳下去，抓住这人，抡起拳头，猛锤他脑袋，挖眼睛，压住他。你没跟这孩子说过巴茨？怎么会呢？也没跟他说过加威奇？索拉科呢？贝克尔呢？起来，起来，滚，你这个疯子，杀人犯。”

艾拉一动没动。除了眼睛。他的眼睛如小鸟要从他脸上飞出去。抽搐，霎动着，我从没见过他那样，全身似已化成骨，紧绷，如他眼睛霎动一样骇人。

“我不走，欧文，”他说，“有枪指着我脸，我不会走。想让我走，你开枪，要不叫警察来。”

我说不出来他们两人谁更吓人。艾拉干吗不听戈尔茨坦的，我们干吗不离开这儿？一个是床垫厂厂主，手枪上了子弹，一个是巨人艾拉，让他放胆开枪。哪个更疯狂？这是什么情况？新泽西梅普尔伍德阳光明媚的厨房，大家好好地在喝一瓶皇冠威士忌。三个犹太人。艾拉是来见老战友。出什么问题了？

艾拉脑中在转什么不清醒的念头，脸都走了形。我浑身发抖，他收起了这神情。隔着桌子，他看到我牙齿打战，两手控制不住地颤，他醒过神来，缓缓起身。两臂举过头顶，就像电影里银行劫匪大喊“抢劫”时人们做的那样。

“没事儿了，内森。天黑了，不吵了。”他装作轻松的语气，带着嘲讽的意思举起双手暗示投降，我们穿过厨房门，离开屋子，沿车道走向默里的车。戈尔茨坦还是一路跟着我们，手枪距艾拉头只有几英寸。

恍惚间，艾拉开车穿过梅普尔伍德寂静的街道，经过那些好看的一家一户的房子，房子里住着原来纽瓦克的犹太人。他们才买下人生第一处房子，第一片草坪，第一回入乡村俱乐部。这样的居民，这样的社区，怎会想到餐具里藏着把手枪。

车子开过欧文顿线，驶入纽瓦克，艾拉才回过神来，问：“你没事吧？”

我很难受，尽管现在不那么怕了，只觉得丢脸、害臊。我清清嗓子，不想说起话来结结巴巴。我说：“我尿裤子了。”

“是吗？”

“我以为他要杀了你。”

“你很勇敢。非常勇敢。很不错。”

“走在车道上的时候我尿了裤子！”我愤愤道，“该死！他妈的！”

“是我的错。整件事。让那笨蛋当着你的面，拿着枪！枪！”

“他为什么要那样？”

“巴茨没淹死，”艾拉突然说，“没人淹死。没人会淹死。”

“你把他扔河里了？”

“没错。确实把他扔河里了。他就是叫我犹太佬的那浑蛋。那事儿我跟你讲过。”

“我记得，”但他跟我讲的只是一部分，“就是那天晚上他们伏击你的吧。打了你。”

“对。打了我，好。把那浑蛋捞上来以后来打我的。”

他开车到我家门前放下我。家里没人，我把湿了的衣服丢进洗衣篮，冲了个澡，平静一下。洗澡的时候，我又战栗起来，不是因为回想起餐桌前戈尔茨坦用枪指着艾拉额头，也不是因为回想起艾拉眼睛瞪得像是要飞出脑袋，而是因为我想到，吃饭的刀叉中间放着装满子弹的手枪？在新泽西的梅普尔伍德？为了什么？是因为加威奇！因为索拉科！因为贝克尔！

在车里没敢问他的所有问题，一个人洗澡的时候，我大声问了出来："艾拉，这些人你把他们怎么了？"

我父亲不像母亲，不认为艾拉能给我带来什么提升，艾拉找我，父亲一直不太理解，还很操心：一个成年人，对我孩子这么感兴趣，想做什么？他还没想得太阴暗，但觉得事情不单纯。"你跟他都去了些什么地方？"父亲问我。

有天晚上，父亲发现我在书桌前读一份《每日工人报》，他心里疑虑一并爆发。"我不想家里出现赫斯特的报纸，"父亲对我说，"也不要家里有《工人报》。这两个没什么区别。如果这人给你看《工人报》——""什么'人'？""你那个演员朋友。林，自称林的那个人。""不是他给我的。是我在城里买的。我自己买的。法律不准吗？""谁让你买的？是不是他让你去买的？""他没让我做任何事。""希望是真的。""我不说假话！就是没有！"

确实没有。我是记得艾拉说过《工人报》上有霍华德·法斯特的专栏，但是我自己去买的报纸，在普罗克特电影院对面市场街一个报摊上，表面上是为了读霍华德·法斯特，其实也是纯粹好奇。"你要没收吗？"我问父亲。"我不没收，如不了你的愿。我不会成全你，让你成为宪法第一修正案的殉道者。我只希望，你读过、研究过、思考过以后，能辨别出它是满纸谎言，然后自己收起来。"

学年快结束时，艾拉请我夏天去他的小木屋过一周。父亲说我不能去，除非艾拉先和父亲谈一谈。

“为什么？”我要知道原因。

“我要问他些问题。”

“你是谁啊，非美活动调查委员会吗？干吗小题大做？”

“因为在我眼里，你是大事。他纽约的电话是多少？”

“你不能去问他。你要问什么？”

“身为美国人，你不是有权购买阅读《工人报》吗？身为美国人，我也有权问任何人我想问的任何事情。他如果不想回答我，那是他的权利。”

“那如果他不想回答，该怎么做呢，参照《第五修正案》吗？”

“不用。他可以让我去跳湖。我讲给你听：在美国，就是这么处理事情的。在苏联，有秘密警察，是不是能这么做事，就不好说了。但是在美国，如果我不想有人干涉你的政治理念，去找这人说就行。”

“他们就没干涉你？”我尖锐问道，“戴斯议员不干涉你吗？兰金议员不干涉你？你还是讲给他们听听吧。”

父亲让我坐着，我只能坐那儿，听他打电话。他在电话上让艾拉去他办公室谈谈。到过我们祖克曼家的人里，铁林和伊芙·弗雷姆是最有分量的大人物，然而父亲的语调表明他对此完全不在意。

“他说了好？”父亲挂上电话后我问。

“他说内森去的话，他就去。你得去。”

“我不去。”

“去，”父亲说，“你要去。你不想让我考虑一下让你去他那儿住吗？想就要去。你怕什么，怕大家开诚布公交流思想？那不是把民主付诸实践吗？下周三，放学以后，三点半，到我办公室。儿子，准时来。”

我怕什么呢？怕父亲发火。怕艾拉的脾气。万一父亲批评他，惹得他像抓巴茨那样抓起父亲，扛到威克瓦西公园湖边丢进湖，怎么办？如果两人打起来，艾拉挥出致命一拳……

霍桑道尽头有处住着三户人家的房子，一楼就是父亲的足科诊所，房子很朴素，位于我们这区破败的那边，外墙该粉刷一下了。我到得早，胃里难受极了。艾拉是三点半准点到的，神情严肃，没有一点儿生气的样子（暂时还没有）。父亲让他坐下。

“林戈尔德先生，我儿子内森不是一般的孩子。他是长子、好学生，我认为，他比同龄人要超前和成熟一些。我们都很以他为骄傲。我想尽我可能给他一切自由。尽量不像有的父亲那样去妨碍他。我真的认为他前途无可限量，所以我不想他出任何事。如果这孩子出了什么事……”

父亲的声音沙哑了，一下无言。我怕艾拉要笑话父亲，像嘲笑戈尔茨坦那样嘲笑父亲。我知道父亲的哽咽不只是为了我和我的前途，还为了他两个弟弟，父亲贫困大家庭中最先有希望上大学当医生的两个，都在不到二十岁的时候生病去世了。我们家餐厅边柜上摆着两个组合相框，里面是他们的画像。我想到，该给艾拉说说萨姆和悉尼的。

“林戈尔德先生，我必须问你一个问题，虽然我也不想。我认为，别人的信仰，不管宗教方面、政治方面，还是其他的，都与我无关。我尊重你的隐私。我可以向你保证，你在这儿无论说过什么，都不会传出这房间。但是，我想知道你是不是共产党，我想让我儿子知道你是不是共产党。我不关心过去。我关心当前。我跟你说，当年，在罗斯福之前，我曾经非常反感我们国家的现状，反感那些对犹太人、对黑人的偏见，还有共和党鄙视弱势的人，大企业贪得无厌地榨干人民。终于有一天，就在纽瓦克这里——我儿子听了肯定会震惊，他以为他父亲一辈子都是民主党，佛朗哥右派——然而，有一天……内森，”父亲看着我说道，“他们总部，你知道罗伯特崔特酒店吧？就在这条街上。楼上。公园路三十八号。他们在那儿有办公室。有一个是共产党的办公室。我对你母亲都没说过。她知道了会杀了我。那时她还是我女朋友——那应该是一九三〇年。有一次，有一天，我发火了。发生了一件事儿。我记不得是什么事儿了，我在报上读到了什么，我记得我跑到那里，没人在。门锁着。他们去吃午饭了。我把门把手晃得直响。我离共产党如此之近。我晃着门，说：‘放我进来。’儿子，你不知道吧？”

“不知道。”我说。

“现在你知道了。还好那扇门锁着。下次选举让罗斯福做了总统，曾刺激我跑到共产党办公室去的那种资本主义彻底革新了，美国以前没有过的。一位伟人，从资本家手中拯救了资本主义制度，从共产主义处挽救了我这样的爱国人民。跟你说吧，让我震撼的一件事，是马萨里克之死。林戈尔德先生，那件事有没有像困扰我一样困扰着你？从第一次听说捷克马萨里克的名字，听说他为他的人民所做的事，我就一直很敬佩他。一直把他看作捷克的罗斯福。他被谋杀，该如何解释，我不知道。你知道吗，林戈尔德先生？我很困惑。我无法相信共产党会刺杀那样一个人。但是他们杀了……先生，我不想进行政治辩论。我只问你一个简单的问题，希望你能回答，让我和儿子了解我们面临的情况。你是不是共产党员？”

“不是，医生，我不是。”

“现在我要我儿子来问你。内森，你问问林戈尔德先生，他是不是共产党员。”

向人问这样的问题，完全有悖我的政治原则。但是父亲要我问，而且父亲已经问了艾拉，也没有什么不好的反应，所以，为了父亲已逝的弟弟萨姆和悉尼，我问了。

“艾拉，你是吗？”我问道。

“不是。先生，我不是。”

“你不参加共产党的会议吗？”父亲问。

“我不参加。”

“你要内森去看你的那个地方，叫什么来着？”

“锌镇。新泽西的锌镇。”

“你没有计划在那儿带内森去这一类的会议吗？”

“没有，医生，我没有这样的计划。我打算带他去游泳、远足、钓鱼。”

“那很好，”父亲说，“我相信你，先生。”

“祖克曼医生，现在我能问你一个问题吗？”艾拉对父亲微笑问道，用他扮演亚伯拉罕·林肯时那种逗趣的侧着笑，“你怎么会认定我是赤色分子呢？”

“因为进步党，林戈尔德先生。”

“那你认为亨利·华莱士也是赤色分子吗？罗斯福的副总统。你认为罗斯福先生会选一位赤色分子做美国的副总统吗？”

“不是那么简单的，”父亲答道，“我倒希望能那么简单。但是这世上的事一点都不简单。”

“祖克曼医生，”艾拉说，换了战术，“你是不是奇怪我和内森在一块儿干什么？我羡慕他，我和他在一块儿就是这样的。我羡慕他有你这样的父亲。我羡慕他有我哥哥这样的老师。我羡慕他视力好，读书不用戴一尺厚的眼镜，不是个为了去挖沟而退学的傻子。我没隐瞒什么，也没什么好隐瞒的，医生。只有一点，就是我希望自己有一天也能有一个内森这样的孩子。也许今日的世界并不简单，不过有一点是肯定的：和您的孩子交谈，带给我很大的乐趣。纽瓦克的孩子，可不是都以汤姆·潘恩为偶像的。”

这时，父亲站起身，向艾拉伸出手。“林戈尔德先生，我是两个孩子的父亲，内森和他弟弟亨利，亨利也很值得我夸赞。我作为父亲有责任……怎么说呢，就是为了这责任我才找你的。”

艾拉大手抓着父亲普通大小的手，用力地握了一下，诚恳热情，力气太大，父亲似是在这一握之下，嘴角涌出了一股清亮的油或是水来。“祖克曼医生，”艾拉说，“你不想别人把儿子偷走，没人要偷走他。”

此刻，我禁不住想痛哭，使出超人的力量才克制住。看到这两个男人亲切握手，我不能哭，使上毕生的精力也不能让自己哭出来。差一点儿就哭出来。他们谈成了！没吵架，没流血！没有发火，刺激人的让人扭曲的怒火。他们谈好了，叹为观止，尽管其实主要是因为艾拉没跟我们说实话。

我接下来要在这里加一段插叙，之后就不会再回过头写到父亲脸上受伤的表情。我指望读者今后在合适的时候会记起它。

我和艾拉一起离开父亲的办公室，说是去庆祝我夏天就要去锌镇，但其实是去庆祝我们赢了父亲。去了几条街外的斯托西餐馆，吃那儿馅料满满的火腿三明治。才下午四点十五，我和艾拉就吃了一肚子，等到差五分六点回到家，我一点胃口都没有，坐在餐桌自己位置上，大家都在吃母亲做的晚饭。就在那时，我看到父亲脸上受伤的表情。这伤，早在我跟艾拉一起走出父亲办公室而没有留下来陪父亲说说话、等父亲下一个病人来了再走时，就种下了。

起初，我觉得那伤可能是我自觉愧疚而想象出来的，因为当我和《自由勇敢者》的铁林几乎是手挽着手离开，不说是对父亲带着藐视吧，但确实是有种高高在上的意思。父亲不想别人偷走他儿子，严格来说，也没有谁偷走谁，但父亲不傻，知道自己输了，那个六尺六寸高的外来人，不管是不是共产党，已是赢了。我在父亲脸上看到一种认命的失望神情，父亲温和的灰眼睛，由于介乎忧郁与无望之间的某种东西，软化了，黯淡了。这神情，当我独自和艾拉在一起时，或是后来，和利奥·格卢克斯曼，约翰尼·奥戴等等在一起时，我永不能忘记。听取这些人的指导，似乎就是在背叛父亲。眼前总是浮现出父亲的脸，脸上带着那神情，叠加在当时正教导我人生种种前景的人的脸庞之上。父亲的脸上带着被背叛的伤。

当你头一次意识到自己的父亲会被他人伤害，那一刻已经够难过，但当你明白伤害父亲的人是你自己，你认为已不需要父亲，父亲却还需要你，当你意识到你竟然会吓到父亲，如果你想，甚至还能压服他——这念头，太违背孝道，无法接受。父亲吃了多少苦才当上足科医生，养活全家，保护家人，我却跟另一个人跑了。另找了那些父亲角色，像漂亮女孩找情郎，这在道德上、感情上，都是个自己当时意识不到的危险游戏。我那时候做的事就是这性质。老把自己弄得特别能让人收养似的，虽然爱自己的父亲，却还要去找一位替代父亲，这样做的时候我意识到了背叛感。我并没有为了低廉的什么好处，在艾拉或别人那儿指责过父亲，但我以自由的名义跟上别人，抛下我爱的父亲，这已经是背叛。要是我恨父亲，就好办多了。

我在芝加哥第三年，感恩节放假带了一个女孩回家。她是个温婉的女孩，文雅、聪明，我记得父母亲和她谈话多么开心。一天晚上，姨妈和我们吃晚饭，母亲留在客厅陪她，父亲和我还有那女孩出门儿到街角的杂货店，我们三人一起坐着吃冰淇淋圣代。中间我去柜台买一管剃须膏，回到桌上的时候，看到父亲倾身，握着女孩的手，我听到他对女孩说："内森十六岁那年，我们失去了他。十六岁，他离开了我们。"他的意思是，我离开了他。数年后，他对我几任妻子说的都一样。"十六岁，他离开了我们。"他的意思是，我人生一切错误，都源自那次我未加考虑的离去。

他说得对。若不是我的错，我应该还在家，坐在门前台阶上。

* * *

大约两周后，艾拉差不多算是讲了实情。有个周六，他来纽瓦克看望哥哥，和我在市区碰头吃午饭，在市政厅附近一处烧烤酒吧，七十五美分，艾拉说的"七毛五"，吃一份炭烧牛排三明治，配菜有烤洋葱、腌菜、薯条、卷心菜沙拉、番茄酱。甜点每人叫了一份苹果馅饼，配一片韧韧的美式奶酪，艾拉给我推荐的这种吃法，我估计男人在"烧烤酒吧"吃饼就该这么吃吧。

艾拉打开他带的包，取出一张唱片给我，唱片名《苏联红军合唱团及乐团精选集》，指挥鲍里斯·亚历山德罗夫。男低音阿尔图尔·埃森和亚历克西·谢尔盖耶夫，男高音尼古拉·阿布拉莫夫。封面是指挥、乐团和合唱团的合影（图片由苏联驻美新闻图片社提供），约两百人，身着俄罗斯军服，在气势恢宏的人民大会堂内演奏。俄罗斯劳动人民的大会堂。

“听过他们的音乐吗？”

“从来没听过。”我说。

“带回去听听。送给你的。”

“谢谢，艾拉。太棒了。”

可是问题来了。我怎么能把这张唱片带回家呢，又怎么可能在家听呢？

午饭后，我没搭艾拉的车回家，我跟他说我要去华盛顿街上的公立图书馆主馆写历史作业。酒吧外，我又谢了他请我吃饭送我礼物，他上了车，开车回勒海大道默里家，我沿布罗德街，朝军事公园和图书馆方向走。走过市场街，到了公园，看着就是要去图书馆，但是，我没在雷克特街左转，而是忽地右转，沿河边折回，走到宾夕法尼亚车站。

我请车站里一家卖报的给我兑开一美元。拿着四个二十五美分硬币，走到寄存区，找了个最小的储物柜，往投币口塞进一枚硬币，把唱片塞进柜子。关上柜门，柜门钥匙随手揣进裤子口袋，然后才去了图书馆，在图书馆什么也没做，只在阅览室坐了几小时，操心该把钥匙藏在哪里为好。

父亲整个周末都在家，不过星期一他就回办公室去了，周一下午母亲去欧文顿看她姐姐，于是周一放学后，我跳上学校对面的 14 路公共汽车，坐到终点站宾夕法尼亚车站，从柜子里取出唱片，放入当天早上我夹在笔记本里带到学校的班贝格购物袋。回到家，我把唱片藏在地下室一个没有玻璃窗的小杂物仓里，母亲拿纸箱装了逾越节餐具搁那儿的。到了春天，逾越节那周，她要拿餐具出来用，我就得另找一处地方来藏，但眼下暂时是安全了。

到上了大学，我才有机会在唱盘机上放这张唱片听。那时我与艾拉已经疏远了，但听到苏联红军合唱团唱起《等待你们的战士》《献给军人的歌》以及《战士再见》，还有《伐木歌》时，仍唤起心中对全世界劳动人民平等公正的憧憬。在大学寝室，我自豪自己当年有胆量没把唱片扔了，虽然当年的胆量不足以让我理解，艾拉给我唱片是在告诉我："对，我是共产党。我当然是共产党。不是坏的那种，不是会杀害马萨里克或任何其他人的那种共产党。我是一名出色至诚的共产党员，热爱人民，热爱这些歌曲！"

* * *

"第二天早上怎么了？"我问默里，"艾拉那天为什么到纽瓦克来了？"

"艾拉那天凌晨很晚才睡下。他跟伊芙谈堕胎的事谈到四点。上午十点左右，他还在睡，被楼下传来的叫嚷声吵醒。他睡在西十一街房子二楼的主卧室，声音来自楼梯脚。是西尔菲德……

“惹火艾拉的第一件事，是西尔菲德跟伊芙说她不来参加他们的婚礼，我跟你说过吗？伊芙告诉艾拉，西尔菲德在和一个长笛手练个节目，婚礼在周日，长笛手只有周日那天有空排练。西尔菲德来不来婚礼，艾拉并不在乎，但是伊芙在意，她哭了，很难过，这就让艾拉心烦了。伊芙不断给女儿伤害自己的工具和能力，然后就被女儿伤害，艾拉这是第一次目睹，气愤至极。‘母亲的婚礼啊，’艾拉说，‘母亲希望她来，她怎么能不来呢？直接跟她说要她来。别问她，命令她来！’‘我不能命令她来，’伊芙说，‘这关系到她的职业生涯呢，她的音乐——’‘好啊，那我来跟她说。’艾拉说道。

“结果是伊芙和女儿谈了，天知道说了些什么，还是承诺了什么，或者是如何哀求，反正西尔菲德是在婚礼上露面了，穿着她那些衣服。扎着一条头巾。她是卷发，喜欢围那种希腊头巾，她以为很俏皮，她妈妈却是完全看不下去。她穿着田园风格罩衫，显得她体形庞大。薄透上衣有希腊刺绣。大圈耳环。一长串手镯。走起路来叮当作响。未见其人先闻其声。绣花布，一身首饰。脚上希腊式凉鞋，格林尼治村卖的那种。鞋带直绑到膝盖，勒进肉里，勒出印子，这也让伊芙看着难受。不说打扮得怎样，好歹女儿是来了，伊芙是高兴的，所以艾拉也高兴。

“八月底，他们两人的节目都播完了，结了婚，到科德角度了个长周末。等回到伊芙家，西尔菲德不见了。没留个纸条，什么都没有。他们打电话给西尔菲德的朋友，打给法国她父亲，想着她也许是决定回去找爸爸了。打电话报警。到第四天，西尔菲德终于出现了。她在上西区，和她从前茱莉亚音乐学院的一位老师在一起。住在老师家。西尔菲德做出一副不知道他们回来了的样子，所以她才没有费心从第九十六街打个电话来说一声。

“那晚，三人一起吃晚饭，席间安静得可怕。女儿的吃相，伊芙看不下去。平时好日子的时候，西尔菲德的体重都让伊芙抓狂，何况那晚还不是个好日子。

“西尔菲德每吃完一道菜，总是以同样的方式扫光盘子里的东西。艾拉在军队食堂和邋遢小餐馆都吃过，失礼对他倒没有什么。可伊芙是优雅的化身，她看着西尔菲德那样子吃光东西，西尔菲德很明白，对母亲是种折磨。

“西尔菲德侧起食指，这样子，贴着空盘子的边儿抹，所有汤汁和残渣都蘸到手指上。把手指上的东西舔个干净，接着再来一遍，又一遍，直到手指在盘子上擦得吱吱作响。西尔菲德失踪后决定回家那晚，晚饭时又老样子抹盘子，伊芙平时见了都受不了，那晚更控制不住了。脸上再也挂不住完美母亲的安详微笑。‘别舔了！你都二十三了！住手！’

“西尔菲德猛然立起身，对准母亲的头狠打，用拳头。艾拉跳了起来，就在这时，他听见西尔菲德对伊芙大喊：‘你这个犹太泼妇！’艾拉又重重坐回椅子。‘不行。这可不行。现在我住这儿。我是你母亲的丈夫，你不能当着我的面打她。不能打她，记住。我不准你打她。你不能说那个词儿，别让我听见。永远不能。永远不能让我听见。永远不许再说那个肮脏的字眼！’

“艾拉起身出了门，走走路，平静心情。从格林尼治村一直走到哈莱姆，再走回来。想尽办法按捺怒气。为那女儿的发作找了各种原因。想起了我们的继母和父亲。记起他们是怎么对他的。记起他恨他们的点点滴滴。他发过誓他自己决不会去做的种种不堪。可是他能怎么办呢？那孩子对她自己的母亲挥拳，骂母亲是犹太佬，犹太母狗——艾拉能怎么办？

“午夜时分他回到家，什么也没做。上床，和新婚妻子睡下。让人惊奇吧，就这样。早上，与新婚妻子新任继女吃早餐，跟她们说，大家要一起和谐生活，为此大家必须相互尊重。他尽量用理性的方式来说，小时候没人这样对他讲过事情。对于他在这家里见到的、听到的，他余怒未消，还是尽量让自己相信，西尔菲德不是真正的反犹，不是反诽谤联盟所说的那种真正的反犹。西尔菲德还真不是，因为她执着于实现自我公正，各个方面都要保证，成了下意识的，乃至于那些宏大的、有历史传统的偏见或仇恨，哪怕是最简单的、要求最低的，比如反犹主义，在她身上也无法生根，她根本没有空间来容纳。反犹主义本来对她来说也太理论化。西尔菲德她受不了谁，都是为了很具体、很实在的理由。跟个人相关的：这人挡了她的路和视线，冒犯了她的王者统治，她做女儿享有的权利。艾拉推测正确，整件事情，与仇恨犹太人无关。犹太人，黑人，任何产生复杂社会问题的群体——比起引发她当下私人问题的某个人——她才不关心。那一刻她只盯着他。因此，她公然吐出了那个骂人的恶毒的词，她本能地知道，这词让人极度反感，粗俗恶心，出格。一旦骂出口，艾拉一定会当即离场，再不会踏进她家一步。说‘犹太母狗’，她针对的不是犹太人，不是她自己的犹太母亲，她针对的是艾拉。

“艾拉一夜间就理清了原委，作为他自觉是狡猾的一招，他没让西尔菲德向他道歉，更没有按西尔菲德暗示的意思就此消失，反倒向西尔菲德道歉。他精明，用这个方法收服她，为他闯入她们的生活致歉。他是个陌生人，外来的人，不是她亲生父亲，是个她不了解的人，她没有理由喜欢他、信任他。他对她说，既然他是另外一个人，人类基本上是不喜欢别的人的，所以她太有理由不喜欢他和不信任他了。他说：‘我知道上个人不怎么样。为什么不试试我呢？我不是长博 · 弗里德曼。我是另一个人，另一个机构的，序列号也不一样。西尔菲德，不

如给我个机会吧？给我九十天，怎么样？’

“他给西尔菲德讲长博·弗里德曼的贪婪，这种贪婪来自美国的腐败。‘美国商业是肮脏的游戏。圈内人才玩得转，’他告诉西尔菲德，‘长博就是典型的圈内人。长博都算不上是地产投机商，投机商才是真恶劣的。他是投机商的掩护。交易里他分一小块儿，一分钱不用投。现在，在美国，大钱基本都是通过秘密赚来的。你明白吗？ 地下交易。当然了，大家应该是按同一规则办事。当然了，也假装正大光明，公平公正。西尔菲德，你知道投机商和投资者之间的区别吗？投资者持有地产，承担所涉风险，收益损失都会有。投机商进行交易。买卖土地像买卖沙丁鱼。暴富。经济大崩溃发生前，人们用抵押地产所得的钱，从银行分批提取现金，进行投机。贷款要收回的时候，抵押的土地就丢了。被银行收走了。这时，长博·弗里德曼这些人出场了。银行要凭手头这些一文不值的文件筹措现金，就得大削价出售，一美元只卖一便士……’

“艾拉这个教育家，马克思主义经济学家，约翰尼·奥戴的好学生。伊芙欢喜得很，得了新生，世间又美好起来。这是属于她的真正的男人，她女儿真正的父亲。终于有了位尽职的父亲！

“‘西尔菲德，这其中呢，非法的地方在于，那是固定交易，’艾拉解释道，‘其间的共谋行为……’

“艾拉讲课终于结束了，伊芙站起身，走过去握住西尔菲德的手，说：‘我爱你。’不是说一次。嗯。是‘我爱你我爱你我爱你我爱你我爱你——’边紧抓孩子的手不放，边说着‘我爱你’。每重复一次都比上一句更真切。她是做表演的，真切的东西，她能让自己信服。‘我爱你我爱你我爱你’——艾拉有没有自己想到：我该走了吧？艾拉有没有自己想过：这女人身陷困境，她的困扰我略有所知：她这个家庭矛盾重重，我对此无能为力。

“他并没有。他以为，铁人击退种种不利成就了今天，是不会被一个二十三岁的年轻人击败的。他被情感软化了：疯狂爱上伊芙·弗雷姆，没见过这样的女人，想和她要个孩子。想有个家，有家庭，有未来。想和大家一样吃晚餐，不再在快餐店一个人吃，从满是污垢的糖罐往咖啡里加糖，而要和自己家人一起，在像样的餐桌上吃饭。就因为有个二十三岁的年轻人发了通脾气，他就会放弃自己梦寐以求的一切吗？要跟坏家伙作斗争。教育他们。改变他们。能推动事情、理顺他人的，也就是艾拉和他的执着不懈了。

“形势确是缓和了。不再挥拳相向。没有怒气冲天。西尔菲德似是领会了。有时候，艾拉在晚餐桌上讲话，她也能听上那么两分钟。艾拉以为这是他的震撼作用。完全是。因为他是艾拉，因为他不让步，不放弃，每件事他耐心对每个人讲解多遍，他认为已经搞定。艾拉要求西尔菲德尊重母亲，相信自己能让西尔菲德做到。西尔菲德恰恰不能接受这要求。她只要能把母亲支得团团转，就要什么有什么，艾拉碍了她的事。艾拉也喊也吼，但在伊芙生命里，艾拉是第一个尊敬她的男人。西尔菲德受不了。

“西尔菲德开始专业演奏，为无线电城音乐厅管弦乐团作第二竖琴替补。常被召去演出，一周一两次，周五晚上还在东六十区一家高级餐馆演奏。艾拉开车送她，带着琴，从格林尼治村到餐馆。等她结束了，再去接她和琴。他那辆商务车开到房子前，他进屋，把竖琴扛下楼。竖琴套着毡套，艾拉一只手扶着琴柱，一只手插进琴背部音洞里，搬起琴，搁在车里软垫上，开车把西尔菲德和琴送到市里餐馆。到了餐馆，把竖琴从车里搬出来，以他这样的大广播明星，扛进餐馆。十点半，餐馆晚餐服务结束，西尔菲德可以回格林尼治村了，他回来接她，把整个操作过程再来一遍。每个星期五。他也恨这个体力活儿，琴重八十磅呢，他还是干了。我记得他崩溃住院后对我说：‘她和我结婚是为了让我给她女儿扛琴！就是为了这个！为了搬那破琴！’

“周五晚上的接送途中，艾拉发现，他可以和西尔菲德谈一些有伊芙在的时候不能谈的内容。他问西尔菲德，作为电影明星的孩子，生活是什么样。他对她说：‘你小的时候，是什么时候开始意识到不一样的，发现一般人不是你这样过的？’西尔菲德告诉他，是观光车在贝弗利山庄他们那条街上来来去去的时候她意识到的。她说十多岁前她没看过父母演的电影。父母尽量让她过普通的生活，在家里提到那些电影都是淡化处理。在贝弗利山庄，与其他明星的孩子过着富家孩子的日子，似是很普通了，直到观光车在她家房前停下，她听见导游讲：‘这是卡尔顿·彭宁顿的房子，他和妻子伊芙·弗雷姆住在这里。’

“她讲给他听，那些电影明星孩子的生日派对是怎样的排场，有小丑，魔术师，小马驹，木偶戏，每个孩子都有保姆照看，保姆穿着白色护士制服。餐桌上，每个孩子身后都有一位保姆。彭宁顿家有自己的放映室，播放电影。孩子们都来看。十五个，二十个孩子。保姆也都来了，坐在后排。放电影的时候，西尔菲德必须打扮得非常漂亮。

“她对他说起她母亲的衣服，在她这样小孩子的眼里，母亲的衣服实在惊人。各式各样的紧身褡、胸衣、紧身衣、束腰带、长袜，还有难以置信的鞋子，那个时代女人的繁复穿戴。西尔菲德想着，自己怎么可能应付得来呢。永远做不到。那些发型。吊带裙。浓烈的香水。她记得当年无法想象自己有一天也要这样。

“她还跟艾拉聊起了父亲，只讲了几件事，艾拉听得出来，小时候她父亲是很喜爱她的。她父亲有一艘船叫作西尔菲德，停靠在圣莫尼卡。周日的时候，把船开到圣卡塔利娜岛，父亲掌舵。两人一起骑马。那时候，有条马道沿罗迪欧大道直通向日落大道。她父亲在贝弗利山庄酒店后面打马球，然后单独去和西尔菲德在这条马道上骑马。有年圣诞，父亲找了电影厂一个特技替身，把送她的礼物从单翼飞机上投下。在后草坪上低空俯冲，空投礼物。她说，父亲的衬衫是在伦敦定制的。西服和鞋也在伦敦做。那个年代，贝弗利山庄没有人不穿着西服、戴着领带的，她父亲是穿着最得体的一个。对于西尔菲德，全好莱坞的父亲都比不上她父亲那样英俊迷人。后来，十二岁那年，母亲和父亲离了婚，西尔菲德发现了父亲的越轨行为。

“那些周五的晚上，西尔菲德对艾拉讲了这些，艾拉又在纽瓦克转述给我。听了以后，我觉得自己是判断错了，艾拉会和西尔菲德成为朋友的。他们才刚开始同住，艾拉与她聊这么多是要建立联系，和她好好相处什么的。似乎是奏效了，两人有点熟悉亲近了。西尔菲德晚上练琴的时候，艾拉会走进去问她：‘你怎么会弹这玩意儿的？我跟你说，每回看见有人弹竖琴啊——’西尔菲德接话道：‘你就想到了哈普·马克斯是吗？’两人笑了，因为确实如此。‘声音从哪儿发出来的？’他问她，‘琴弦的颜色为什么不一样？你怎么记得住哪个踏板是哪个呢？手指头不疼吗？’他问了一百个问题，表示他极感兴趣。她呢，都解答了，解释竖琴的原理，给他看手上的老茧，情况在好转，绝对在转好。

“可是那天早上，伊芙说她不能要孩子，哭了又哭。艾拉想，好吧，就这样吧，同意带伊芙去看坎登的医生。那天早上，他听到西尔菲德在楼梯下，和母亲吵，痛骂母亲。艾拉跳下床，打开卧室门，听到了西尔菲德说的话。这次她不是叫伊芙犹太母狗。比那还恶劣。恶劣得让艾拉回了纽瓦克。就是这样你才遇到艾拉的。艾拉在我家沙发上睡了两夜。

“那个早上，那一刻，艾拉明白了，伊芙不是觉得年纪大才不能跟他要孩子。他明白了，伊芙并不是担心要小孩会影响她的事业发展。他才意识到，伊芙跟他一样，也想要孩子的，决定流掉跟自己爱的男人的孩子是不容易的，特别是在四十一岁的年纪。这个女人深深意识到自己的无力，体会到自己不够宽厚，不够强大，不够自由来要这孩子，这才是她哭得那么厉害的原因。

“那个早上，他明白了堕胎不是伊芙的决定，而是西尔菲德的。他醒悟到，要决定如何去处理的，不是他的孩子，是西尔菲德的。伊芙借堕胎逃避女儿的怒火。警钟响了，但仍不足以使艾拉就此离去。

“西尔菲德身上这些本性上的东西与竖琴无关。艾拉听到西尔菲德对她母亲说：‘你再敢，再敢试图生个孩子，我就把那个小白痴掐死在婴儿床里！’”

第四章

艾拉与伊芙·弗雷姆和西尔菲德住在西十一街上的联排别墅里，有都市的雅致、美丽和舒适，豪华亲切，不张扬，细节融合得含蓄而富有美感——温暖的居所是内涵丰富的艺术品——改变了我的生活理念，一如一年半后进了芝加哥大学，那里对我的影响。走进那扇门，当下觉得自己长了十岁，摆脱了家规的束缚，家里那些习惯和规矩，当年我成长过程中本是乐于遵从的，也不费劲。艾拉穿着宽松灯芯绒裤，旧乐福鞋，方格法兰绒衬衣，袖子嫌短，慢悠悠在屋里踱步，因为有他在，对于屋子里我不熟悉的那权贵气，也没有使我畏惧。艾拉在纽瓦克黑人区云杉街，在伊芙家客厅，都能自在妥帖，这是他的魅力所在。借此，我很快领会到，高雅生活其实可以很舒坦随意、很家常。高雅文化也是。如同你看透一门外语后发现，不管语音带来多少异国情调与疏离感，这些外国人流利讲述的，与你一直在英语中听到的并无大不同。

书房书架上摆放着数千册严肃书籍：诗歌，小说，戏剧，史籍，考古，古物，音乐，服饰，舞蹈，艺术，神话学。唱片机两侧柜子里，堆着六尺高的古典唱片。墙上挂的那些油彩画，素描，雕刻，壁炉台上的工艺品，桌子上铺满小雕像，珐琅盒，小块宝石，精美的小碟子，古董天文仪，玻璃的银刻的金刻的物件，有些认得出是具象的，其他的则怪异抽象。这些不是装饰品，不是小古玩摆设，是雅致生活不可或缺的物件，反映着品格，人类藉由艺术鉴赏和思考对意义的追求。在这样的环境中，由一个房间漫步到另一个房间，找张晚报，炉火前坐着吃个苹果，这些本身就构成了宏大事业的一部分。在那时的我看来是这样吧，我自己的家还算整洁，也够安适，却从没有使我自己或其他什么人对理想人生做出思考。我家的藏书是《咨询年鉴》，另有八九本家人生病休养时别人赠送的书。相比之下，不免显得寒酸黯淡，是寒门陋舍。在那时，我不能相信会有人想打西十一街出走。我眼里，那儿就是奢华避风港，绝无尘世纷扰。房子的中心，书房里的东方地毯上矗立着的，庄重清绮，厚重风雅，自入口转入客厅即能映入眼帘的，是自文明起源时起即象征超凡精神之境界领域的那架竖琴，单是琴体形状，就体现了对人类世俗本性之粗陋鄙俗的警醒……超然的庄严乐器，西尔菲德那架镶有金箔的莱昂希利竖琴。

“书房在客厅后面，上一级台阶，”默里回忆，“两房之间由橡木拉门隔开。西尔菲德练琴的时候，伊芙喜欢听，所以门都开着，竖琴的声音穿透整座房子。当年在贝弗利山庄，西尔菲德七岁起，伊芙让她开始学竖琴，总也听不够。艾拉对古典音乐是一窍不通，就我所知，除了广播里的流行音乐和苏联红军合唱团，他没听过别的什么音乐，到了晚上，他本想和伊芙坐在楼下客厅里，说说话，读读报纸，享受在家的时光，结果却只能躲进自己的小书房。西尔菲德弹着琴，伊芙在炉火前做针线活，待她抬起头看时，他已走了，在楼上给奥戴写信。

“然而于她而言，在那第三次婚姻后，眼下这第四次婚姻，已是相当美好。她遇见艾拉时，不堪的离婚刚收场，正从精神崩溃中恢复。第三任丈夫，长博 · 弗里德曼，听名字就像个色情小丑，闺中乐事高手。日子过得美得很，直到有一天，她排练结束提前回家，发现他和几个妓女在楼上他的办公室里厮混。他和彭宁顿完全不一样。伊芙在加州和他有了私情，跟卡尔顿 · 彭宁顿过了十二年，导致这次婚外情极热烈。后来弗里德曼离开他妻子，她离开彭宁顿，与弗里德曼和西尔菲德移居东部。买下西十一街的房子。弗里德曼搬进来，在后来成了艾拉小书房的那个房间设了办公室，买卖纽约、洛杉矶和芝加哥的房地产。有一阵子，他买卖时代广场的房地产，因此结识了戏剧界大制片人，交际往来，很快伊芙就登上了百老汇舞台。客厅喜剧、惊悚剧，都由从前的默片美人出演。大受欢迎。伊芙日进斗金，长博则负责花钱。

“以伊芙的性格，对长博的奢靡，她都随他，也默许他的放荡，还被卷进去。有时伊芙不知为什么就哭起来，艾拉问她怎么了，她说：‘他让我做那些事——我不得不做的……’伊芙写了那本书后，报纸上铺天盖地都是她与艾拉的婚姻，艾拉收到辛辛那提一个女人的来信。说如果他有兴趣自己也出本书，可以到俄亥俄州来谈谈。这女人三十年代在夜总会唱歌，是长博的女朋友。她说艾拉也许会想看看长博拍的一些照片。她和艾拉可以合著回忆录，艾拉提供文字，她看价钱提供照片。当时艾拉决意要报复，于是给女人回信，寄了张一百美元的支票。她说有两打照片，每张照片开价一百美元，他寄一百美元先买一张。”

“拿到了吗？”

“她倒守信。回信寄了他一张照片。外界对他生活已经够曲解了，我不能让弟弟再去歪曲，问他要了照片销毁了。愚蠢啊。感情用事，自以为是，愚蠢，没有远见。跟后来发生的事儿相比，即便公开那张照片都算太客气了。”

“他想要伊芙难看。”

“曾几何时，艾拉一心一意致力减轻人类残忍行为的影响。一切为了这个。伊芙那本书出版以后，艾拉想的，成了如何去制造这些影响。他没了工作、家庭生活、名誉，都没有了，等他意识到他已失去这些，丢了身份地位，无需再照身份行事，他就甩掉了铁林，摆脱了《自由勇敢者》，丢弃了共产党。也不热衷讲话了。原来那些洋洋洒洒的愤怒言辞。他不停歇地讲啊讲，其实真想做的是出手痛打。讲话是为了抑制这冲动。

"他扮演亚伯拉罕·林肯你以为是为了什么？戴大礼帽。讲林肯说的话。曾经驯服了他的与文明开化的和解，他都舍弃了，变回在纽瓦克挖壕沟的那个艾拉。泽西州山上挖锌矿的艾拉。找回了早期的体验，全听铲子指导的年代。重拾了过去的艾拉，在所有道德改造发生之前的，在弗雷姆小姐精修学校上了礼仪课之前的艾拉。在他和你，内森，一起进精修学校，扮演父亲，做给你看他可以有多好有多温和之前的。在他与我精修之前的。在他与奥戴修习马克思、恩格斯之前的。政治活动精修学校。奥戴就是伊芙一号，伊芙不过是另一个奥戴，把艾拉从纽瓦克壕沟拖进光明世界。

"艾拉了解自己。他知道自己体格惊人，是个危险的人。内有暴烈性子，外有六英尺半的身高。他知道需要有人制约他，需要他的这些老师，需要一个你这样的孩子，渴望有个你这样的孩子，会得到他从未得到过的，崇敬他。但《我嫁给了共产党人》一书出来后，他把这些精修学校的教育统统甩了，恢复成你没见过的艾拉，那个在部队痛揍坏蛋的艾拉，少年时全靠自己，用挖沟的铲子自卫、对付意大利人的那个艾拉。把干活的工具当武器。他一直抗争，不想拿起铲子做武器。可是伊芙的书出来了，他决定要做回最初未经修正的自己。”

“他做到了？”

“该男人做的事，不管多不容易，艾拉从没躲过。挖沟人对伊芙施加了影响。让她体会到她做了些什么。‘好啊，那我来教教她，’艾拉跟我说，‘不用那张照片。’”

“艾拉做到了。”

“确实。用铲子来做教化。”

* * *

早在一九四九年，亨利·华莱士大选惨败后约十周——现在我知道了，也是在伊芙堕胎后——为了让艾拉高兴，伊芙·弗雷姆举办了一次大型派对，派对前还有一场小型晚宴。艾拉打电话到我家请我去。清真寺剧院华莱士聚会后，我只在纽瓦克又见过艾拉一回，以为不会再见到他了，接到他电话太意外（“我是艾拉·林戈尔德啊，伙计。最近怎么样？”）。我们第二次见面时，一起去威克瓦西公园散步，那次我知道了“伊朗”，后来，我给在纽约的他寄了一份我的广播剧《托尔克马达的帮凶》。过了数周，没有回音，我才想到，给一个专业广播剧演员看我自己的剧本，哪怕是自己认为写得最好的一个，也实在是个错误。如今他一定已看出我天资平平，本来也许对我还有那么一点兴趣，这下也被我扼杀了。然后，这天晚上，我正做作业，电话响了，母亲跑进我房间。“内森——亲爱的，是铁林先生的电话！”

他和伊芙·弗雷姆在家设晚宴，来宾中会有阿瑟·索科洛，他已把我的剧本给阿瑟看了。艾拉想我或许会想见见阿瑟。次日下午，母亲让我到贝根街去买了双黑色正装皮鞋，我把自己那套西服拿到政府大道的裁缝店，请夏皮罗加长袖子和裤腿。随后，周六黄昏时分，我丢一粒口香糖进嘴，心跳得像是要越过州界去杀人，走到政府大道，登上了一辆开往纽约的公共汽车。

餐桌上陪我坐着的是西尔菲德。八件套餐具，四只形状各异的玻璃杯，名为洋蓟的硕大开胃菜，身着女仆制服、神情郑重的黑人从我身后和肩上上菜，洗手盅，令人费解的洗手盅，种种圈套，让我望之胆怯，只觉缩成了小男孩。西尔菲德却用一句嘲讽的俏皮话，讥讽的解说，或是假笑一声，转转眼珠，都给我消解了。她帮我渐渐明白，这些排场，没什么要紧。我觉得她真厉害，特别是讥讽起人来的时候。

“我妈妈，”西尔菲德说，“事事都整得特费劲，好像她是在白金汉宫长大似的。平常过个日子，到她手下，都折腾成笑话一般。”席间西尔菲德不停随口点评给我听，她在贝弗利山庄长大，与吉米·杜兰特为邻，后来住在美国的巴黎，格林尼治，话里机锋，透着练达。她取笑我，我反觉得放松，眼看着下道菜上来不知我会出什么丑，经她一调侃，似乎即是不会发生了。“别太担心做得对不对，内森。做错了反倒不那么可笑。”

看艾拉的举止，也让我心定。他在这儿吃饭，和在威克瓦西公园对面热狗摊吃饭一样，讲话也一样。满桌男士，独他一人没戴领带，没穿正装衬衫和外套，正常餐桌礼仪他是有的，但看他叉起食物一口吞下的模样，就知道他并没有如何细细品味。在热狗摊，在曼哈顿华丽餐厅，该是什么言谈举止，在他没什么分别。即便是在这里，银烛台点着十支高烛，盛了白花的碗盅装点着餐边柜，他还是见什么都恼火，选举日这种表面无可争议的事情也惹他发火，因为这个晚上，距华莱士惨败（进步党全国得票不过一百万张，只有预期得票约六分之一）才过去几个月。

“跟你们说件事。”席间他宣言，旁人的声音都弱下来，他的声音坚定自然，带着不满，不屑于美国同胞的愚蠢，利落命令大家，你们给我听着。“我认为，咱们国家不懂政治。世上有什么地方，一个民主国家，选举日还要上班？有什么地方选举日还要上学？年轻人如果提出疑问：‘选举日了，今天难道不放假吗？’父母亲说：‘不放，选举日而已。’你会怎么想？选举日还得去上学，那选举日能有多重要？商店什么的都开门儿，选举日怎么会重要呢？你们的价值观呢，你们这些王八蛋？”

“王八蛋”不是指在座的人。他针对的是他生命中不得不与之抗争的每个人。

这时，伊芙手指按唇，示意艾拉控制一下自己。“亲爱的。”她声音轻柔得几乎听不见。“再说了，”他大声作答，“有什么事儿那么重要，哥伦布日要待在家里？为个破假日不上学，选举日却要上学？”“没人在争这个啊，”伊芙微笑道，“生什么气呢？”“我是生气，”他对她说道，“老是气，希望到死的那一天我还是气。因为生气，我惹上麻烦。因为做不到缄口不言，惹上麻烦。杜鲁门先生对人民说，美国的大问题在于共产主义。不在种族主义。不在不平等。那些都没问题。共产党才是问题。四万，还是六万，十万，共产党。就这些人，会推翻拥有一亿五千万人口国家的政府。别侮辱我智力了。这鬼地方，我告诉你们，会被什么推翻呢，是对有色人种的态度。对劳动人民的态度。将来推翻这个国家的，不是共产党。拿人民当牲畜，这个国家，早晚会毁在自己手里！”

坐我对面的阿瑟·索科洛是个广播剧作家，当年也是艾拉这种自信、自学成才的犹太孩子，幼时厮混的邻里街坊和文盲移民父亲，决定了他们成年后的粗鲁冲动。他们刚从战场回来，通过这场战争，发现了欧洲和政治，通过并肩作战的战友，第一次真正认识了美国。战争中，他们对艺术的神奇改造力抱有巨大天真的信念。没有正规指导，读了陀思妥耶夫斯基小说开篇五六十页。阿瑟·索科洛后来也为黑名单所毁，在那之前，他虽不是科温这样的知名作家，也属于我最欣赏的那群广播剧作家，如阿奇·奥博勒，著有《熄灯》，海曼·布朗，著有《密室》，保罗·莱默，著有《威克和萨德》，卡尔顿·E.莫尔斯，著有《我爱推理》，威廉·N.罗布森，写过不少战争广播剧，我自己写剧本也从中提取素材。阿瑟·索科洛的获奖广播剧（以及两部百老汇剧）中都有个虚伪至极的父亲角色，这些剧以对父亲角色所代表的腐朽权威之深刻憎恶为特色。席间我一直提心吊胆，怕对面这位矮壮的大力士索科洛，曾经的底特律高中队后卫，对大家指证我抄袭诺曼·科温。

晚宴结束，在只被邀请参加派对的人到场前，男士到二楼艾拉的书房抽雪茄，女士则去伊芙的房间补妆梳洗。艾拉的书房俯瞰后花园的雕像，房间三面墙都是书架，摆着他有关林肯的所有书籍，用三个行李袋从战场带回家的政治藏书，后来在第四大道旧书店淘来的书。艾拉给大家发过一轮雪茄，也请大家从威士忌酒架上随意自取，他拉开红木大书桌顶格抽屉，拿出了我的广播剧剧本，我原以为那抽屉里藏的是他和奥戴的通信。艾拉开始诵读剧本开篇。不是为指斥我抄袭，反倒是对着阿瑟·索科洛一众朋友说道：“我对国家还有希望，你们知道是因为什么？”他对我一指，我脸通红，颤抖着，等着被人看穿。“就是这个孩子，我对他更有信心，咱们亲爱的祖国那些所谓成熟的人呢，我说的可是我自己家里的人，进了投票间，本来要投亨利·华莱士的，猛然瞧见眼前一幅杜威巨照，就投了哈里·杜鲁门。哈里·杜鲁门，要打第三次世界大战的人，他们选的！马歇尔计划，他们选的。他们就想绕过联合国，限制苏联，消灭苏联，为此抽取上亿美元注入马歇尔计划，这些资金，本该用于改善贫困人群的生活。杜鲁门在莫斯科和列宁格勒投下原子弹的时候，谁来限制他呢？你以为他们不会对无辜的俄罗斯儿童投下原子弹吗？为保护我们美好的民主，他们不会？鬼才信。听听这孩子的。他才是高中生，但他比我们选举间所有人都更了解国家问题所在。”

没有人笑，一点笑意也没有。阿瑟·索科洛背靠书架，默默翻看艾拉的一本林肯藏书。其余男士站着，抽着雪茄，品着威士忌，似乎他们是专程携妻子来听的。很久以后，我才明白，当晚这些人郑重地听我的剧本导言，不外乎是因为他们早已习惯了专横主人的慷慨激昂。

“听着，”艾拉说，“好好听。剧本描写了小镇上一个天主教家庭和当地的顽固势力。”于是铁林开始读我的剧本，铁林和我所构想的但其实一无所知的那些美国善良基督徒融为一体，融于他的嗓音里。

“‘我叫比尔·史密斯，’”艾拉读道，重重坐进他的高背皮椅，腿架在书桌上，“‘我叫鲍勃·琼斯。我叫哈里·坎贝尔。我叫什么名字不重要。总之我的名字不惹人厌。我是白人，天主教徒，所以没任何麻烦。和大家都处得好，不打扰人，不让人烦。对人都没什么感觉。在小镇安静生活。森特维尔。米德尔顿。奥卡诺根瀑布区。是哪个镇无所谓。随便哪儿都行。就叫随处镇吧。随处镇上，对歧视问题，很多人都予以口头谴责。大家议论，应当拆除藩篱，使少数族裔不再被禁锢在社会集中营。但是，太多人只用抽象的方式开展斗争。他们思考和谈论公平、正派和争议，谈及美国主义、人类手足情谊，谈论宪法、独立宣言。都很好，但是，这恰恰反映了他们没有真正意识到种族、宗教和民族歧视及其起因。以我们镇为例，随处镇，去年这儿发生的事，就发生在住得离我家不远的一家天主教徒身上。他们发现，狂热新教可能会与托尔克马达同等残酷。你们记得托尔克马达吧。斐迪南和伊莎贝拉的亲信。为西班牙国王王后执行宗教裁判。一四九二年为斐迪南和伊莎贝拉将犹太人驱逐出西班牙。对，没错，一四九二年。那一年，有哥伦布，对，尼娜号，平塔号，圣玛丽亚号，然后还有托尔克马达。总有这么个托尔克马达。或许一直会有……故事就发生在这儿，美国，星条旗下的随处镇，人人生而平等的地方，不是在一四九二年……’”

艾拉翻着剧本。“这是剧本开篇……后面，这里，到了结局。又是叙事者。一个十五岁的孩子，有胆量写下这个。哪家电台有胆量播出呢，你们告诉我。告诉我，一九四九年，有哪位赞助商能勇于对抗伍德司令及其委员会，对抗胡佛及其残暴冲锋队，对抗美国退伍军人协会、天主教退伍军人会、海外作战退伍军人会、美国革命之女会，对抗所有爱国者，告诉我，有谁能做到。如果被称作赤色分子，被威胁抵制产品，有谁还能不怕的。谁能有胆量坚持正义。没人！因为人们根本不在意什么言论自由，和我在部队时的那些人一样。那些人不跟我讲话。我跟你们说过吗？我走进餐厅，里面两百多个人，没人打声招呼，没人说话，因为我的言论，我写给《星条旗报》的那些信。看他们那样，让人觉得打二战就是为了让他们难过。你们都想错了，他们这帮人，对自己为什么在战场毫无概念，对什么法西斯、希特勒，他们才不管，跟他们有什么关系呢？让他们了解黑人社会问题吗？让他们明白资本主义削弱工会的狡诈手段吗？让他们明白为什么我们轰炸法兰克福时法本公司的工厂却毫发无伤吗？我自己可能是受教育少，理解力有限，可这些人呢？头脑狭隘目光短浅，让我大为恶心！‘归根结底，’”艾拉突然读起我的剧本来，“‘以一句格言结尾吧：轻信种族、宗教和民族团体那套的，是傻子。伤害了自己、家庭、工会、社区、州、国家。是托尔克马达的帮凶。’作者，”艾拉愤然一把将剧本掷在书桌上，“是个十五岁的孩子！”

晚宴后到的应该还有五十人。虽然适才艾拉在书房给了我高度评价，但如果不是西尔菲德又来帮我，我可决不会有勇气留下来，与挤在客厅的人交谈。客厅里有男演员、女演员，有导演、作家、诗人，有律师、作家经纪人、戏剧制作人，有阿瑟·索科洛，还有西尔菲德，她不仅直呼客人大名，而且知道每个人的问题，用夸张细节加以讽刺。她没有顾忌，风趣至极，毫不留情，如一个大厨，将厚厚一块肉切成片，翻动，烤熟。我是想着成为广播界讲实话、大无畏不妥协的人物，看西尔菲德那样不把这些人放在眼里，拿他们逗乐，不加掩饰，我实在敬佩。那人是纽约最虚荣的……那人就想高人一等……那人虚伪……那人什么都不懂……那人醉得太厉害……那人天资微不足道，渺小之极……那人怨气冲天……那人道德败坏……那个疯子，最可笑是她装腔作势……

讥讽挖苦人真是一大快事，看人被讥讽也是。对当晚满怀敬仰之情的我来说尤其如此。我担心回家晚了，但又不忍放过这个大好机会，学习以奚落他人取乐。我没见过西尔菲德这样的人，年纪轻轻，敌意十足，世故伶俐，一身算命女巫般艳丽长袍，怪诞得扎眼。看什么都不顺眼，还是一样逍遥。看到西尔菲德这样的对抗、不妥协，我才知道，人的自我一经摆脱社会的束缚，自由天地是如此广阔。西尔菲德的强大使她分外迷人。她是无所畏惧，放任个性，让人忌惮。

她声言最受不了的两个人是对夫妇，主持周六早上的广播节目，正巧是我母亲最爱听的。节目名为“范塔索与格兰特”，从纽约州达奇斯县哈得孙河一座房子里传送出，那里是通俗小说家卡特里娜·范塔索·格兰特及其丈夫，《纽约新闻报》专栏作家、娱乐评论人布赖登·格兰特的家。卡特里娜奇瘦，人高六英尺，长长的黑卷发想必曾是动人的。看她举止，她很是懂得自己的小说在美国多有影响力。那晚之前，我对她知道得不多，都是母亲收听“范塔索与格兰特”时我无意中听见的，据说在格兰特家，晚餐时间是专用来与她四个标致孩子探讨对社会承担何种责任的。另外，她在传统老斯塔茨堡（十七世纪，早在英国人抵美前，她的祖先范塔索家族已在斯塔茨堡定居，据说是当地贵族）的朋友都有着无可挑剔的德行及教育背景。

卡特里娜在每周节目中，谈她穿梭熙攘都市与田园乡间多彩充实的生活，很爱用的一个词就是“无可挑剔”。不独她的句子里尽是“无可挑剔”，连我母亲听完一小时的节目后，讲话也是满嘴“无可挑剔”。在母亲眼里，卡特里娜·范塔索·格兰特“很有教养”。在卡特里娜嘴里，那些有幸与格兰特家沾上边的人，不论是给她补牙的，还是给她修厕所的，都自然高人一等。“布赖登，无可挑剔的管道工，无可挑剔。”她说。名门望族也免不了为排水问题所扰，于是，母亲与百万听众入迷地听上一场排水问题专论。父亲坚定地属于西尔菲德一派，他说：“把收音机关了，别听她了，好吗？”

西尔菲德对我低语“那疯子，最可笑就是装腔作势”，说的就是卡特里娜·格兰特。至于卡特里娜的丈夫布赖登·格兰特，西尔菲德说他是“全纽约最虚荣的人”。

“我母亲和卡特里娜去吃午饭，回家时气得脸发白。‘这女人简直让人无法忍受。她跟我聊戏剧、聊最新的小说，她以为她什么都懂，而其实她是什么都不懂。’确实如此：她们去吃午饭的时候，卡特里娜又如常给我母亲上课，这回她说的恰巧母亲全都知道。母亲受不了卡特里娜的书。都读不下去。她想法子去读，突然放声大笑起来，然后对卡特里娜说写得多好啊。母亲给让她害怕的每个人都起了个绰号——卡特里娜叫‘疯子’。‘你该听听疯子在奥尼尔戏里的表演，’她对我说，‘超过她自己的水平了。’然后疯子在次日早上九点打电话来，母亲又和她在电话上谈了一个小时。母亲之所以巴结她，就因为她名字里有个‘范’。还因为布赖登在专栏里提到母亲的名字，他称她为‘电波中的莎拉·伯恩哈特’。可怜的母亲和她的社交野心。卡特里娜是斯塔茨堡河畔所有富有虚伪的家伙里最做作的，而据说他是尤利西斯·辛普森·格兰特的后裔。嘿，看这个。”她说。派对进行到一半，客人到处紧紧挤作一团，他们看上去已是竭力不让自己的鼻子嘴巴浸到别人杯子里去。就在这时，西尔菲德转过身，在我们身后的那墙书架上找一本卡特里娜·范塔索·格兰特的小说。客厅壁炉的两边，书架自地板直延展到天花板，太高了，得爬上图书馆用的梯子才够得到最顶上的书架。

“嘿，看这个，”她说，“《艾洛伊斯和亚伯拉德》。”“我母亲读过这本书。”我说。“你母亲是不知廉耻的贱妇。”西尔菲德答道，这让我膝盖都软了，后来才意识到她是开玩笑。不只是我母亲，近五十万美国人买了这本书而且读过。“这里——打开一页，任何一页，手指点到随便什么地方，然后就准备着为之着迷吧，纽瓦克的内森。”

我照她说的做，当西尔菲德看到我的手指所指的地方时，微笑着说：“哦，你不需看太多就能了解范塔索·格兰特天赋的巅峰。”西尔菲德对我大声朗读道，“‘他的手紧紧抓着她的腰，把她拉向他，而她则感觉到了他腿上的强壮肌肉。她的头向后仰着。她的嘴张开，接受他的吻。有一天，他会为他对艾洛伊斯的这种激情而遭阉割，作为残酷的报复性的惩罚，但现在他还远没有遭受损伤。他抓得越紧，压在她敏感部位上的力量就越大。他情欲勃发，他的天才将修改基督教神学的传统教义并重新赋予其活力。她的乳头凸起坚硬，当她想到“我在亲吻二十世纪最伟大的作家和思想家！”时，肚子都收紧了。“你身段好极了，”他对她耳语，“隆起的乳房，腰肢纤细！即便是你宽松的丝缎裙也无法掩盖你美丽的臀部和大腿。”他以对普遍概念问题的解决方法和对辩证法的独特运用而闻名，他也同样明白，即使在当下，如何以他拥有学识的名望之高度，融化一颗女人的心……到早晨，他们满足了欲望。她终于有机会对圣母的圣徒和大师说：“现在请你教我。教教我，好吗，皮埃尔！给我讲讲你对上帝和三位一体之秘密的辩证分析吧。”他如此做了，耐心详尽地说明了他对三位一体的理性解释，然后他又第十一次和她交媾。’

“十一次，”西尔菲德说，纯粹为了她刚听到的事乐不可支，“她那位丈夫不知道什么是两次。那个小仙女不知道什么是一次。”过了好一阵，她才能——我们两人才能——止住不笑。“‘哦，教教我，好吗，皮埃尔。’”西尔菲德喊道，就毫无理由地——只是因为高兴——在我的鼻尖上响亮地亲了一下。

西尔菲德把《艾洛伊斯和亚伯拉德》放回书架，我们两人都多少又有些冷静下来，我觉得自己这时够有勇气问她一个整个晚上我一直想问的问题。我一直想问的问题中的一个。不是“生长在贝弗利山庄是怎样的？”；不是“住在吉米·杜兰特隔壁是怎样的？”；不是“有一对电影明星父母是怎样的？”。因为我怕她取笑我，我只问了我认为最严肃的一个问题。

“在无线电城音乐厅里演奏，”我说道，“是怎样的？”

“恐怖。指挥就够恐怖了。‘我亲爱的女士，我知道在那一小节数到四是很困难，但是如果您不介意，那就太好了。’他越是礼貌，你知道他越是心下不快。如果他真的生气了，他会说，‘我亲爱的亲爱的女士。’那个‘亲爱的’透着恨意。‘这不太对，亲爱的，这个该用琶音’。而你演奏部分的乐谱上明明印的是不用和弦。你不能反驳说：‘对不起，指挥，其实乐谱印的正相反。’这样显得你好辩又在浪费时间。结果每个人都看着你想，难道你不知道该怎么弹吗，傻子——还得他告诉你？他是世上最糟糕的指挥。他指挥的都是标准曲目，而你还是不得不想，他从来没听过这曲子吗？还有那个乐团升降台。在音乐厅里头的。你知道，把乐队移入观众视线的那个平台。它向上移动，又向后，向前，再向后，每次动起来都是猛的一下——它安装在液压升降机上——为了保住小命，你坐着紧紧抓着你的竖琴，哪怕弄得琴都要走音了。演奏竖琴的人一半时间是在调音，另一半时间在跑调。我恨所有的竖琴。”

“真的吗？”我说道，笑个不停，部分是因为她是在扮滑稽，部分是因为她在模仿那位指挥时也在大笑。

“竖琴太难演奏了。老是出问题。你对着琴喘口气，”她说，“它就走音了。费劲让竖琴保持良好状况让我发疯。把它搬来搬去——就像搬动一架航空母舰。”

“那你为什么弹竖琴呢？”

“因为指挥说对了——我是傻。双簧管演奏者是聪明的。小提琴演奏者是聪明的。但演奏竖琴的人不是。竖琴演奏者是傻子，低能的傻子。选上一个如竖琴一样会毁了你生活的乐器的人会有多聪明？如果不是那时我只有七岁，太傻，不知道此事之不妥，我决不会开始弹竖琴，更不用说现在还在弹了。我甚至不记得弹竖琴以前生活的样子，那时我还没开始有意识。”

“你为什么那么小就开始弹琴？”

“大多数弹竖琴的小女孩之所以去弹竖琴是因为妈妈认为她们去弹这琴是多么美好。它看上去那么美丽，所有的音乐是如此甜美，是在小房间里文雅地演奏给文雅的人听，而实际上他们对此毫不感兴趣。琴柱上贴着金箔——得戴着太阳眼镜去看。真是精美。它竖在那里，让你无时不想到它。它又是那么庞大，你永远无法把它搁起来。搁到哪里呢？它总是竖在那里嘲弄你。你永远无法摆脱它。就像我母亲。”

一位仍穿着外套、手拎一个小黑箱子的年轻女人突然出现在西尔菲德身边，一口英国口音，为她来迟了而道歉。和她一起的是一位结实的黑头发年轻人——装束高雅，把他年轻丰满的身体挺得军人一般直，仿佛穿的是可展示他所有优点的紧身衣——和一位给人处女般愉悦感的年轻女性，外表刚成熟，接近丰满，一头瀑布般微红的金色鬈发，衬托出她白皙的肤色。伊芙·弗雷姆急忙上前迎接所有新来的客人。她拥抱了带小黑箱子的女孩，女孩名叫帕梅拉，接着帕梅拉把她介绍给那对漂亮的情侣，他们订了婚，很快要结婚了，他们是罗莎琳德·哈勒戴和拉蒙·诺古拉。

几分钟内，西尔菲德就在图书室里了，膝头靠着竖琴，支在肩膀上，她在调音，帕梅拉已脱了外套，在西尔菲德身旁手指按着长笛的音键，坐在她们两人旁边的是罗莎琳德，她在给一种弦乐器调音，我先以为那是小提琴，但不久便发现是稍大些的中提琴。渐渐地，客厅里的人都转向图书室，伊芙·弗雷姆站在那里等待大家安静下来。伊芙·弗雷姆穿着的那件衣服，后来我对母亲尽我所能形容过，母亲听后告诉我那是一件白色打褶的雪纺绸长裙，小披肩上有一条翠绿色的雪纺绸带。我对母亲形容我记得的她的发式，母亲告诉我那叫做卷羽发型，四周全是长长的鬈发，头顶的头发则是平的。就是在伊芙·弗雷姆耐心等待的时候，隐隐的微笑更显出她的可爱（我觉得她显得更迷人了），显然她体内正升起一股欢快的兴奋。当她说“有样美丽的东西要来临了”，她所有的谨慎优雅似乎就要被一扫而空。

那是场很好的表演，尤其对于一位在半小时后又要坐上 107 路纽瓦克公共汽车回到只会令他沮丧的气氛紧张的家的青年。伊芙·弗雷姆在不到一分钟里来了又去，但仅凭她身着白色打褶雪纺绸长裙和披肩迈下台阶回到客厅的堂皇姿态，她就赋予整个晚上一种新的意义：人生为之存在的奇遇将要展开。

我不想弄得好像伊芙·弗雷姆出现是在扮演一个角色。远非如此：那展现了她的自由，不受阻拦，无所畏惧的伊芙·弗雷姆，有一种沉着的意气扬扬。甚至可以说，仿佛我们被她指定了人生的角色——我们是享有特权的灵魂，最钟爱的梦想已获实现，现实已让位给艺术的魔法；某种丰富的隐藏的魔力已将那晚的世俗社交功能净化，洗涤了那群耀眼又是半醉的所有恶劣天性和卑劣计划的集合。这个幻象几乎是凭空产生的：只是图书室台阶边上发出的几个发音完美的音节，一个曼哈顿晚会上所有无意义的追逐私利皆化作遁入美学享受的浪漫尝试。

“首先由西尔菲德·彭宁顿和来自伦敦的年轻长笛演奏者帕梅拉·所罗门演奏两首长笛和竖琴二重奏曲。第一首作曲福莱，曲名《摇篮曲》。第二首作曲弗朗兹·多普勒，他的《卡西尔达幻想曲》。还有第三首，也是最后一首，是德彪西的长笛、中提琴、竖琴奏鸣曲中的间奏，欢快的第二乐章。中提琴演奏者罗莎琳德·哈勒戴，她来自伦敦，正访问纽约。罗莎琳德是英格兰康沃尔人，伦敦市政厅音乐戏剧学院的毕业生。罗莎琳德现居伦敦，为皇家歌剧院交响乐团演奏。”

这位长笛演奏者是个神情忧伤的女孩，长脸，黑眼睛，身形纤细，我越是注视她，就越发地迷上了她。我越是注视罗莎琳德，就越发迷上了她，就越发犀利地看到我的朋友西尔菲德多么缺乏可激起男性欲望的特点。她四方的身体，胖胖的腿，身上多余的肉让她身形厚重，自后背上部看来有一点像野牛，在我看来，西尔菲德演奏竖琴的时候——尽管她的手拂过琴弦有种古典的优雅——就像和竖琴角斗的角斗士，像日本的相扑运动员。因为我耻于有这样的念头，只是在演奏进行得久了以后，这念头才逐渐获得些根据。

我对音乐一窍不通。和艾拉一样，除了那些熟悉的（在我来说，就是我在周六早上的《虚幻舞厅》和周六晚上的《热门演唱会》里听到的音乐），我对其他一切乐器的声音都一概不听，但是看着西尔菲德肃穆地置身于她从弦上释放出的音乐魔力之下，还有，她演奏时的那种激情，能从她眼里看出一种强烈的热情——从她身上的嘲讽和消极中解放出来的激情——使我想知道除了拥有音乐才能以外，如果她的脸也和她小巧玲珑的母亲的脸一样的迷人纤瘦，那么她该拥有何等的力量啊。

几十年后，默里·林戈尔德来访过后，我才明白西尔菲德唯一能够接纳自我的途径就是仇恨她的母亲和弹奏竖琴。恨她母亲让人恼火的软弱和弹出轻灵迷人的声音，和福莱、多普勒与德彪西进行这世上所允许的一切多情的接触。

我看到伊芙·弗雷姆站在观众前排，正注视着西尔菲德，那凝视是如此充满渴求，你会以为是西尔菲德身上诞生出伊芙·弗雷姆，而不是恰恰相反。

然后，本来停了的又都启动了。有掌声，喝采声，鞠躬致谢，西尔菲德、帕梅拉和罗莎琳德走下由图书室充当的舞台，伊芙·弗雷姆在那里依次拥抱她们。我离得很近，能听到她对帕梅拉说："你知道你看上去像什么吗，亲爱的？一位希伯来公主！"然后又对罗莎琳德说："你很漂亮，绝对漂亮！"最后对她女儿说："西尔菲德，西尔菲德，"她说道，"西尔菲德·朱丽叶，你从来，从来没有演奏得如此美丽！从来没有，亲爱的！多普勒那首曲子特别美。"

"多普勒那首曲子，妈妈，是沙龙垃圾。"西尔菲德说。

"哦，我爱你！"伊芙喊道，"你的妈妈是如此爱你！"

其他人开始走上前祝贺三位音乐家，接下来令我吃惊的是，西尔菲德一只胳膊挽着我的腰，和善地把我介绍给帕梅拉、罗莎琳德，以及罗莎琳德的未婚夫。"这是纽瓦克的内森，"西尔菲德说，"内森是那野兽的政治门生。"既然她说的时候面带微笑，我也微笑着，设法去相信这绰号没什么恶意，只不过是家人对艾拉的身高开的玩笑。

我在屋里四处寻找艾拉，发现他不在，但我并没有说声失陪出去找他，而是让自己仍旧被西尔菲德抓在手里——沉醉于她朋友的温文尔雅之中。我从没见过谁像拉蒙·诺古拉那样年轻却穿着如此得体，或者说如此合宜又文雅的。至于深色肌肤的帕梅拉和白皙的罗莎琳德，在我看来，她们都是如此美丽，我竟不能毫不掩饰地对她们看上一眼，尽管同时我也不能放弃随意站在她们身边仅几英寸远的机会。

罗莎琳德和拉蒙三周内将在位于哈瓦那外的诺古拉家族的庄园结婚。诺古拉家族是烟草种植商，拉蒙的父亲自拉蒙祖父处继承了一片叫做帕迪杜的几千亩农田，这土地将传给拉蒙，最终传给拉蒙和罗莎琳德的孩子。拉蒙沉默得令人望而生畏——因为对自我命运的意识而神情严肃、勤勤恳恳地坚决将全世界吸烟者赋予他的权威地位扮演出来，而罗莎琳德——在几年前还是来自英格兰乡下某个偏僻角落的伦敦音乐专业穷学生，而现在她快结束她所有的忧虑，一如她快要开始所有那些花费——变得越来越活泼。有些过于健谈了。她跟我们说起拉蒙的祖父，诺古拉家族最有名望和最受尊重的人，当了约三十年的省级长官，也是一块广阔土地的拥有者，到后来进入门迭塔总统内阁（我刚好知道这位总统的参谋长正是臭名昭著的富尔亨西奥·巴蒂斯塔）；她对我们说起美丽的烟草种植地，在那里，他们种植古巴雪茄专用的卷烟叶；然后她还跟我们说起诺古拉家族为他们安排的盛大的西班牙式婚礼。帕梅拉是她儿时的伙伴，要从纽约飞到哈瓦那，费用由诺古拉家族支付，会住在庄园的一处客房里；而如果西尔菲德有时间的话，幸福四溢的罗莎琳德说道，也欢迎她和帕梅拉一道来。

罗莎琳德说话带着一股急切的天真，欢快地融合着对诺古拉家族巨大财富的骄傲和成就感，而我则不断想到，那么那些身为烟草工人的古巴农民呢——谁来请他们为了一个家族婚礼在纽约和哈瓦那之间飞来飞去呢？他们在美丽的烟草种植园中住的是什么样的客房呢？哈勒戴小姐，在你们的烟草工人中，疾病、营养不良和未受教育的情况如何？你们为什么不补偿土地为你未婚夫一家非法占有的古巴大众，而在西班牙式婚礼上挥霍那么多钱财呢？

但是我缄口不言，一如拉蒙·诺古拉，尽管内心无一处近似他显现的那种泰然自若，他决然地盯着前方，仿佛在检阅军队。罗莎琳德说的每件事都让我骇异，我却不能不顾社交礼仪对她直说。我也没能鼓起勇气直面诺古拉，用进步党的标准来评估他的财富及其来源。也无法自觉地从罗莎琳德英国味的容光灿烂处移开，这个年轻女人有美丽的身体和音乐上的天赋，她似乎不明白她为了拉蒙的诱惑放弃了自己的理想——或者，若不是她的理想，那放弃的是我的理想——嫁入古巴的寡头政治家的、拥有土地的上层社会家庭，不仅大大损害了一位艺术家的价值，而且，以我的政治判断，是为了一位远远配不上她天赋的人—— 那人还不如，比如说，我吧—— 也配不上她微红的金发及如此让人爱怜的肌肤。她将自己平庸化了。

原来拉蒙已经在斯托克俱乐部为帕梅拉、罗莎琳德和他自己订了位，当他请西尔菲德加入时，神情茫然、不慌不忙地，以一种上层阶级类似于礼貌的习惯，转过来对我也发出邀请。“先生，请你，”他说，“也作为我的客人来吧。”

“我不能，不——”我说道，但是没有解释说——我知道我该说，不得不说，必须说出来……因为我知道艾拉会这么做的——“我不认同你们或是你们这类人！”但是我没有，反倒加一句：“谢谢。仍然很感谢。”我转过身，好像在逃避一场瘟疫，而不是一次给一位萌芽中的作家看看谢尔曼 · 比林斯利开办的著名的斯托克俱乐部和沃尔特 · 温切尔曾坐过的桌子的大好机会，急急逃离了我所看见过的头一位有钱人炫示的诱惑。

我一个人跑到二楼的客房，从堆在两张单人床上的几十件衣服底下找到了我的外套，在那里，我碰上了阿瑟 · 索科洛，据艾拉说他已读过我的剧本。在艾拉的书房里，艾拉简短朗诵过后，我太怕羞，没有和他说上一句话，而他在忙着翻看那本有关林肯的书，看上去也不像有话要对我说。不过，在宴会中有几次我无意听到他对客厅里某个人激愤地说的话。“那真他妈让我生气，”我听到他说，“我满怀激情坐下来，一夜间完成了这部作品。”；我听到他说：“发展前途是无限的。有股自由的气氛，积极开辟新领域的氛围”；接着我听到他大笑着说：“哈，他们用让我做广播上排名第一的节目来诱惑我……”给我的印象是我好像邂逅了绝对必要的真理。

我有意在屋里能听到索科洛讲话的范围内四处走动，听他对几个女人讲起他打算为艾拉写一个剧本，是一场独角戏，不是基于亚伯拉罕·林肯的演讲，而是基于他的整个一生，从生到死，听到这里，我对自己想过怎样的一生有了一个概念，从来不曾如此清晰明确。“第一次就任演说，葛底斯堡演讲，第二次就任演说——不是故事，是修辞。我要艾拉讲个故事。讲一讲有多艰难：没受学校教育，愚蠢的父亲，可怕的继母，法律合伙人，和道格拉斯竞选，落败，他那个神经质的购物狂妻子，无情地失去儿子——威利的死——来自各方面的谴责，自他就任那一刻起每日的政治攻击。战争残忍，将军们无能，废除奴隶制宣言，胜利了，保存了联盟，解放了黑人——然后，是永远改变了这个国家的那次暗杀。对一名演员而言非常棒的素材。三小时。没有间歇。让他们坐在那里说不出话。让他们哀伤吧，为如果他完成第二任任期，监督南部重建，美国今日会是什么样子而哀伤吧，为黑人以及白人哀伤吧。我想了不少这个人的事。被一名演员杀死。还有谁呢？”他大笑，“还有谁会如此徒劳、如此愚蠢，竟去杀亚伯拉罕·林肯？艾拉能一个人在上头演三个小时吗？演说家那一套——我们知道他能做到。不然，我们就一起干，他会演好：一名满腹智慧、谋略和知识却受到多重困扰的领袖，坚强勇敢和易怒消沉交替的大个子，而且，”索科洛说道，又笑了，“还未被告知他正是人们纪念的‘林肯’。”

这时索科洛只是微笑了笑，用让我惊讶的柔和嗓音对着我说：“年轻的祖克曼先生。今晚对你一定是不太一般吧。”我点点头，发觉自己张口结舌，就是问不出口他对我可有什么建议或是对我的剧本有何批评。依我对现实成熟的认识（对十五岁的孩子来说），阿瑟·索科洛还没看过那剧本。

我拿着外套走出卧室，看到卡特里娜·范塔索·格兰特从浴室那边朝我走过来。在我的年纪我个子算高了，但是她穿着高跟鞋又高出我许多，不过也许即便我再高出一英寸，也仍旧会被她的气势镇住，觉得她把她自己当作某种最高傲的代表。事情如此不由自主地发生了，我简直不能理解，为何我该去憎恨并且是毫不费力地去憎恨的这个人，在近处看来竟可以如此令人注目。蹩脚的作家，支持佛朗哥，反对苏联，这时正需要我显出厌恶来了，可我的憎恶却在哪里呢？我听到自己说：“格兰特夫人吗？您能不能给我妈妈签个名？”我真是奇怪自己突然间成了什么了？要不就是有什么幻觉了。这比我在古巴烟草大亨那里的表现还差劲。

格兰特夫人对我笑了笑，提出了她对我真实身份的推测，以此说明何以我会在这所高贵的房子里。“你不是西尔菲德的小伙子吗？”

我想都没想就扯了个谎。“是的。”我说。我不知道我外表看上去是否够年纪了，不过也许十多岁的男孩正是西尔菲德的专好。或者格兰特夫人仍把西尔菲德当成个孩子。又或者她看到西尔菲德吻了我的鼻子，以为那一吻就够我们两个凑合着用了，不像亚伯拉德要占有艾洛伊斯十一次。

“你也是音乐家？”

“是。”我说。

“你演奏什么乐器？”

“一样。竖琴。”

“对男孩来说不会有些稀罕吗？”

“不会。”

“我写在什么上面呢？”她问道。

“我钱包里有一张纸——”但接着，我想起钱包里头别着“选华莱士做总统”的徽章，有两个月我每天都把它别在衬衫口袋上去学校，竞选惨败后我也不愿舍弃它。现在每次从钱包里找钱付款时，都把它一闪，好像警察的徽章。“我忘带钱包了。”我说。

她从手里拎着的一只饰有小珠的包里取出一本记事簿和一支银

笔。“你妈妈的名字是什么？”

她问得够亲切的了，可我就是不能告诉她。

“你不记得吗？”她说，并无恶意地微笑着。

“只要签你的名字。就够了。请吧。”

她一边写着，对我说：“年轻人，你是什么出身？”

一开始我没明白她是问我属于人类的哪一个分支。“出身”这个词很费解——然后就不难了。我回答时并没有打算表现得幽默：“我没有出身。”

可为什么在我看来，她比伊芙·弗雷姆还要出名，也更吓人呢？特别是在西尔菲德详尽分析过她和她丈夫之后，我怎么还会如此不知所措战战兢兢地跟她说话，语气像个傻子似的？

当然是因为她的力量，名人的力量；她还分享着她丈夫的能力，布赖登·格兰特只要在广播里说上几句或是专栏中作一番评论——在他的专栏里用一个省略号——就能制造或是破坏人们在娱乐界的成就。而她呢，人们总是对着她微笑，致谢，拥抱，又憎恨，这样的人拥有让人恐惧的力量。

但是我为什么讨好她呢？我又不在娱乐界。我能得到或者失去什么？不消一分钟我就背弃了所有的原则、信仰和忠诚。要不是她已经仁慈地签了名回到了派对上，我还会继续如此下去。我只需不理睬她就是了，因为在我为母亲向她要签名之前，她并未注意到我。但是我母亲并不是收集签名的人，也没人要我撒谎奉承她。这只不过是最方便做的事。比方便还糟。是下意识的。

“不要丢失勇气。”保罗·罗伯逊曾在清真寺剧院后台告诫过我。我骄傲地与他握了手，现在我已经失去了，头一回。丢得毫无意义。没被拖进警察局遭到警棒殴打。只是拿着外套走到走廊上。就这样，小汤姆·潘恩就离了轨。

我顺楼梯下去，心里充满对自己的厌恶，人年轻时总以为说什么就得是什么。我愿付出一切代价让时间倒回去，设法让她得到她该得的待遇——就是因为我实际表现得如此差劲。不久，我崇拜的人就会为我做到这一点，却丝毫不带有我那种过分的礼貌，不会让它冲淡了他无所顾忌的敌意。艾拉会把我略去不曾说出的全弥补回来，而且还不止如此。

我在地下室的厨房里找到艾拉，他正擦干餐盘，给我们上过菜的女佣旺德鲁斯和一位与我年纪相仿的女孩在大洗碗槽里洗餐盘，后来我得知那女孩是她的女儿，叫马娃。我走进去时，旺德鲁斯正对艾拉说：“我不想浪费我的选票，林戈尔德先生。我不想浪费我珍贵的选票。”

“你和她说说，”艾拉对我说，“这女人不相信我。不知道为什么。你跟她说说民主党。我不明白一个黑人女性怎么会认为民主党不会再对黑人背信弃义。不知道谁告诉她的，她又怎么会信他的。谁告诉你的，旺德鲁斯？我没说过。该死，六个月前我对你说——你们那些意志薄弱的民主党自由派，他们不会结束对黑人的歧视。他们不是也从来不曾是黑人的伙伴！选举中只有一个党派是黑人可以投票的，为受压迫者而斗争的党派，致力于将这个国家的黑人变成一等公民的党派。但不是哈里·杜鲁门的民主党！”

“我不能把选票扔掉，林戈尔德先生。我要听你的就等于是这么做了。丢到阴沟里去了。”

“进步党提名的黑人公职候选人比美国历史上任何一个党派都多——进步党候选人名单上有五十位重要国家部局职位的黑人候选人！这些职位从来没有提名过黑人做候选人，更不用说真的任职！这是把选票扔到阴沟里吗？该死，别侮辱你的智力吧，也别侮辱了我的。想到黑人里头不只是你不去思考自己正在做的事，我就气愤极了。”

“很抱歉，但是那人输得那么惨，像他这样的人为我们做不了什么。我们总得想法活下去吧。”

“啊，你什么都没做。比这还糟。你投的选票是要重新赋予这些人权力，让他们给你们带来种族隔离、不公正和私刑，还有就是只要你活着，就收你的人头税。只要马娃还活着。马娃的孩子们还活着。告诉她，内森。你遇见过保罗·罗伯逊。他遇见过保罗·罗伯逊，旺德鲁斯。在我看来，他是美国历史上最伟大的黑人。保罗·罗伯逊和他握了手，他和你说了什么，内森？告诉旺德鲁斯，他和你说过什么。”

“他说：‘不要丢失勇气。’”

“你丢的就是这个，旺德鲁斯。你在投票间丢失了勇气。我对你感到惊讶。”

“是啊，”她说道，“你们都可以想等就等，可我们总得想法活下去。”

“你让我失望。更糟的是，你让马娃失望。你让马娃的孩子们失望。我不理解，永远不会理解。不，我不明白这个国家的劳动人民！我痛恨的是听这些不知道如何为他们自己利益投票的人说话！我要把这盘子扔了，旺德鲁斯！”

“想做什么就做吧，林戈尔德先生。又不是我的盘子。”

“我真气黑人社会，气他们对亨利·华莱士所做过和没做过的，气他们没去为自己做的，我真想砸了这盘子！”

“晚安，艾拉，”我说，艾拉正站着，扬言要砸了他快擦干的餐盘，“我得回家了。”

就在此时，楼梯顶部过道上传来伊芙·弗雷姆的声音："来和格兰特夫妇道声晚安吧，亲爱的。"

艾拉装没听见，转身对着旺德鲁斯："许多漂亮的言辞，旺德鲁斯，在新世界会处处遭到人们取笑——"

"艾拉？格兰特夫妇要走了。上来跟他们说晚安吧。"

突然，他真的把盘子扔了，就让它飞了出去。撞到墙上，马娃喊了一声"妈妈！"，旺德鲁斯只是耸耸肩——就连反对歧视黑人的白人也没理性，她不感到奇怪——她开始捡起碎片，艾拉手里拿着擦碟子的毛巾，朝楼梯快步跑去，一步跨三个台阶，大声喊着，要让楼上的人也能听见。"我不明白，你有选择的自由，生活在一个我们这样的国家，按说没人强迫你做任何事情，怎么就有人会和那个狗纳粹凶手一块吃晚饭？他们怎么这样？有谁强迫他们坐下来陪一个终其一生改进杀人武器的人吗？"

我就跟在他身后。我不明白他在说什么，直到后来我看到他冲着布赖登·格兰特去了，布赖登正站在门廊上，穿着切斯特菲尔德大衣，围着丝绸围巾，一只手拿着帽子。格兰特四方脸，下巴突出，一头让人艳羡的浓密柔软银发，五十岁了，身体结实，但正因为他如此有魅力，他看上去似乎很容易攻击。

艾拉直冲着布赖登·格兰特走过去，直到他们两张脸相距仅几寸才停下。

“格兰特，”他对他说，“格兰特，是吗？这不是你的名字吗？你是个大学生，格兰特。哈佛的，格兰特。哈佛生，赫斯特报系的人，你也是格兰特家族的！你懂的该比ABC字母多点吧。看你写的垃圾，我知道你的伎俩就是毫无信仰，可是你难道就对所有的事都没有一点信仰吗？”

“艾拉！别说了！”伊芙·弗雷姆手遮着脸，脸上没有一点血色，接着她的手抓着艾拉的胳膊。“布赖登，”她喊道，回头无助地望着，同时要把艾拉推到客厅里去，“我非常，非常——我不知道——”

但是艾拉一下就把她推开，说道：“我重复一遍：格兰特，你难道就没有一点信仰吗？”

“这不是你最好的一面，艾拉。你没显露你最好的一面。”格兰特的语气是高高在上的，他很年轻时就学会了不要屈尊对着社会地位低于自己的人为自己口头辩护。“晚安，各位。”他对还在屋里的十几个客人说道。他们已聚到走廊里来看发生了什么骚动。“晚安，亲爱的伊芙。”格兰特说道，对她飞吻一下，转身打开通向大街的门，挽着妻子的胳膊准备离开。

“韦纳·冯·布劳恩！”艾拉对他大喊，“纳粹狗杂种工程师。卑鄙的法西斯主义杂种。你和他坐在一起，和他共进晚餐。真的还是假的？”

格兰特笑了笑，完全把自己控制得好好的，平静的语调中只露出那么一丝警告的意思，他对艾拉说：“您这样太鲁莽了，先生。”

“你请这个纳粹在你家里吃饭。真的还是假的？制造杀人武器的人已经够坏了，但是你这位朋友还是希特勒的朋友，格兰特。为阿道夫·希特勒工作。或许你从没听说过这些，因为他要杀的人不是格兰特家的，格兰特。他们要杀的是我这样的人！”

卡特里娜站在她丈夫旁一直盯着艾拉，此时她来代他回答了。只要在一个早晨听过《范塔索和格兰特》节目的人就会知道卡特里娜常代他回答问题。由此他维持了专横的风度，又满足了她不加掩饰的对高居人上的渴望。布赖登显然认为他如果少说话，让内心向外流露出一种权威，会让自己更具恐吓感，而卡特里娜的吓人之处——与艾拉有些相像——则在于她把什么都说出来。

“你大叫大嚷的没一点有意义。”卡特里娜的嘴很大，然而——如今我注意到——她说话时只用那么一个小洞，嘴唇中间一个洞，不过一滴咳嗽药水那样大小。就经过这个小洞，她射出为她丈夫辩护的那些火辣辣的小针。他们对阵的魔力落在了她身上—— 这是一场战争 ——即使面对一位六尺六寸高的大家伙，她看上去也威严得仿佛雕塑一般，令人印象深刻。“你是个无知的人，天真，粗鲁，满腹牢骚，头脑简单，骄傲自负，你是个笨蛋，你不了解事实，不了解现实。你不明白你说的是什么，现在不明白，也永远不会明白！你只知道机械地重复《每日工人报》上的那一套！”

“你请来吃饭的客人冯·布劳恩，”艾拉也喊道，“杀的美国人还不够多吗？现在他要为美国人去杀俄罗斯人？太好了！让我们为赫斯特先生、戴斯先生和全国工厂主联合会去消灭共产党吧。这个纳粹根本不在乎他杀了谁，只要拿到报酬，得到敬奉——”

伊芙尖叫一声。这声尖叫不是戏剧化或经过计算的，但是在挤满了穿着入时的赴宴者的走廊里——终究并没有一位身着紧身衣的男士将短剑刺入另一位身着紧身衣男士的身体内——她这声尖叫来得似乎确实过快了一些，那音高是我不论在台上还是台下曾听到过的人类发出的声音中最恐怖的。伊芙·弗雷姆在情绪方面似乎并没有必要达到她想要的这种程度。

“亲爱的。”卡特里娜说着走上前扶着伊芙的肩，关切地拥抱她。

“啊，别来这一套了，”艾拉说道，转身走下楼梯回到厨房去，“亲爱的很好。”

“她不好，”卡特里娜说，“她也不该感觉好。这房子不是政治聚会厅，”卡特里娜在他身后喊道，“不是政治犯的聚会场所！你偏要每次张开你蛊惑人心的嘴巴掀翻这屋顶，偏要往一个美丽文明的家里拉进你共产党的——”

他立刻又回到楼梯上，大喊：“这是民主，格兰特夫人！我的信仰是我的信仰。如果你要知道艾拉·林戈尔德的信仰，只需问他就是了。我才不管你喜不喜欢我的信仰或者我。这是我的信仰，我才不管有没有人喜欢！可是，不一样的是，你的丈夫是从法西斯那里拿薪水的，所以有任何人敢斗胆说法西斯不爱听的话，就成了‘共产党，共产党，我们文明的家里有共产党’。但是如果你的思维足够灵活，知道在民主体制里共产主义哲学，任何哲学——”

这次伊芙·弗雷姆的尖叫没有底也没有顶，表明了有生命危险的紧急状态，有效结束了所有的政治对话，随之结束的还有我在城里度过的第一个非凡的夜晚。

第五章

“憎恨犹太人，鄙视犹太人，”我对默里说，“然而她嫁给了艾拉，在他之前还和弗里德曼结过婚……”

这是我们第二轮交谈。晚餐前，我们坐在露台上眺望池塘，喝着马丁尼，默里跟我说起白天大学里上的课。我不该惊讶于他的脑力，甚至还有他对三百字的作文作业的热情——从一生的角度讨论哈姆雷特独白中的任意一行——是教授布置给高年级的学生的。可是这样接近被遗忘状态的人会为第二天准备作业，为几乎已近终了的生命教育自我——费解的事物继续困惑他，仍旧极其需要澄清——不只是让我惊讶：而我却自己过日子，把一切都排斥得远远的，我开始有种做错事的感觉，近乎羞愧。但后来错误感消失了。我不想再制造难题。

我在烤架上烘烤鸡肉，我们在露台上吃晚餐。吃完饭早过了八点，不过还只是七月的第二周，虽然那天早上取邮件时女邮差告诉我当月会少掉四十九分钟的日照——如果近期还不下雨，我们就都得到店里去买黑莓和覆盆子的蜜饯了；当地公路上撞死的动物是去年同时期的四倍；在树林边缘某家喂鸟的地方附近，有人看到我们住在这里的一只六英尺高的黑熊——当天一直看得见。明朗的天空一心宣告它的永恒不变，夜晚被隐藏在它身后。生命无限，也没有大的变动。

“她是犹太人吗？是，”默里说，“是一个病态困窘的犹太人。她的困窘并不肤浅。她因为她外表像犹太人而困窘——伊芙·弗雷姆的脸型很像犹太人，所有面相上的细微之处都像司各特小说《艾凡赫》里的丽贝卡——她因为她女儿像犹太人而困窘。她听说我会讲西班牙语，就对我说：‘人人都以为西尔菲德是西班牙人。我们去西班牙时，人人都当她是当地人。’太可悲了，不值得去就此争论。再说谁在乎呢？艾拉不在乎。这对艾拉来说没什么用处。他政治上是反对的。不能忍受任何形式的宗教。逾越节时，多丽丝常会准备一份家宴，艾拉就不往前凑。部落迷信罢了。

“我想是他第一次遇到伊芙·弗雷姆时被她，被一切事情，完全迷惑了——新到纽约，新加入《自由勇敢者》，手挽着‘美国广播剧场’的明星到处走——我想他从来就没注意过她是不是犹太人这回事。对他来说又有什么不同？可是反犹主义呢？那就大为不同了。多年以后，他告诉我，每回他在公众场合说到‘犹太’这个词，她就会多么努力地要他安静不说。一次，他们在某处拜访过某人后乘坐公寓楼的电梯，有个女人抱着个婴儿，或是推车里推着的吧，艾拉根本不会注意到，但他们走到街上之后，伊芙说道：‘真是个丑陋的孩子。’艾拉不明白她在烦什么，后来意识到她所说的丑陋的孩子总是那种她一眼就能认出是犹太人的女人的孩子。

“他怎么能忍受五分钟那样的胡话呢？他不能。可这不是在部队，伊芙·弗雷姆也不是南方乡巴佬，他也不打算挥拳打她。相反，他对她不断地进行成人的教育。艾拉尽力去做伊芙的奥戴，但她可不是艾拉。反犹主义的社会和经济根源。上的是这门课。让她坐在他的书房里，对她大声朗读他书籍里的段落。朗读他在战争期间随身携带的记着他的观察和思考的小本子。‘做一名犹太人没有高人一等——也不低人一等，或是有什么丢脸。你是犹太人，就是如此。实情如此。’

“他给她买了他那时最喜爱的一本小说，阿瑟·米勒的一本书。艾拉一定送过别人几十本了。书名是《焦点》。他给伊芙一本，然后给她到处都作了标记，这样她就不会错过重要的段落。他给她解说，就像奥戴在伊朗的基地图书馆解说书本一样。记得《焦点》吗，阿瑟的小说？”

我记得很清楚。艾拉也送给过我一本，为我的十六岁生日，也像奥戴一样给我解说过。在我读中学的最后几年，《焦点》和《胜利手记》以及霍华德·法斯特的小说（还有他给我的两部战争小说，《裸者和死者》和《幼狮》）一起成为确定我政治观点的书籍，同时成为我所崇敬的可从中为我的广播剧本撷取字句的源泉。

《焦点》出版于一九四五年，那年艾拉从海外归来，行李袋里装满了书籍和他在运兵船上掷双骰赢来的一千美元，那是在阿瑟·米勒因百老汇出品的《推销员之死》而成为名剧作家的三年前。书里说的是一位纽曼先生苦涩而具讽刺意味的命运。他是一家纽约大公司的人事高级职员，四十多岁，小心谨慎，备受焦虑折磨，是个规规矩矩的人—— 他太小心了，不能真正成为他内心里隐秘的那位种族和宗教顽固分子。纽曼先生配好第一副眼镜后，发现凸显出了“他犹太式突出的鼻子”，很有让他看上去像个犹太人的危险。不只是他自己这么认为。他跛脚的老母亲看到儿子戴着新眼镜就笑了，说道：“怎么了，你看上去几乎就像个犹太人。”他戴着眼镜去上班时，对他的改变，同事的反应就没这么温和了：他一下子从人事部显眼的位置被降级到一个低下的职位，成了个普通职员。纽曼先生不堪羞辱，辞了职。自那时起，他走到哪里都被认作是犹太人，而他自己也是鄙视犹太人的，鄙视他们的外表、气味、吝啬、贪财、不雅的举止，甚至鄙视“他们对女人的感官贪恋”。他激起的仇恨之社会范围如此之广，读者——或是对年轻的我来说—— 会觉得一定不只是因为纽曼的脸，他受到的迫害来自于他自己太过温顺而无法扮演的那种大规模反犹主义的幽灵般的化身。“他一生都怀着对犹太人的憎恨”，而现在这憎恨具体到了他住的皇后区街道和纽约各处，就像一场充满恐惧的噩梦，无情地——最终，暴力地——把他摈弃，从他过去以安分守己赢得的邻居对他的容纳，到他们对他的无情仇恨中去。

我走进屋子，回来时拿着那本《焦点》，从艾拉那里拿到这本书后我一晚上就读了一遍，后来又读过两遍，然后就把它摆在藏着我的圣书的卧室书桌上的书立之间。扉页上有艾拉给我的赠言。我把书递给默里，他摸着书（这是他弟弟的遗物），过了一会，才翻到赠言，大声朗读道：

> 内森——仅有少数几次，我能找到可以与之进行有灵性的对话的人。我读了不少书，我相信我从中获得的益处应得到激励并和其他人进行交流。你就是那为数不多的人中的一位。认识你这样一位年轻人，对未来，我稍许少带了些悲观。
>
> 艾拉，一九四九年四月

我从前的老师翻阅《焦点》，看我在一九四九年划下的词句。看到四分之一处，他停下来，又对我大声朗读，这次他读的是印刷的一页。“‘他的脸，’”默里读道，“‘他不是他的脸啊。没人有权因为他的脸

而如此打发他。没人可以！他是他，有某个明确过去的人，他不是这张脸，这脸看上去好像是来自另外一个陌生肮脏的过去。’

“她应艾拉的要求读了这本书。读了他给她划出来的部分。她听他讲课。讲课的主题是什么呢？正是这本书的主题——就是犹太人的脸。不过呢，正像艾拉常说的：很难知道她听进去多少。这是无论她听到什么，听了多少，都不能放弃的偏见。”

“《焦点》没什么帮助。”默里把书递还给我时我说。

“知道吗，他们在一个朋友家遇到了阿瑟·米勒。可能是为华莱士举行的派对吧，我不记得了。伊芙被介绍给他，她主动对阿瑟·米勒说她发现他的书如此吸引人。也许不是撒谎吧。伊芙读过很多书，理解力和鉴赏力范围比艾拉要广泛得多，艾拉倘若在书里找不到政治和社会的含意，就认为整本书都没什么好。但是，无论她从阅读或音乐或艺术或表演——或个人经验，和她经历的动荡生活——中学到过什么，都与这恨意发生作用之处是分开的。她无法逃避。并不是说她是个不能作改变的人。她改了名字，换了丈夫，职业机遇变更时，她又从银幕换到舞台，再换到广播界，但那一点是固定在她身上了。

“我意思不是说艾拉不懈努力得越久，事情就越没有好转——或者看上去没有好转起来。为了逃掉他那些讲课，她也许至少改了一点点吧。可是要从心里改吗？必须这么做时——必须对她的社会阶层，对她的阶层里著名的犹太人隐瞒她的感受时，对艾拉自己隐瞒她的感受时——她做到了。迁就他，在他为了天主教堂里、波兰农夫中间以及德雷福斯事件发生期间法国的反犹主义而四处奔忙时，耐心地倾听他。但是当她看到一张无可辩解的犹太脸庞时（像我的妻子，多丽丝的脸），她的思想就不是艾拉或阿瑟·米勒式的了。

“伊芙不喜欢多丽丝。为什么呢？因为她是一位在医院实验室工作过的女人？从前的实验技师？纽瓦克的母亲和家庭主妇？她对一位大明星会有什么威胁？容忍她要花多少力气？多丽丝脊柱侧凸，年纪大了变得很疼，必须做手术放进一个支杆，又不太合用，诸如此类。事实上，在我看来，从遇到多丽丝一直到她去世的那天，她都美得像幅画，但她脊椎是畸形的，你注意到了。她的鼻子不像拉娜·特纳的那样直。你注意到这点了。她长大一直讲的英语是她小时候在布朗克斯区讲的那种——伊芙无法忍受她在场。不能看她。我妻子太让她感到不适，她竟不能看她。

“他们结婚的这三年里，我们只有一次被邀请去吃晚餐。你能从伊芙的眼睛里看出来。多丽丝的穿着言谈和样子都令她厌恶。我呢，是伊芙所惧怕的;她在意我不为了别的。我是泽西州学校的老师，在她的世界里不算什么，但她一定在我身上看到了一种潜在的敌意，因此她总是很客气。又迷人。她对你也是这个样子吧，我能肯定。我不得不佩服她的胆量：脆弱而敏感的一个人，又容易犯糊涂，走了那么远，属于全天下的女人——这需要坚韧的力量。不停努力，在经历了她所经历过的以及那些事业上的挫折之后，仍继续露面，在广播界取得成功，建了那所房子，成立沙龙，招待那些人……当然，对于艾拉她是不配的。他也不配她。他们没有共通点。但她仍然接纳了他，又找了一个丈夫，又开始了崭新的生活，这都需要一些东西才行的。

“如果我撇开她和我弟弟的婚姻不看，如果我撇开她对我妻子的态度不谈，如果我试着不看这些，单独看她，那么，她是个聪明活泼的小家伙。撇开这一切，她也许还是那个十七岁去了加州当上默片女演员的聪明活泼的小家伙。她有心灵。在那些默片里看得到。在那些礼貌下面，她掩盖了不少精神——我敢说，是犹太民族的精神。她放松下来的时候，有宽厚的一面，这不常见。她放松时，你觉到她体内有什么，要去做正确的事。她努力去注意这一点。但是这女人被束缚住了——做不到。你无法和她建立任何形式的自主关系，她对你也无法有任何自主的兴趣。你也不能长期指望她的意见，西尔菲德在她身边时，她是做不到的。

“那晚我们离开后，她对艾拉说了针对多丽丝的一句话：‘我讨厌那些好妻子，那些门前的擦鞋垫。’但伊芙在多丽丝身上看到的不是擦鞋垫。她看到的是她无法容忍的那类犹太女人。

“我知道这点;不用艾拉来告诉我。反正他也觉得太伤害感情了，没法对我说出口。我的弟弟小时候会什么都跟我说，跟谁都说——自从他会讲话那天起就这样—— 但是在这一切都过去之前，这件事他不能告诉我。可是不用他来告诉我，我就知道这女人陷入了她自己扮演的角色。反犹主义只是她扮演的一个角色而已，不留意间加入了她的表演。我想，一开始几乎是无意的。更多的是没经过思考，而不是怀着恶意。如此融入了她做的其他事。发生在她身上的事不曾被她察觉。

“你是一个不想做你父母的孩子的美国人吗？可以。你不想和犹太人联系在一起吗？可以。你不想让任何人知道你生来是犹太人，你想隐匿你来到这世上的出身吗？你想丢掉这问题，假装你是别的人吗？可以。你来对了国家。但是你不需要另外憎恨犹太人。你不需要通过拳打别人的脸来为自己打出一条路来。通过仇恨犹太人而轻易得来的满足是不必要的。不需要这样做，你仍旧可以做个十足的非犹太人。好导演会这样对她评说她的表演。他会告诉她，反犹情绪让她演过头了。这种缺陷不亚于她正尽力要抹去的东西。他会告诉她：‘你已经是个电影明星了—— 你不需要让反犹主义成为你优越信仰的一部分。’他会告诉她：‘你一旦那么做，就是画蛇添足，就一点说服力都没有了。已经超过标准，你做得过多了。你的表演从逻辑上讲，是太完善、太不透气了。你服从了一种在现实生活中并非如此存在的逻辑了。丢

掉它吧，你不需要，没有它会更好。’

“如果她追求的是贵族气派——她可以自然而然地被归属进去的表演者的贵族气派——毕竟艺术是有这气派的。它不仅可以照顾到非反犹者，甚至也可以给犹太人以方便。

“但是伊芙错在了彭宁顿，错在把他当作她的榜样。她到了加州，改了名字，让人倾倒，进入电影界，接着，在电影厂的压力和催促之下，离开米勒，嫁给了这个默片明星，这位富有的、打马球的、真正的上层贵族，她从他那里得来了关于非犹太人的概念。他是她的导演。她就此差不多是永远毁了。把另一个局外人当作你的榜样，你在非犹太人一事上的导师，这样的扮演不成功是必然的。因为彭宁顿不只是一位贵族。他还是同性恋。他也是反犹的。她学会了他的看法。她做的一切都是为了离开她起步的地方，这没有错。不受过去的干扰，将自己投入美国——这是你的选择。甚至把一位反犹人士拉到身边也没有错。这也是你的选择。你的错在于你没能勇敢地面对面抵御他对你的攻击，还把他的看法当成是你的。在美国，依我看来，你可以享受每一种自由，可就那一种不行。

“在我的时代，和你的时代一样，这类让犹太人把自己非犹太化的桑赫斯特学校，训练傻子的基地——如果有这么回事的话——通常是常春藤盟校。记得《太阳照样升起》里面的罗伯特·科恩吗？毕业于普林斯顿大学，在那里打拳，从来没想过他身上的犹太人成分，仍是个怪人，至少对欧内斯特·海明威来说是的。伊芙的学位不是在普林斯顿，而是在好莱坞拿的，在彭宁顿指导之下。她选定彭宁顿因为他看上去很正常。就是说，彭宁顿是位如此夸张的非犹太贵族，她这个单纯的人——就是说，一个犹太人——竟不觉得他夸张，反而以为他是正常的。而一个非犹太族的女人就会嗅出来，就能知道那件事。有伊芙智力的非犹太族女人不论有没有电影厂的安排都决不会同意嫁给他，她会从一开始就知道，对于犹太人这种局外人，他蔑视他们，损害他们利益，还怀有恶意地凌驾于他们之上。

"她的事业一开始就存有瑕疵。她与她感兴趣的东西的典型代表没有自然相像之处，所以她饰演的非犹太人是错的。她又年轻，就刻板地固定在那角色里，不能即兴表演。一旦表演定下来，从 A 到 Z，她怕去掉任何一部分，怕就此毁了整出戏。没有自我反省，因此就没有可能做小的更正。她不是角色的主人。角色控制了她。在台上，她本来可以演得更精湛。但是，在台上她有她在生活中不常展示的一种观念。

"好，如果你想成为一名真正的美国非犹太贵族，不管你愿不愿意，都要装出对犹太人大为同情。狡猾点是这样的。做一名聪明成熟的贵族，就在于你不像其他人，你强迫自己去克服，或者是看上去克服了，对别人的轻蔑反应。如果需要，你仍旧可以私底下憎恨他们。但是，如果你不能心情不错轻松随意地和犹太人打交道，就会在道德上有损于真正的贵族称号。情绪良好又轻松随意——埃莉诺·罗斯福就是这么做的。纳尔逊·洛克菲勒是这么做的。埃夫里尔·哈里曼是这么做的。犹太人对这些人来说不成问题。为什么会成问题呢？可他们对卡尔顿·彭宁顿就是问题了。而那就是她采取的一条道路，由此她陷身于那些不必要的敌视态度里。

“作为彭宁顿年轻的假贵族妻子，对她来说，可允许的过失，文明的过失，不是也不能是犹太民族；她能允许的过失是同性恋。在艾拉出现之前，她没有意识到反犹主义那一套有多么无礼，也不知道对她有多少伤害。伊芙以为，如果我恨犹太人，我怎么会是个犹太人呢？你怎么能憎恨你正是的东西呢？

“她不喜欢自己的身份，也不喜欢自己的样子。所有的人中，就伊芙·弗雷姆不喜欢自己的样子。她的美丽正是她的丑陋，好像那个可爱的女人生来脸上就横着一大块紫色瘢痕。对生为这个种类的愤慨从没离开过她。她就像阿瑟·米勒笔下的纽曼先生，她也不是她的脸。

“你一定想知道弗里德曼的事。让人讨厌的家伙，不过弗里德曼不像多丽丝是个女人。他是男人，他富有，他保护伊芙不受压迫，她身为犹太人给她带来的压迫，以及其他带来更多压迫的事情。他为她理财。他要让她富起来。

“顺带说一句，弗里德曼鼻子很大。你会以为伊芙一看到他就会逃开——黑皮肤的小个子犹太人，地产投机商，大鼻子，两腿弯着，穿着阿德勒增高鞋。说话甚至还有口音。他是那种鬈头发的波兰裔犹太人，黄里带点红的头发，说话带母语口音，有吃苦耐劳的小个子移民的活力和精力。他胃口很好，是个讲究吃喝的敦实的人。尽管他的肚子已经很大了，但据所有报道，他的阴茎还要大，看得见它凸出来。要知道，选择弗里德曼是她对彭宁顿的反抗，就像选择彭宁顿是她对米勒的反抗：这回你嫁给了一类夸张的人，下回就嫁给与之对立的另一类夸张的人。第三回，她嫁给了夏洛克。为什么不呢？二十年代末，默片时代几乎结束了，虽然可以发音了（或者正是因为如此，因为在那时这太做作），但她从没演过有声电影，现在是一九三八年了，她怕自己再也不能工作了，所以找了这个犹太人，为的是一般人找犹太人想要的东西，金钱、生意和纵欲。我想，一时之间他让她在性上苏醒了。这种共生并不复杂。是一场交易。这场交易她输光了。

“你一定记得夏洛克，你也一定记得《理查德三世》。你认为安妮夫人会远远避开格洛斯特公爵理查德一百万英里。他是谋杀她丈夫的邪恶之徒。她啐他的脸。‘你为什么啐我？’他说。‘真愿它是致命的毒药。’她说。然而，接下来我们知道的是他向她求爱，并赢得了她。

‘我要她，’理查德说，‘但不会留她太久。’邪恶之徒的色情魔力。

“伊芙丝毫不知道如何反对或者如何抵抗，不知道如何处理辩论或意见不合的情况。但是，每人每天都要反对和抵抗。不必成为艾拉，但你每天都需要镇定自己。可对伊芙来说，每个冲突都被看作是一次攻击，于是她拉响了警报，空袭警报，从来没有理性的判断。这一秒钟还是勃然大怒，满怀恨意，下一秒钟就屈服了，投降了。这女人外表纤细柔和，却给事事弄得很迷惑，怀着苦涩的情绪，被生活，被她的女儿，她自己，她的不稳定，她从上一分钟到下一分钟间全然的动摇破坏了——而艾拉爱上了她。

“他对女人，对政治都没有识别力，他却完全地忠诚于两者。事事都抓紧，同等地过于投入其中。为什么是伊芙呢？为什么选择伊芙？他要这世上的东西尽最大可能配得上列宁、斯大林和约翰尼·奥戴，所以他就把自己和她纠缠在一起。以各种形式响应被压迫者，而对他们所受压迫的反应恰恰是错误的。如果他不是我弟弟，我想知道我会把他的自大多么地当一回事。唔，兄弟间一定是这样的——不拘泥于怪诞的事。”

“帕梅拉，”默里突然说道，要克服了一点小障碍 —— 他的头脑上了年纪——才想起这个名字，“西尔菲德最要好的朋友是个叫帕梅拉的英国女孩。吹长笛的。我从没见过她。只听人对我形容过。看到过一次她的照片。”

“我见过帕梅拉，”我说，“我认识帕梅拉。”

“动人吗？”

“我那时十五岁。总希望碰上从没听说过的事。这让每个女孩都变得动人了。”

“据艾拉说，是个美人。”

“据伊芙·弗雷姆说，”我说，“是‘希伯来公主’。我遇见她的那晚，她这样称呼帕梅拉。”

“还有什么？她必须浪漫地夸大一切。夸张洗涤了污点。如果你是位希伯来女人，想在伊芙·弗雷姆的家里受到欢迎，最好你要是个公主。艾拉和这个希伯来公主有过一段感情。”

“是吗？”

“艾拉爱上了帕梅拉，想要她和他一起逃走。他常在她没事的那天带她去泽西州。 她在曼哈顿有自己一处小公寓，在小意大利区附近，距西十一街走路十分钟远，但艾拉到她那里去是危险的。这样个头的人走在街上不能不让人注意到，那时他又在市里四处演出林肯的演讲，免费为学校演出，格林尼治村很多人都认得他是谁。他总在街上和人聊天，问他们都做什么，告诉他们他们是如何上了社会体制的当。所以，周一时他带那个女孩到锌镇去。他们一起度过白天，然后他拼命开车赶回去吃晚饭。”

“伊芙知道吗？”

“从来不知道。从未发现过。”

“我那时是个孩子，也不能想象有这事，”我说，“从来没把艾拉当作是喜欢向女人献殷勤的男人。与他穿着林肯礼服的样子不相称。我太执着于对他的早期印象了，就是在现在，我也觉得这不可思议。”

默里笑了，说道：“人有许多不可思议的一面，我想这就是你写书的主题吧。就像你小说里说的，一个男人的一切都是可信的。老天，是啊，女人。艾拉的女人。宏大的社会意识，和目标广泛的性欲。有良知的共产党人，也是个有鸡巴的共产党人。

“我对这些女人感到厌恶时，多丽丝也在这点上替他辩护。你会以为，就凭多丽丝那样的生活，她该是头一个来谴责的。但是她是他的嫂子，温和地对他，理解他。对于他嗜好女人，她的看法温和得让人惊讶。多丽丝不像她看上去那么平凡。她不像伊芙·弗雷姆以为的那么平凡。多丽丝也不是圣人。伊芙对多丽丝的不屑也有些是因为她对人的宽容。多丽丝在乎什么呢？他背叛了那个自负的女人——她不觉得有什么。‘这个男人总为女人所吸引。女人也为他所吸引。这不好吗？’多丽丝问我，‘这不是人之常情吗？他杀过女人吗？拿过女人的钱吗？没有。那还有什么不好的？’有些需求我弟弟很清楚如何处理。其他的他就做不到了。”

“其他的是指什么？”

“选择斗争对象的必要性。他做不到。他必须和一切事物作斗争。在各个阵线上，每时每刻，与每个人每件事斗争。在那个时代，有许多像艾拉这样的愤怒的犹太人。全美国到处都是愤怒的犹太人，与这样那样的事斗争着。作为一名美国犹太人有个特权，就是可以用艾拉的方式在这世上愤怒着，放任自己的信仰，不放过对任何攻击的报复。可以不必耸耸肩就此罢休。不用压制什么。在美国，有和别人不同的一套不再那么难了。只要站出来为自己的观点辩论即可。这是美国赋予犹太人的最重要的东西之一 —— 给了他们愤怒。特别是我们这一代，艾拉和我。特别在战后。我们回到美国，这个地方没有犹太长官，真的让我们失望了。好莱坞有愤怒的犹太人。服装业有愤怒的犹太人。法庭上的律师是愤怒的犹太人。到处都是。面包生产线上。棒球场上。共产党内愤怒的犹太人，好战、充满敌意的犹太人，会出拳攻击。美国是愤怒犹太人的天堂。畏缩的犹太人也还有，但是如果你不想，就可以不成为其中的一员。

“我的工会。我的工会不是教师工会，而是愤怒犹太人工会。他们组织的。知道他们的座右铭吗？比你还愤怒。你下一本书应该写这个。《二战以后的愤怒犹太人》。当然，也有友善的犹太人——笑得不合时宜的犹太人，‘我深爱每个人’的犹太人，‘我从没这么感动过’的犹太人，‘爸爸妈妈是圣徒’的犹太人，‘我一切都为了我的天才孩子’的犹太人，‘我在听伊扎克·帕尔曼我哭了’的犹太人，总说双关俏皮话逗人乐的犹太人，不停让人笑的犹太小丑—— 但我想你不会为他们写书的。”

听着默里给犹太人分类，我大笑，他也大笑。

可是过了一会，他的笑声转为咳嗽，他说：“我还是平静一下吧。九十岁喽。还是言归正传吧。”

“你刚才说到帕梅拉·所罗门。”

“对，”默里说道，“最后她在克利夫兰交响乐团吹奏长笛。我知道这个是因为六十年代那架飞机失事时，也可能是七十年代吧——无论哪一年吧，机上有克利夫兰交响乐团的十几个人，帕梅拉·所罗门在死亡名单里。她显然是位很有天赋的音乐家。她初到美国的时候也有点波希米亚风格。生在伦敦一个体面沉闷的犹太家庭，父亲是再英国化不过的医生。帕梅拉受不了家里的礼仪规矩，所以到了美国。进了茱莉亚音乐学院，刚离开拘束的英格兰，就迷上了不受拘束的西尔菲德：倾心于她的讽世、世故和美国式的粗犷。西尔菲德豪华的家和她母亲，那位明星，都给她留下深刻印象。在美国，她没有母亲照料，被收到伊芙的庇护之下也不是不快乐的。她去看西尔菲德的那些晚上，最后总会留下来吃晚饭，并在那房子里过夜，虽然她的家就离开几个街口那么远。早上，她穿着睡衣在厨房里到处晃，给自己做咖啡和烤吐司，佯装她是没有性别的，或者是艾拉没有。

“伊芙很吃这一套，把年轻可爱的帕梅拉当作她的希伯来公主，没有别的。她的英国口音消除了她是犹太人这一点的不良影响，总之，伊芙很高兴西尔菲德有一位如此有天赋又举止得体的朋友，太为西尔菲德有了个朋友而高兴了，竟没看出帕梅拉穿着小女孩式的睡衣在楼梯上上上下下是什么用心。

“一天晚上，伊芙和西尔菲德去音乐会了，帕梅拉恰巧要在她们家过夜，结果就她和艾拉在家里，他们坐在客厅里，第一次单独在一起，他问起帕梅拉的家乡。他和每个人都这么起话题。帕梅拉用滑稽的口吻对他描述了她那个体面的家和他们让她去的那个让人无法忍受的学校，讲得很引人入胜。他问起她在无线电城的工作。她是第三长笛和短笛手，两样都做。是她给西尔菲德找了那里的替补工作。她们女孩总是在一起聊乐团里的事——权术啊，愚蠢的指挥啊，你能受得了他穿的那套燕尾服吗，他为什么就不去剪剪头发呢，他用手和指挥棒做的那一切真是毫无意义。都是孩子那一套。

“那天晚上，她对艾拉说：‘首席大提琴手老来调情。我都要发疯了。’‘乐团里有多少女性？’‘四个。’‘团里多少人？’‘七十四。’‘有多少男性向你献殷勤？有七十个吗？’‘唔——’她说道，笑了，‘嗯，他们不是所有的人都有这个胆量，不过有胆量的人都来过。’她对他说。‘他们怎么对你说的？’‘哦——“这礼服真漂亮。”“你来排练时看上去总是这么美丽。”“下周我要开场音乐会，需要一个长笛手。”这一类的话。’‘那你怎么做的呢？’‘我能看好自己。’‘你有男朋友吗？’就在这里帕梅拉告诉他，她和首席双簧管手恋爱有两年了。

“‘他是单身吗？’艾拉问她。‘不是，’她告诉他，‘他结婚了。’‘你从没在意过他是已婚的吗？’帕梅拉说：‘我感兴趣的不是生活中正式安排好的那些。’‘那他的妻子呢？’‘我不认识他的妻子。从来没见过。从没打算去见她。我不想知道她任何具体的事。这和他的妻子无关，和他的孩子无关。他爱妻子和孩子。’‘那和什么有关呢？’‘和我们的快乐有关。我为自己的快乐做自己想做的事。别跟我说你还相信婚姻的神圣。你以为你发了誓就好了，你们两个就永远忠诚了？’‘是的，’他对她说，‘我相信这点。’‘你就从来没有——’‘没有。’‘你很忠实于伊芙。’‘当然。’‘你打算这一辈子都忠实下去吗？’‘那要看了。’‘看什么呢？’‘看你了。’艾拉说。帕梅拉笑了。两人都笑了。‘要看，’她说，‘要看我能否说服你相信这样也没关系吗？说服你相信你可以自由地去做？说服你相信你不是你妻子的资产阶级男主人而她也不是她丈夫的资产阶级女主人吗？’‘是啊。来说服我吧。’‘你真是这么没救的典型美国人，被美国中产阶级道德所奴役吗？’‘是，我就是这样——没救的被奴役的典型美国人。你呢？’‘我是什么？我是个音乐家。’‘什么意思？’‘别人给我谱子我照着吹。我演奏别人给我的乐谱。我是个演奏者。’

“现在艾拉搞明白了，他可能是给西尔菲德暗算了，所以那头一个晚上，他所做的不过是在帕梅拉炫耀过后要上楼休息时拉着她的手说：‘你不是孩子了，对吗？我还当你是孩子呢。’‘我比西尔菲德大一岁，’她告诉他，‘二十四岁了。流放国外。我再也不会回到那个愚蠢的国家，过它那种愚蠢的隐秘感情的生活。我喜欢待在美国。在这里，我摆脱了那套“忌讳流露感情”的废话。你无法想象那里的情形。在这里是有生活的。在这里我有自己格林尼治村的公寓。我努力工作，自己养活自己。一天演出六场，一周六天。我不是孩子。哪一方面都不是，铁林。’

“情形大致如此。煽起艾拉欲望的东西很明显。她清新、年轻，会调情，天真——又不天真，还很敏锐。她开始了她伟大的美国历险记。他欣赏这位上层中产阶级家庭孩子生活在中产阶级习俗之外的方式。她住的那个邋遢房间，可以直接从大街上走进去。她独自一人来到美国。他欣赏她扮演她各个角色的灵活机敏。对着伊芙，她是个甜蜜小女孩；对着西尔菲德，是睡衣晚会那一套；在无线电城，她是长笛演奏者，音乐家，专业人士；在他这里，她好像是在英格兰被费边社社员带大的，无拘无束的自由灵魂，才智极高，不畏惧上等社会。换句话说，她是个活生生的人——对这人是这样，对那人是那样，对另一个人又是另外一个样。

“这一切都好极了。有趣。给人印象深刻。可是说到恋爱呢？在艾拉这里，所有感情的事都丰盛得溢出来。艾拉一找到目标，就难抑满腔激情。他不单是爱上了她。他不是想和伊芙要那个孩子吗？现在他想和帕梅拉生了。但是他怕把帕梅拉吓跑，所以没有马上就提到这件事。

“他们就开始了一段反中产阶级的感情。她能为她正在做的这件事给自己开脱。‘我是西尔菲德的朋友，我也是伊芙的朋友，为她们我什么都愿意做，可是，只要不伤害到她们，我看不出为什么做她们的朋友就必然要英勇牺牲我自己的爱好。’她也是有思想的。但是艾拉那时三十六岁了，他想要。想要孩子、家庭和家。共产党也想要资本阶级心里装的所有那些东西。他想从帕梅拉身上得到他原以为会从伊芙那里得到的一切，从伊芙那里他只得到了西尔菲德这个难题。

“他们常一起在小木屋里谈到西尔菲德。‘她不满的是什么？’艾拉问帕梅拉。金钱。社会地位。特权。从小就上竖琴课。二十三岁了，有人给她洗衣服，为她准备饭菜，给她付账。‘你知道我是怎么长大的吗？十五岁离开家。挖壕沟。我从来就没做过孩子。’但是帕梅拉对他解释说，西尔菲德只有十二岁的时候，伊芙离开了她父亲，为了一个她能找到的最粗俗的救星，一个活力充沛、阴茎勃起、会让她发财的移民。西尔菲德的母亲如此沉迷于这个男人，这些年西尔菲德甚至都失去了她，后来他们搬到纽约，西尔菲德就失去了她在加州的朋友，她谁都不认识，她开始发胖。

“这些话在艾拉看来都是心理分析那套胡言乱语。‘西尔菲德把伊芙看成是把她丢给保姆的电影明星，’帕梅拉对他说，‘为了男人和对男人的痴狂丢弃她，每次变动都辜负她。在西尔菲德看来，伊芙不停地投入男人的怀抱是为了不必自立。’‘西尔菲德是同性恋吗？’‘不是。她的座右铭是，性使你丧失力量。看看她的母亲。她跟我说不要和任何人有性关系。她恨母亲为了那些男人放弃了她。西尔菲德有种绝对自主的念头。她谁都不依赖。很坚强。’‘坚强？是吗？那么，’艾拉问道，‘如果她坚强，她为什么不离开她母亲？为什么不出去自立呢？你说的没有道理。真空状态下的坚强。真空中的自主。真空中的独立。你要知道西尔菲德问题的答案吗？西尔菲德是个虐待狂——真空中的虐待狂。每天晚上这个茱莉亚音乐学院的毕业生，用手指抹餐盘边上的食物残渣，一遍遍擦盘子的边沿，直到盘子吱吱作响。然后，更让她母亲发狂地把手指放进嘴巴舔干净。西尔菲德在那里就是因为她母亲怕她。伊芙永远都会怕她，因为她不想西尔菲德离开她，这就是为什么在西尔菲德找到更好的折磨她的方法之前不会离开她——西尔菲德是手执鞭子的那一个。'

"听我说，艾拉就对帕梅拉说了我一开始就对他说过的那些关于西尔菲德的话，从我这里听到他就不愿当回事。他对他爱的人重复一遍，好像是他自己琢磨出来的。人都这样。他们两个有过不少这样的交谈。帕梅拉喜欢这些谈话。让她激动。那样自由地和艾拉谈起西尔菲德和伊芙使她感到坚强。

"一天晚上，伊芙有些不寻常。她和艾拉正躺在床上，灯熄了，她开始控制不住地啜泣。艾拉问：'怎么了？'她不肯回答。'你哭什么呢？怎么了？''有时候我想……哦，我不能。'她说。她说不出话，也哭得停不下来。他打开灯。告诉她说吧，释放出来吧。说出来。'有时候我感觉，'她说，'帕梅拉才该是我的孩子。有时候，'她说道，'这样似乎更自然。''为什么是帕梅拉呢？''我们那么容易相处。尽管或许正是因为她不是我的女儿。''也许是吧，也许不是。'他说。'她那么优美，'伊芙说，'那么轻盈。'她又开始哭泣。很可能出于内疚，内疚她会让自己怀着那样一个无恶意的童话愿望，愿有一个不会让她每分钟都想起自己的失败的女儿。

“伊芙说的轻盈，我想不一定只是指体态轻盈，瘦的取代了胖的。她在说另外的东西，帕梅拉身上的某种让人兴奋的东西。内在的轻盈。我想她的意思是在帕梅拉身上，她能不由自主地看到曾一度在她自己娴静外表下悸动的多情。不管帕梅拉在她面前表现得如何孩子气，举止如何像个少女，她还是看出来了。那晚以后，伊芙再也没说过这样的话。只发生过一次，当时艾拉对帕梅拉的热情正因他们不顾后果的私情是不合道德的而愈发浓烈。

“所以，每个人都把那位活泼的年轻长笛手认作是自己不曾得到的带来快乐的梦中人：伊芙不曾得到的女儿，艾拉不曾得到的妻子。

“‘真悲哀。真悲哀，’伊芙告诉他。‘这么，这么的悲哀。’她一整晚都紧抓着他。一直到早上，哭泣，叹气，呜咽；倾倒出她所有的痛苦、困惑、矛盾、渴望、幻想，和断断续续、不连贯的想法。他从没如此为她难过——就是和帕梅拉的私情也没让他感到过距她如此遥远。‘所有的事都错了。我努力了又努力，’她说，‘但没一件事做对的。和西尔菲德父亲的事，我尽力过了。长博的事我努力过了。我尽力给她稳定、沟通和一个她能崇敬的母亲。我努力做一个好母亲。然后我还要做一个好父亲。而她有过太多父亲了。我想的都是我自己。’‘你不只想着自己。’他说。‘我是只想着我自己。我的事业。我的事业。我的表演。我总是要注意我的表演。我尽力了。她去了好学校，有好导师和好保姆。不过，也许我只是该一直陪着她。无法安慰她。她吃了又吃。为了我没能给她的，这是她唯一的安慰。’‘也许，’他说，‘这就是她本来的样子。’‘可是，有很多女孩吃得太多，然后会去减肥——她们不光是吃了又吃。我什么都试过了。我带她看过医生，看过专家。她还是不停地吃。她不停地吃就是为了恨我。’‘那么也许，’他说，‘如果这是真的，她该出去自立了。’‘这有什么相干？为什么她要自己过？她在这里很快乐。这是她的家，一直是她的家，只要她愿意，永远会是她的家。没道理她还没准备好就急着离开。’‘假想一下，’他说，‘她离开是让她停止滥吃的一个途径。’‘我不明白吃东西和住在她正住着的地方，两者间有什么关系！你真没道理！我们说的是我的女儿啊！’‘好吧，好吧。可是你刚表露了相当多的失望……’‘我说了她吃是为了安慰她自己。如果她离开这里，她就得双倍地安慰自己。她得那么费力安慰自己。喔，这太不对了。我该和卡尔顿待在一起的。他是同性恋，但他是她的父亲。我该和他待在一起的。我不知道我在想什么。这样我就不会碰见长博，也不会和你在一起，她就会有一个父亲，就不会总吃那么多了。’‘你为什么没和他待在一起呢？’‘我知道那看起来很自私，好像是为了我自己，好让我找到满足和陪伴，但其实我想让他自由。为什么他要被不吸引他、他不感兴趣的家庭生活和妻子所束缚呢？每次我们在一起，我都想他一定在想着下一位餐厅打杂工或者侍应生。我想让他不必再扯那么多谎。’‘但是他那点上没说谎啊。’‘哦，我知道，他知道我知道，好莱坞每个人都知道，可他还总是偷偷摸摸地安排。电话啊，失踪啊，他为什么迟到、为什么没去西尔菲德的派对的借口啊——我不能再接受另一个对不起的借口了。他不在乎，可不管怎么说他还是继续说谎。我想让他解脱，想让自己解脱。不是为我自己个人快乐，真的。更多是为了他快乐。’‘那你为什么没自己一个人走开呢？为什么和长博走了呢？’‘嗯……这样容易一些。不用独自一人。做了决定，但是不是独自一人。但是我本来可以留下来的。那西尔菲德就可以有父亲了，就不会知道他的真相了，我们也就不会和长博在一起那么多年，就不用去法国了，那些可怕的旅行就是一场噩梦。我可以留下来，她可以只不过是有个不在家的父亲，就像别人也有不在家的父亲一样。他就是娘娘腔又怎样呢？是啊，有一些是因为长博，那种激情。但更大的原因是我不能再听那些谎言了，虚妄的欺骗。是伪装的欺骗。因为卡尔顿不在乎，但为了那么一点点尊严和体面，他会假装要隐瞒这点。哦，我那么爱西尔菲德！我爱女儿。为女儿我什么都可以做。可如果她能轻盈一些、简单一些、自然一些——更像一位女儿的话。她在这里，我爱她，可是每个小决定都是一场搏斗，她的力量……她对我不像对母亲，我就很难像对女儿一样来对她。虽然我会为她做任何事情，任何事情。’‘那你为什么不让她走呢？’‘你老说这个！她不想走。为什么你认为解决办法是让她走呢？解决办法是让她留在这里。她还没受够我。如果她准备好走，她早就走了。她还没准备好。她看上去成熟了，但其实并没有。我是她母亲。抚养她的人。我爱她。她需要我。我知道看上去不像是她需要我，但她是需要我的。’‘可是你这么不快乐。’他说。‘你不明白。不是我，我担心的是西尔菲德。我，我会挺过去的。我总能挺过去。’‘你担心她什么呢？’‘我希望她找一个好男人。她能去爱的一个人，他会照顾她。她约会不多。’伊芙说。‘她根本没有约会。’艾拉说。‘不是的。有过一个男孩。’‘什么时候？九年前吗？’‘很多男人都对她很感兴趣。在音乐厅。很多音乐家。她只是不急。’‘我不明白你所说的。你该睡了。闭上眼睛，想办法睡吧。’‘我睡不着。我闭上眼睛就想，她会怎么样？我会怎么样？这么多的努力，这么多努力……安宁却这么少。内心的安宁这么少。每一天都是新的……我知道在别人看起来好像是快乐的。我知道她看上去很快乐，我也知道我们在一起看上去很快乐，我们在一起也确实是快乐的，可是每一天就是越来越难。’‘你们在一起看上去快乐吗？’‘嗯，她爱我。她爱我。我是她的妈妈。我们在一起当然看上去快乐。她是美的。她很美。’‘谁啊？’他问她。‘西尔菲德。西尔菲德是美丽的。’他原以为她要说‘帕梅拉’。‘仔细凝视她的眼睛和脸庞。那种美丽，’

伊芙说，‘和力量。不是那种“看着我”的肤浅方式让你感受到的。那里有深层的美丽。很深厚。她是个美丽的女孩。她是我的女儿。她很出色。她是个优秀的音乐家。美丽的女孩。她是我的女儿。’

“如果说艾拉曾经意识到事情无望的话，就是在那个晚上了。她们不可能分开，这一点他看得不能再清楚了。让美国共产主义化，在纽约华尔街掀起无产阶级革命，都比分开一对不愿被分开的母女要容易。是啊，他本来应该让自己走的。不过他没有。为什么呢？最终，内森，我没有答案。问一问为什么会有人犯悲剧性的错误吧。没有答案。”

“那几个月，艾拉在家里越来越孤立。那些晚上，如果他没去参加工会行政会议或他所在党部的会议，如果他们没有一起出去，这个时候，伊芙就在客厅刺绣，听西尔菲德弹琴，艾拉就在楼上给奥戴写信。竖琴声寂静下来，他到楼下去找伊芙，她不在那里。她在西尔菲德的房间里听唱片。她们两个躺在床上，盖着毯子，听《女人心》。艾拉走上顶楼，听到轰鸣的莫扎特音乐，看到她们一起躺在床上，感觉他才是个孩子。大约一小时以后，伊芙就回来了，还带着西尔菲德床上的温暖，和他躺上床，婚姻之乐多少就到此为止了。

“事情爆发后，伊芙震惊了。西尔菲德一定得有自己的公寓。他说：‘帕梅拉住得离家有三千里远。西尔菲德可以住在离她的住处三条街的地方。’可是伊芙只是哭。这不公平。可怕。他要把她女儿从她生活中赶出去。不是，就在附近，他说道——她二十四岁了，不该再和妈妈一起睡下去了。‘她是我的女儿！你怎么敢！我爱我的女儿！你怎么敢！’‘好吧，’他说，‘我来住到附近去，’第二天早上他在华盛顿广场北街找到一处全层公寓，就在四条街以外。付了定金，签了租约，付好第一个月的租金，回到家，告诉她他已做好的事。‘你要离开我！你是要和我离婚！’不是，他说，只是要住到附近罢了。现在你可以整晚和她躺在床上了。如果你何时要换换花样，想要和我整晚躺在床上的话，他说道，穿上外套，戴上帽子，到这附近来，我会很高兴见到你。至于晚餐，他告诉她，谁甚至会注意到我不在？你就等着吧。西尔菲德的人生观会有大的改进。‘你为什么对我这样？让我在你和我的女儿之间选择，让一个母亲选择——这是不人道的！’又多花了几个小时来解释说他是要她适应一个能避免选择的解决方法，不过可疑的是，伊芙到底明白过他说的话没有。理解不是她决定的基础——绝望才是。屈服才是。

“次日晚上，伊芙照常上楼到了西尔菲德的房间，但这次是去给她说她和艾拉达成的提议，将带给他们安宁生活的提议。那天伊芙和他去看过他在华盛顿广场北街上租的公寓。法式的门，高高的房顶，装饰的壁带，木条镶花地板。壁炉上有雕刻的过梁。后面卧室的下方是一个围起来的花园，很像西十一街上的那个。那不是勒海大道，内森。那时候，华盛顿广场北街和曼哈顿的街道一样美丽。伊芙说，'很漂亮。''是给西尔菲德的。'艾拉说。他仍用他的名字租，由他付租金，而伊芙呢，伊芙总能赚钱却总是怕钱的事，总把钱输给某位弗里德曼，她不用操心任何事情。'这就是解决办法，'他说，'有那么可怕吗？'她在阳光下坐在前厅窗下的椅子上。她的帽子上有面纱，一种她在某部影片里戴过而流行起来的，上面带小圆点的，她把它从悦人的小脸上掀开，呜咽起来。他们的斗争结束了。*她的*斗争结束了。她跳起来，拥抱他，吻他，开始从一个房间跑到另一个房间，研究该把她要从西十一街上为西尔菲德搬过来的漂亮的旧家具放在哪里。她再快乐不过了。又成了十七岁。不可思议。迷人。她是默片里诱人的女孩。

"那天晚上她鼓起勇气上了楼，拿着她画好的新公寓的布置图，还有家具清单，家里那些家具反正要归西尔菲德的，所以从现在起就永远属于她了。当然，不消一刻，西尔菲德就表示反对，艾拉冲上楼梯到西尔菲德的房间。他发现她们都在床上。但这次没有莫扎特音乐。这次是一片混乱。他看到伊芙仰面躺着尖叫哭泣，西尔菲德穿着睡衣跨坐在她身上，也在尖叫哭泣，她有力的弹竖琴的手把伊芙的肩膀按在床上。屋里到处都是碎纸片—— 是新公寓的布置图—— 他妻子身上坐着西尔菲德，正尖声大喊：‘你就谁都顶不住吗？你不会哪怕是一次为你自己的女儿反对他吗？你就不能做一个母亲吗，做一回吗？会吗？’”

“艾拉怎么做的？”我问道。

“你想艾拉做了什么？他离开家，在街上徘徊，走到哈莱姆，又走回格林尼治村，走了很多里路。然后，半夜了，他走向帕梅拉在卡迈恩街的住处。他曾经想法子永不在那里见她的，只要他还能控制得住，但他还是按响了她的门铃，快步走上五段楼梯，告诉她他和伊芙完了。他想让她和他一起去锌镇。他想和她结婚。他一直都想和她结婚，他告诉她，想和她生个孩子。你能想象这产生的冲击。

“她住在一间波希米亚风格的房间里——没有门的橱子，地板上放着垫子，莫迪利亚尼的印刷画，插着蜡烛的意大利基安蒂酒瓶，一屋子乐谱。从街上就能走进的四十平方英尺小房间，而他这个长颈鹿般的人在她四周大发雷霆，踢翻了乐谱架，撞翻了她所有的唱片，踢厨房里的浴缸，这位出身良好、带着新的格林尼治村思想的英国孩子以为他们正做的事——和一位有名的年纪大于她的人有这段热烈的、不会有后果的大历险——不会有后果。他对着她说，她就是他还没出生的后代未来的母亲，她是他一生的女人。

“感情强烈的艾拉，超大号的，撞翻东西，疯狂的长颈鹿般的艾拉，这个有紧迫感的人，带着他的不妥协，对她说：‘理好衣服，跟我走。’于是他知道了，已经有好几个月了帕梅拉想结束，这样知道比他可能通过其他方式知道要来得快。‘结束？为什么？’她再受不了那种紧张了。‘紧张？什么紧张？’于是她告诉他：每次她和他在泽西州，他都不停地抱着她、爱抚她，一千次地告诉她他多爱她，令她厌烦不安；然后他就和她睡觉。她回到纽约，去看西尔菲德，而西尔菲德谈的全是她称之为野兽的那个人；她把母亲和艾拉联起来称作美女与野兽。帕梅拉得同意她说的，要笑话他；她也得说野兽的笑话。他怎么能如此看不到这给她带来的牺牲呢？她不能和他逃走，她不能和他结婚。她有工作，有事业，她是热爱音乐的音乐家——她不能再见他了。他坐进车，开到小木屋，就是第二天我放学后去看他的地方。

“他说，我听。他没跟我透露过帕梅拉的事；他没有说是因为他太清楚我对私情的看法了。我已经对他讲了超过他爱听的次数多少遍了：‘婚姻的刺激在于忠诚。如果这个概念不能刺激你，你就别结婚了。’没有，他没告诉我帕梅拉的事——他跟我说的是西尔菲德坐在伊芙身上。说了一晚上，内森。拂晓时分，我开车回学校，在职工浴室刮胡子，给我当班主任的班级学生上课；下午，上完最后一堂课，我坐到车里，又开回去。我不想他晚上一个人在那里，因为我不知道他接下来会做什么。他所面对的不只是他的家庭生活。那只是一部分。政治方面的也侵占过来——对他的指控，解雇，永远列入黑名单。那才是从根基处削弱他的。家庭内部危机还不算危机。当然，两方面都很危险，最终会汇合在一起，但是暂时他还能把两者分开来。

"美国退伍军人协会已经因为艾拉的'亲共情绪'开始注意艾拉。他的名字已上了某本天主教杂志，在一个名单里，记为'结交共产党'的人。他所有的演出都受到怀疑。党内也有不和。开始激化。斯大林和犹太人之间。苏维埃反犹太情绪甚至开始渗入到党内笨蛋的头脑中去。犹太党员中开始散布流言，艾拉不喜欢他的所闻。他想多知道一些。关于对共产党和苏联的纯粹性的主张，连艾拉·林戈尔德都想多知道一些。隐约开始感觉到被党出卖，尽管真正精神上的冲击要等到揭露出赫鲁晓夫的内幕之后才来。然后艾拉和他的伙伴的一切都崩溃了，所有的努力和苦难都没了理由。六年后，占据他们成长历程的核心全化为乌有。但早在一九五〇年，艾拉就曾因为想多了解实情给自己惹过麻烦，虽然他决不会和我说这些事，他不想牵连到我，不想听我大声叱责。他知道，如果我们争论共产党的话题，最终就会像许多其他家庭一样余生不再交谈。

"早在一九四六年，他第一次到卡柳梅特城和奥戴同住，我去看他时，我们就有过一场特别的争论，不太愉快。因为艾拉辩论起他最在意的事情时，决不会放过你。特别是在战后初期，艾拉极不愿意在政治辩论中失利。尤其是输给我。没受过教育的小弟弟教育受过教育的大哥。他就直直地盯着我，手指直戳着我，吵吵闹闹地强迫别人立即做决定，用一句‘别侮辱我的智力’，‘这在条件上有该死的矛盾’，‘我不要站在这里听这套胡言乱语’，推翻我说的每句话。他斗争起来能量惊人。‘我才他妈的不管是不是除了我就没人知道！’‘如果你对这世界是怎么回事有那么一点点概念……！’把我放到英语教师位置上，他就特别富有煽动性。‘我所痛恨的是请你阐释你所说的鬼话！’在那个年代，对艾拉来说没有小事。他思考的每件事情，因为他思考了，就是大的。

“我去他和奥戴住的地方看他，头一晚，他告诉我说教师工会应该推进‘人民文化’的发展。这应该成为它的正式政策。为什么呢？我知道为什么。因为这是共产党的正式政策。要提高街上穷苦人民的文化水平，不用经典的旧式传统教育，取而代之的是强调有益于人民文化的那些东西。共产党的专长，我以为这在任何方面来讲都是不现实的。可是那家伙固执。我不是容易被劝服的人，我知道如何去说服人，我也是认真的。可是艾拉对我的敌对是永不疲倦的。艾拉就是不罢手。我从芝加哥回来以后，有将近一年时间没有他的消息。

“我来告诉你他陷入了什么。肌肉酸痛。他有那个病。他们先跟他说是这么回事，后来又说是另外一回事，从来没搞清楚到底是什么病。多发性肌炎。风湿性多发性肌痛症。每个医生都另起个名称。除了斯隆擦剂和本盖肌肉酸痛药，他们给他的大约就这么多了。他的衣服开始散发出他们卖给他的各种各样黏糊糊的镇痛药的臭味。我自己带他看过一个医生，在路对面的贝思·伊思雷尔医院，是多丽丝的一位医生朋友，他听了他的病史，取了血样，给他做了彻底检查，跟我们说是多发炎症。那人有套复杂的理论，他给我们画图解释——因抑制不住连锁代谢反应而引发炎症。他说艾拉的关节易发炎症反应，并且会迅速扩大。发炎快，消炎慢。

"艾拉去世后，有医生对我说——他的话很具说服力——艾拉的病他们相信正是林肯患的那种。穿了他的衣服，得了他的病。马凡氏综合征。过高。大手大脚。四肢细长。大量关节和肌肉酸痛。马凡氏综合征病人去世的情况常常和像艾拉一样。主动脉爆裂而亡。不管怎么说，艾拉未获确诊的疾病，无论是什么，至少是没找到治疗方法吧，到一九四九年，一九五〇年，多少成了顽疾。他感到来自广播网和党内两极的政治压力，他让我担忧。

"内森啊，在一区，我们不是工厂街上唯一的犹太家庭。很有可能是拉科瓦那和贝尔维尔边界间唯一不是意大利裔的一家。这些一区居民来自山区，大都是小个头，宽肩膀，大脑袋，来自那不勒斯东部山区，他们来到纽瓦克，有人往他们手里塞了把铲子，他们就开始挖，挖了一辈子。挖壕沟。艾拉退学后，和他们一起挖。其中一个意大利人要用铲子杀死他，我弟弟说话随便，要在那个社区生存就得打架。从他七岁起，他就要靠打架来让自己生存下来。

“可是突然间，他各个方面都在作斗争，我不想他做出什么愚蠢或无法补救的事来。我没有特意驱车去跟他说什么。他不是让你告诉他去做什么的人。我都没去告诉他我的想法。我的想法是他和伊芙以及她女儿一起生活下去是荒唐的。我和多丽丝去吃晚饭的那个晚上，不会看不出她们两个之间的怪异关系。我记得那晚和多丽丝开车回纽瓦克，我一遍遍说：‘那个组合里没有艾拉的空间。’

“艾拉把他的乌托邦梦想称为共产主义，伊芙则把她的称为西尔菲德。父母要个完美孩子的乌托邦理想，女演员的‘让我们伪装’的理想，犹太人的不做犹太人的理想，但她只说出她最宏大的计划，由此生活变得可以接受，合人心意。

“艾拉不该在那家里，这一点，西尔菲德马上就让他明白了。西尔菲德是对的：他不该在那里，他不属于那里。西尔菲德很明白地让他知道，她做女儿的最深切的爱好就是解除她母亲的空想——给妈妈一份她永不会忘记的生活污物。坦白讲，我认为他也不该在广播界。艾拉不是演员一类。他够胆子起身直言——这点他从不匮乏——可是说到演员呢？他每个角色演得都一样。随便懒散那一套，好像他正坐在你对面打皮纳克尔牌。简单人性的态度，只不过这并不是一种态度。

什么都不是。没有态度。艾拉知道什么是表演？他孩提时就决心要靠自己闯世界，每件推进他的事都是运气。没有计划。他想和伊芙·弗雷姆有个家吗？他想和那个英国女孩有个家吗？我认识到人身上有种原动力；特别是在艾拉身上，他迫切需要有个家，这是一次年代已非常非常久远的挫折残余下来的。可是他选了一些真正的美人，要和她们成家。艾拉在纽约城坚持自己的追求，怀着满腔热情，渴望过一种有价值、有意义的生活。从党那里，他感觉到他是历史的工具，历史召唤他到世界上的重要都市来纠正社会的不公正——我看全是可笑的。与其说艾拉是被取代了位置的，不如说他是站错了位置，总是不合他所在场所的尺寸，精神和肉体都是。但这个看法我不会让他知道。我弟弟的职业是要做伟大的人吗？正合我意。我就是不想他和别的所有人一样。

“第二晚，我带了些三明治给大家吃，我们吃着，他说，我听。一定是到了早上三点，小木屋门前停下一辆纽约黄色出租车。是伊芙。艾拉把电话听筒取下机座已经有两天了，她再也受不了拨电话却只听到忙音，就叫了辆出租车，半夜赶了六十英里，来到乡镇。她敲了门，我站起身打开门，她擦过我身边冲进屋里，他就在那里。接下来的事很可能是她一路上在出租车里就已计划好的，或者，也可能是随意即兴的发作。正是她过去演过的默片里的场景。全然发狂的演出，纯粹夸张的捏造，然而非常适合她，她会在仅仅几周后差不多是一点不差地重来一遍。她最爱的角色。一个哀求者。

“她在地板中央跪下来，忘了有我在场——或者并没有完全忘了——她喊道：‘求求你了！我恳求你！别离开我！’貂皮大衣下两只手臂向上伸着。手在空中颤抖。还有眼泪，好像濒临危险的不是婚姻，而是人类的救赎。证实了——如果需要证实的话——她绝对拒绝做个理性的人。我记得我当时想到，哦，这次她可完了。

“可是我不了解我弟弟，不了解他所抵挡不住的是什么。他一生都反对人屈膝下跪，但我应该想到那时他已能区分迫于社会条件而下跪和只是在做戏的人。他看到她那样，他的体内有种感情无法平息。在我想来大约如此。他身上容易为痛苦所骗的那个人又站出来了——在我想来大约如此吧——因此我走出去坐进出租车，和司机一起抽了一支烟，直到他们又恢复和睦。

“事事都渗透了愚蠢的政治。我坐在出租车里这样想。充斥人的头脑，损坏他们对生活的观念。但是只有在那晚开车回纽瓦克时，我才开始理解这些话是如何应验在我弟弟和他妻子所处的困境上的。艾拉不只是受不了她的痛苦。无疑，他可能难以抑制那种看到身边亲密的人垮下来时大多数人都会有的冲动；当然，对于该去做什么他可能得出错误的想法。但是发生的不是这个。只有在开车回家时，我才意识到发生的根本不是这个。

“记得吧，艾拉全身心归属于共产党。艾拉遵守每次政策上的一百八十度转变。艾拉轻信为斯大林的恶行开脱的言词。白劳德是他们的美国解放者时，艾拉支持白劳德。莫斯科揭露白劳德、开除他以后，一夜之间，白劳德成了阶级勾结者和社会帝国主义者，艾拉也全都信—— 他支持福斯特和他对美国正走向法西斯主义采取的方针。他设法压下怀疑，说服自己，他服从党的每次意外曲折的变化是协助在美国建设一个公正公平的社会。他对自己的定义是做个有品德的人。总的说来，我相信他是的—— 他是另一个被拉进了自己不了解的体系的幼稚的人。难以相信这样一个如此看重自由的人会让这种教条控制了他的思维。但是我弟弟在智力上贬低自己的方法和他们都是一样的。政治上易受欺骗。精神上易受欺骗。不愿面对这点。艾拉这类人对他们所推销和称颂的东西的来源不作思考。这个人最大的力量就是会说不。不怕说不，而且当着你的面说。然而他对党能说的只有‘好’。

“他已经为了她调整了自己，因为只要艾拉还是电波中的莎拉 · 伯恩哈特的丈夫，就没有节目赞助商、广播网或是广告代理敢来碰他。这是他所赌的，赌一赌只要他身边还有广播之王，他们就不能揭露他，不会丢掉他。她会保护她的丈夫，并延伸至保护上演艾拉节目的那个共产党集团。她跪倒在地上，她求他回家，艾拉意识到他还是照她的要求做吧，因为没有了她，他就要沉没了。伊芙是他的掩护者。支柱的支柱。”

“就在那时，解围的人出现了，她有一颗金牙。是伊芙发现的她。从一个演员那里听说她，那个演员又是从一个跳舞的那里听说她。一位女按摩师。可能比艾拉大十岁、十二岁吧，那时快五十岁了。看上去憔悴得像是进了暮年，丰满性感的女子在走下坡路，不过她的工作使她保持了身材，使那个巨大温暖的躯体够结实。赫尔吉·帕恩。爱沙尼亚女人，嫁了一位爱沙尼亚工厂工人。结实的劳动阶级女人，喜欢喝伏特加，几分妓女，几分小偷。庞大健康的女人，第一次出现时少了一颗牙齿。然后她回来了，换了一颗牙—— 一颗金牙，她按摩的一个牙医送的礼物。接着她又回来了，穿着一件礼服，是她按摩的礼服生产商送的礼物。这一年里，她来时戴着人造珠宝，有了毛皮大衣，有了手表，不久她买了股票，等等，等等。赫尔吉不停地在改进。她取笑自己所有的改进。只是感激而已，她对艾拉说。艾拉第一次给她钱的时候，她说：‘我不收钱，我收礼物。’他说：‘我不能去逛商店。给你这些钱。给自己买你想要的东西吧。’

“她和艾拉就阶级意识进行了不可避免的讨论，他告诉她马克思如何激励帕恩这样的劳动人民夺取资产阶级的资本，组织起来成为统治阶级，控制生产力，赫尔吉却概不接受。她是爱沙尼亚人，俄罗斯占领了爱沙尼亚，把它变为苏联的一个加盟共和国，因此她是本能地反对共产主义。对她来说只有一个国家，就是美国。还有什么其他地方能让一个没有文化的移民农场女怎样怎样。她的改进在艾拉看来很滑稽。通常他不太具有幽默感，可是赫尔吉也不太在乎。也许他该娶她的。也许这位身躯庞大、本性敦厚、面对现实不退缩的笨人，才是他的灵魂伴侣，对他而言和唐娜·琼斯同类的灵魂伴侣：因为她身上有未经驯服的东西。因为她的任性。

"她贪的那一面自然给他不少乐趣。'赫尔吉，这周是什么？'在她看来，这并不是做妓女，不邪恶—— 这是改进自我。实现赫尔吉的美国梦。美国是机会之地，她的顾客欣赏她，女子也要生存，于是她每周三次在晚餐后来，穿得跟护士似的——上浆的白色外衣，白色长袜，白鞋子 —— 带来一张对半折叠起来的按摩床。在他书房里，书桌跟前支好床，他虽然比床长出半英尺，还是摊手摊脚躺在上面，她给他按摩整整一个小时，非常专业。她给他按摩，这是艾拉从那种疼痛中唯一能得到的安慰。

"接着，她仍穿着白色制服，全然是出于职业性，最后来一招更能让他放松的招数。他阴茎中涌出一股美妙的液体，暂时解除了禁锢。那股迸发中有艾拉失去的一切自由。他要充分运用政治、公民和人的权利，一生为之奋斗，此刻化为付钱射精在五十岁的爱沙尼亚女人的金牙齿上。同时，楼下的客厅里，伊芙在听西尔菲德弹奏竖琴。

“赫尔吉本可以是漂亮的，但是她的浅薄太明显。她的英文不太好，我说过，她的血管里总流动着一小股伏特加，这一切使她有股笨拙的味道。伊芙给她起了绰号。土包子。西十一街上的人这么叫她。不过赫尔吉不是土包子。可能是浅薄，但她不笨。赫尔吉知道伊芙把她当作一头干活的牲口。伊芙不去费劲掩饰，认为不必为一个低下的女按摩师如此，可那低下的女按摩师却是为了这点很鄙夷她的。赫尔吉给艾拉口交而伊芙就在楼下客厅听竖琴的时候，赫尔吉常喜欢模仿她想象中伊芙屈尊给他口交的雅致温文的样子。在模糊的波罗的海地区人面具后面，这个粗鲁的人知道何时出击以及如何打击轻视她的上层人士。她对伊芙一出手就是整个地击败了她。伏特加起作用之时，赫尔吉是不受约束的。

“即使对最平常的人而言，”默里声称，“也没有像复仇如此重大，如此不值一提，如此无畏而富创造力的。即使是最文雅之文雅的人，他背叛起人来，也是没有如此无情而富创造力的。”

听到这个，我又被带回了默里·林戈尔德的英语课堂：老师来给一课作总结，在一小时接近尾声时，林戈尔德先生专心简要地总结了一遍他的主题，林戈尔德先生以强调的语气和精心的措词暗示“复仇和背叛”可能正是他这周的“二十个问题”中一个问题的答案。

“记得在部队时我拿到一本伯顿的《忧郁解析》，每天晚上都读，这辈子头一回读到，那时我们在英格兰为进攻法国接受培训。内森，我喜欢那本书，可是它让我困惑了。你记得伯顿是怎么说忧郁的吗？他说，我们每个人都有忧郁的倾向，但只有部分人会养成忧郁的习惯。怎么会有这个习惯的呢？伯顿从来没有回答这个问题。他那本书里没说，于是我在整个进攻期间都要思考这个问题，后来我通过个人经历发现了答案。

“你被背叛了，就会得上这个习惯。是背叛在作祟。想想那些悲剧吧。是什么带来忧郁、谵语、流血？奥赛罗——被背叛。哈姆雷特——被背叛。李尔王——被背叛。甚至可以说麦克白也是被背叛的——被他自己——虽然这不是同一回事。这些将精力投入教授名著的专家，我们这些仍专注于文学之类细察事物的少数人，无法解释历史之精髓为何竟是背叛。历史从头到尾都是背叛。世界史，家庭史，个人史。背叛是个大课题。只要想想《圣经》吧。那本书是写的是什么呢？圣经的主要故事场景就是背叛。亚当——被背叛。以扫——被背叛。示剑人——被背叛。犹大——被背叛。约瑟夫——被背叛。摩西——被背叛。参孙——被背叛。撒母耳——被背叛。大卫——被背叛。乌利亚——被背叛。约伯——被背叛。约伯给谁背叛的？不是别人，正是上帝自己。别忘了上帝的背叛。上帝被背叛。处处被我们的祖先背叛。”

第六章

一九五〇年八月中旬，就在我离家（后来知道，这次是永远地离开）去芝加哥大学登记第一年入学前几天，我登上火车去苏塞克斯镇乡间与艾拉共度一周，就像一年前一样，那时伊芙和西尔菲德在法国看望西尔菲德的父亲——而我自己的父亲头一回要在准许我去之前见一见艾拉。那第二个夏天，我到晚了，从那个乡间车站再开车去艾拉的小木屋，要弯弯曲曲地穿过窄窄的后巷和成群的奶牛，开五公里。车站上，艾拉正在他的雪佛兰双门小汽车里等我。

坐在他身边前排座里的是一个穿着白色外衣的女人，他介绍说是帕恩太太。那天她从纽约来治疗他的脖子和肩膀，正要坐下一班向东的火车回去。她带着一张折叠床，我记得是她自己从行李箱里抬出来的。我就记得这些——她抬床的力气，她穿着白色外衣，白袜子，她叫他“林先生”，他叫她“帕恩太太”。除了她的力气我没注意到她有什么特别的。几乎就没注意她。她钻出车，拖着她的床，穿过去走到将载她到纽瓦克的那道铁轨边，自此，我再也没见过这女人。那时我十七岁。在我看来，她就是年纪大了，很卫生，没什么重要的。

六月，一张列有151名被怀疑与“共产运动”有关的广播电视界人士名单出现在一本叫做《红色路线》的刊物上，引发一轮对职员的解雇，引起广播界的普遍恐慌。不过，艾拉的名字不在名单上，上面也没有任何其他和《自由勇敢者》相关的人。我不知道艾拉之所以免除于此，是否正是因为令他感到耻辱的那几点，因为他是伊芙·弗雷姆的丈夫，因为伊芙自己受着《红色路线》主办人的告密者布赖登·格兰特保护，从而免受了她作为像艾拉这样知名人物的妻子应受的嫌疑。毕竟，伊芙曾和艾拉一起不止一次出席过政治集会，在那时，这会让人质疑她对美国的忠诚度。要给人贴上“运动人士”标签、让这人落得失去工作，哪怕是伊芙·弗雷姆这样不关心政治的人，也不需要多少控告的证据，在认错人的情况下，就压根不需要证据了。

但那时我并不知道伊芙在导致艾拉陷入困境的过程中扮演的角色，直到大约五十年以后，默里在我家里告诉我这些，我才明白。当时我对他们为何没有找上艾拉的解释是他们怕他，怕他会挑起斗争，怕他身上在那时的我看来的不可摧毁性。我以为，《红色路线》的编辑怕一旦惹了艾拉，他就会单枪匹马打垮他们。艾拉在我们第一顿晚餐上告诉我《红色路线》的事时，我甚至有那么一刻生出浪漫的念头，想象着皮卡克斯山路上那座小木屋是一个那种泽西州乡镇的艰苦训练营，过去重量级拳击手常在大赛前去那里练上几个月，这里的重量级选手就是艾拉了。

“至于我的职业该持什么样的爱国主义标准就要由联邦调查局的三名警察来制订了。三位前联邦调查局成员，内森，就是他们操纵了这场《红色路线》行动。广播界该雇谁不该雇谁要由这三位喜爱从非美活动调查委员会获取信息的家伙来决定。你会看到在这派胡言面前老板们是如何勇敢的。看着利益系统是如何应对压力的吧。思想自由，言论自由，正式程序——都见鬼去吧。人要被毁了，伙计。失去的不是生计，而是生机。人会死去。他们会生病死亡，他们会跳楼死亡。这一切结束之时，名单上挂了名的人最终会被关进集中营，全是由于麦卡伦先生亲爱的国内安全法案。如果我们和苏联作战——这个国家的右派最想要的就是战争——麦卡伦会亲手把我们都关到带刺的铁丝网后面去。”

这个名单没让艾拉就此闭口不言，也没让他像其他同事一样四处寻求庇护。名单出版后仅一周，朝鲜战争突然爆发，艾拉在写给老《先驱论坛报》的一封信中（挑战性地署名为来自《自由勇敢者》的铁林）公开表示反对杜鲁门决意将极小的冲突转变成资本家等待已久的和共产党之间在战后的摊牌，如此则“疯狂地为第三次世界大战和人类的毁灭设好了舞台”。这是艾拉就军队里的种族隔离之不公正从伊朗写信给《星条旗报》后写给编辑的第一封信，不只是反对向共产主义朝鲜开战的愤怒宣言，还表明这是一次经过深思熟虑的公开抵抗，针对的是《红色路线》和它的目标，它不止要简单地清除共产党员，还要恐吓广播界的自由分子和非共党左翼分子，使他们缄默屈服。

一九五〇年八月在小木屋的那个礼拜，艾拉说的几乎全是朝鲜。我上次在那里时，我和艾拉几乎每晚都躺在屋后摇摇晃晃的沙滩椅上，四周点着香茅蜡烛驱赶小飞虫和蚊子——自那以后，闻到香茅油的那种柠檬香味总会让我想起锌镇——我抬头看着星星，艾拉跟我讲各种各样的故事，有新故事，有老故事，讲他十几岁在矿上的岁月，无家可归四处流浪的那些抑郁日子，战时在美国军队基地做码头装卸工的奇遇，基地在阿拉伯河上的阿巴丹，那条河流邻近波斯湾，大致将伊朗和伊拉克分开。我从前从不认得有谁的个人生活如此密切地被如此之多的美国历史所环绕，自己熟悉这么多美国地理，亲身面对那么多美国下层社会生活。我从不认得谁如此沉浸于他的时代或是如此具备他所在时代的特质。或是被时代压制得如此厉害，成了它的复仇者，受害者，和它的工具。离开艾拉的时代去想象他是不可能的。

在小木屋度过的那些夜晚，我传统的美国以艾拉·林戈尔德的形象显现在我眼前。艾拉所讲述的，关于爱与恨的并不全然明晰（也不重复）的倾诉，激起我崇高的爱国热情，渴望直接了解纽瓦克以外的美国，触发了我那些已被点燃的同样是天真儿子式的热情，这激情在我的青春期早期曾被霍华德·法斯特和诺曼·科温的思想所促进，此后又因托马斯·伍尔夫和约翰·多斯·帕索斯的小说而持续一两年。次年我去看艾拉时，暑日将尽，苏塞克斯山上的夜晚开始有些冷，却是宜人的，我就往壁炉里的熊熊火焰上添加我那天早上在烈日下劈好的木块，艾拉则小口地喝倒在他有缺口的马克杯里的咖啡，他穿着短裤、旧篮球鞋和他在部队时穿的已褪色的黄绿色 T 恤——那样子像极了一名伟大的美国童子军团长，受到男孩敬重的大个子，可以靠自然土地生存，吓走狗熊，保证你的孩子不会淹死在湖里——他不停地讲朝鲜，语气是抗议和厌恶的，在国内任何其他营地你都不太会听到这种声音。

“我无法相信任何一位有一半脑子的美国人会相信朝鲜共产党军队会坐上船开过六千英里来接管美国。可这正是人们在说的。‘要提防共产党构成的威胁。他们要接管美国。’杜鲁门给共和党显示他的实力——这是他的目的。一切都为了这个。牺牲无辜的朝鲜人民来显示他的实力。我们要进去炸了这批狗娘养的，明白吗？都是为了支持这位法西斯李承晚。好总统杜鲁门。好将军麦克阿瑟。共产党，共产党。不是这个国家的种族主义，不是这个国家的不公平现象。不是，问题竟在于共产党！这个国家有五千名黑人被处以私刑，却从没有一个私刑执行者被控有罪。这是共产党的过错吗？自从杜鲁门进了白宫满嘴谈论黑人民权以来，九十名黑人被私刑处死。这是共产党的过错，还是杜鲁门的司法部长克拉克好先生的过错呢，他在美国法庭上对十二位共产党领导人采用了残忍的极刑，为他们的信仰无情摧毁了他们的生命，可到了极刑者身上，却一个手指都不抬！对共产党宣战吧，派兵去和共产党作战吧——在世界各地，你每到一处地方，第一个死于反法西斯斗争的却是共产党人！第一个为黑人，为工人而斗争的……”

这些话我从前都听过了，一模一样的话，听了很多遍，到了我度假这周要结束前，我真等不及要离开他声音的传播范围，赶快回家去。这一次在小木屋度过的时间不像头一年夏天我所感受的那样。对于他认为自己是如何投入了每一阵线上的战斗，他感觉他的大胆独立做了怎样的妥协，我几乎一无所知——在我想象中我的英雄还在走向领导广播界反对《红色路线》反动分子的斗争并将取得胜利——我理解不了加深了艾拉愤怒正义感的那种恐惧和绝望，和他日渐加深的失败和孤立感。“为什么政治上我这么做？我做这些是因为我认为这样是正确的。我要做些事情，因为该去做。我才不管是不是除了我就没人知道。内森，对我从前同志的懦弱，我感到坐立不安……”

头一年夏天，即使我还不够考驾照的年龄，艾拉还是教我开他的车。到了我十七岁时，我父亲抽时间来教我开车，我知道，如果我告诉他艾拉·林戈尔德八月里已赶在他前头教过我了，一定会伤他的感情，于是在父亲这里，我就装着不明白在做什么，装着学开车对我是从没接触过的新鲜事。艾拉的一九三九年雪佛兰车是黑色的，双开门小汽车，真是很好看。艾拉个子实在太大，看上去像是马戏团里的人坐在汽车的一个轮子上。第二年的那个夏季，他坐在我身边让我开车，我觉得好像是开车带着一座纪念碑，一座为了朝鲜战争狂怒的纪念碑，一座纪念反战之战的战争纪念碑。

那车过去是某人祖母的车，艾拉一九四八年买下来时只开过一万两千英里。前进三速自动变速，倒挡在 H 挡左上方。两个独立前排座，后面的空间正好够挤下一个小孩子，就是不太舒服。没有收音机，没有加热器。要打开通风窗，需按下一个小把手，挡风玻璃前就拉下帘子，上面有纱窗把昆虫挡在外面。相当经济。不通风的窗装有独立手柄。座椅面装饰着鼠灰色绒毛，那个年代的车都是这样。脚踏板。大行李厢。行李厢底板下搁着备用轮胎和千斤顶。顶端有点尖的散热器护栅，发动机罩装饰上有一片玻璃。真正的防泥板，又大又圆，独立前灯，像两个鱼雷，就在流线型散热器护栅后面。挡风玻璃雨刷是真空装置，你一踩油门它就会慢下来。

我记得车里的烟缸。就在仪表板中央，两个乘客之间：一片修长漂亮的塑料，下面装着铰链，朝着你来回摆动。要启动车子，就旋转外面的一个把手。没有锁——不出两分钟就可以把车子搞坏。车篷两边都可以开。方向盘的质地并不光滑闪亮，而是纤维质地，喇叭只在中央。起动器是个圆形橡胶小踏板，颈项处镶着一圈波纹橡胶。冷天启动需要的阻气门在右侧，左侧是个叫做节气门的东西。我看不出有什么用处。贮物箱上放着嵌入式上发条的钟。油箱盖恰好在一侧，乘客那侧车门的后方，像个盖子能旋下来。要锁上车子，就按一下司机这侧车窗上的按钮，从车里出来时，拉下旋转把手再把车门关上。如果你在想别的事情，就会把钥匙锁在车里。

关于那辆车我可以不停地讲啊讲啊，因为那是我第一次和女孩睡觉的地方。和艾拉在一起的第二个夏季，我认识了锌镇警长的女儿。一天晚上，我借了艾拉的车，约她去看“免下车”电影。她名字叫萨莉·斯普林，红头发，比我大几岁，在百货店工作，当地人眼里她是“容易得手”的。我开车带萨莉·斯普林出了新泽西，到宾夕法尼亚州德拉瓦尔对面的“免下车”影院。那时这种影院的扬声器是挂在车窗里面的，演的是艾伯特和科斯特洛主演的电影。很喧闹。我们立刻就开始亲吻。她确实是容易上手。有趣的是（如果可以把这事的一部分说成是有趣的话）我的内裤绕着我的左脚。而我的左脚在油门上，所以我和她干的时候就在给发动机溢油。到我射精的时候，内裤不知怎地绕到了刹车踏板和我的膝盖上。科斯特洛嚷着：“嗨，艾伯特！嗨，艾伯特！”车窗上都是水汽，发动机在溢油，她的父亲是锌镇警长，而我被缠在车子地上起不了身。

开车送她回家的路上，我不知道该说什么，该如何感受，或者我把她带过州际线和她性交该期待受到何种惩罚，于是我对她说起了美国士兵如何不该去朝鲜打仗。我对着她讲麦克阿瑟将军，好像他才是她的父亲。

我回到小木屋，艾拉从他正读的书上抬起头：“她好不好？”

我不知道答案。从来就没想到过这个问题。“随便谁，都挺好的。”我对他说，我们两个放声大笑。

到了早上，我们发现前一晚我太兴奋了，以不再是处男的身份走进小木屋前把车钥匙锁在了车里。艾拉又一次大笑了—— 但除却这次，我在小木屋的那一周里，他是一点都乐不起来。

艾拉间或也请靠我们最近的邻居雷蒙德 · 斯维克孜过来和我们共进晚餐。雷是个单身汉，住在沿路下去两英里远的地方，在一处废弃的采石场边缘，那洞穴看上去极为原始，是人挖出来的巨大深坑，让人恐惧，好像世界的底部，那种虚无，就是在有阳光的时候也让我心里不安。雷一个人住在那里，是一处单间的建筑物，几十年以前是存放挖矿器材的储物棚，是我见过最孤寂的人的住所。战时他曾在德国做过战俘，回家后得了艾拉所称的“精神问题”。一年以后，他在锌矿上——艾拉自己少年时就在那处锌矿上用铲子干过活—— 钻井时一次事故中伤了头骨。地下一千四百尺的地方，头顶上方一块像棺材那样大小、重量超过一千磅的岩石落在他正钻的一堵墙旁边，虽然没有压到他，但把他面朝下重重击倒在地。雷活下来了，但他再也没下过矿，从那时起医生就一直给他重建头骨。雷就住在附近，艾拉给他一些零活干，让他给蔬菜园下种，他不在时让他给园子浇水，付钱让他给小木屋修理修理粉刷一下之类的。大多数时候他付钱给他但没什么活给他干，艾拉住在那里时，看到雷吃得不好，就叫他来，给他吃东西。雷几乎从不说话。是让人愉快的那种迟钝的人，总是点着头（据说他的头很不像事故前他的头），很有礼貌……就是在他和我们一起吃饭的时候，艾拉也没停过攻击我们的敌人。

我该预料到的。我是预料到的。我期待过。我以为我不会厌烦的。然而我的确是厌烦了。下周我就要进入大学了，艾拉给我的教育已经结束了。快得让人难以置信，结束了。那种天真也结束了。我走进了皮卡克斯山上那个小木屋，再走出来时却换了一个人。充满活力的新力量无论名字如何，全然是自己到来的，无法逆转。当年从父亲身边分裂出去，由于对艾拉的迷恋而削弱了儿子对父亲的爱，现在这样的事又重现在我失去对他的迷恋这点上。

艾拉带我去看当地他最喜欢的朋友霍勒斯·布里克斯顿——他和儿子弗兰克经营动物标本剥制，就在附近一条土路旁布里克斯顿家农舍的一处半改建过的两个房间大小的牛棚里，就在这时，艾拉和霍勒斯说的也全是他不停歇地和我说过的那些。前一年，我们去过那里，那次很愉快，听的不是艾拉不停地谈朝鲜和共产主义，而是霍勒斯不停地讲动物标本剥制术。“内森，你可以写个广播剧，拿这个人当主角，就只写动物标本剥制。”艾拉对动物标本剥制的兴趣是他仍旧怀有的劳动人民爱好的一部分，与其说这爱好的对象是自然之美，不如说是人对自然的干预，是工业化了的自然和被开发了的自然，是被人触摸过、使用过、损害过的自然，和你在锌镇中心开始看到的被人毁坏了的自然。

我第一次走进布里克斯顿家门时，前面一个小房间古怪的凌乱让我惊愕：到处都是成堆的硝过的皮子；屋顶用一段段金属丝吊着鹿角，挂着标牌，跨越整间屋子的长度前前后后挂着几十个鹿角；屋顶还垂着巨大的涂了漆的鱼，亮闪闪的，有延伸出的脊鳍和修长的剑状上颚，其中一条亮闪闪的鱼有一张猴子的脸庞；动物的头颅——小的，中号的，大的，特大的——架在墙壁的每一平方英寸上；地板上密密麻麻铺满了鸭子、鹅、鹰和猫头鹰，很多还张着羽翼仿佛在飞行。有雉和野生火鸡，有一只鹈鹕，一只天鹅，散在这些鸟中间的还有一只臭鼬，一只美洲野猫，一头土狼和一对海狸。沿墙摆着的灰蒙蒙的玻璃箱子里是小一些的鸟类，鸽子，一条小鳄鱼，还有蜷缩的蜥蜴、海龟、兔子、松鼠，各种啮齿类动物，老鼠，黄鼠狼和其他我说不出确切名称的丑陋的小玩意，安顿在衰败的老式自然场景之中。到处都是灰，做斗篷的毛皮，羽毛，兽皮，什么都有。

霍勒斯稍稍上了些年纪，他自己的个头比他的兀鹫展开两翼的宽度高不出多少，穿着工装裤，戴一顶卡其色卡车司机帽。他从后面走出来，和我握手，看到我惊愕的表情，他歉意地微笑。“是啊，”他说，“我们没丢出去多少。”

“霍勒斯，”艾拉说，高高地往下看着这个小矮子，艾拉告诉我说他自己做苹果酒，自己熏肉，知道每一种鸟的歌声，“这是内森，年轻的高中生作家。我跟他说了你跟我说过的动物标本剥制：考验一个好的动物标本剥制师是看他能否制造生命之幻象。他说了：‘这是对一位好作家的考验。’于是我就带他来了，你们两位大师可以聊一聊。”

“这么说吧，我们对待工作是严肃的，”霍勒斯告诉我，“我们什么都做。鱼类，鸟类，哺乳类。猎物头颅。各种姿势，各种物种。”

“跟他说说那头野兽吧。”艾拉说，笑了一声，指着一只两腿细长的高个鸟，在我看来像是只可怕的雄鸡。

“那是鹤鸵，”霍勒斯说，“来自新几内亚岛的大鸟。不会飞。这一只是马戏团里的。巡回演出的马戏穿插表演，它死了，一九三八年时他们把它带给我，我给它体内塞上填料，马戏团再也没回来要它。那是只大羚羊，”他说道，开始为我鉴别他的手工品，“那是只飞翔的库柏鹰。南非水牛头骨——这叫做欧洲标本，头骨的上半部分。这些是驼鹿的角。庞大。一头牛羚——头骨上有绒毛……”

我们在前展览室花半个小时考察了一遍，等跨进后面的展览室——“商店”，霍勒斯这样叫它——看到了弗兰克，约四十岁，正秃顶，和他父亲完全是一个模子里出来的，他正坐在一张血淋淋的桌子前，用一把刀子剥一头狐狸的皮，后来我们知道，那把刀子是弗兰克自己用钢锯片做出来的。

“你知道，不同的动物有不同的气味，”霍勒斯对我解释说，“你闻到狐狸味了吗？”

我点点头。

“是，狐狸有一股味道，”霍勒斯说，“可能不那么好闻。”

弗兰克差不多把那只狐狸右后腿的皮褪光了，只剩下裸露的肌肉和骨头。“那一只，”霍勒斯说，“要整个做成标本。会看上去像只活生生的狐狸。”那只狐狸刚被打死，躺在那里，就已经很像一只活的狐狸了，只是睡着了而已。我们都围着桌子坐下，弗兰克仍手脚利落地继续干。“弗兰克有灵敏的手指，”霍勒斯带着父亲的自豪说道，“很多人可以把狐狸、狗熊、鹿和大鸟做成标本，可是我的儿子还能把燕雀也做成标本。”弗兰克最了不起的自制工具，霍勒斯说，是一个小小的挖脑用的勺子，用在小型鸟类身上的，那种勺子你买不到。弗兰克耳朵是聋的，也不会说话，我和艾拉起身离开时，他已经剥好了整只狐狸的皮，剩下的是看去精瘦的红色尸体，大小大概相当于一个人类的新生婴儿。

“人吃狐狸吗？”艾拉问。

“通常不会，”霍勒斯说，“但是在大萧条时期，我们什么都试着吃。你知道，那时大家身处同样的困境——没有肉吃。我们吃过负鼠，美洲旱獭，兔子。”

“哪一种好吃？”艾拉问。

“都好吃。我们总在挨饿。大萧条期间弄到什么就吃什么。我们吃过乌鸦。”

“乌鸦什么味？”

“嗯，乌鸦的问题是你不知道这些该死的家伙有多老。有一只乌鸦吃起来像是鞋子的皮。有些乌鸦真的只适合拿来做汤。我们常吃松鼠。”

“怎么烧松鼠呢？”

“铸铁的黑锅。我妻子常设夹子捕松鼠。她会剥掉它们的皮，等有了三只，就在锅里烧熟。就像吃鸡腿。”

“该把我的小女人带来，”艾拉说，“你好给她这个菜谱。”

“一次妻子要给我吃浣熊。我知道是浣熊，虽然她说是只黑熊。”霍勒斯笑了，“她是个好厨子。死在土拨鼠日那天。七年以前。”

“你什么时候弄到那个的，霍勒斯？”艾拉越过霍勒斯的卡车机帽指着墙上一个突出的野猪脑袋；就挂在柜子中间，柜子上满是铁丝架和灌了石膏的粗麻架子，上面是动物的皮，伸展开调整好，又重缝在一起，以此制造活着的幻象。那头野猪确实是个野兽，一头庞大的野兽，黑乎乎的，有着棕色的喉咙，两眼之间盖着层带白色的毛发，让它的面颊生色不少，口鼻部巨大黝黑坚硬，如一块黑色湿漉漉的石头。它的嘴骇人地大张着，你能看到赤裸裸的食肉动物的嘴巴内部和非凡的象牙似的牙齿。这野猪确实给人活着的假象；弗兰克的狐狸也是如此，虽然我几乎受不了它的臭味。

“野猪看上去很真。”艾拉说道。

“哦，是真的。不过舌头不是真的。舌头是假的。猎手想要原来的牙齿。我们通常用假牙，因为真牙会渐渐断裂。变得容易碎，就掉下来。可他想用真牙，所以我们用了真的牙齿。”

“这花了你多长时间，从第一天算起？”

“大概三天吧，二十个小时。”

“你做这个野猪标本得了多少钱？”

“七十美元。”

“在我看来似乎还算便宜。”艾拉说道。

“你习惯纽约城的物价了。”霍勒斯告诉他。

“你得到的是整头野猪还是只有头？”

“通常有整个头骨，从脖子后面切下来。偶尔我们也确实会拿到整头的熊，黑熊——我做过一头老虎。”

“老虎？是吗？你从来没跟我说过。”我能看出来艾拉虽然是为了给我当作家的教育在引着霍勒斯说，但其实他也喜欢问他问题，听他用尖利的唧唧喳喳的声音来回答，那声音听上去好像是从一片木头里削出来的，“那只老虎是在哪里被射死的？”艾拉问。

“是个养着它们的家伙，像养宠物。有一只死了。它们价值很高，它们的皮，他想把这一只做成毛皮地毯。他打电话来，他把它放在担架上，弗兰克直接抬进车带回家，整只老虎。因为他们不知道怎么给它剥皮或其他什么的。”

“那你知道怎么做老虎标本吗，还是要查查书？”

“书，艾拉？不，艾拉，不用书。你只要做了一阵子，随便哪种动物你都能摸清楚。”

艾拉对我说：“你有没有问题要霍勒斯来解答？有什么你为上学要知道的吗？”

只是听听我就再快活不过了，因此我说“没有”。

“剥那只老虎的皮有意思吗，霍勒斯？”艾拉问道。

“有意思。我很享受。有个人，我雇他给我拍了家庭电影，拍了整个过程，那一年感恩节我放了一遍。”

“是在饭前还是饭后？”艾拉问道。

霍勒斯微笑了。虽然我看不出动物标本剥制具有什么讽刺意味，但动物标本剥制师自己却很有美国式的幽默感。“呵，不是一整天都在吃吗，是吗？人人都记得那年的感恩节。在一个动物标本剥制家庭，他们习惯了那样的事，不过你仍旧可以让他们吃一惊的，你知道。”

于是谈话继续着，愉快安静的谈话，有一些笑声，最后霍勒斯给我一个鹿蹄作为礼物。从头至尾艾拉都是温和平静的，我从没见过他和人在一起时这样。除了闻到狐狸的味道感到恶心，我不记得自己和艾拉在一起时有这样不感到激动的。我也从没见过他如此严肃对待一件并不是世界大事、美国政治或者人类弱点的事情。谈论烹调乌鸦、把老虎做成一块地毯和在纽约城以外的地方做一个野猪标本的花费解放了他，使他不易激动，平静，几乎都认不出是他本人了。

这两个男人之间好脾气地在一起（特别是当时，就在他们鼻子下面，一个美丽的动物正被除去它的美丽外貌），后来直让我奇怪这个不需要搞得很激动，不需要经历一番艾拉式的感情就能和人对话的人，也许才是真正的艾拉吧，这个不活跃的艾拉是我们看不见的，而另一个艾拉，那个愤怒的激进分子，是一个假冒的，是模仿了什么，例如他的林肯或是野猪的舌头之类。艾拉对霍勒斯·布里克斯顿的尊重和喜爱甚至让我这个男孩想到有一个非常简单的世界，那里有简单的人，简单的满足，艾拉可以漂进那个世界，在那里，他所有悸动的热情，让他猛烈攻击社会的那一套装备（这装备还不足呢）都会获得重塑，甚至就此平息下来。也许通过有个像弗兰克那样的孩子，他可以为他灵活的手指而自豪，和一个知道如何设夹子抓到松鼠烧来吃的妻子，也许通过使用这类就在手旁的东西，自己做苹果酒，自己熏肉，穿上工装裤，戴上卡其色卡车司机帽，听燕雀歌唱……可又来了，也许不会吧。也许像了霍勒斯，没有了大敌人，生活对于艾拉会比当时更加难以忍受。

第二年，我们去看霍勒斯的时候，谈话中就没了笑声，都是艾拉在说。

弗兰克在剥一个鹿头的皮——“弗兰克，”霍勒斯说，“能闭着眼睛给鹿头剥皮。”——霍勒斯弯腰坐在工作台的另一头，“准备头骨”。摊在他面前的是各类非常小的头骨，他正用铁丝和胶水修补。伊斯顿那边一所学校里有些科学课教师要一套小型哺乳类动物的头骨，他们知道霍勒斯可能会有他们想要的东西。“因为，”他对着他面前易碎的小骨头咧嘴笑了，对我说，“我什么都不丢。”

“霍勒斯，”艾拉说，“任何一位有一半脑子的美国人会相信朝鲜共产党军队会坐上船开过六千英里来接管美国吗？你能相信这个吗？”

霍勒斯正用胶水给一个麝鼠头骨的嘴里粘好一颗松了的牙齿，他没有抬头看，只慢慢摇了摇头。

“可人们就是这么说的，”艾拉告诉他，“‘要提防共产党构成的威胁。他们要接管美国。’这个杜鲁门要给共和党显示他的实力——这是他的目的。一切都为了这个。牺牲无辜的朝鲜人民来显示他的实力。我们要去那里，都是为了支持这个法西斯混蛋李承晚。我们要去炸了这批狗娘养的，明白吗？好总统杜鲁门。好将军麦克阿瑟……”

艾拉只顾不知疲倦地高谈阔论，我无法不感到生厌，我不无恶意地想：“弗兰克还不知道他听不见是多么幸运呢。那只麝鼠不知道它死了有多幸运。那头鹿……”

一天早上，我们走过高速公路上的废石头堆去看望一位退休的矿工汤米·米纳里克，他是斯洛伐克人，魁梧，热心，一九二九年艾拉头回出现在锌镇时，他和艾拉一起在矿上干过活，那时他对艾拉有父爱般的兴趣。这一路上还是老样子——李承晚，好总统杜鲁门，好将军麦克阿瑟之类。现在汤米为镇上工作，看管废石堆——那是镇上一处景点——去那里的有正儿八经的矿石收集者，间或还有一家人开车带着孩子来到浩大的石堆里找寻一块块的岩石带回家放在紫外线灯下看。汤米给我解释过，矿石在灯光下面“发出荧光”——就是说，闪着红色、橙色、紫色、芥末色、蓝色、淡黄色和绿色的荧光；有的看上去像是黑色天鹅绒做的。

汤米坐在矿石堆入口处一块平坦的大石头上，他不管天气一律不戴帽子，挺英俊的一个老人，四方大脸，白头发，淡褐色的眼睛，牙齿都齐全。成人入场，他收二十五分硬币，虽然镇上要他收孩子一角钱，但他总是不要钱就放孩子进去。“世界各地的人来到这里进去看，”汤米对我说，“有人多年来每个周六周日都来，就是冬日也来。有的人我给他们生上火，他们送我些钱。不管晴天雨天，他们每到周六或是周日就来。”

汤米所坐的平坦大石头旁边就停着他的破旧汽车，发动机罩上一块毛巾，上面摊着一些收在他自己地窖里的矿石样本，都是用来卖的。大块的样品，最多卖五六美元，腌菜坛子里装满了一美元五十美分一块的小一些的标本，棕色小纸袋里满是小块小片的石头，卖五十美分。卖十五、二十、二十五美元的那些石头他放在车子行李厢里。

“在后面，”他告诉我，“有更值钱的货色。不能摆在这里。有时我穿过马路到加里的机械加工车间去上个厕所什么的，而这些东西就放在这里……去年秋天我有两件标本，在后面，有个人拿个黑东西盖在上面，用一盏灯看，车里我还有两件五十美元的标本，他两样都拿走了。”

前一年，我一个人和汤米坐在矿石堆外面，看他和旅游者、收藏者做生意，听他说话（后来我就那个早上写了一个广播剧，题目叫做《老矿工》）。那是他到小木屋来和我们吃了顿热狗作晚餐之后的早晨。我在小木屋的所有时间，艾拉都对着我，教育我，汤米被请来做访问讲课人，给我讲讲工会介入之前矿工困境的实情。

“汤姆，跟内森说说你爸爸。跟他说说你爸爸的遭遇吧。”

“我爸爸是在矿上干活的时候死的。他和另一个人进了一个地方，还有其他两个人每天都在那里干活，在坡道里，一个垂直的洞。那天他们两个没再出现。上面很高的地方，高度过了一百英尺。我爸爸和工头派进去的另一个人，一个年轻人，很壮实——他体形多美啊！我去医院，我见到那个人，他没在床上，而我爸爸手脚伸开着躺在床上，动都没动一下。我再没见过他动。第二天我去，这另外一个人正在和另一个人聊天，讲笑话，他甚至都没躺在病床上。我爸爸在床上。”

汤米生在一八八〇年，一九〇二年开始在矿区干活。“一九〇二年，”他对我说，“五月二十四日。大概是那一天托马斯·爱迪生到那里，那个有名的发明家，在那里做实验。”虽然汤米不论在矿上待过多少年，在人里头仍是个腰背坚挺的壮汉样子，几乎不像是七十岁，但他自己也不得不承认，他已经不像过去那样灵活了，每回他讲自己的故事有点糊涂或是支支吾吾起来的时候，艾拉就得让他再回到正题上来。“我的思维不再那么敏捷了，”汤米告诉我们，“我得回过头去找，从ABC开始，你知道，想法子再找上。再搞明白点。我还是灵活的，不过不像过去那么好了。”

“是什么事故呢？”艾拉问汤米，“你爸爸怎么样了？告诉内森你爸爸是怎么回事。”

“那个站塌了。我们在这个四英尺见方的洞背后某个角度上放过一块木料——我们在后面放了一块，要用锄子把它挖出来弄成斜形的，所以我把这个塞进去，在某个角度切开。一个在前一个在那边。然后我们在那里放上一块两英寸长的木板。”

艾拉打断他，催他说正经话题：“于是发生什么了？告诉他你爸爸是怎么死的。”

“塌了。是震动弄塌的。机器啊，所有的东西都倒塌了。过一百英尺。他再没复原过。骨头都断了。大约一年以后他死了。我们有那种老式的炉子，他就把脚放在里面，来保持温暖。他暖和不起来。”

“他们有没有工人抚恤金？内森，你来问，提问题啊。如果你要做个作家就做这个啊。别不好意思。问问汤米他有没有工人抚恤金。”

可是我不好意思。和我在这里一起吃热狗的是个真正的矿工，在锌矿干了三十年。就算汤米·米纳里克是阿尔伯特·爱因斯坦，我也不会比这更不好意思了。“他们有吗？”我问道。

“给你东西？公司吗？他一个子都没拿到，”汤米生气地说道，“公司和工头们是麻烦。那里的工头好像不在乎他们的房子。你知道我的意思吗？是说他们每天在里头干活的区域。像我吧，如果我是那里的工头，我会检查运去那里给人在洞上面走的木板。我不知道那些洞有多深，可是有人死在里头了，走在那些木板上，木板断了。腐烂的。他们从没注意检查那些该死的木板。从来没注意过。”

“你们那时候不是有工会吗？”我问道。

“我们没有工会。我父亲一个便士都没拿到。”

我努力想作为作家我还该知道些什么。“你们那里不是有矿工联合会吗？”我问。

“是后来有的。已经是四十年代了。到那时就太晚了，”他说道，声音里又有了愤怒。“他死了，我退休了——而且无论如何工会也没帮什么大忙。怎么办得到呢？我们有个领导，当地的会长—— 他不错，可他能做什么呢？那样的权力什么都做不了。知道吗，多年以前有个人要把我们组织起来。这个人去路那边一处泉水那里给家里挑水。再也没回来。再也没人听说过他的下落。他要组织工会。”

“内森，问问公司的事。”

“公司仓库里，”汤米说，“我看到大家拿到一张白纸条。”

“告诉他，汤姆，白纸条是什么。”

“就是拿不到工资。公司仓库把钱都拿去了。一张白纸条。我见过这个。”

“矿山主赚了不少钱吧？”艾拉问。

“锌矿公司的头，主要的那个人，在这里有所大房子，在山上，独他一家。大房子。我听他的一个朋友说，他去世时有九百五十万美元。他有这么些。”

“那你开始干活的时候是多少钱？”艾拉问他。

“一小时三十二美分。第一份工是在锅炉房。那时我二十多岁。后来下矿了。我拿过的最高工资是九十美分，因为干的是像个监工的活。像工头一类。监工下面的。我什么都做过。”

“养老金呢？”

“没有。我岳父拿了养老金。八美元。他工作了三十多年。一个月八美元，他就拿这么多。我没见过养老金。”

“告诉内森你们在矿下都怎么吃饭。”

“我们得在地下吃饭。”

“每个人都是吗？”艾拉问。

“只有工头十二点时到地面上在他们的盥洗室吃饭。其他人都在地下吃。”

次日早上，艾拉开车带我到矿石区，和汤米坐在那里，研究利润动机的罪恶后果。“这是我的孩子，汤姆。内森，汤姆是个好人，好老师。”

“我尽力做到最好。”汤米说。

“他是我在矿下的老师。不是吗，汤姆？”

“我是，吉尔。”汤米叫艾拉吉尔。那天早餐上我问起为什么汤米叫他吉尔，艾拉笑了，说道：“在那里他们都这么称呼我。吉尔。从不知道为什么。有一天有人这么叫我了，就这么保留了下来。墨西哥人，俄罗斯人，斯洛伐克人，都叫我吉尔。”

一九九七年，我从默里那里知道艾拉没跟我说实话。他们叫他吉尔，是因为在锌镇时他自己叫自己吉尔。吉尔·斯蒂芬斯。

“吉尔小时候我教他怎样放炸药。那时我是跑腿的，钻孔，准备好一切，炸药，木材，以及其他等等。教这个吉尔钻孔，在每个孔里放上一条炸药，接上线路丝。”

“我要走了，汤姆。晚点再来接他。跟他说说炸药吧。教育教育这个城里人，米纳里克先生。告诉内森炸药发出的气味和对人体内部的伤害。”

艾拉开车走了，汤米说道：“气味吗？你得适应才行。我染上过一次，很厉害。我在清除一个矿柱里的废石，不是矿柱，是个入口，四英尺的入口。我们钻孔，烧掉，往上面浇上水，过了一整个晚上，就浇在那个废石上面，我们叫那个是废石，第二天那气味难闻极了。我吸进去一些。有一阵感到不适。病了。不像有的人病得那么厉害，但还是病得不轻。”

那是在夏季，早上九点就已经很热了，但即便是在户外，在难看的矿石堆那边，高速公路对面就是那个机械加工车间，汤米就用那里一个不太卫生的卫生间，头顶的天空却是湛蓝美丽的，很快就开始有一家子又一家子的人开车来参观。一个人从车窗里探出头问我：“这里是小孩可以进去挑石头什么的地方吗？”

“没错。”我说，我没说“是”。

“你带孩子了吗？”汤米问他。

他指指后座里两个孩子。

“就是这里，先生，”汤米说道，“进去看看吧。出来的时候回到这里，半块钱一袋石头，是挖了三十年矿的矿工特别给孩子的岩石。”

一位年纪大的女人开车来，带了满满一车孩子，可能是她的孙子吧，她从车里出来时，汤米向她打个招呼：“女士，你出来的时候，要是想从一位挖石头挖了三十年的矿工这里给小家伙们买一袋漂亮石头的话，到这里来吧。五十美分一袋。特别给孩子的石头。会发出美丽的荧光。”

我也投入进来——投入利润动机在锌镇运转所带来的快乐——我跟她说：“女士，他的东西很好。”

“我是唯一一个，”他告诉她，“做这些袋子的。这些袋子里是好矿石。别人的截然不同。我没往这里头放差劲的东西。这里是真货色。如果在灯光下面看，你会喜欢那里面的东西。这里头有的只有这个矿区才出，世上其他任何地方都没有。”

“你在大太阳下没戴帽子，”她对汤米说，“你这样坐在这里不热吗？”

“我这样好多年了，”他告诉她，“看到我车上这些石头了吗？这些石头发出不同颜色的荧光。看上去难看，可是在灯光下面就漂亮了，里面有不同的东西。有很多不同的质地。”

“这个伙计真正了解岩石。在矿上干了三十年。”我说。我称他为“伙计”，不是“小伙”。

接着，有一对夫妇停下车来，他们比其他游客都更像城里人。他们一下车就开始仔细看汤米汽车发动机罩上价格高的标本，一起低声商量。汤米悄悄对我说：“他们非常想要我的石头。我有一批收藏品，谁都不能碰。这里是这个星球上最特别的矿床——而我有里头最好的东西。”

这时我大声说了：“这个人有最好的货色。在矿上干了三十年。他这里有漂亮的石头。漂亮的石头。”他们买了四块，打折后总共五十五美元，我就想，我帮上忙了。我帮了一位真正的矿工。

“如果还要什么矿石的话，”他们拿着买的东西回车里的时候，我说道，“就到这里来。这里是这个星球上最特别的矿床。”

我过得很快活，后来，将近中午时，勃朗尼来了，直到这时才显出了我如此热心扮演的这个角色是在傻乎乎地信口乱扯，连我自己也看出来了。

勃朗尼，劳埃德·勃朗，比我大几岁，瘦瘦的，留了个平头，尖鼻子，面色苍白，看上去最没什么恶意，特别是他穿着干净的白衬衫，打着对夹式领结，又在新粗布裤子外面穿着看店人的白色围裙的样子。因为他本人之简单是如此地一目了然，当他看到我和汤米在一起时他的那种懊恼就全身都是了，很让人同情。和勃朗尼相比，我觉得自己单是静静坐在汤米·米纳里克身边就成了个生活最丰富、最疯狂的孩子；和勃朗尼相比，我就是如此。

然而，如果说我的复杂嘲弄了他，那么他的简单也嘲弄了我。我把一切都变为一次历险，总是盼望改变，而勃朗尼活着只是怀着实际的必要感。他没有任何不是孕育于锌镇的要求。他要想的念头只是锌镇上所有其他人都要想的念头。他希望生活一遍遍重复自己，而我则想冲出去。我觉得自己像是个要成为不同于勃朗尼的怪物—— 也许是头一次，但绝不是最后一次感觉到。有热情冲出去从生活中消失会是什么样子？做勃朗尼该会是怎样的？这不就是着迷于“人”的真正意义吗？身为他们是什么样的？

“你忙吗，汤姆？我可以明天再来。”

“留在这里吧，”汤米对那男孩说，“坐吧，勃朗尼。”

勃朗尼恭敬地对我说：“我每天只在午餐时间到这儿来，我和他聊聊石头。”

“坐吧，勃朗尼，我的孩子。你拿了什么来啊？”

勃朗尼把一个破旧的书包放在汤米脚下，开始从里头往外拿石头标本，大小和汤米摆在他车子发动机罩上的石头差不多。

“黑硅锌矿吧，啊？”勃朗尼问道。

“不是，是赤铁矿。”

“我以为是样子古怪的硅锌矿。那这一块呢？”他问，“是亚铅云母吧？”

“是。小硅锌矿。还有一块方解石。”

“五块钱一块怎么样？太贵吗？”勃朗尼问道。

“有人可能会要。”汤米说。

“你也是这一行的吗？”我问勃朗尼。

“这是我爸爸的收藏品。他过去在工厂。被人杀了。我卖这个要结婚用。”

“好女孩，”汤米告诉我，“讨人喜欢。是个漂亮女孩。斯洛伐克女孩。玛斯柯工厂的女孩。人很好，又诚实，人干净，会运用头脑。她那样的女孩不再有喽。他要一辈子都和玛丽·默斯克在一起。我跟勃朗尼说：‘你对她好，她就对你好。’我有那样一个妻子。斯洛伐克女孩。世上最好的。这世上没人能取代她的位置。”

勃朗尼拿起另外一件标本：“是锰硅灰石吗？”

“是锰硅灰石。”

“上面有一点硅锌结晶体。”

“没错。就在那里，有一点硅锌结晶体。”

这样有近一个小时，后来勃朗尼开始把他的标本装回书包，要回他工作的杂货店去。

“他会取代我在锌镇的位置。”汤米告诉我。

“哦，我不知道，”勃朗尼说道，“我不会像你知道得那么多。”

“但你还是得去做。”突然汤米的声音热烈起来，几乎是痛苦的，

“我想有个锌镇人来接替我这里的位置。我要个锌镇人！这就是为什么我尽我所能来教你。好让你能有些成果。你有这个资格。是锌镇人。我不想教镇外头来的其他人。”

“三年前我开始在午餐时间到这里来。那时我什么都不懂。他教给我这么多。是吗，汤米？现在我干得很不错了。汤米能说出矿山的情况，”勃朗尼对我说，“他能告诉你石头来自矿山何处。哪一层，有多深。他说：‘你得把石头握在手里。’对吗？”

“对。你得把石头握在手里。得摸摸矿石。得看看它们不同的基质。如果不懂这个，就不会了解锌镇的矿石。他现在知道了，知道这是出自另一个矿区还是出自这个矿区。”

“他教会我这个的，”勃朗尼说，“一开始我辨不出石头出自什么矿区。现在能了。”

“因此，”我说，“有一天你会坐在这里的。”

“希望会。就像这一块，这是这个矿区的，对吗，汤姆？这一块也是吧？”

因为我希望再过一年会拿到去芝加哥大学的奖学金，芝加哥之后，会成为我这一代的诺曼·科温，因为我哪里都会去到而勃朗尼哪里都不会去——但主要是因为勃朗尼的父亲已在厂里被杀死，而我自己的父亲还活着，身体很好，并在纽瓦克担心着我——所以我和这个穿着围裙的杂货店助手说起话来比汤米还要热情，他生活中的希望就是和玛丽·默斯克结婚，接汤米的位置。“嗨，你很棒！真好！”

“为什么这么棒呢？”汤姆说，“因为他就是在这里学会的。”

“我从这个人这里学会的，”勃朗尼骄傲地对我说。

“我想让他成为下一个接替我的人。”

“有生意来了，汤姆。我得赶快走了，”勃朗尼说，“很高兴认识你。”他对我说。

“很高兴认识你，”我答道，好像我是年纪大的人而他是孩子，“十年后我再回来，”我说，“就在这里见你。”

“哦，”汤姆说，“他确实会在这里的。”

“不，不，”勃朗尼喊道，他沿高速公路走着，第一次轻松地笑了，“汤米还会在这里的。不是吗，汤姆？”

“我们等着看吧。”

其实，十年后在那里的是艾拉。艾拉被广播界列上黑名单，一人住在小木屋，需要有个收入来源，汤米就教了他。就是在那里，艾拉倒下死去。那时艾拉主动脉停止运作，当时他正坐在汤米那块平坦石头上，卖矿石标本给游客和他们的孩子，告诉他们：“女士，你们的孩子出来以后，这里有给他们的半块钱一袋子的，特别的石头，就来自我在那里挖了三十年矿的矿区。”

艾拉是如此结束他的生命的。他做了看矿石堆的，当地老居民都叫他吉尔，就是冬日也坐在外面，给一些人生上火，得几块钱。但是在那个晚上，在我的露台上，默里告诉我艾拉的故事之前，我并不知道。

第二年，我离开前一天，阿蒂·索科洛带着全家从纽约开车来到锌镇和艾拉共度那个下午。埃拉·索科洛，阿蒂的妻子，怀孕约七个月了，她是个快乐的女人，黑头发，脸上有雀斑，她的父亲是爱尔兰移民，艾拉告诉我说，他曾在阿尔巴尼亚做过蒸气管道工，是工会里头一位理想主义的大个子，彻底的爱国者。"《马赛曲》《星条旗之歌》，俄罗斯国歌，"那天下午埃拉笑着跟我们说，"老人听到所有这些曲子都要起立。"

索科洛夫妇有一对六岁的双胞胎，虽然那天下午以一场触身式橄榄球开始得很愉快——裁判是艾拉的邻居，雷·斯维克孜——其后是在野外吃午餐，食物是埃拉从城里带来的，我们都在池塘边的斜坡上吃饭，雷也在。最后却以阿蒂·索科洛和艾拉站在池塘里告终，他们面对面，互相朝对方大叫，那样子让我惊骇。

我正坐在野餐毯子上和埃拉聊《我的辉煌兄弟》，霍华德·法斯特的一本书，她刚读完。是本历史小说，场景是古犹太国，写的是公元前二世纪马加比家族对抗安条克四世的斗争，我也读过这本书，在艾拉的哥哥第二次做我的英文老师时还在学校为他就此做过报告。

埃拉听我说，她听每个人说话都是这样：全都收纳了，好像她被你的言辞温暖着。我一定是说了近十五分钟，一字一句重复我曾写给林戈尔德先生看的国际主义者进步派的评论，埃拉一直显得好像我讲的东西是再有趣不过了。我知道艾拉非常欣赏她一生都是一位激进派，我想让她也赞赏我是个激进派。她的背景，她怀着孕，形体高贵，她做的一些手势——她用手掠过的手势，使她在我看来是特别地无拘无束——这一切都使埃拉·索科洛具有一种英雄式的权威，我想引起这权威的注意。

“我读法斯特的书，我敬重法斯特，”我跟她说，“不过我以为他太强调犹太人的斗争，他们为回到过去的情形，回到他们对传统的崇敬和后埃及奴隶制时代而斗争。整本书里有太多纯粹民族主义的——”

就在那时，我听到艾拉喊道：“你在屈服！害怕了逃跑了，屈服了！”

“如果没有，”索科洛也喊道，“就没人知道没有！”

“我知道没有！”

听到艾拉声音里的怒气，我讲不下去了。突然间，我能想到的全是那个故事——我曾经不愿相信的——是前中士欧文·戈尔茨坦在他的梅普尔伍德厨房里跟我说过的关于巴茨，关于艾拉在伊朗要将他淹死在阿拉伯河里的那个人。

我对埃拉说："怎么了？"

"就给他们点空间吧，"她说道，"希望他们平静下来。你平静一下。"

"我只是想知道他们在争论什么。"

"他们为出了错的事互相指责。他们争的是和演出有关的事。镇定，内森。你没见过多少愤怒的人。他们会冷静下来的。"

他们看上去却不像会冷静下来。特别是艾拉。他在池塘边前前后后地冲来冲去，长胳膊朝各个方向猛伸出去，每次他回过身对着阿蒂·索科洛，我都以为他要用拳头揍他了。"你干吗做那些该死的改变呢！"艾拉喊道。

"保持下去，"索科洛回答道，"我们承受的损失就会多于我们的所得。"

"胡说八道！让那些混蛋知道我们是说到做到的！把那该死的东西放回去！"

我对埃拉说："我们不该做点什么吗？"

"我这辈子都在听人争论，"她告诉我，"这些人为他们似乎不能避免犯下的疏忽和行为而互取攻击。如果他们打起来了，那就另当别论了。不然的话，你就离远点。如果在人已经很激动的情况下你再加进去，做什么事都会是火上浇油。”

“您要这么说的话就算了。”

“你过去一直给保护得好好，是吗？”

“是吗？”我说道，“我是努力不要这样。”

“最好置身事外，”她告诉我，“部分是出于尊重的考虑，让他没有你的干预也能冷静下来，部分是出于自我保护，部分是因为你的干预只会使事情更加恶化。”

与此同时，艾拉一直不停咆哮：“一周打击他妈的一回—— 现在就连这都不行了吗？那我们在广播上干什么呢，阿瑟？发展我们的事业吗？一场斗争强加在我们身上了，你却要逃跑！是决一雌雄的时候了，阿蒂，你却没胆子地跑了！”

尽管我知道这两位炸药桶如果开始动手，我是无能为力的，但我还是跳起来向池塘跑去，身后跟着走路样子可笑的雷 · 斯维克孜。上次我尿了裤子。不能再发生这样的事。我和雷一样并不知道如何避免灾难，但我还是径直跑进了他们的冲突中。

我们到达他们那里前，艾拉已经退出，正直截了当地从索科洛身边走开。显然他仍很生那人的气，但是他也很明显是在努力让自己平静下来。我和雷追上他，走在他身边，艾拉喘着气，断断续续急促地跟自己说着什么。

他人在这里，思想却在别处，他既在又不在，这两种状态的混合让我困扰，我终于开口说："怎么了？"他好像没听见，我设法说点什么来引起他的注意，"是为了剧本吗？"突然他勃然大怒，说道："如果他再干这个，我就杀了他！"他说这话不只是为了戏剧效果。纵然我不愿意，仍很难不去百分百地相信他的话。

我想到了巴茨。巴茨。加威奇。索拉科。贝克尔。

他的脸上是暴怒的神情。原始的愤怒。愤怒，和恐惧，都是原始的力量。他的一切都从这神情演变而来。我想，他运气好没被关起来，这结论出现得极意外，一个崇敬英雄的孩子两年以来维系在他崇拜的英雄的正义气概上，竟会自发有了这个推论，但我一旦不再如此焦虑，就把它丢到了一边——这个推论要在四十八年后待默里·林戈尔德来为我证实。

伊芙由模仿彭宁顿从而走出了她的过往；艾拉则用强力走出来。

争论爆发时，埃拉的双胞胎孩子逃离了池塘边，待我和雷回来时，他们正在野餐毯上躺在她的怀里。"我想日常生活可能比你了解的要无情一些。"埃拉对我说。

"这是日常生活吗？"我问道。

"我生活过的地方都是如此，"她说道，"接着讲。接着讲霍华德·

法斯特吧。”

我尽力接着讲，可是想到她丈夫和艾拉的对峙，而不是索科洛的劳动阶级妻子，我仍感到不安。

我说完了，埃拉大笑。从她的笑声中你能听出她的自然，还有那些可厌的事情，但她已学会去忍耐。她笑起来就像有的人脸红：突然一下红得彻底。“呀，”她说，“现在我拿不准我读了什么了。我自己对《我的辉煌兄弟》的评价是简单的。也许我没有足够的深入思考，不过我只是想，这些粗糙坚强又可敬的人相信人是有尊严的，并愿为之奉献生命。”

那时阿蒂和艾拉已经冷静下来，从池塘走到了野餐毯子这里，艾拉说（显然他是试图说一点话，能让大家，包括他自己在内，放松并恢复当天本来的气氛）：“我得看一看。《我的辉煌兄弟》。我得要来看看。”

“它会给你的脊梁里放上钢铁，艾拉，”埃拉对他说，接着就张大嘴笑了，又补一句，“我可没认为你的脊梁需要这个啊。”

于是，索科洛朝她探过身子，大吼道：“是吗？谁的脊梁需要呢？那是谁的脊梁需要呢？”

听到这个，索科洛家的双胞胎哭了起来，惹得可怜的雷也哭了。埃拉自己也头一回生气了，气得好像发疯，说道：“上帝，阿瑟！镇定你自己！”

当晚，艾拉独自和我在小木屋里，开始气愤地说到名单，这时我更加全面地明白了下午的迸发里面隐藏的是什么。

“名单。列着名字、罪名和指控。每个人，”艾拉说，“都有一张名单。《红色路线》。乔·麦卡锡。外国战争退伍军人会。众议院非美活动调查委员会。美国退伍军人协会。天主教杂志。赫斯特派系的报纸。这些名单有各自专用的数字——141，205，62，111。对任何事有过不满，批评过，或是抗议过——或是和批评或抗议过任何事情的人有关联——的人都列在名单上，都成了共产党，或是为共产党作掩护，或‘帮助’共产党，给共产党‘金库’捐助钱财，或‘渗入’了工会，政府，教育，好莱坞，剧院，广播界，或电视台。华盛顿每家办公室和行政部门都在忙着编造‘第五纵队队员’的名单。所有反动力量都在交换名字，认错名字，把名字联系起来，以证实一个并不存在的大阴谋的存在。”

“你呢？”我问他，“《自由勇敢者》呢？”

“无疑我们节目里有不少思想进步的人。现在对公众说起他们来就成了‘狡猾推销莫斯科路线’的演员。你会听到不少这样的话——比这还要恶劣得多，‘莫斯科的傀儡’。”

“只是演员吗？”

“还有导演。作曲家。作家。人人都是。”

“你担心吗？”

“我可以回唱片厂啊，老弟。如果再糟糕不过，我总还能到这里来在史蒂夫的加油站给车加润滑油吧。以前我做过。另外，你还可以和他们斗争，你知道。你可以和那些混蛋斗争。我最近听说在这个国家总有地方是有宪法、有人权宣言的。如果你睁着大眼睛朝资本主义的商店橱窗里看，你要了还要，你抓了又抓，拿了还拿，你得到了、拥有了又积攒，你的信念就此终结，畏惧就此开始。而我所有的，没有一样是不可以放弃的。你明白吗？没有！我是怎么会从工厂街上我父亲那处破房子里成就了这个铁林的大角色，而艾拉·林戈尔德只上过一年半的高中，又是如何遇上我遇上的这些人，认识我认识的人，享有我现在作为特权阶级正式成员所享有的舒适——这一切如此令人难以置信，因此在一夜间丢失这一切对我来说也不会显得有何怪异之处。你明白吗？你明白我的意思吗？我可以回到芝加哥。我可以在厂里干活。如果必须，我会去的。但不会放弃坚持我作为美国人拥有的权利！不会不和那些混蛋干上一场！”

我一个人坐在回纽瓦克的火车上时——艾拉到了车站，坐在雪佛兰车里等着接帕恩太太，我离开的那天，她又从纽约赶回来给他按摩膝盖，前一天我们踢过一场足球后，他膝盖疼得厉害——甚至开始奇怪伊芙·弗雷姆怎么能受得了他，日复一日地。嫁给艾拉和他的怒火不会太有乐趣。我记得去年在欧文·戈尔茨坦家厨房的那个下午听他说了几乎是同一套关于资本主义商店橱窗、他父亲破旧的家和他一年半学校生涯的话。我记得听艾拉说这套话的不同版本有十次、十五次了。伊芙怎么就受得了对这套辞令的纯粹重复和累赘，受得了那名攻击者的态度，和他不间断地只管把他那具迟钝的政治演说的乐器敲个不停？

在回纽瓦克的火车上，我想着艾拉用他的原封不动的大动乱预言猛烈抨击——“美国要对苏联打核战争了！记下我的话！美国在走向法西斯主义！”——我还不够明白，无法理解为什么当他和阿蒂·索科洛这样的人正受到最严峻的恐吓威胁时，我却如此不忠诚，突然间这样大大厌烦了他，不理解为什么我觉得自己比他聪明得多。我要急着避开他和他身上让人不愉快和难以忍受的一面，远离皮卡克斯山路，去找寻我的灵感。

如果你像艾拉一样很早就是孤儿，你会陷入成年人势必都要陷入的境地，但速度要快许多许多，这很难应付，因为你要不就是受不到任何教育，要不就是太易受热情和信仰的影响而接受人家灌输的学说。艾拉的青春岁月是一系列断裂的关系：残酷的家庭，在学校的挫折，轻率地沉浸于经济大萧条——他这样早就一个人的生活，抓住了像我这样的男孩的想象，我自己是固定在一个家庭、一个地方和当地的机构里，刚刚从感情温箱里露出头来；这种早期就成了孤儿的经历让艾拉自由地连结任何他所想要与之结合的事物，而且也使得他太无牵绊，会毫不犹豫就献身于某物，彻底永远地献身。从任何角度来说，艾拉都很容易成为乌托邦幻想的靶子。可我就不同了，我是有牵绊的。如果你没有很早就成了孤儿，反而紧紧联系着父母有十三年，十四、十五年，你就会长成个可厌的人，失去童真，追求独立。如果家庭不是太糟糕，对你放手了，你就准备开始做个男人，就是说，准备好选择新的效忠对象和新的联系，选择你成年期的父母，你选择的这父母，因为不需你用爱来报答，你可以爱他们也可以不爱，随你的便。

他们是怎么被选上的呢？是通过一系列意外事件和大量的毅力。他们怎么到你这里的，你又是怎么到他们那里的呢？他们是谁？这种非遗传的血缘是什么呢？对我而言，我从他们那里学习，从潘恩，法斯特，科温到默里，艾拉以及其他人—— 是教育我的人，我出自他们。对我而言，他们是各有各的卓越，引人竞争的个性，是代表或信奉强大理念的导师，最先教会我操纵这世界和它的权利，他们每个人到时候都要伴着他们的遗赠一起被丢弃，必须消失，让路给彻底的孤儿期，即成年期。那时你就全然一人在这世上。

利奥·格卢克斯曼也是名前美国军人，不过他是在战后服役的，现在只有二十几岁，两颊红润，有点胖，外表看上去并不比他教的一二年级的大学生年纪大。虽然利奥还在大学写他的博士论文，但每堂课他都出现在我们面前，穿着三件套的黑衣服，深红色蝶形领结，他的着装显然是比所有年纪比他大的教职员都要正式。天气转冷时，就会看到他披着件披风穿过方庭，这是在那个年代的芝加哥大学这样一所能不寻常地宽容个性和怪癖并理解独创及其古怪的学校，兴奋的学生活泼地（也是顽皮地）喊道“嘿，教授”，利奥就用他拿着的手杖的金属头敲敲路以示知道。一天下午，将晚时分，我交上格卢克斯曼先生布置的关于亚里士多德的《诗学》的文章，也把我的《托尔克马达的帮凶》带给他看，以激起他对我的欣赏。他匆匆看了一眼，就厌恶地丢在书桌上，让我吃了一惊。

他急速地说话，语调激烈不留情——这位穿着过于正式的青年天才戴着蝶形领结坐在软椅上，说话中不带手势。他身体胖，加上他的个性，代表了两个非常不同的人。穿的衣服又显出第三个人。他的辩论则是第四个人——不矫饰，是真正成熟的批评者，对我剖析我在艾拉影响之下的危险，教我在文学上采取不那么僵化的姿态。正是我新的充实阶段所需要的。在利奥的指导下我开始演变，不仅承继我的家庭，也承继了过往，承继比周围地区更加宏大的文化。

“艺术是武器？”他对我说，“武器”这个词带着轻蔑，自身就是个武器。“艺术就是对事事皆采取正确态度吗？艺术就是提倡好的事物吗？谁教给你这些的？谁教给你说艺术是口号的？谁教给你说艺术是为‘人民’服务的？艺术服务于艺术——不然艺术就不值得任何人重视。写作严肃文学的目的是什么，祖克曼先生？是为了解除敌人对价格的控制吗？写作严肃文学的目的就是为了写作严肃文学。你想反抗社会吗？我来告诉你如何去做——通过写得好。你想去从事一项失传的事业吗？那就不要为劳动阶级去奋斗。他们会过得不错的。他们会给普利茅斯车把油尽情加个满。劳动者会把我们全征服——他的无知产生滔滔不绝的言辞，这正是这个平庸国家的文化命运。不久，这个国家里就会有远远糟糕于农民和工人政府的政府——我们会有农民和工人文化。你想有个失传的事业为之奋斗吗？那就为文字奋斗吧。不是夸张的文字，启迪人的文字，不是支持这个反对那个的文字，不是向可敬的人宣扬你是个令人钦佩又有同情心、站在被践踏受压迫的人民一边的好人的文字。不是如此，那文字是用来告知不幸住在美国的少数有智识的人，你站在文字一边！你这个剧是垃圾。很糟糕。让人气愤。粗糙，原始，思想简单，宣传那一套废话。它用文字模糊了世界。过分充斥了你的德性。没什么比艺术家想要证明自己是优秀的对艺术更具不良作用的了。理想主义的可怕诱惑！你必须取得对你的理想主义、德性以及你的毛病的控制权，取得对最先驱动你去写作的一切—— 你的愤怒，你的政治主张，你的忧愁，你的爱—— 的控制权！开始倡导事物，表明态度，开始从高手的角度检查自己的视角，而且作为一名艺术家，你是无足轻重的，没有用处，而且还荒唐可笑。你为何写这些宣言呢？因为你环顾四周而感到'震惊'了吗？因为你环顾四周而被'感动'了吗？人太容易就会放弃，还会伪装感受。他们想即刻就获得感受，于是'震惊'和'感动'就成了最易做到的。也最愚蠢的。除了极罕见的情况，祖克曼先生，震惊总是伪装的。宣言。艺术不需要宣言！请把你可爱的垃圾拿出这间办公室吧。"

利奥认为我关于亚里士多德的那篇文章写得较好（或者，概括说来，他对我本人的评价更高些），因为和我下一次讨论时，他要我周五晚去音乐厅听拉斐尔·库贝里克指挥芝加哥交响乐团演奏的贝多芬。"你听过拉斐尔·库贝里克吗？""没有。""贝多芬呢？""他我听说过，听说过。"我说。"你听过他吗？""没有。"

演出前半小时，我在音乐厅外的密歇根大道和利奥碰头，我的老师穿着他的披风，那是他一九四八年退役前在罗马找人做的，我穿着带风帽的麦基诺厚呢短衣，是为带去冰冷的中西部上大学在纽瓦克的拉基商店买的。我们一入座，利奥就从他的公文包里取出我们即将听到的每首交响曲的乐谱，整场音乐会中，他不是看台上的乐队——我以为是该看乐队的，只有感动时才偶尔闭上眼睛——而是精力相当集中地看向他的膝盖，一直读膝盖上的谱子，乐队先演奏《科里奥兰》序曲和第四交响曲，幕间休息后，演奏了第五交响曲。除了第五交响曲的头四个音符，我听不出哪曲是哪曲。

音乐会后，我们坐火车回南区，到了他在国际宿舍的房间，中途区一处哥特式大楼，是大学里大部分外籍学生的住处。利奥·格卢克斯曼自己是西区杂货商的孩子，比起他的美国同胞，对外国学生在走廊上呈现的与他的贴近——异国烹饪的味道等等——他倒是稍许更愿容忍一些。他住的房间甚至比他在大学办公室里的小隔间还要小，他给我冲茶喝，烧开水是把水壶放在地上的电热灶上，这灶挤在沿墙堆放的杂乱的印刷品中间。利奥坐在堆满书籍的书桌前，鹅颈管台灯照亮他的圆脸颊，我坐在黑影里，四周还有好几堆书，靠近只有两尺之遥的没整理的窄小的床。

我觉得自己像个女孩，或是我想象一个女孩最终独自和一个太过明显喜欢她的胸部、让她畏惧的男孩在一起时的感受。看到我变得畏怯，利奥哼了一声，带着与他推翻我在广播上的前途时所怀的同等的嫌恶讥讽，说道："别担心。我不会碰你的。我就是受不了你怎么陈腐得要命。"就在当时当地，他进而开始向我介绍克尔凯郭尔的学说。克尔凯郭尔的名字对我而言，与拉斐尔·库贝里克没什么不同，他要我听他读一百年前克尔凯郭尔在落后的哥本哈根已经对"人民"作出的推测——克尔凯郭尔称之为“公众”，利奥告诉我这是正确的名称，是那个抽象事物的名称，那个“巨大怪异的抽象事物”，“包罗万象又是虚无的事物”，“巨大的虚无”，按照克尔凯郭尔的说法，那个“抽象荒芜的空虚，什么都是，也什么都不是”，正是我在剧本中无病呻吟为之感伤的事物。克尔凯郭尔不喜欢公众，利奥也不喜欢公众，在那个周五晚上的音乐会以及随后他带我去的周五音乐会之后，他在国际宿舍阴暗房间里的目的即是通过让我也憎恶公众来挽救我的文章免于沉沦。

“‘读过古典作家作品的人，’”利奥念道，“都知道恺撒会试做多少事情来打发时间。同样，公众养了一只狗以供娱乐。这只狗即是文学世界的渣滓。如果有人高出其他人一等，也许甚至是一名伟人，就放狗去咬他，乐趣随即开始。那只狗追上他，又咬又撕他的外套后摆，使尽各种可能，粗鲁地套近乎——直到公众厌倦了，说它可以停下为止。这是我举的公众如何对人的例子。力量上强于他们、高于他们的人受到粗暴对待 —— 那只狗仍旧是只狗，就连公众也鄙夷它……公众也无悔意——它并不是真在贬低谁，只是要一点乐子而已。’”

这段文字，对利奥的意义远远超出它开始对我产生的意义，但仍然是利奥 · 格卢克斯曼在邀请我，请我随他成为“高出其他人一等”的人，成为像丹麦哲学家克尔凯郭尔—— 像他自己，正如他不久即会将自己想象成为的——“一名伟人”。我成了利奥的好学生，克尔凯郭尔的好学生，贝尔德托·克罗奇的好学生，托马斯·曼的好学生，安德烈·纪德的好学生，约瑟夫·康拉德的好学生，费奥多尔·陀思妥耶夫斯基的好学生……后来不久，我相信，我对艾拉——以及对母亲、父亲、弟弟，甚至对我长大的地方—— 的依恋已彻底切断。人在头一回接受教导，头脑变成装备了书本武器的仓库时，在他年轻鲁莽地为发现这星球上储藏的所有智慧而欢呼雀跃时，他就容易夸大剧烈变化的新现实，而把其他一切都贬为微不足道。在不妥协的利奥·格卢克斯曼——和他的愤怒狂热以及他永远饱含激情的头脑——的帮助和支持之下，我就是尽了全力如此去做的。

每个周五的夜晚，在利奥的房间，我被魔力镇住。利奥调动体内所有无关性欲的热情（也有不少是有关的，但不得不被压下）对准从前构成我的每个概念，特别是我对艺术家使命所怀的道德观念。那些周五的夜晚，利奥对我好像我是地球上最后一个学生。我开始觉得好像差不多人人都给我来了一下。教育内森。凡我敢对着打个招呼的人都持有此信条。

现在偶尔回想起来，我的一生就是我聆听的一场长谈。其言辞时而新颖，时而悦人，有时是虚假的废话（隐姓埋名者的谈话），时而疯狂，时而平淡，有时又像锐利的针尖。从记事起就在倾听了： 如何思考，如何不去思考；如何听话，如何不听话；厌恶谁，欣赏谁；信奉什么，又何时逃离；何为痴迷，何为残忍，何为值得称赞，何为浅薄，何为邪恶，何为谎言，如何秉持灵魂纯净。和我讲话似乎对任何人来说都不存在障碍。这也许是我多年来习惯显得仿佛我需要有人和我谈谈的结果。但不论原因如何，我的一生这本书是一部声音的书。我问自己是如何来到我身处之地的，答案让我惊讶：“通过聆听。”

那会不会就是看不见的戏剧呢？其余一切会不会都是一场假面舞会呢，掩饰了我固执地忙于其中但其实是没用的现实？倾听他们。倾听他们讲话。这完全是荒诞的现象。人人都不把经验看作是用来拥有的，而是为了谈论而去拥有的。为什么如此？为什么他们要我去倾听他们和他们唱的调调呢？什么地方决定了这就是我的用途呢？还是我一开始就在意愿和选择上都只是一只寻求语汇的耳朵呢？

“政治最会普遍化，”利奥告诉我，“而文学最会个别化，两者的关系不仅是互逆的——还是敌对的。对于政治，文学是颓废、软弱、离题、枯燥、顽固、无趣的，没有什么意义，还真就不该有什么意义。为什么呢？因为将事物具体化的冲动正是文学。你怎能作为艺术家却放弃细节呢？可是你又如何作为政治家却允许细节呢？作为艺术家，细节就是你的使命。你的使命不是去简单化。即使你选择最简洁的写作风格，像海明威式的，你的使命仍旧是赋予细节，澄明复杂事物，揭露隐含冲突。不是抹去冲突，否认冲突，而是看到冲突之内那些受折磨的人在哪里。为混乱留出空间，让它进来。必须让它进来。不然，你就是制造了宣传品，若不是为一个政党、政治运动，那就是为生活自身而产生的愚蠢宣传品—— 因为也许生活自己较愿出出风头吧。俄国革命的头五六年，革命者叫喊：‘自由的爱，要有自由的爱了！’可他们一旦掌了权，就不能容许了。因为什么是自由的爱呢？混乱。而他们不想要混乱。他们不是为此才去进行光辉革命。他们要的是有纪律，有组织，从容不迫，如若可能，还是可科学预见的。自由的爱扰乱了组织，他们的社会、政治和文化机器。艺术也扰乱组织。文学扰乱组织。不是由于它公然支持或反对，或者由于它哪怕是隐晦地支持或反对。它扰乱了组织是因为它不是普遍的。个别的内在本质是要成为个别的，个别性的内在本质是不从众。将苦难个别化：就是文学了。在一个简单化、具体化的世界里让个别保持生存—— 这是斗争的焦点。你不需以写作来证明共产主义的正确性，也不需以写作来证明资本主义的正确性。你两者都不是。如果你是作家，你对两者同等不结盟。是，你看到了不同点，自然也看到这垃圾比那垃圾稍好一点，或者那垃圾比这垃圾稍好一点。也许是好不少。但是你看到了垃圾。你不是政府职员。不是好战者。不是信徒。你对这世界和世界上发生的事件的处理方式极为不同。好战者提倡信仰，将改变世界的大信仰，而艺术家则贡献一个在这世界上没有位置的产物。没什么用处。艺术家，严肃作家，给世界引入了在一开始就不存在的东西。上帝在七天之内创造了这一切，鸟，河流，人类，他没给文学留出十分钟。‘然后将有文学。会有人喜欢，会有人为之着迷，愿意去做……’没有。没有。他没这么说。如果你接着问过上帝：‘会有管道工吗？’‘会，会有的。因为会有房屋，就需要管道工。’‘会有医生吗？’‘会。因为会有人生病，需要医生给他们药吃。’‘那文学呢？’‘文学？你说什么？那有什么用处吗？该搁在何处？够了，我是创造宇宙，不是大学。没有文学。’”

毫不妥协。汤姆·潘恩的令人不可抗拒的品性，也是艾拉、利奥以及约翰尼·奥戴的品性。倘若我到芝加哥后曾去过东芝加哥与奥戴会过面的话——这是艾拉给我安排的——我的学生生涯，或许其后的整个一生，都可能会处于不同的诱惑和压力之下，而我在迥异于芝加哥大学的一个坚如磐石的人的热情教导下，说不定已着手摈弃出身带给我的安全约束。然而，芝加哥大学的学业压力大，更不要提格卢克斯曼先生还为去除我思维中的陈腐因素，而给我补课，因此到了十一月初，我才能在一个周六早晨有空坐火车去见艾拉·林戈尔德军队里的导师，一名钢铁工，艾拉曾对我说他“是位彻头彻尾的马克思主义者”。

南岸线火车就在六十三街和石岛，从我的宿舍走路只要十五分钟。我登上漆成橙黄色的汽车，找个位子坐下，售票员报出沿线那些肮脏小镇的名字——“海格维西……哈蒙德……东芝加哥……加里……密歇根城……南本德”——我又像听到了《胜利手记》一样激动。我来自新泽西北部工业区，眼前的风景对我不可谓不熟悉。自机场向南望，是伊丽莎白，林登，拉合威，远远也可看到炼油厂复杂的上部建筑，自炼油厂飘来有毒的气味，那些塔的顶端有羽状火焰，是提取石油燃放的气体。纽瓦克有大工厂和小作坊，肮脏混乱，散发出臭味，纵横交叉的铁路线，大量的钢桶，堆成小山的废金属，还有可怕的垃圾场。高高的烟囱吐出黑色的烟，到处都冒着烟雾，风大时，呛人的化学气味，麦芽臭气，锡考克斯养猪场的臭味席卷整个地区。我们也有一辆相仿的火车，开在路堤上，穿过湿地，穿过芦苇丛、沼泽地草丛和开阔的水域。我们那里有灰尘，有臭味，但我们那里没有也不可能有的是制造军用坦克的海格维西。我们没有生产桥梁主梁的哈蒙德。我们没有自芝加哥沿运河而下一路都有的带有升降机的谷仓。我们没有平炉，工厂大量生产钢铁时炉火映红了天空，晴朗的夜晚，自我的宿舍窗口可一直望到远在加里的红色天空。我们那里没有美国钢厂、内陆钢厂、琼斯·劳克林钢厂、标准桥梁厂、联合化学公司和印第安纳标准石油公司。我们有的是泽西州有的;这里则集中了中西部的能源。他们这里有的是钢铁制造业，沿湖绵延几英里，穿过两个州，比世上任何其他钢厂都庞大，焦炭炉和氧气炉把铁矿烧成钢铁，架空的钢水包运送成吨熔化了的钢，滚烫的金属像熔岩一般倾入铸模，就在这片亮光，烟尘，危险和噪音中间，工人整日整夜地工作，在摄氏一百度的温度之下，吸进能毁掉他们健康的蒸汽，活是永远也干不完。此处的美国，不是也永不会是我生长的国度，然而却是我作为一名美国人仍旧拥有的国度。我从火车窗口向外望着——看到在我是十分新式现代化，工业化二十世纪的象征，却又是庞大遗迹的种种——我生命中似乎没有比这更严肃的细节。

在我的右边，我看到一片片覆盖着煤灰的平房，钢铁工人住的房子，后院里有凉棚和供小鸟戏水的水盆，房子外面的街道上有成排模样不太光彩的低矮的商店，是他们家人买东西的地方，看到钢铁工人日常生活的地方，那样粗糙清苦。这些总被束缚，总欠着债，总在还债的人身处这样一个无情世界——想到他们“最艰苦的工作换来最低廉仅可糊口的报酬，累断了脊梁得来最微贱的报酬”，这对我的启迪如此之大——不消说，我的任何感受在艾拉·林戈尔德看来都不会显得奇怪，却会吓坏利奥·格卢克斯曼。

“铁人这个妻子怎么样啊？”这几乎是奥戴对我说的头一桩事，“如果我认得她，也许我会喜欢她，不过这无法估量。有些我重视的人，他们的亲密朋友我就不太在意。生活宽裕的中产阶级女人，他现在和她生活的圈子……我不太确定。总之在妻子这方面本身就有问题。大多数结婚的人都太脆弱—— 他们对妻子孩子的反应已是身不由己。所以要靠他们体内一小点已坚强起来的个性来顾到那些需要顾及的地方。无疑，这一切是苦差事。当然，有个家，一天将尽时有个温柔的女人等着你，也许还有两个孩子，都是不错的。就是了解这一套的人也不免有厌倦的时候。可我眼下的责任是针对拿时薪的工人，在这方面我一点都没做到我该做的。无论有何牺牲，无论当下的问题如何出现，你应记得这样的运动总是向上的。”

当下的问题是约翰尼·奥戴被赶出工会，失去了工作。我和他在一处寄宿房舍碰面，他已经有两个月没付房租;他还有一个星期的期限交出租金，不然就要被赶出去。他的小房间很整洁，有扇窗对着天空。单人床的床垫不是放在箱式弹簧上而是放在金属网上，床铺理得很妥帖，甚至是好看的，铁床架上暗绿的漆不像噪声很大的散热器上的油漆，没有剥落也没脱落，但依然看上去让人灰心。总的说来，室内的摆设与利奥在国际宿舍的那些差不多简陋，但那种孤寂的气氛却吓住了我，让我觉得我该起身离开 ——直到后来奥戴温和平稳的声音和他特别锐利清晰的发音开始强有力地响起。仿佛一切不在那房间里的事物都从世上消失。奥戴来到门口，让我进来，礼貌地请我在仅放得下他的打字机的桌子前坐下，坐在他对面，房里两张靠背椅中的一张椅子上面，就在那一刻，我有种感觉，与其说是觉得除了这住处奥戴已被夺走一切，不如说是更糟糕的，那就是觉得奥戴几乎是恶意地把自己与一切不属于这个住处的事物剥离开来。

现在我明白了艾拉在小木屋是在做什么。现在我明白了那小木屋和剥离万物的起因——为伊芙·弗雷姆所不能容忍的丑之美，使人孤独遁世，也使人无牵无挂，自由地做个勇敢不畏缩，目标坚定的人。奥戴房间代表的是克制，表明无论我怀有多少欲望，我仍可以把自己约束在这个房间内。倘若最终你知道你能忍受惩罚，你就可以冒任何危险，这房间就是那惩罚的一部分。这房间给人一种严格的印象：自由和克制之间的联系，自由和孤独之间的联系，自由和惩罚之间的联系。奥戴的房间，他的小屋，正是艾拉木屋的精神实体。那么奥戴房间的精神实体是什么呢？这一点我会在多年以后发现，那次我去苏黎世，找到了纪念牌上写着列宁名字的那所房子，用少量瑞士法郎买通看门人，可以参观列宁隐居的房间，这位布尔什维主义革命的奠基人离乡背井在里面住了一年半。

奥戴的外表本不该让我讶异。艾拉对他的描述正是他的样子，就像一只鹭：精瘦，整洁，刀片脸，高六英尺，平顶灰发，眼睛似乎也已转为灰色，鼻子又大又尖如刀，皮肤布满皱纹，好像他早过了四十几岁。但是艾拉没说过狂热行为使他的模样像个被关起来把过日子当成服苦役的人。是一个别无选择的人的样子。他的故事已经预先定好了。他对任何事都没得选择。只好为了他的目标，把自己从事物中剥离出去——只有这件事可以做。他又不受别人影响。不只是体格如钢丝，令人羡慕地细长；还有他的意识，也像工具，轮廓宛如鹭鸟骨架的侧影。

我想起艾拉对我说过奥戴随身带着轻型拳击袋，在部队里，他出拳快而有力，“如果不得已”，他能一次打败两三个人。一路在火车上，我一直在想他房间里会不会有个拳击袋。是有的。但不是像我想象的挂在角落里头的高度，像健身房里的一样，而是在地板上，侧放着，靠着扇橱子门，结实的梨形皮袋子，又旧又破，不太像是皮的，倒更像某个被屠杀的动物颜色褪尽了的某身体部位——好像奥戴是用一头死河马身上掉下来的睾丸来练习保持良好的作战状态。这个念头不理智，但因为我起初对他怀着敬畏，就是驱赶不开这念头。

我记得那晚奥戴对艾拉诉说他感到沮丧、认为不能整天“在港口这里建党”时说的话：“我不太擅长组织，没错。你得很会和怯懦的布尔什维克表示友好才行，而我则更倾向于痛打他们的脑袋。”我还记得，因为我回家以后把这些话记进了那时我正写着的广播剧里，那出剧写的是一家钢厂里的一次罢工，其中约翰尼·奥戴的所有惯用语都一字不改地出现在一个叫吉米·奥谢的人身上。一次，奥戴写信给艾拉：“我要成了东芝加哥及其周边地区正式的混蛋了，就是说我最终要进拳头城。”“拳头城”成了我下一部剧本的标题。我忍不住这样写。我想写看上去重要的事情，而看上去重要的东西正是我不知道的。我总用尽方法通过那时我所能运用的词汇即刻就把事事都变成宣扬和鼓动，就这样在几秒钟之内就丢失了重要事情之重要所在，和直接事情之直接所在。

奥戴一文不名，党也没钱雇他来组织，或是以任何途径来给他经济上的援助，因此他每天写些传单在工厂门口分发，用他从前钢厂里的伙伴偷偷捐给他的几块钱来买纸张，租了台蜡纸油印机和一台装订机，然后在每天傍晚时自己到加里发放传单。剩下的零钱他拿来买吃的。

“我起诉国内钢厂的案子还没了结。”他对我说，直奔主题，率直对我，好像我是可与他平起平坐的人，是他的同盟者，倘若还不是他的同志的话。他和我谈话的样子好像艾拉不知怎地让他以为我是我年龄两倍那么大，一百倍独立，一千倍勇敢。“可是好像美国产业工会联合会的管理层和给人扣赤色分子帽子的人已经开除我，把我永远记上了黑名单。这个国家的各个阶层、各个地方，都开始采取行动来镇压我们的党。他们不知道重大历史问题并不是由菲尔·默里的产业工会联合会来决定的。看到中国了吧。将来会是美国工人来决定重大的历史问题。在我这个行业，当地工会已有一百多名失业的钢铁工人。这是一九三九年以来第一次工作机会少于工人数量，甚至连钢铁工人，工人里最迟钝的这部分人，最终也开始质疑现行体制。要来了，要来了——我向你保证要来了。而我仍然被当地钢铁工人工会管理委员会拘捕，因为我是党员就被开除。这些混蛋不想开除我的，他们要我声明与党脱离关系。这一带卑鄙的新闻界集中对准了我——这里，”他说道，递给我打字机旁的一份剪报，“昨天的《加里邮报》。卑鄙的新闻界会就此大做文章，就算我保留了在五金业的工作卡，我上了黑名单的事也仍会传到承包商和工头那里。这是个封闭的行业，因此被工会开除就意味着失去在行业里的就业机会。哼，让他们死去吧。无论如何，我还可以在外围，反倒更利于斗争。卑鄙的新闻界，冒充工会的人，和虚伪的加里市政府把我看成危险人物？好。他们要让我过不下去？好。除了我自己并没有人要靠我。我也不靠朋友，女人，工作或是其他任何传统的生存支柱。我怎样都能过下去。如果《加里邮报》，”他说道，拿回了我在他说话时没敢去看的那份剪报，整齐地对折好，“和《哈蒙德时报》以及其他人认为他们用这套伎俩就会把我们赤色分子赶出湖镇的话，他们就要错花招了。如果他们不管我，或许我不久就有一天自己离开了。可是现在我没钱，哪里也去不了，他们就得接着对付我了。工厂门口我把传单递给工人时，他们的态度总体来说是友好和感兴趣的。对我亮出V的手势，就是在那样的时刻，书本获得一刻的决定权。我们当然也有一部分法西斯工人。有一个夜晚，周一的晚上，我在加里大工厂散发传单，一个胖家伙开始骂我是叛徒无赖，我不知道他脑子里还想了些什么。我也没等着弄清楚。我希望他喜欢喝汤和吃软饼干。跟铁人这么说吧，”他说道，头一回微笑了，尽管是让人痛苦的样子，好像逼出一个微笑是他不得不去做的更困难的事之一，“告诉他我身体还不错。来吧，内森，”他说，我很懊恼听到这位失业的钢铁工人说出我的名字（就是说，我为我在大学里新的迷恋、正萌发中的导师，以及我对信奉政治的兴趣在减退而感到懊恼），而在此之前我刚听他讲了《重大历史问题，中国一九三九》，用的正是同一个温和平稳的声音，同样仔细的发音，谈起来十分详细精通，不像从书中收集而来，他尤其说到牺牲的无私精神。喊我“内森”的声音正是“要来了，要来了”的声音。——“我向你保证要来了”的声音让我的胳膊上起了鸡皮疙瘩——“弄点东西给你吃吧。”奥戴说道。

奥戴和艾拉言谈的不同之处我从一开始就是很明白的。也许因为奥戴的目标之中没有矛盾之处，因为奥戴正过着他改变信仰后的生活，因为言谈正是个借口，不针对除此以外的任何事，因为它似乎源自大脑的中心，即是经历的那部分，他所说的种种皆有紧绷绷切合题旨的品质，思维是牢固树立了的，言辞本身仿佛充满决心，不夸张，不浪费精力，在言辞中有智慧的敏锐，并且不论目标如何乌托邦式，仍具有浓厚的现实性，使人感觉使命不仅在他脑中，也在他的手中；不同于艾拉给人的意识，是智慧支配了他的理念，而不是智慧的匮乏。在我看来是一股“真实”的浓烈气味渗透了他的言谈。不难看出艾拉的言谈是对奥戴的模仿，但不具有其活力。真实的浓烈气味……虽然说话的人也是对什么都不曾笑过。结果他目标的单一性有一种疯狂，这也使他不同于艾拉。奥戴生活中摈弃了所有人类的偶然性事件，可他却又吸引了这类事件，这其中就有种明智，是通达、胸襟开阔又不循秩序的生存方式所具有的明智。

那晚我回到火车上时，如此为奥戴坚决不移的宗旨所迷惑，以至于我所能想到的只是该如何去告诉我父母三个半月的大学生活就够了：我要退学，搬到印第安纳州东芝加哥的钢铁小镇上去。我不是要他们给我经济支持。我会找工作自立，多半是低贱的活——但若不是全然为此，也差不多就是为了这个。我不能再继续认同中产阶级的前程，不论是属于他们的还是我的，我见过约翰尼·奥戴后就不能再如此下去，奥戴言辞温和以掩饰他的激情，但他仍旧是我见过的最精力充沛的人，甚至更甚于艾拉。最精力充沛，最不可动摇，最危险的人。

危险是因为他不像艾拉对我一样地在意我，也不像艾拉一样了解我。艾拉知道我是别人的孩子，直觉地明白—— 也另外被我父亲告知过—— 也没试图拿走我的自由或者把我带离我原先在的地方。艾拉从没试图教导我越过某个点，他也没有紧紧抓着我，尽管他可能一生都渴求爱，极度需要爱，会总渴望着亲近的感情。他只是在到纽瓦克时借我一时，独自在纽瓦克或一个人待在小木屋时偶尔借我来聊聊天，但从没带我去接近过共产党聚会。他整个那一部分生活对我是全然隐形的。我看到的只是他的怒吼，激烈言辞，雄辩，和装饰性的一套。他并不仅仅是无拘无束—— 他对我是讲策略的。虽然他狂热执着，在我面前他却很通情理，温柔，意识到某类危险是他自己愿意面对却不愿让一个孩子去面临的。在我这里，这位愤怒的人显现了很是好性子的另一面。艾拉认为对我的教导只该到某一点为止才妥当。我从没见过这个狂热分子完整的样子。

可是对约翰尼 · 奥戴而言，我就不是他要保护的谁的孩子了。在他，我是他要吸收的人。

“别碰那所大学里的托洛茨基分子。”午餐时奥戴跟我说，好像我为了托派分子的问题到东芝加哥来和他讨论。我们头挨着头坐在一家阴暗的小酒馆的隔间里，他在波兰裔店主处信用还算好，我这样一个容易为男人间亲密关系着迷的孩子发现他很喜欢那里的气氛。那条小街距厂子不远，全是小酒馆，只有一个街角有一家杂货店，另一角是教堂，就在路对面有一块地，堆了一半废料，一半垃圾。东面来的风很大，带来二氧化硫的气味。屋内则是香烟和啤酒的气味。

“我不算保守的，我认为也可以和托派分子玩玩，”奥戴说道，“只要你事后洗手就好。有人每天都对付毒蛇，甚至挤出它们的毒液用来研究解药，但很少有人被咬死，正因为他们知道蛇是有毒的。”

“什么是托洛茨基分子？”我问道。

“你不知道共产党和托派间的根本分歧吗？”

“不知道。”

随后几小时里他告诉了我。叙述中充满“科学社会主义”、“新法西斯主义”、“资产阶级民主”这样的字眼，都是些我不知道的名字，比如（首先是）利昂·托洛茨基，像伊斯门，洛夫斯通，季诺维也夫，布哈林一类的名字，和“十月革命”、“一九三七年大清洗运动”这类我不知道的事件，还有公式化的陈述，起头是“马克思主义格言说到资本主义社会内在的矛盾……”和“托洛茨基分子依从他们的错误论断，密谋阻止目标的实现……”。但不论叙述的细节如何深奥复杂，奥戴说的每个字都让我感到是尖锐的，一点也不遥远，他谈论的话题不是为了谈而谈，他谈它不是为了让我就此写篇学期论文，而是谈的他所经历的一场残酷的战争。

近三点时，他放松了对我注意力的控制。他让你倾听的方法很特别，大多出于他默许给你的一个诺言，那就是，只要你注意听他说的每个字他就不会危及你。我累透了，小酒馆里几乎没有人了，我还是觉得身边仍在发生一切可能的事情。我回想起高中时那个晚上，我顶撞了父亲，去作为艾拉的客人参加了纽瓦克的华莱士聚会，我又一次感觉到沉浸于一场关于生活的重要争论中，是我自十四岁以来一直在寻找的一场光辉战役。

“跟我来，”奥戴看了一眼手表后对我说道，“给你看看属于未来的面孔。”

我们到了那里。我在那里。它就在那里，那个我长久以来暗自梦想着成为男人的世界。汽笛响了，大门洞开，他们来了—— 是工人们！科温笔下遍布各地的普通人，不起眼，然而自由。小人物！大众！波兰人！瑞典人！爱尔兰人！克罗地亚人！意大利人！斯洛文尼亚人！那些冒着生命危险，冒着被烧被压或被炸开的危险制造钢铁的人，那都是为了统治阶级的利益。

我非常激动，竟看不到人的脸庞，不能真的看到人。我只看到一伙伙地穿过大门回家去。美国的大众！擦过我身旁，撞到我身上——那面庞，是未来的力量！我不能抑制要喊出来的冲动，为悲伤，愤怒，抗议，胜利喊出来，也压抑不住地想加入到这不给人威胁就不算是群众的人群中去，加入这一连串急匆匆穿着厚底靴子的人，跟他们一路到家。他们的嘈杂声就像角斗场里角斗前人群发出的喧哗声。角斗呢？正是为了美国平等的角斗。

奥戴屁股后面挂着一个小袋子，他从里面掏出一叠传单塞给我。就在那里，在这座像冒烟的大会堂的工厂范围内，我们两人并肩站着，给下班的每个工人发一张传单，他们伸出手拿走一张。他们的手指碰到我的手指，我整个的生命都因而翻腾不已。美国针对这些人也就是针对我！我立了分发传单者的誓言：我什么也不做，只做他们实现目标的工具。我只做个正直的人。

是的，和奥戴这样的人在一起，你感觉得到他的引力。约翰尼·奥戴不是把你带上半路就丢下你一人不管。他一路都带着你。革命会抹去这点代之以那点——政治上的卡萨诺瓦式人物就是如此清晰，不挖苦人。你在十七岁时遇到一个有积极态度的人，他已经把理想和意识形态方面的事都弄明白了，他没有家没有亲人、没有房子——没有一切把艾拉拉向二十个方向的那些东西，没有一切把艾拉拉向二十个方向的那些感情，没有艾拉那样由于人的天性而经历的剧变，不像艾拉忙乱于一面想从事改变世界的革命，一面也和一位漂亮女演员结成夫妇，有了个年轻的情人，又和上了年纪的妓女胡来，渴望有个家，和继女斗争，住的是演艺城里豪华的房子和野地里的无产阶级木屋，决意继续在私下是一个人，在公众前是另一个人，两者间隙处又是第三个人，作亚伯拉罕·林肯、铁人和艾拉·林戈尔德三者累积而成的狂热而容易激动的集成自我——他反而除了思想别无主张，只对思想负责，几乎确定无疑地明白他的正直生活需要什么，于是你就像我想的那样想到，*这才是我归属的地方！*

艾拉在伊朗遇到奥戴时很可能也这样想过。奥戴同样给了他触及内心的影响。使他与世界革命相联。只是艾拉最终费了同样大的力气去取得在其他事情上面的胜利去了——而奥戴所拥有和想要的一切不过是*真实的事*。是因为他不是犹太人吗？因为他是非犹太人？是因为像艾拉对我说过的，奥戴是在一家天主教孤儿院长大的缘故吗？是不是因此他就能够如此彻底无情而醒目地只过最最基本的生活？

他身上丝毫没有我体内的那种软弱。他看出我的软弱了吗？我不会让他看到。去除掉我的软弱，在东芝加哥这里和约翰尼·奥戴在一起生活！就在这家工厂门口，早上七点，下午三点，晚上十一点，在工人每次轮班后给他们分发传单。他会教我怎么写传单，写什么，如何写得最好以让工人采取行动，把美国变为一个公正的社会。他会教给我一切。我要从原先的舒适监狱里搬出，站到约翰尼·奥戴身旁，介入这个责任重大的环境，即为历史。低贱的工作，贫困的生活，不错，但在这里，站在约翰尼·奥戴身旁，生命不是没有意义的。恰恰相反，一切都有了意义，都成了深刻重要的！

你想象不到从这样的情绪之中我还能抽身回来。但是到了午夜我仍没有打电话给家里告诉他们我的决定。奥戴给我两本薄薄的小册子让我在回芝加哥的火车上看。一本叫做《共产党的理论与实践》，是共产党全国教育部准备的“学习马克思主义系列课程”中的第一课，短短五十页内犀利剖析了资本主义、资本家的剥削和阶级斗争的本质。奥戴答应下次我们见面时讨论我读过的东西，他会给我上第二课，他说，这一课“在更高的理论层次上阐述了第一课的主题”。

那天我带到火车上的另一本小册子《谁拥有美国？》，詹姆斯·S.艾伦著，主张——预测——“资本主义，即便是美国这个它最强大的化身，也有在不断扩大的范围内再制造灾难的趋势”。封面是幅蓝白色的漫画，一个胖家伙戴着高帽，留着辫子，傲慢地坐在鼓起的钱袋上，上书“利润”，他自己鼓鼓的肚皮上画着个美元图样。背景是不停冒烟的美国工厂，代表了富有的统治阶级从“资本主义的主要受害者”——挣扎中的工人处以不当手段剥夺来的财产。

这两本小册子我在火车上都读过了；在宿舍里又读了一遍，希望从书页中找到勇气，打电话回家告诉他们我的消息。《谁拥有美国？》的最后几页标题为“做一名共产党员吧！”，我大声朗读出来，仿佛是约翰尼·奥戴自己在对我讲话："是的，我们会一起赢得罢工胜利。我们将建起工会，聚集起来一步步、一段段地与反动势力、法西斯势力和主战势力作斗争。我们将一起寻求兴起一场独立伟大的政治运动，与托拉斯的党派竞争全国大选。一刻都不放过篡位者和给国家带来灭亡的寡头政治。不让人质疑你的爱国精神和对国家的忠诚。加入共产党吧。作为一名共产党员，你可以真正实现你美国人的责任。"

我想，这为什么就办不到呢？就像你坐上公共汽车去市里参加华莱士聚会一样去做啊。你的生活到底是你的还是他们的？你是有勇气实现你的信仰还是没有呢？这是你想在此生活的那个美国吗，还是你打算出去给它来场革命呢？或者你是不是像你所知道的所有其他"理想主义"大学生一样是另一个自私的、享受特权的、只顾自己的伪君子？你怕什么呢——是怕辛苦，怕不光彩，怕危险，还是怕奥戴本身？若不是你的软弱，你又怕什么呢？别指望父母帮你。不要打电话回家请求他们准许你加入共产党。装好衣物和书籍回到那里动手去干吧！若你没做到，那么你勇于改变的能力与劳埃德·勃朗又有什么区别，你的胆识又与想继承汤米·米纳里克在锌镇矿石堆外的杂货商助手勃朗尼有何区别？那么内森在没能放弃家里的期望去争取真正的自由上与勃朗尼没做到反对他家对他的期望去争取他的自由又有多少不同？他待在锌镇卖矿石，我待在大学里研究亚里士多德。我最终不过做了个有学位的勃朗尼。

凌晨一点，我从宿舍出发迎着暴风雪穿过中途区到了国际宿舍，这是我到芝加哥后第一场大风雪。服务台的缅甸学生认出我，给我打开安全门，我说："找格卢克斯曼先生。"他点点头，也不管当时几点钟就放我进去。我走上利奥那层楼，敲他的房门。某个外国学生在房间里电热锅上自己烧过晚餐后才过了几小时，你还能在走廊上闻到咖喱的味道。我想到，有印度孩子远道自孟买来到芝加哥学习，你还怕去印第安纳住。起来与不公正作斗争吧！转过身，走吧——机会是你的！记住工厂大门！

但是因为我已经有太多个小时——太多年的青春岁月——弦绷得太紧，被所有这些新理想和对真理的幻想压倒，以至于利奥穿着睡衣打开门时，我哭了出来，因此大大误导了他。我一股脑倾倒出所有不敢在约翰尼·奥戴前流露的种种。软弱，男孩气，所有我身上不具奥戴特性的无用的一切。我身上一切不重要的特性。为什么就做不到呢？我缺乏的我认为艾拉也缺乏，即不把事物断然分为两极的心态，像细瘦得令人羡慕的奥戴那样清楚明白的心态，愿意摈弃除革命以外的所有人和事。

"哦，内森，"利奥温柔地说道，"我亲爱的朋友。"这是他第一次叫我"祖克曼先生"以外的称呼。他让我在他书桌前坐下，就站在几英寸外看着我，我还在啜泣，一边解开短呢外衣的钮扣，外套被雪花打湿了，沉甸甸的。他或许以为我准备把衣服都脱了。我却开始对他讲我见过的那个人。我告诉他，我想搬到东芝加哥去和奥戴一起工作。为了良知，我必须如此。可是我能不告诉我的父母吗？我问利奥这样是否诚实。

“你这垃圾！你这个娼妓！走！离开这里！你这个两面派，戏弄男人的娼妓！”他说道，用力把我推出房间，砰地关上门。

我不明白。我没真正理解过贝多芬的音乐，我仍旧读不懂克尔凯郭尔，也不明白利奥对我喊叫的内容和他为什么对我喊叫。我所做的不过是告诉他我正考虑和一位四十八岁的共产党员钢铁工人一道生活，他的样子有一点像年纪大的蒙哥马利·克利夫特——而利奥转而把我赶了出来。

不只是住在过道对面的印度学生，几乎走廊里所有的印度学生和非洲学生都跑出房间看出了什么乱子。在这个钟点，他们大多穿着内衣，他们看到的这个男孩刚刚发现在十七岁的年纪不那么容易获得英雄主义，不像十七岁时那么容易拥有被英雄主义和差不多是所有事物的精神层面吸引的天分。他们以为他们所见到的是完全另一回事。我自己仍旧没搞明白他们是如何看待他们的所见。后来，到了下一堂人文课上，我才意识到利奥·格卢克斯曼自此以后将把我记作不只是不比别人高明，更别说不会成为一名伟人，还把我看作是芝加哥大学所收过的最不成熟、文化上最落后、最可笑的平庸之辈，真是不像话。那一年余下的时间里，所有我在课上的发言、为课程所写的文章，以及我写的长信，都在为自己解释、道歉，指出我并没有离开大学去和奥戴一起做事，但这些都没有打消他的看法。

次年夏天，我在新泽西州挨家挨户卖杂志——与在黎明、黄昏和夜色中在印第安纳的钢厂散发传单不太相同。虽然我和艾拉通过几次电话，定好了我在八月去小木屋看他，但他在最后时刻不得不取消了这个计划，我轻松了，后来回到学校。过了几周，一九五一年十月最后几天，我听说他和阿蒂·索科洛，还有导演、作曲和节目的另两位主要演员，著名节目报告员迈克尔·J.迈克尔斯被开除出《自由勇敢者》。父亲在电话上告诉我这个消息。我不经常看报纸，他告诉我，前一天纽瓦克的两份报纸和纽约所有的日报上都已登载了这条消息。《纽约新闻报》的标题中称他为“激进赤色分子铁人”，布赖登·格兰特是那份报的专栏作家。报道登在“格兰特内幕”栏目中。

听父亲的声音就能知道他最担心的是我——担心艾拉认我作过朋友会牵连我——于是我恼火地对他说：“因为他们说他是共产党，因为他们扯谎说每个人都是共产党——”“他们可以扯谎把你也说成是共产党，”他说，“是的。”“让他们说吧！就让他们说啊！”但是不论我如何对着自由派的足科医生爸爸大吼，好像他是开除艾拉和他同事的电台管理人，不论我如何大声说明这类指控不适用于艾拉，也将同样不适用于我，我仍知道我可能是犯了大错，因为我刚和约翰尼·奥戴一起度过了当天下午。奥戴是他最好的朋友。我刚认识他时，他仍收到奥戴写来的长信，还回信给奥戴。接着就是戈尔茨坦和他在他家厨房里说的一切。孩子，别让他给你灌个满脑子的共产主义思想。共产党找上艾拉这样的笨蛋就利用他。从我家里滚出去，你这个共产分子蠢货……

我一直有意拒绝把这些联系起来看。这些和那张唱片，还有更多。

“记得在我办公室的那个下午吧，内森，他从纽约来的那次？我问过他，你也问过他，他跟我们说的什么？”

“说的真相！他说了真相！”

“‘你是共产党吗，林戈尔德先生？’我问过他。‘你是共产党吗，林戈尔德先生？’你问了他。”父亲声音里有种我从没听过让我震惊的东西，他喊道：“如果他撒了谎，如果那个人对我儿子撒了谎……！”

我在他的声音里听出一股要杀人的决断。

“你怎么能和在如此重要的问题上对你说谎的人打交道呢？怎么

能？这不是孩子的谎言，”父亲说，“这是成年人的谎言。是有动机的。彻头彻尾的谎言。”

他一直说下去，我同时在想，艾拉何苦费这个力呢？他为什么没告诉我真相？我无论如何还是会到锌镇去的，或者总会争取去的。不过，他不仅仅是对我说了谎。问题不在这里。他对谁都没说真话。如果他在这点上对所有的人都说了谎，而且习惯性地一直如此，那就是有意为之，以求改变和事实的关系。因为没人能就此不作准备临时编造。对这个人说真话，对另一个人说假话——行不通。因此，他在此事上面说谎是他穿上那件制服后自然的一部分。不说出真相是他怀着这个信仰所自然具有的本性。他从没想过要说出真相，特别是对我；那不但会危及我们的友谊，还会危及我。他有很多理由不说真话，纵然我当时完全都明白，也没一条能对我父亲解释清楚。

我和父亲（还有母亲，她说：“我求你爸爸不要给你打电话，不要惹你心烦的。”）谈过以后，我试着给西十一街的艾拉打电话。电话整晚都是忙音，次日早晨我又拨，接通了，旺德鲁斯——伊芙常用艾拉厌恶的小铃唤到餐桌前的那个黑女人——对我说“他不住这里了”就挂了。因为艾拉的哥哥仍是“我的老师”，我就忍着没打电话给默里·林戈尔德，不过我给艾拉写信，写到纽瓦克勒海大道，请林戈尔德先生转交，又写了一封到锌镇的信箱。没有回信。我看了父亲寄给我的关于他的剪报，大声喊道："谎言！谎言！卑鄙的谎言！"但接着我想起了约翰尼·奥戴和欧文·戈尔茨坦，我不知道该如何看待。

不出六个月，美国书店里出现了——匆忙出版了——《我嫁给了共产党人，伊芙·弗雷姆口述，布赖登·格兰特记录》一书。前后封面是一幅美国国旗的复制品。前封面上的国旗被撕裂得参差不齐，椭圆形的裂口内是艾拉和伊芙最近的一张黑白照：伊芙外表柔和漂亮，戴着一顶小帽，垂着她闻名的带圆点的面纱，穿着毛皮外套，拿着环形小包——伊芙和丈夫手挽着手走在西十一街上，对着镜头粲然一笑。但艾拉看上去一点都不快乐；在浅顶软呢帽下，他透过厚厚的镜片看着镜头，神情严肃忧虑。几乎在紧靠着封面正中心印着书名《我嫁给了共产党人，伊芙·弗雷姆口述，布赖登·格兰特记录》的地方，醒目地用红色圈出了艾拉的头部。

书中，伊芙称铁林，"别名艾拉·林戈尔德"，是一位"共产主义疯子"，用共产主义思想"攻击威吓"了她，每天晚餐时对她和西尔菲德进行说教，对着她们大喊大叫，尽其所能给她们两人"洗脑"，让她们为共产主义运动服务。"我不相信我一生中见过像我年轻的女儿所做的如此崇高的事，她只热爱整日安静地坐着弹奏竖琴，面对这个共产主义疯子和他的斯大林主义、极权主义谎言，她竭力为美国民主辩护。我不相信我一生中见过像这个共产主义疯子所做的如此残酷的事，他用尽一切苏联集中营的手段要让这个勇敢的孩子屈服。”

封页上是西尔菲德的照片，但不是我认识的西尔菲德，不是那个体形庞大，二十三岁，讽世的西尔菲德，她穿着吉卜赛服装，风趣轻松地帮我吃完那晚宴会的晚餐，随后把她母亲的朋友一个个批评过来逗我乐，而是一个圆脸小小的西尔菲德，黑黑的大眼睛，梳着辫子，穿一件晚会礼服，守着一块贝弗利山庄生日蛋糕对着她美丽的妈妈微笑。西尔菲德穿着白色棉质礼服，上面绣着小草莓，裙子被衬裙撑开，缚着腰带，在背后打成一个蝴蝶结。是西尔菲德四十二磅的时候，那时她六岁大，穿着白短袜，黑色玛丽珍鞋子。这个西尔菲德不是彭宁顿的孩子，甚至也不是伊芙的孩子，而是上帝的孩子。这张照片达到了伊芙一开始取这个朦胧梦幻的名字想要达到的效果：使西尔菲德超凡脱俗，从固体升华成了气体。西尔菲德成了圣人，不带丝毫邪恶，不在这世上占有任何位置。西尔菲德成了对抗者所不是的一切。

“妈妈，妈妈，”一次高潮场景中，这勇敢的孩子无助地对妈妈喊道，“他书房里那些人在说俄语！”

俄国特工。俄国间谍。俄国文件。自世界各地共产党处日夜涌入家里的密信、电话和派人送来的信。在这所房子里和“新泽西州最偏僻地区共产党的秘密藏身处”召开的支部会议。还有“在格林尼治村他短期租借的一处全层公寓，在华盛顿广场北街、著名的乔治·华盛顿雕像对面—— 铁林短期租住这所公寓是为了给逃避联邦调查局追查的共产党分子提供安全庇护所。”

“谎言！”我喊道，“十足疯狂的谎言！”可是我怎样确信呢？谁又能做到呢？倘若她这本书的惊人前言是真的又该如何？可能吗？许多年来我不愿去读伊芙·弗雷姆这本书，尽可能长期保护我和艾拉原本的关系，而与此同时，我已在逐渐放弃他和他夸夸其谈的演讲，已经到了几乎可以摈弃他的地步。但是，因为我不想让这本书成为我们之间故事的不良结尾，我就跳着看，没有仔细看前言以后的部分。对报纸上写到《自由勇敢者》主演的奸诈虚伪，我也不太感兴趣，他演过那么多伟大的美国人，尽管他自己全然成了个更邪恶的角色。根据伊芙的声明，他自己负责把索科洛的所有剧本交给一名俄国特工，以寻求他的建议和赞同——我为什么会愿意加入这个呢？此中没有乐趣，对此我也无能为力。

即使把对他从事间谍活动的指控放在一边，要让我相信把我带入成人世界的那个人会就他是共产党这点对我的家庭说假话，此事对我而言，其痛苦也不亚于要我相信阿尔杰·希斯或罗森堡夫妇会对国人扯谎，否认他们是共产党。我哪一部分都不肯读，正如在此之前我哪一部分都不肯相信。

伊芙的书开头是这样的，前言，开篇即是一颗炸弹：

我这么做对吗？我这么做容易吗？相信我，远远不容易。这是我一生最可怕、最艰难的工作。我怎可能把此看作我的道德和爱国义务而去告发一个我像爱铁林一样深爱着的男人呢？

因为我是一名美国演员，我曾宣誓全身心地与表演界的共产党渗透作斗争。因为我是一名美国演员，对给了我如此多的爱和肯定的美国观众负有庄严而不可撼动的责任，暴露揭穿共产党对广播界的控制程度，我通过我嫁的这个人知道了这些，我爱他超过我认得的所有男人，但是他却决意利用大众文化的武器破坏美国的生活方式。

这个人就是广播剧演员铁林，别名艾拉·林戈尔德，美国共产党正式党员，致力于控制美国广播界地下共产党间谍部门的美国头目。铁林，别名艾拉·林戈尔德，受命于莫斯科的美国人。

我知道我为什么嫁给了这个人：出于女人的爱。而他为什么娶了我呢？因为共产党命令他！铁林从没爱过我。铁林利用了我。铁林和我结婚是为了更好地渗入美国表演界。是的，我嫁给了马基雅弗利式的共产党人，这个道德败坏的人诡计多端，几乎毁了我的生活、事业和我爱的孩子的生活。这一切都是为了推进斯大林统治世界的计划。

第七章

“那座小木屋。伊芙不喜欢。他们初为情人时，她试着收拾过;挂上窗帘，买了餐具、玻璃器皿和个人用的成套餐具，可是屋里有老鼠、黄蜂和蜘蛛，她怕这些，那里到杂货店要好多里路，她又不开车，就得由当地一位身上带着肥料气味的农夫开车送她去店里。总而言之，她在锌镇除了避开一切不便之外，别无他事可做。于是她开始张罗，要为他们在法国南部买处房子，西尔菲德的父亲在那里有所房子，这样夏天西尔菲德就可以离他很近了。她对艾拉说：‘你怎么这么喜欢待在乡下呢？你如果不旅游，不去法国看看法国的乡村，不去意大利看看那些伟大的绘画作品，除了新泽西哪里都不去，那你怎么会知道任何与哈里·杜鲁门惊人事迹无关的事情呢？你不听音乐。不去博物馆。不是写工人阶级的书你就不看。一位演员怎么可以——’他就会说：‘嗨，我不是什么演员。我是个劳动者，在广播界谋生。你有过一个时髦的丈夫。你想回头再找他吗？你想要一个和你的朋友卡特里娜一样

的丈夫吗，要个有教养的哈佛毕业生，就像疯子先生，像卡特里娜·范·格兰特那样的说长道短先生，是吗？'

"她每次提起法国和在那里买度假屋，艾拉就来这套了——从来不花什么力气。他不是碰巧不喜欢彭宁顿或格兰特这样的人。他对任何东西的不喜欢都不是碰巧随便的。没有一次意见分歧不被他用来发泄怒火的。'我旅行过，'他会告诉她，'我在伊朗的码头上工作过。我在伊朗见过够多的堕落了……'云云。

"结果是艾拉不愿离开小木屋，这成了他们两人之间争端的又一根源。起初这木屋在他是过去生活遗留下来的东西，对她则是他乡下人吸引她的一部分。过了一阵，这木屋在她看来就成了他在她之外的立脚处，也让她满怀恐惧。

"也许她是爱他的，由此生出惧意，怕失去他。我从不认为她那套做作是爱。伊芙给自己罩了层爱的外衣，幻想着爱，但她太无力、太脆弱，不能不对人怀着怨恨。她事事都怕，给不了理智贴切的爱——她的爱只是对爱的低劣模仿。西尔菲德得到的就是这个。想象一下做伊芙·弗雷姆——和卡尔顿·彭宁顿——的女儿该是怎样的，你就会明白西尔菲德如何长成这样。这样一个人不是短时间内形成的。

"木屋里也藏着艾拉整个被她看不起的一面，和他体内不驯服、让人嫌的一切，可艾拉就是不愿放弃这木屋。不是为了别的，只要木屋还是破木屋，就能挡得住西尔菲德。她只能睡在前屋的长沙发上，每年夏天她来度少数几次周末，她都厌烦了，很是苦恼。池塘太浑浊，不好游泳，树林里多臭虫，不好在里头散步，虽然伊芙不停努力给她找乐子，她还是在屋里生气，一天半以后，就坐火车回去弹琴去了。

“不过，他们在一起的最后那个春天，开始计划整理这房子。劳动节后开始大整修。把厨房、浴室改装成现代化的，新的大窗户，崭新的地板，装上合适的新门，新的照明，吹塑式隔热层，新的燃油加热系统，让这房子冬天也适宜居住。屋里屋外都粉刷过。房后扩建了个大房间，新房间里有石头的大壁炉，大观景窗俯瞰池塘和树林。艾拉雇了木匠、漆匠、电工、管道工，伊芙列出清单画好图，一切都为了过圣诞。‘随便吧，’艾拉对我说，‘她想要，就给她吧。’

“那时他已开始崩溃，只是我没意识到。他也没有意识。他以为他很机灵，你知道，以为他能用计应付过去。可是病痛耗尽了他的精力，他精神消沉，起决定作用的不是他强壮的一部分，而是他体内正垮掉的那部分。他以为顺着她的口味来就能减少摩擦，就能保证她会保护他免上黑名单。如今他怕因为发脾气而失去她，因此他开始让她那些不现实的东西在他这里自由泛滥，以求保住他的政治生命。

“恐惧。那个年代特有的深深恐惧，不信任，怕被发现而忧虑不安，生命和生计处于威胁之下的焦虑。艾拉是不是真相信留住伊芙就能保护他？可能不是。但他又能做什么呢？

“他用的巧计后来怎样了呢？他听到她称新扩建的房间为‘西尔菲德的房间’，这扼杀了他的巧计。他听到她在外面和挖土的人说‘西尔菲德房间这样’、‘西尔菲德房间那样’，她容光焕发地回到屋里，很快乐，艾拉却已经变了。‘你为什么这么说？’他问她，‘你为什么说那是西尔菲德的房间？’‘我没这么说啊。’她说。‘你说了。我听见了。那不是西尔菲德的房间。’‘好吧，她会住在那里。’‘我以为不过是间大后房，新的起居室。’‘可是有长沙发啊。她住那儿，睡长沙发吧。’‘会吗？什么时候？’‘哦，她来的时候啊。’‘可是她不喜欢这里。’‘可是房子整修漂亮了，她就会喜欢了。’‘那就见鬼去吧，’他说道，‘这房子不会漂亮了。这房子会很差劲的。去他妈的这工程。’‘你为什么对我这样？为什么对我女儿这样？艾拉，你怎么回事？’‘完了。不装修了。’‘可是为什么呢？’‘因为我受不了你女儿，你女儿也受不了我——这就是为什么。’‘你怎么敢说针对我女儿的话！我要离开这里！不待在这里了！你这是虐待我女儿！我不允许！’她拿起电话叫了辆本地出租车，不出五分钟就走了。

“四小时后，他知道了她去了哪里。他接到牛顿经营房地产的一个女人打来的电话。她要找弗雷姆小姐，他告诉她弗雷姆小姐不在，她就问他可否带话给弗雷姆小姐——他们看的那两处漂亮的农舍可以买了，随便哪一个都很合适她女儿，她下周末可以带他们去看房子。

“伊芙离开以后，花了一个下午为西尔菲德在苏塞克斯镇找一处夏天住的房子。

“就在那时艾拉给我打了电话。他对我说：‘我不相信。给她找那里的房子——我不理解。’‘我理解，’我说，‘对于不会好好养育孩子的妈妈来说，一切都是没有尽头的。艾拉，是时候离开，该走向下一个荒诞了。’

“我坐上车，开到木屋。过了一晚，次日清晨带他回到纽瓦克。伊芙每晚都打电话到我们家，求他回去，但是他对她说就这样了，他们的婚姻结束了，电台重新开始播放《自由勇敢者》后，他和我们住在一起，坐车去纽约工作。

“我对他说：‘你和其他人一样要由这事来决定了。你会和其他人一样或者被记下或者不被记下。你娶的这个女人不会保护你回避即将发生的任何事，也不会保护你的节目，或者其他任何他们决定要消灭的人。迫害赤色分子的人在行动中了。没人能长期骗过他们，哪怕是有四重身份。不论有没有她，他们都会抓住你，但是没有她，你起码可以在危急时刻不被无用之人所阻碍。’

“可是，几周过去了，艾拉越来越不相信我说的是对的，多丽丝也这么认为。内森，也许我是不对，也许，如果他为了自己所算计的原因回到伊芙身边，她的光环、她的声望、她的关系可以合力挽救他和他的事业。这是可能的。可是靠什么从这场婚姻中挽救他呢？每天晚上，洛兰回她房间以后，我们就坐在厨房里，我和多丽丝一遍遍讨论同一个理由，艾拉就听着。我们聚在餐桌旁喝茶，多丽丝会说：'他忍受她的胡闹也有三年了，有时候没有正常的理由，他也忍了。如今总算有个正常的理由了，那他为什么就不能再忍三年呢？不论动机如何，是好还是坏，他一直以来从没急着真正结束这场婚姻。既然现在做她的丈夫可能会对他有所帮助，他为什么要急着结束婚姻呢？如果他能挽回一些利益，至少他和这两位荒诞的结合就不会是白费一场力气了。'我说：'如果他回到这个荒诞的组合，他会被它摧毁。这关系也不只是荒诞。其中一半时间他很痛苦，不得不到这里来睡。'多丽丝又说道：'他上了黑名单会更痛苦。''无论怎样艾拉最终都会上黑名单。他口不择言，再加上他的背景，他逃不过去的。'多丽丝说：'你怎么就能确认每个人都会这样呢？整件事一开始就很不合理，没有道理——'我说：'多丽丝，他的名字已经出现在十五或二十个地方了。总会发生的。不可避免。等发生了，我们就知道她站在哪一边了。不是他这一边，而是西尔菲德那边——保护西尔菲德不受他的事的影响。我说还是了结这婚姻和它带来的不幸，接受他不论身在何处终会上黑名单的事实。如果他回到她身边，他会和她打架，和她女儿斗争。过不了多久，她就会明白他为什么会在那里，那会让事情更糟。’‘伊芙吗？明白什么？’多丽丝说，‘现实似乎一点也引不起弗雷姆小姐的注意。现实何以如今倒出头了？’‘不是，’我说，‘冷嘲热讽地利用他人，寄生虫般诈取他人利益——都太有辱人格，本身我就不喜欢。我不喜欢，也是因为艾拉做不了。他直率，冲动，直接。脾气暴躁，他做不到。等她发现他在那里的原因，她会把事情搞得更痛苦、更混乱。她不必自己去弄明白——有人会为她做的。她的朋友格兰特夫妇会的。说不定他们已经做了。艾拉，如果你回去，你会做什么来改变你和她生活的方式呢？你得当个拍马屁的，艾拉。你行吗？就你？’‘他只会机灵点，自己过好。’多丽丝说。‘他做不到机灵和自己过好，’我说，‘他永远都“机灵”不了，因为那里每件事都让他发疯。’‘可是，’多丽丝说，‘失去他为之奋斗的一切，在美国为他的信仰接受惩罚，他的敌人占据上风，这会让艾拉更疯狂。’‘我不喜欢那样。’我说。多丽丝也说：‘你一开始就不喜欢的。如今你在利用这个让他做你一直想要他做的事。胡说什么利用她。利用她——她就是这个用处嘛。没有利用，那婚姻还算什么？婚姻中的人被利用一百万次以上。一个人利用另一个人的地位，一个人利用另一个人的钱财，一个人利用另一个人的外貌。我认为他该回去。我认为他需要一切他能得到的保护。正是因为他冲动，因为他脾气暴躁。他正身处一场战争之中啊，默里。他遭到攻击。需要掩护。她就是他的掩护。因为彭宁顿是个同性恋，她难道不是彭宁顿的掩护吗？眼下就让她做艾拉的掩护吧，因为他是赤色分子。让她为什么事派点用处吧。我看不出有什么反对的理由。他扛过那架竖琴不是吗？他为她做了他能做的。现在让她做她能为他做的事吧。如今，运气使然，纯粹出于环境需要，这两个人最终总算能做点除了抱怨艾拉和相互争斗以外的事了。她们甚至不需要有此意识。不需付出努力，就能帮上艾拉。这又有什么错呢？'‘他的荣誉有问题了，错就在这里，'我说道，‘他的正直就有危险。这都太让人羞愧。艾拉，我和你为加入共产党的事吵过。为斯大林和苏联吵过。我和你争论，但于事无补：你对共产党很忠诚。那么，这种折磨就是忠诚的一部分。我不愿想象你奴颜婢膝的样子。也许是到了丢弃所有羞辱人的谎言的时候了。这婚姻是个谎言，那政治党派也是个谎言。两者都使你大大小于真实的你。'

“辩论持续了五个晚上。五个晚上，他都沉默不语。我从没见过他这么沉默。如此宁静。最后，多丽丝转过来对着他说道：‘艾拉，我们能说的就这些了。每件事都讨论过了。这是你的生活，你的事业，你的妻子，你的婚姻。是你的广播节目。现在该由你来决定了。看你的了。'他说：‘如果我能守住我的岗位，如果我能不被扫到一边丢进垃圾桶，那么我就不必坐在这里担心我的正直问题，而是为党做得更多。我不担心丢面子，我担心的是战斗力的问题。我想做事情。我要回到她身边。’‘这行不通的。’我说。‘可以的，’他告诉我，‘如果我脑子里清楚知道我为什么在那里，我就会确保它行得通。’

“就在那晚，半小时或四十五分钟以后，楼下门铃响了。她雇了辆出租车开到了纽瓦克。她的脸憔悴，像鬼一样。她跑上楼梯，看到多丽丝和我一道站在楼顶过道上，她脸上闪过一个微笑，是演员在现场能露出的那种笑容——好像多丽丝是个影迷，等在电影厂门外，就为了抓拍一张照片。接着她从我们身旁过去，艾拉就在那里，她又跪下了。又像那晚在木屋里一样惊人的动作。又是哀求。一遍遍重复，滥施恳求。贵族式矫饰出来的庄重，这种荒谬，不觉尴尬的行为。‘我恳求你——不要离开我！我什么都可以做！’

“我们聪明伶俐、刚刚绽放青春的小洛兰原来在她的房间做作业。她穿着睡衣来到客厅和大家道晚安，却看到就在她自己家里，站着这位明星，她每周都在美国广播剧场上听她的节目。这位情绪激动的名人正毫不掩饰地展露她的生活。在我们家客厅地板上上演了一个人内心最深处的所有纷乱和伤心。艾拉让伊芙站起来，可当他试图去扶起她时，她抱住他的腿，发出的哭嚎声让洛兰张大了嘴。我们带洛兰去罗克西剧院看过舞台剧，带她去过海登天文馆，我们开车去过尼亚加拉大瀑布，可是说到奇观异景，这才是她童年的顶点。

“我过去跪在伊芙身旁。好吧，我想，如果他想做的是回去，如果这是他还嫌不多的，他就要得到了，很明确。‘好了，’我对她说，‘来，起来吧。到厨房去，给你弄点咖啡吧。’就在那时伊芙抬起头，看到多丽丝一个人站在那里，手里还拿着她本来在读的那本杂志。多丽丝穿着卧室里的拖鞋和家居装束，样子要多平常，有多平常。我记得她的脸上一片空白——当然是惊呆了，但绝不是嘲笑。然而，单是她的在场就已经对伊芙·弗雷姆演出的这出高雅戏剧开了火，那可是伊芙的生活，她竟对此提出了质疑。‘你！你看什么呢，你这丑恶的歪身子的小犹太人！’

“我得告诉你我是看着这个发生的，我知道有事要发生，但并不会加快伊芙目标的实现，所以我没像我的小女儿那样目瞪口呆。洛兰大哭起来，多丽丝说：‘把她赶出去。’我和艾拉把伊芙从地上抬起来，带到门廊，下了楼梯，开车送她到了宾夕法尼亚车站。艾拉坐在前排我旁边，她就坐在后面，仿佛全忘了发生的事。去火车站的路上，她脸上一直挂着那个微笑，对着镜头摆出来的那种。微笑之下什么都没有，没有性格，没有过去，甚至没有悲伤。她只是横亘在她脸上的那东西。她甚至不是孤单的。没有人孤单。她终其一生逃避的耻辱出身不论是什么，结果都是这样的：她成了一个生命已从自己身上逃离出去的人。

“我在宾夕法尼亚车站前停下车，我们都下了车，艾拉面无表情、冷冰冰地对她说：‘回纽约去吧。’她说：‘你不一道来吗？’‘当然不。’‘那你为什么坐到车里了呢？为什么跟我一起到了车站呢？’她是不是因为这个才一直微笑呢？因为她相信她赢了，艾拉要和她回曼哈顿去？

“这一次，戏就不是演给我那个小家庭看了。这次是五十多个人，正走进车站，看到以后就站住不动了。这位对高雅端庄如此极度重视的王后般的人物，丝毫不觉得不安，举起两手对着天空，对着纽瓦克市区所有的人，大大抒发她的悲哀。一位全然受抑制、被约束的女人——如今全然脱离了约束。要么是有约束，被耻辱感束缚；要么就是全无约束，毫无羞耻。从来没有中间状态。‘你骗了我！我恨你！我鄙视你！你们两个！你们是我认识的最坏的人！’

“我记得听到人群里有个人，一个男的，冲上来问道：‘他们在干什么啊，拍电影吗？那不是……她叫什么来着？玛丽·阿斯特是吗？’我记得当时我想她永远也不会结束。电影，舞台，广播，眼前又有这个。青春逝去的女演员最后的伟大事业——当街叫喊她的恨意。

“不过在那之后，没发生什么事。艾拉回到节目中，同时和我们住在一起，没再提过回西十一街的事。赫尔吉一周三次来给他按摩，也没再发生什么。很早的时候，伊芙打过电话来，但是我接过电话告诉她艾拉不能和她讲话。她问我能和她讲话吗？我起码能听听她讲吗？我说好。还能怎么做？

“她知道她什么地方错了。她说，她知道艾拉为什么躲在纽瓦克：因为她跟他说了西尔菲德的独奏会。艾拉本来就够嫉妒西尔菲德了，他无法让自己适应她就要开独奏会了。不过伊芙决定告诉他，她相信她有责任让他事先知道独奏会需要的一切。因为不只要租演奏厅，不只是出席和演奏——这是一种制作。像一场婚礼。是场盛事，之前要耗掉演奏者一家几个月的时间。整整下一年，西尔菲德自己要做好准备。演出要够上独奏会的资格，就需演奏至少六十分钟的音乐，这是个艰巨的任务。单是挑选曲目就是浩大的工程，这还不单是对西尔菲德一个人而言。会不停地讨论西尔菲德首曲该演奏什么，结束曲该是哪个，室内乐该选哪一篇，伊芙想让艾拉有所准备，这样每次她丢下他一个人，去和西尔菲德坐下来讨论节目的时候，他就不会发狂。伊芙要他预先知道他作为家庭里的一个成员，需要忍耐些什么：会有宣传活动，会受挫，有危急时刻——西尔菲德会像所有其他年轻演奏者一样紧张，想退出。不过，伊芙也想艾拉知道最后是值得的，她想让我告诉他。因为西尔菲德需要有一场独奏会才能有所突破。人都是傻的，西尔菲德说。他们喜欢看到高个金发苗条的竖琴演奏者，而西尔菲德恰好不是高个金发苗条的人。但她是位非凡的音乐家，这场独奏将彻底证明这一点。独奏会将在市政厅举行，伊芙负担费用，西尔菲德将由她过去茱莉亚学院的老师指导，她同意帮她准备，伊芙要请她所有的朋友参加，格兰特夫妇答应确保报界评论家都出席，伊芙可以肯定西尔菲德的演出一定精彩，会得到精彩的评论，伊芙自己也可以到处找寻评论者，包括索尔·赫约克。

“我该说什么？如果我提醒她这件、那件事，或者其他的事，又会有什么改变？她是选择性健忘，擅长把麻烦的事当成无关紧要的。失去记忆地生活是她的生存方式。她全明白了：艾拉和我们在一起是因为她相信她有责任诚实地告诉他在市政厅独奏会的事以及所需要的一切。

“嗯，事实是艾拉和我们一起时从来没提到过西尔菲德的独奏会。他满脑子担忧的都是黑名单的事，还顾不上西尔菲德的独奏会。我怀疑伊芙跟他说的时候，他到底听进去没有。听完她这个电话，我倒要想了，她到底跟他说过吗。

“她接着写来一封信，我给标上‘查无此人’，经艾拉同意，也没打开就退了回去。第二封信我同样处理。自那以后，电话和信都没了。有一阵好像是这场灾难结束了。伊芙和西尔菲德到斯塔茨堡去和格兰特夫妇过周末。她一定和他们聊了不少艾拉的事——可能还说到过我——也听了不少所谓共产分子阴谋的消息。不过还是没什么事，我开始相信就会没事了，只要他还是她正式的丈夫，格兰特夫妇会觉得如果丈夫被《红色路线》揭露，被开除的话，妻子这方也会有一点危险。

“一个周六的早上，居然是西尔菲德和她的竖琴上了《范塔索和格兰特》节目。我觉得让西尔菲德做节目嘉宾是特别照顾伊芙，让继女免受继父的丝毫牵连。布赖登·格兰特采访了西尔菲德，她讲了在音乐厅管弦乐团的趣事，接着西尔菲德为听众演奏了几曲，随后卡特里娜又滔滔不绝展开每周一次对艺术界现状的谈话：那个周六，是漫无边际地幻想音乐界对年轻的西尔菲德·彭宁顿未来的展望，以及已然在增长的对她首场独奏会的期望。卡特里娜说到她安排西尔菲德为托斯卡尼尼演奏后，他是怎样怎样说这位年轻的竖琴演奏者的，后来她又安排西尔菲德为菲尔·斯皮特尔尼演奏，他又说了这个那个。音乐界里不论其知名度高低，没有一个她不用到的，西尔菲德根本没为任何一位演奏过。

“真是大胆，让人叹为观止，绝对符合她的个性。伊芙被逼急了就什么都说；卡特里娜则是不管什么时候什么都敢说。言过其实，歪曲，公然捏造——正是她的才干和技巧。也是她丈夫的。和乔·麦卡锡的。格兰特不过是有背景的乔·麦卡锡而已。毫无疑问。麦卡锡的谎言会以和这两位一样的方式被人揭穿，这有点让人难以相信。‘机尾射手乔’不能全部掩饰他的乖戾；我一直认为，麦卡锡仅仅藏身在他的劣根性之中，而格兰特夫妇和他们的劣根性根本就是一体的。

“于是——没事发生，还是没事发生，艾拉开始在纽约找一所自己的公寓……就在那时出事了—— 但是和赫尔吉之间。

“这个身躯庞大、金牙齿的女人很能逗乐洛兰，染过的金发乱糟糟扎了个圆髻，带着按摩床冲进我们家，说起话来声音尖锐，带着爱沙尼亚口音。赫尔吉在洛兰的房间给艾拉按摩，她总是大笑。我记得有次她对他说：‘你和这些人处得很好，是吗？’‘为什么不呢？’他说道，‘他们又没什么不对劲的。’就是那时我想到也许我们犯了个最大的错误，没让他娶唐娜·琼斯，没让他在美国中心区域工作，没什么叛逆地去生产软糖，和他的前脱衣舞娘一起养育一个家庭。

“后来，十月的一个早上，伊芙一个人在家，又绝望又恐惧，想起来要让赫尔吉亲手给艾拉送一封信。她打电话给在布朗克斯的她，对她说：‘给我叫辆出租车来。我给你钱。然后你去纽瓦克把信带去。’

“赫尔吉穿戴整齐地到了，皮毛外套，最花哨的帽子，最好的一套衣服，带着按摩床。伊芙正在楼上写信，赫尔吉奉命等在客厅里。赫尔吉放下她走到哪里都带着的那张床。她等了又等，屋里有个酒柜，里面有漂亮的玻璃杯，于是她找到开橱子的钥匙，拿了个玻璃杯，找到伏特加，给自己倒了一杯。伊芙还在楼上卧室里，穿着晨衣，一封一封地写了又全撕掉，重新又写。她写给他的每封信都是不对的，而她每写一封，赫尔吉就又倒了一杯酒，又抽了一根烟。不久，赫尔吉就在客厅和图书室里四处逛，逛到了门廊，看着伊芙的照片，照片里她还是个年轻美丽的电影明星，还有艾拉、伊芙和纽约前市长比尔·奥德威尔的合影，和现任市长英佩利特里的合影，她又给自己倒了一杯酒，再点上一支烟，想想这个有钱有名有特权的女人。想想她自己，她过的苦日子，就越发为自己难过，喝得是越来越醉了。虽然她块头大力气大，也竟然开始啜泣起来。

“伊芙下楼给赫尔吉信时，她正躺在沙发上，穿着那件皮毛外套，戴着帽子，还在抽烟喝酒，不过此时她不哭了。到那时，她已经激动到某种不可思议的状态，她暴怒了。饮酒者失去控制，但这不是由于饮酒，也不会靠饮酒来止住。

“赫尔吉说道：‘你怎么让我等了一个半小时？’伊芙看了她一眼就说：‘离开这里。’赫尔吉都没从沙发上起来。她看到伊芙手里的信封，说道：‘这封信里写了什么要花一个半小时？你给他写了些什么？你有没有为你是个多么糟糕的妻子道歉呢？你有没有为他没从你这里得到任何肉体满足而道歉呢？你有没有为你没给他男人需要的东西而道歉呢？’‘闭上嘴，你这蠢女人，马上离开这里！’‘你有没有为你从来没给他口交过而道歉呢？你有没有道歉说你不知道怎么弄呢？你知不知道谁给他口交呢？赫尔吉给他口交！’‘我要叫警察了！’‘好啊。警察会把你抓起来。我要给警察看——这里，这就是她如何给他口交的，像个完美的女士，他们会把你抓进监狱关个五十年！’

“等警察来了，赫尔吉还在闹，劲头仍然很足——到了外面西十一街上，当众说：‘他妻子给他口交了吗？没有。是土包子给他口交的。’

“他们把她带到了分局，把她登记入册，酗酒，妨害治安，非法入侵罪。伊芙回到烟雾缭绕的客厅，气得发狂，不知道该做什么，接着她看到有两个珐琅盒子不见了。她在墙边桌上收藏着一套漂亮的珐琅盒子。两个不见了，她打电话给警察局。‘搜搜她，’她说，‘有东西丢了。’他们查了赫尔吉的手袋。当然就在里头，那两个盒子，还有刻着伊芙·弗雷姆起首字母的银质打火机。后来发现她也从我们家偷过一个。我们从不知道到哪里去了，我还到处边找边问：‘那个打火机到底在哪里啊？’后来赫尔吉进了警察分局，我这才搞明白。

“是我保释她出来。她在分局被登记入册后电话是打到我家的，找的是艾拉，不过是我到那里保她的。我开车送她到布朗克斯区，路上听她醉醺醺地痛斥那个有钱的母狗别想再摆布她。回家以后，我对艾拉说了整个经过。我跟他说，他一直在等待阶级战争爆发，猜猜在哪里爆发了？就在他的客厅。他对赫尔吉解说过马克思如何督促无产阶级从资产阶级处夺取财产，她就干这个去了。

“伊芙就被窃报警以后，第一件事就是打电话给卡特里娜。卡特里娜从他们家飞速赶来，到这一天终了前，艾拉书桌里所有的东西都到了卡特里娜手里，又从她手里传到布赖登之手，再从那里到了他的专栏里，然后到了纽约所有报纸的头版上。伊芙在她的书里声称是她撬开楼上艾拉书房里的红木书桌，找到奥戴写给他的信件，还有他的日记本，里面记着名字和序列号码，他服役时遇到的每个马克思主义者的名字和地址。在爱国报界，她颇以此闻名。不过关于撬开书桌，我相信又是伊芙的炫耀，是在演戏，假扮爱国英雄—— 是她自夸，同时也许为了保全卡特里娜·范塔索·格兰特的名声，其实她为了维护美国民主会毫不犹豫撬开任何东西，但当时她丈夫正计划参加第一次众议院竞选。

“就在‘格兰特内幕’专栏中，以艾拉的笔迹记述着他的颠覆性思想，收在据称是他在海外美军作为一名忠诚的中士服役时写下的秘密日记里。‘报纸、审查员以及此类的角色歪曲了关于波兰的新闻，因此在我们和俄罗斯之间制造了分裂。俄罗斯过去和现在都愿意通过互让解决问题，但我方报纸却没有如此传达。丘吉尔直接要求有一个完全反动的波兰。’‘俄罗斯要求所有殖民地人民获取独立。其他国家只强调自治外加托管政策。’‘英国内阁解散了。好。现在丘吉尔的反俄罗

斯以及现状政策就将永远无法实现。’

“就这样。就这东西。爆炸性的文字，吓坏了节目赞助商和电台，在那周末之前，‘热铁’就结束了，《自由勇敢者》也结束了。还有艾拉日记里记录的其他三十个人。不久，还有我，也完了。

“在艾拉的麻烦出现前很久，我的工会活动就让我成了我们学校校长的头号社会公敌，也许就算没有伊芙英雄行为的帮助，学校董事会也总会找到路子把我列入共产党然后开除。只是个时间的问题，有没有她的协助，艾拉和他的广播节目终究也会被禁，因此或许我们两人的遭遇并不需要她先把那东西交给卡特里娜。尽管如此，思考一下伊芙是如何为格兰特夫妇所骗、把艾拉全盘交到了他最大的敌人手里的，还是很有启发性的。”

我们又一次置身于第八堂英语课上，林戈尔德先生坐在书桌边，穿着他用军队离职费在布罗德街上买的褐色格伦花格纹衣服，是在美国商店为回国的退伍兵办的打折专场上买的，在我高中几年里，他一直就是这件衣服和在美国商店买的另一件衣服，灰色双排扣雪克斯金细呢衣服，替换着穿。他一只手掂着黑板擦，有哪个学生回答问题达不到他对思想敏锐的最低要求，就毫不犹豫冲着他的脑袋掷过去，另一只手常常在空中挥舞，醒目地一一列举出准备考试要记住的每一点。

“这表明，”他对我说，“当你决定将个人问题归于意识形态时，所有个人的成分都被去除丢弃，留下来的全是对那个意识形态有用的部分。在这次的情况下，一个女人就把她的丈夫和他们婚姻中的难题奉献给了狂热的反共产主义运动。实质上伊芙奉献的是她自己从第一天起就无法解决的西尔菲德和艾拉之间的不相容。就算是在伊芙·弗雷姆家多少有些激化，也不过是继父继女间常见的难题。艾拉和伊芙一起时除此以外的所有其他方面——好丈夫，坏丈夫，亲切的人，无情的人，善解人意的人，愚蠢的人，忠实的人，不忠实的人—— 构成婚姻中付出努力和犯下错误的一切，由于婚姻与梦想并无共通之处而引出的一切问题——都被去除，留下的只是那个意识形态能被利用的部分。

“事后，这位妻子如果有此意向（也许伊芙有吧，也可能没有），她可以抗议：‘不，不是，不是这样。你不明白。他不只是你们说的那个样子。和我在一起，他根本不是你们说的那样。和我在一起，他也可以是这样的，也可以是那样的。’像伊芙这样一个告密者事后可能会意识到，不只是她所说出的造成了她在报上读到的对他的怪诞歪曲；还有她所遗漏的一切——她有意遗漏的一切。不过，到那时就太迟了。到那时这意识形态就不理她了，因为她在它这里不再有用处了。‘这个？那个？’意识形态回答道，‘我们管什么这个和那个？我们管什么那位女儿？她不过是软弱的大多数，生活即是如此。别让她挡我们

的路。我们从你这里所要的全是为促进正当事业。又一个要消灭的共产党！又是一个他们奸诈的例子！'

"帕梅拉吓坏了——"

但是已经十一点多了，默里在大学的课程当天早些时候就已经结束了，我提醒他——他这晚的叙述在我看来仿佛已到了教育的高潮——次日清晨他还要准点坐公共汽车去纽约，或许我该开车送他回在雅典娜的宿舍了。

"我可以一直听下去，"我对他说，"不过也许你该睡一会。在讲故事的持久力上，你已经取代了舍赫拉查德的头号位置。我们在这里坐了六个晚上了。"

"我很好。"他说道。

"你不累吗？冷吗？"

"这里很美。我不冷。很暖和，很漂亮。蟋蟀在数数，青蛙咕噜作响，萤火虫也得了灵感，自从我管理教师工会以来，就没有过这样的机会可以如此谈下去。看，月亮。橘黄色的。这是最完美的场景，来褪去岁月的外皮。"

"确是如此，"我说，"在这座山上你可以选择：或者与历史失去联络，正如我有时选择的那样，或者在精神上做你现在正做的事——借着月光，一连几个小时，重新获得对它的控制。"

“所有的敌对，”默里说道，“还有不断的背叛。每个灵魂都是制造背叛的工厂。无论何种缘由：为了生存，激动，前进，理想主义。为了可以带给人的损伤，可以施加于人的苦痛。为了其中的残酷。为了其中的乐趣。显露潜能的乐趣。统治别人，摧毁敌人的乐趣。你让他们吃惊了。那不就是背叛的乐趣吗？耍弄人的乐趣。这是报复让你感到低他一等的人的方法，你被他们击败，和他们相处感到了挫折。仅是他们的存在就让你感到耻辱，或者是由于你不是他们，或者是由于他们不是你。于是你给他们应得的惩罚。

“当然也有人背叛是因为别无选择。我读过一个俄罗斯科学家写的一本书，他在斯大林统治的年代向秘密警察出卖了他最好的朋友。他受到严讯，恐怖的肉体折磨持续了六个月——到了某个程度，他说：‘哎，我再抗拒不下去了，告诉我你们想要什么吧。随便你们给我什么我都签。’

“他们要他签什么他都签了。他自己被判了终身监禁。不能假释。十四年以后，六十年代，形势变了，他被放出来，写了这本书。他说他出卖最好的朋友有两个原因：一是他扛不住那些拷问，二是他知道这无关紧要了，审讯的结果已经定好了。他说什么或不说什么都不会有什么影响。如果他不说，另一个受拷问的人也会说。他知道他到最后还热爱的那位朋友会鄙弃他，可是在残暴的拷问下正常的人无法抵拒。英雄主义在人里头是例外的。过着正常生活的人，每天作两万个小妥协，没经过训练，突然间要毫不妥协，他做不到，更不用说还要顶住酷刑了。

“有的人要他们软弱下来需要拷打六个月。有的人开始就有优势：他们已经软弱下来了。这些人只知道如何屈服让步。对这样的人，你只需说：‘做吧。’他们就做了。来得太快，他们都不知道这是背叛。因为他们做的是别人要他们做的，似乎就说得过去了。到陷进去的时候就太晚了：他们已经背叛了。

“不久前，报上有篇文章，说东德有个人告发他妻子长达二十年。柏林墙推倒后，他们在东德秘密警察的档案里发现了有关他的文件。妻子有专业身份，警察想跟踪调查她，丈夫就是告密者。她对此一无所知。只是在他们打开档案后，她才发现。持续了二十年。他们有孩子，有姻亲，开宴会，付账单，做过手术，做爱，不做爱，夏天到海边，在海里游泳，而这期间他一直在告密。他是律师。聪明，博览群书，甚至还写诗。他们给他一个代号，他签了协议，和一个长官每周会面，不在警局，而是在一所专门的公寓，私人公寓。他们告诉他：‘你是律师，我们需要你的帮助。’他就软弱下来了，就签了。他要赡养他父亲。他父亲有重病，浑身无力。他们告诉他，如果他帮他们，他们就会好好照顾他父亲，他爱他父亲。这样也可行。你父亲病了，或者是你母亲，或是姐姐，他们要你帮忙，你心里是把生病的父亲放在最重要的位置上的，因此你就有了背叛的理由，签下了协议。

“在我看来，战后十年——即一九四六年至一九五六年——在美国，显著犯下的个人背叛行为超过我国历史上任何其他阶段。伊芙·弗雷姆做的这桩下流事是有典型性的，那些年人们做过不少下流事，要么是不得不做，要么是因为他们觉得不得不做。伊芙的行为很符合那年代通常的告密行为。这个国家在此之前何时有过如此不指责而且还奖赏背叛的时候？那些年比比皆是，可以违犯，允许违犯，任何美国人都可以。不但背叛的愉快取代了禁律，而且你不需放弃道德地位就可以违犯。显示爱国心而去背叛的同时还保留了贞洁——同时你感到一种满足，接近了性欲上的满足，其中模模糊糊地有愉快有软弱，有侵犯有羞耻：这是来自暗中破坏的乐趣。暗中损害你心爱的人。暗中破坏你的对手。暗中破坏朋友。背叛正属于这同一类荒谬、不正当、零碎无条理的乐趣。这类乐趣有趣味，可操纵他人，是秘密的，其中大有引人之处。

“甚至有人脑力超常，竟会玩背叛的游戏，只为背叛自身。丝毫不图私利。纯粹为了自我娱乐。柯勒律治形容伊阿古出卖奥赛罗是‘没有动机的恶毒行为’，也许就是这个意思吧。然而，一般说来，总有个动机来挑起邪恶的力量，引发出恶毒。

“唯一的障碍是在冷战的高峰岁月，向当权机构告发某人是苏联间谍可能直接就把他送上了电椅。毕竟伊芙不是向联邦调查局告发艾拉是个坏丈夫，和他的按摩师性交。背叛是生活中不可回避的组成部分——谁不会背叛呢？——但是在一九五一年，把最丑恶的公共背叛行为与其他背叛形式混淆起来就不太妙了。叛国不像通奸，它是死罪。因此，胡乱夸大事实，草率不准确的行为，错误的指控，甚至似乎很文明地只是说出同谋的名字——结果都会是可怕的，那些黑暗的日子里，我们的苏联同盟背叛了我们，滞留在东欧，爆炸了原子弹，全都有道德借口。

“谎言。到处都是谎言。把事实译成谎言。把一个谎言译成另一个谎言。人在说谎上头显示的能力。那种技巧。谨慎估量形势，然后声音平静、脸上不带表情地说出最有成效的谎言。就算他们哪回说出了甚至是一部分的真相，十回里也有九回是为了谎言。内森，我从没有机会以这样的方式对人讲这个故事，而且是如此详尽。我从前从没讲过，以后也不会再讲起。我想讲个彻底痛快。讲到最末了处。”

“为什么呢？”

“我是唯一知道艾拉故事的还在世的人，你是唯一关心这故事的还在世的人。这就是为什么：因为其他的人都死了。”他大笑道，“我最后的任务。把艾拉的故事交给内森·祖克曼。”

“我不知道该拿它怎么办。”我说。

“那就不是我的责任了。我的责任是讲给你听。你和艾拉对对方都很重要。”

“那就接着说吧。怎么收尾的？”

“帕梅拉，”他说，“帕梅拉·所罗门。帕梅拉吓坏了。是她从西尔菲德那里听说伊芙撬开艾拉桌子的事。她想的是人在刚一获悉别人的灾祸时似乎通常会想到：这对我有何影响吗？我办公室里的谁谁得了脑瘤？那我就得自己盘点了。隔壁的谁谁那架飞机掉了吗？死于飞机失事了？不。不能。他星期六要来处理我们的垃圾的。

“有一张艾拉拍的帕梅拉在小木屋的照片。她穿着泳衣，在池塘边。帕梅拉怕（其实她搞错了）这张照片也在那书桌里，和那些共产主义的东西一起，怕伊芙看到了。或者，如果照片不在那里，艾拉会到伊芙那里拿给她看，钉在她脸上说：‘看啊！’然后会发生什么呢？伊芙会勃然大怒，说她是荡妇，把她丢出那房子。而西尔菲德会怎么想帕梅拉呢？西尔菲德会做什么？如果帕梅拉被驱逐出境怎么办？这是最坏的可能。帕梅拉在美国是个外国人——如果她的名字被拖进艾拉的共产党困境中，最后上了报纸，她被驱逐出境，那会如何？如果伊芙因为她试图偷走她的丈夫而设法要把她弄到被逐出美国又会如何？再见了，波希米亚生活。回到令人窒息的英国礼仪那一套吧。

“帕梅拉对艾拉的共产党困境对她构成的危险和国家气氛的估计也不见得是错误的。处处都是指控、恐吓和处罚的气氛。特别是对一位外国人来说，看上去很像满是恐怖的民主集体迫害。危险四伏，帕梅拉这样恐惧也是正当的。在那种政治气候下，这种恐惧合情合理。因此，作为对她的恐惧的反应，帕梅拉对这困境使上了她可观的才智和讲求实际的现实主义态度。艾拉没错，过去就发觉她是个机敏清醒的年轻女人，知道自己的想法，做她想做的事。

“帕梅拉找到伊芙，告诉她说两年前一个夏日，她在格林尼治村碰到艾拉。他坐在车里，正要去乡下，他跟她说伊芙已经去了，问她何不上车一起去那里过一天。天气又热得可怕，她就没费神好好想这事。‘好吧，’她说，‘我去拿游泳衣。’他等她，他们就一起开车到了锌镇，他们到了以后，她发现伊芙不在那里。她尽力同意他，相信了他的任何借口，甚至还穿上泳衣，和他去游了泳。就是那时，他拍了那张照片，要诱奸她。她哭了，竭力甩开他，告诉他她是如何看待他和他正做的对不起伊芙的事，然后坐上了下一班开回纽约的火车。因为她不想给自己找麻烦，就没把他这次的挑逗行为说出来。她怕如果她不这样做，人人都会怪她，认为她是个荡妇，而她不过和他坐了同一辆车而已。人们会为她让他拍了那张照片而骂她。没人会听她这方面的经历。倘若她敢说出真相暴露他的不忠，他就会用可以想见的每种谎言压倒她。但是如今她知道了他的不忠的范围，出于良知，她就不能再保持沉默了。

“随之发生的是在一个下午，我上完最后一堂课后回到我的办公室，我弟弟正在那里等我。他在走廊里，正给认出他的几个老师签名，我打开锁，他进了办公室，在我书桌上丢下一个上面写着‘艾拉’的信封。回信地址是《每日工人报》。里面还有第二个信封，这一封是写给‘铁林’的。伊芙的笔迹。她的蓝色仿羊皮纸文具。《工人报》的办公室经理是艾拉的一个朋友，他一直开车到锌镇把这封信送给他。

“似乎那天在帕梅拉对伊芙讲了她的故事以后，伊芙做了她能想到的最激烈的事，是当时她能做出的最有力的一击。她穿戴整齐，穿着她猞猁毛皮外套，价值百万美金、梦一般的黑天鹅绒礼服，上面镶着白色蕾丝花边，脚上是她最好的露趾黑鞋子，戴上她漂亮的带面纱的黑毡帽，不是走到‘21’俱乐部去和卡特里娜共进午餐，而是到了《每日工人报》办公室。《工人报》在大学区，距西十一街只有几个街区远。伊芙坐电梯到了五楼，要求见编辑。她被引进他的办公室，她从猞猁毛皮手笼里拿出那封信，放在他的桌子上。‘写给布尔什维克革命的殉难英雄，’她说道，‘人民的艺术家和人类最后最好的希望。’转过身，走了出去。虽然她在任何反对面前都是备受折磨而且胆怯，但是在她满怀义愤、错当自己为贵妇人的日子里，她也可以是很蛮横的，让人印象深刻。她能做出这些变形——她也不喜欢中间路线。情感的彩虹上，不论哪一端吧，其过量无度才具说服力。

“办公室经理拿到信，开上他的车，把信带给了艾拉。艾拉在被解雇以后就一个人住在锌镇。每周开车到纽约和律师商谈 —— 他要起诉广播公司，起诉节目赞助商，控告《红色路线》。到了城里，他顺道去看阿蒂·索科洛，他头回心脏病发作，卧床在家，在上西区。接着他就到纽瓦克来看望我们。不过，艾拉通常是在木屋里，满腔气愤，思索着，又身心疲惫，处于深深的困扰之中，为碰到过矿下事故的邻居雷·斯维克孜做晚饭，和他一起吃饭，对着他大谈他的事，而他一半心神并不在那里。

“艾拉是在拿到伊芙给他的信的那天到了我的办公室，我读了信。这封信现在和其他艾拉的文件一起放在我的公文柜里；我不能将它译述出来，因为这样就看不出它的好。长达三页。措辞激烈。明显是一气呵成，运转自如。辛辣尖刻，骇人的文字，却写得完全彻底。伊芙在盛怒之下，在印着她姓名的蓝色便笺纸上写下的文字，还颇是个新古典主义者。这些对他的严厉斥责若以夸张的英雄双行体结尾，我也不会感到奇怪。

“记得哈姆雷特咒骂克劳狄吗？第二幕里，就在那戏子国王讲过普里阿摩斯的杀戮之后，有这么一段，记得吗？在那段独白的中间，是这样开始的：‘我啊，只算得是游民，是农奴罢了！’‘血腥的，荒淫的奸贼！’哈姆雷特说道，‘狠心，奸诈，淫荡，没人性的奸贼！仇要报，恨要雪！’伊芙那封信的要旨大致是沿袭了这些：你知道帕梅拉对我的意义，一天晚上我对你吐露过帕梅拉对我的全部意义，只对你一人。‘自卑情结’。这就是伊芙描述的帕梅拉的问题。有自卑情结的女孩，远离家乡、祖国和家庭，伊芙监护的人，伊芙有责任照顾她、保护她。然而，正如他丑化了所有他染指的事物，他狡诈地企图把帕梅拉·所罗门这样的女孩变成一个像唐娜·琼斯小姐一样的脱衣舞表演者。伪造借口引诱帕梅拉到了那处偏远的下流地方，像个变态者一样对着她穿泳衣的照片垂涎，用他那猩猩般的爪子紧扣住她毫无防备的身体——就为了纯粹的满足，把帕梅拉变成了一个普通的妓女，以他能想出的最虐待狂式的方法羞辱了西尔菲德和她自己。

“她告诉他，但是这次你走得太远了。我记得你跟我说过，她说，你如何作为伟大的奥戴的门徒，惊叹于马基雅弗利的《君主论》。现在我明白了你从《君主论》里学了些什么。我明白了为什么我的朋友多年来一直要说服我，你所做所说的每件事，都说明你是个不折不扣、无情、败坏的马基雅弗利式人物，毫不在意对与错，只信奉成功。你试图强迫这位有自卑情结、有才干的漂亮年轻女人和你性交。你为什么不试试和我性交，以此为表达爱意的方式呢？我们相识之时，你一个人住在下东区，流氓无产者的肮脏怀抱里。我给了你一所美丽的房子，屋里满是书籍、音乐和艺术。我给了你一个属于你自己的漂亮书房，帮你建起图书室。我把你介绍给曼哈顿最有趣、最智慧、最有才能的人，带你进入这个社交圈，你从没梦想过自己会进入这个圈子。我尽我所能要给你一个家。是，我是有个苛刻的女儿。我有个很麻烦的女儿。我知道。可人生本就充满要求。对于一位负责任的成年人，生活就是要求……以这样的语调如此不断地写下去，一直很费力，带着哲学思辨，是深思熟虑过的，有理性，热诚懂理——直到她以此恐吓收尾：

“既然你躲在你的模范哥哥家里时，他不让我和你讲话，或是写信给你，我就通过你的同志来和你联系。共产党好像比任何人都更能接近你和你的心，虽然这心也不过尔尔。你就是马基雅弗利，指挥大师的典范。那么，我亲爱的马基雅弗利，既然你仿佛仍不懂得你为了能随心所欲而对另一个人做下的任何事所带来的后果，也许是时候来教教你了。

“内森，记得我办公室里那张椅子吗，在书桌边上—— 那张让人感觉如坐针毡的椅子？我检查你们的作文，你们就坐在上面流汗。我看那封信的时候，艾拉就坐在那里。我问：‘你真的勾引过那个女孩吗？’‘我和那女孩有过六个月的关系。’‘你干了她。’‘很多次，默里。我以为她爱上我了。她竟这样，我很惊讶。’‘那你现在呢？’‘我过去是爱她的。我想和她结婚，和她建个家。’‘哦，这就好多了。你不思考，是吗，艾拉？你就是去行动。行动，就这样。你大喊大叫，和女人性交，你采取行动。六个月来，你和她女儿最好的朋友性交。她的干女儿。她监护的人。而如今有事了，你就“惊讶”了。’‘我爱过她。’‘直说吧。你爱干她。’‘你不明白。她来到小木屋。我迷上了她。我是惊讶。她的行为绝对让我惊讶！’‘她的行为。’‘她把我出卖给我妻子——而且这过程中她还说了谎！’‘是吗？所以？让你惊讶的那部分是什么呢？你这样就有麻烦了。你妻子要给你大麻烦了。’‘是吗？她要做什么？她已经做过了，和她的伙伴格兰特夫妇一起做的。我已经被解雇了。我很潦倒了。她要弄成性关系上的事，你知道，但不是那么回事。帕梅拉知道不是这样的。’‘嗯，可现在就是这样了。你被人发现了，你妻子断言会有新后果。会是什么呢，你认为？’‘什么也没有。没什么剩下。这样愚蠢，’他对我挥舞着那封信说道，‘亲手送信到《工人报》。这就是后果。听我说。我从没做过一件帕梅拉不想做的事。她不再要我的时候，我痛苦极了。我一生都梦想有这样一个女孩。让我痛苦极了。但我还是做了。我走下那楼梯，走到街上，留下她一人。再没打扰过她。’‘那么，’我说，‘即使如此，虽然你体面绅士地告别了和你妻子的干女儿混在一起的六个月，但你还是有点

麻烦了，我的朋友。’‘不，帕梅拉才有麻烦！’‘是吗？你又要行动了吗？你又要不假思索就行动吗？不行。我不会让你做的。’

“我不让他做，他也没做什么。现在，很难说这封信给了伊芙多少写作的原动力，让她匆忙写了那本书。不过，如果伊芙是在寻找动机真正全力去做那件她生来要做的失去理性的大事，那么她从帕梅拉这里得到的东西并不会伤到她。她嫁过米勒这样一个无足轻重的人，随后嫁给彭宁顿这样的同性恋，接着是弗里德曼这样狡猾的人，再就是艾拉这样一位共产党，你会以为无论她对非理性的压力负有何等的义务，她都已履行了。你会以为只要她穿着她猞猁毛皮外套和相配的手笼去了《工人报》，她或许就已了结了‘你怎么能对我这样？’最糟糕的部分。但是没有，伊芙的命运一直是把她的无理性推至高之又高的高度——就在这时，格兰特夫妇又出现了。

“是格兰特夫妇写的那本书。这是双重代写。封面上用的是布赖登的名字——‘布赖登记录’——因为这与放上温切尔的名字几乎无异，但其中流露的是他们两人的才能。伊芙·弗雷姆知道什么共产主义？她和艾拉去过的华莱士聚会里有共产党。《自由勇敢者》里有共产党，到过他们家，和他们吃过晚饭，那些晚会上也都在场。这一小群和节目有关的人很想要尽可能多地控制节目。私底下保密，爱搞阴谋那一套——雇用志趣相投的人，尽其所能影响剧本的意识形态倾向。艾拉就和阿蒂·索科洛坐在他的书房里，努力往剧本里塞进所有能放进去的陈词滥调，以及所有的所谓进步情绪，篡改剧本，不论什么历史背景，就把他们认为正确的垃圾都插进去。他们以为会改变公众的思维。作家不仅要观察记述斗争，还应该加入斗争。骗人的大话。宣传。但是宪法并不禁止骗人的大话。那年代的收音机里都是这一套。《扫荡犯罪集团人员》，还有《你的联邦调查局》。凯特·史密斯演唱《主佑美国》。甚至还有你的偶像科温——宣传理想化的美国民主。最终就没什么不同了。艾拉·林戈尔德和阿蒂·索科洛不是间谍特工。他们是宣传特工。有所区别。这些人是蹩脚的宣传家，唯一可与之抗争的规则只有美学，即文学趣味。

"还有美国电视广播艺术家联盟，对这个组织控制权的争夺。大量的争吵，可怕的暗斗，不过这是全国范围的。在我的工会里，差不多在每个工会，都有右翼和左翼，自由派和共产党一派争夺控制权。艾拉是工会执行委员会的一员，他和人通电话，天知道他还能大喊大叫。当然是在她面前说的。艾拉说什么就是什么。党不是艾拉辩论的场所。不是讨论会社。不是公民自由联合会。'一场革命'的意思是什么呢？就是一场革命。他认真对待这辞令。你不能自称是革命者，却不严肃奉行。这不是伪造的。而是真实的。他很重视苏联。艾拉在美国电视广播艺术家联盟里是认真的。

“大部分这些事我从没见艾拉干过。我确信你也从没见艾拉干过大部分的事。可是伊芙对这些是一点也没看见。她对所有这些都不在意。现实是伊芙所不在乎的。这女人很少关注她周围的人在说什么。对于生活，她是十足的外行。那对她而言太粗俗了。她的心思从来不在共产主义或者反共产主义上。她的心思从不在任何在场的事情上，除了西尔菲德在场的时候。

“‘记录’的意思是整个恶毒的故事都是格兰特夫妇凭空捏造出来的。全然不是为了伊芙，尽管卡特里娜和布赖登痛恨艾拉，但也不仅是为了摧毁他。对艾拉造成的影响是他们的部分乐趣，但远不止于此。格兰特夫妇捏造这些是为了让布赖登借广播界的共产主义问题进入众议院。

“那种写作风格。《美国杂志》式的散文体。外加卡特里娜的句法。还有卡特里娜的感性。整本书都有她的风格。我立刻就知道伊芙没写这个，因为伊芙不会写得这么差劲。伊芙太精通文学，读过太多书。她何以会让格兰特夫妇写她的书呢？因为她一贯让自己差不多是被所有人左右。因为强者的能力是骇人的，弱者的能力也是骇人的。都是骇人的。

“《我嫁给了共产党人》于一九五二年三月出版，那时格兰特已经宣布了他的候选资格。接着，十一月，艾森豪威尔大胜，他也一并被推进了众议院，作为纽约第二十九区的代表。无论如何，他总会被选上的。他们的广播节目是人们最爱的周六早晨节目，那个专栏他也写了多年了，他背后还有哈姆·菲什，他毕竟也是格兰特家族的，是美国总统的后裔。我仍旧怀疑若不是为了‘格兰特内幕’协助揭发并从广播公司清除的名人赤色分子，乔·麦卡锡自己会不会到达切斯县在他身旁亮相。所有的人都在波基普西为他开展竞选运动。韦斯特布鲁克·佩格勒在那里。赫斯特报系所有的专栏作家都是他的好友。所有憎恨罗斯福的人，在对共产党的诋毁中找到了详尽逼迫民主党方法的人都在。伊芙要么是不知道她被格兰特夫妇利用去做了什么，要么，更有可能的是，她知道，但是她不在乎，因为她做过攻击者了，她感到自己如此有力又勇敢，最终回击这些怪物了。

“然而，她既然了解艾拉，又怎能出版了这本书却不认为他会有所举动呢？这可不是写到锌镇的三页纸的信。这是在全国畅销的书，影响很大。这东西具有成为畅销书的一切因素：伊芙有名，格兰特有名，共产主义是当时在国际范围内的危险。艾拉自己不如他们两个出名，虽然这本书保证他不会再在广播界工作了，结束了他这段偶然的职业经历，但这本书高居榜首五六个月，因此艾拉从没像这样惹人注目过。伊芙一击之下，就去除了她自己生活的个性，赋予共产主义幽灵一张人类的面孔——是她丈夫的面孔。我嫁给了共产党人，我和共产党人共眠，共产党折磨我的孩子，全美国都在听广播里一个共产党人的节目，没有怀疑过他，而他是扮成爱国者的样子。书里写了这个邪恶的两面派恶棍，里面有真正明星的名字，冷战大背景——无疑这会成为畅销书。她对艾拉的控诉在五十年代可以赢得广大公众的注意。

“点出其他与艾拉节目有密切联系的犹太裔布尔什维克也无妨。冷战带来的多疑，其来源之一正是潜在的反犹主义。因此，伊芙在格兰特夫妇的道德指导之下——他们自己正如理查德·尼克松一般热爱无所不在的惹麻烦的左翼犹太人——对美国非犹太人的指证，在纽约和好莱坞，广播界和电影界，隐藏的共产党人十有八九是犹太人。

“但是她竟认为这位好公然攻击他人的暴躁的人竟不会作任何回应？这个人过去常在她的餐桌上进行激烈争论，在他们家客厅里横冲直撞对着人咆哮，而且终究是个共产党人，知道何为采取政治行动，已经牢牢控制了他的工会，重写了索科洛的剧本，胁迫索科洛这样蛮横的人——她以为他现在没有任何举动吗？她难道一点都不了解他吗？那么她在书里的描写又如何呢？如果他是马基雅弗利，那么他就是马基雅弗利。人人都奔跑躲避。

“她想，我真发火了，帕梅拉的事，赫尔吉的事，都让我生气，还有整修小木屋的事，对西尔菲德犯下的所有其他罪行，我要让这个荒淫无耻的马基雅弗利混蛋注意起来。哈，真没错，她是引起了他的注意。不过，在大庭广众之下把一根热棒子捅进他的屁股显然会惹恼他。对那样的屁事，人们是不会愉快地听之任之的。人们不喜欢在畅销书榜上看到对自己的揭露，而且那些指责还是错误的，也不必非是艾拉·林戈尔德才会发怒。才会采取行动。只是她从没想到过这个。促成她计划的义愤，还有其无可责难之点，都让她不能想象任何人会对她做任何事。她所做的不过是报了宿仇。艾拉做了所有可怕的事——她仅是用她这边的故事来反驳他。她做了最后一击，她认为唯一带来的后果是她该得的那些。应该如此——她做过什么了？

“同样的自欺，曾给她带来过多少痛苦，在和彭宁顿、弗里德曼、西尔菲德、帕梅拉、格兰特夫妇的事上，甚至还有和赫尔吉·帕恩——最终，这种自欺毁了她。我高中教莎士比亚的老师称此为悲剧性缺陷。

“一个伟大的目标控制了伊芙：她自己的目标。她的目标，体现为假借无私斗争的崇高名义，从赤色浪潮中拯救美国。人人都有失败的婚姻——她自己就有四次。但是她还需要不同于他人。她是明星。她要表明她也是重要的，有头脑，有力量去斗争。这个演员铁林是谁啊？我才是演员！我才是有名的那个，我拥有这名字的力量！我不是你可以随心所欲对待的弱女子。我是明星，该死！我的婚姻不是平常的失败婚姻。而是明星的失败婚姻！我失去丈夫不是因为我和女儿陷在这可怕的困境中。我失去丈夫不是因为那些下跪哀求‘我恳求你’等等。我失去丈夫不是因为他那位有颗金牙、喝得醉醺醺的妓女。应该比这更崇高些——而且我必须是无可责难的。她拒绝承认这其中人之常情的部分，把它变成夸张刺激的东西，错误，但是畅销。我因为共产主义失去了我的丈夫。

“而说到那本书真正的内容，它实际所达成的东西，伊芙一无所知。为什么对公众把铁林描绘成危险的苏联间谍特工呢？是为了让另一个共和党人入选众议院。让布赖登·格兰特进众议院，把乔·马丁放上发言人的位置。

“格兰特最终十一次当选。在国会中是位要人。卡特里娜成了共和党在华盛顿的女主人，艾森豪威尔年代里一直是社交权威之秀。对于一位满怀妒意和自负的人来说，这世上再无比决定谁坐在罗伊·科恩对面更有意义的工作了。在华盛顿晚宴的等级焦虑中，卡特里娜之对抗才能，她那种纯粹嗜血的精力，出于对权威地位的爱好——把统治阶级自己应得的甜点奖赏给他们，或者不给他们——都在此找到了……绝对统治权，我想是这个词。那女人以卡利古拉式的专横残暴，列出邀请名单。她在首都引起一阵阵震颤。在艾森豪威尔之下，后来又在布赖登的导师尼克松之下，卡特里娜凌驾华盛顿社交界，就如恐惧自身。

“一九六九年，大家突然开始猜测尼克松会在白宫给格兰特安排个位置时，这位国会议员丈夫和女主人作家妻子登上了《生活》杂志封面。不，格兰特永远成不了霍尔德曼，但是最后他也因为水门事件翻了船。把命运与尼克松联在一起，面对所有不利于他领导的证据，在众议院为他辩护，直到他辞职的那个早晨。格兰特就是因此在一九七四年落选。不过，他一开始就在效仿尼克松。尼克松有阿尔杰·希斯，格兰特有铁人。为了在政界迅速取得显要地位，他们每人都有一位苏联间谍。

“我在C-SPAN电视台上看到卡特里娜参加尼克松葬礼。格兰特已在多年前去世了，后来她也死了。她和我差不多年纪，可能大一两岁。在约巴林达市举行的葬礼上，降着半旗，国旗飘扬在棕榈树间，背景是尼克松的出生地，但卡特里娜在这里仍旧是我们的卡特里娜，她头发白了，消瘦了，但还是那个要劝人从善的人，和芭芭拉·布什、贝蒂·福特、南希·里根攀谈。生活仿佛从来没能迫使她承认丝毫她的虚荣做作，更不要说是放弃了。她仍决心做正确行为的全国权威，对执行正确事物是极端严厉。看到她在那里和我们另一位伟大的道德指路人参议员多尔交谈。她认为她说的每个词都是最重要的，在我看来，她似乎一点也没有放弃这个想法。仍然不注意缄默内省。仍旧在监察别人正直与否。毫不悔改。非常顽固，而且还炫耀这个荒谬的自我形象。你知道，愚蠢是无药可救的。这女人就是道德野心及其有害性和荒唐性的化身。

“格兰特夫妇所关心的只是如何让艾拉服务于他们的目标。而他们的目标是什么呢？美国吗？民主吗？若爱国主义成了追逐私利、自我牺牲、自我崇拜的托词……你知道，我们从莎士比亚那里知道讲述故事时对任何一个角色都不可放任你幻想的态度。我不是莎士比亚，但我还是鄙视那个受雇诽谤他人的文人和他的妻子，为了他们对我弟弟所做的事——而且做得毫不费力，支使伊芙就像支使一只狗去前门廊拿报纸。记得格洛斯特怎么说老李尔王的吗？‘国王盛怒了。’我在约巴林达看到卡特里娜·范塔索时自己就是如此盛怒。我对自己说，她什么都不是，无足轻重，一个小角色罢了。在二十世纪意识形态的恶毒事迹的辽阔历史中，她不过是扮演了小丑般的角色罢了。然而，看到她，我还是几乎难以忍受。

“不过我们第三十七任总统的整个葬礼也几乎是让人无法忍受的。海军乐队和合唱团演奏了所有让人停止思维、制造恍惚状态的歌曲：《向领袖致敬》《美国》《你是雄伟旧国旗》《共和国战争之歌》，当然还有那些让人人暂时忘记一切的麻醉剂中最激动人心的，全国的麻醉剂，《星条旗之歌》。没有任何东西比得上比利·格雷厄姆那种让人升华的讲话，裹着国旗的棺材，以及一队不同种族的抬棺军人—— 整件事随着《星条旗之歌》达到高潮，随后是猛烈的二十一响鸣炮，和葬礼号 —— 要引导大众昏厥。

“然后就由现实派来控制，他们是建立交易和中断交易的行家，以最无耻的方式破坏敌手的大师，道德因素总是最不被他们重视，他们说了所有大家熟知的不真实，全是伪善的言不由衷之词，却只字未提死者真正热爱的事物。克林顿盛赞尼克松的‘光辉历程’，他为自己的真诚所感动，对尼克松给过他的所有‘睿智的忠告’私下表示谢意。皮特 · 威尔逊市长深信不疑地对大家说，大多数人想起理查德 · 尼克松，就想起他‘杰出的智慧’。多尔和他滔滔不绝涌出的哀痛言辞，都是陈词滥调。品格高尚、思想深邃的基辛格‘博士’，用他最自命不凡的方式—— 带着泥浆般的声音的权威感 ——引用了一句其声望不输于哈姆雷特献给他被谋杀的父亲的颂词的句子来描述‘我们英勇的朋友’。‘他是个大丈夫，彻头彻尾的，我不会再看到他这样的人。’文学不是基本的现实，而是一种昂贵的装饰品，使用它的哲人自己已是满身饰品，因此他对哈姆雷特谈到那位无与伦比的国王时的双关语境毫无所知。不过，大家坐在那里，看着最后的掩饰却要维持表情严肃，承受着这种巨大压力，谁还会计较这个宫廷犹太人，因为他引用了不适宜的文学经典而在文化上失言呢？谁会去忠告他该引用的不是哈姆雷特说他父亲，而是说他叔叔克劳狄的段落呢？哈姆雷特说这位新国王、谋杀了他父亲的篡位者的段落。在约巴林达市有谁敢喊出来：'嗨，博士——引这句吧："人们将目睹邪恶之事/尽管泥土已将之淹没"？'

"谁？杰拉尔德·福特吗？我从不记得从前看到过杰拉尔德·福特像在这块墓地上如此精力集中，如此充满智慧。罗纳德·里根对着穿制服的名誉卫兵致他那个著名的礼，总是半疯狂的感觉。鲍勃·霍普坐在詹姆斯·贝克边上。伊朗反政府分子军火商阿德南·哈朔吉坐在罗纳德·尼克松旁边。窃贼G.戈登·利迪也在，傲慢的脑袋剃过。最不光彩的副总统斯皮罗·阿格纽，那张不知廉耻的暴徒的面孔。最迷人的副总统，活泼的丹·奎尔，看上去清楚得像粒钮扣。这个可怜的人费了大劲：总是呈现出有智慧的模样，却总是做不到。所有这些人在加利福尼亚的阳光和动人的微风中一起进行老一套的哀悼：被控告者与未被控告者，被判有罪者与未被判有罪者。最终，他的杰出智慧安眠在星条旗覆盖下的棺材里，不再紧抓、追寻过度的权力，他颠覆了整个国家的道德规范，制造了一场巨大的全国灾难，是美国第一个也是唯一一个从亲手挑选的继任者那里赢得对他在任期内犯下的那些破门入侵罪行全面无条件谅解的总统。

"还有范塔索·格兰特，布赖登可敬的遗孀，那位无私的公仆，陶醉于自己的重要地位，信口说个不停。整个葬礼过程中，这位无所顾忌的恶毒的人不停咕噜她对我们国家的重大损失的哀伤。她竟生在美国，真是太可惜。在这里，她只得安于做一位畅销书作家、广播界名人、华盛顿最上层的社交界女主人。

“我活过的这九十年里，见过两场夸张滑稽的葬礼，内森。第一场举行时我在场，那时我十三岁，第二场我是在电视上看的，就在三年前，八十七岁时。 这两场葬礼多少界定了我的意识生活。它们不是神秘事件，不需要有天分才能探索出它们的意义。它们只是人类自然的事件，像杜米埃一样清晰展现了人类独特的记号，无数的二元性将其本性编成人性的结。第一场葬礼是鲁索曼诺先生给那只金丝雀办的，鞋匠拿着棺材，有抬棺人，马拉的灵车，庄严地埋葬了他钟爱的吉米——而我弟弟打断了我的鼻子。第二场葬礼是他们以二十一响军炮埋葬理查德·尼克松。我只是希望在老一区的意大利人能在场，在约巴林达市，和基辛格博士、比利·格雷厄姆在一起。他们会知道如何欣赏这景象。他们听到那两个人的言辞会笑倒在地，那两人为了给那个极不纯洁的灵魂以尊严，堕落到了有损尊严的地步。

“若艾拉还活着，听到他们的话，他会再次发狂，因为这世界上事事都弄错了。”

第八章

“如今，艾拉的怒吼都对准了他自己。这场闹剧怎能破坏了他的生活？主要事物之外的所有次要的东西，奥戴同志告诫过他的一切生活中肤浅的内容。家。婚姻。家庭。情人。私通。都是中产阶级的垃圾！他为何没有像奥戴一样生活？他为何不像奥戴一样去找妓女呢？真正的妓女，值得信赖的内行，懂得规则，而不是像他的爱沙尼亚按摩师那样多嘴的外行。

“他反过来责备自己，开始为此无法安宁。他从来就不该离开奥戴，不该离开唱片厂里电气工人联合会的车间，不该到了纽约，娶了伊芙·弗雷姆，将自己夸大想象成是这位铁林先生。据艾拉自己的意见，他一离开中西部，就不该做任何他所从事过的生计。他不该有常人对经历的爱好，或是不该没有能力看到未来，不该有常人犯错误的倾向。他不该让自己追寻有着男性特点、心怀野心的人所怀的世俗目标。做一名共产党员劳动者，独自住在东芝加哥一个房间的六十瓦灯泡下——这种苦行的生活高度是他背离了的，如今他落入了地狱。

“耻辱累积起来，答案在这里。不是好像冲他丢过来一本书——这本书是丢给他的一颗炸弹。麦卡锡，你知道，他那张不存在的名单上列了有两百，或是三四百位共产党人吧，但是从寓意上来说，要有个人来代表所有这些人。阿尔杰·希斯就是最好的例子。希斯之后三年，艾拉成了另一个。而且，对一般人来说，希斯还是国务院和雅尔塔会议上的人物，远远不是普通美国人，而艾拉则属于大众文化的共产主义。在不清楚的大众想象之中，这是民主的共产党人。这是阿贝·林肯。很容易理解：阿贝·林肯是国外势力的邪恶代表，阿贝·林肯是美国二十世纪最大的卖国贼。艾拉成了共产主义的化身，对国人而言，他是个人化了的共产党人：铁林是大家的共产党卖国贼，而阿尔杰·希斯则永远不会如此。

“这位巨人是很强壮，很多方面相当不敏感。但是，堆积在他身上的诽谤，他最终也承受不了了。巨人也会被击倒。他知道他躲不过去，随着时间的逝去，他想，他永远也等不到这事了结了。他开始想，既然已揭露了他，就总会有什么东西从什么地方向他袭来。这位巨人找不到有效的应对方法，就是在这时，他崩溃了。

“我去他那里，带他回来，他和我们住在一起，后来我们再也应付不了那个情形，我把他送进纽约一家医院。头一个月，他坐在椅子里，揉膝盖、手肘，撑着肋骨疼的地方。不然就是一动不动，盯着大腿那边看，愿他自己死了。我去看他，他几乎不讲话。偶尔说一句：‘所有我想做的……’就这些。从没说下去过，声音不大。几周以来，他对我说的都是这些。有几次，他喃喃低语：‘像这样……’‘我从没计划……’不过大部分都是‘所有我想做的……’

“那个年代没有多少方法帮助精神病人。除了镇静药，就没有其他的药剂了。艾拉不肯吃。他坐在第一病区——他们称之为精神病患者区——那里有八张病床，艾拉穿着袍子、睡衣和拖鞋，一天天过去，他的外表越来越像林肯。憔悴，疲惫，像亚伯拉罕·林肯一样，满面悲伤。我去看望他，坐在他身旁，握着他的手。我想，倘若不是他与林肯这样相像，他就不会遇到这些事。要是他没为他的外表负责该有多好。

“过了四个礼拜，他们把他移到半精神病患者区，那里的病人穿着日常的衣服，接受娱乐疗法的治疗。其中有些人去打排球或者篮球，但是艾拉不行，因为他关节痛。他这顽疾已经有一年多了，也许这对他的破坏甚于那些对他的诽谤。也许毁灭艾拉的敌人正是身体的疼痛，若不是他为健康所苦，那本书就不会险些击败了他。

“是彻底的崩溃。医院很不堪。可是我们不能留他在家里。他会躺在洛兰的房间里诅咒自己，痛哭流涕：奥戴告诉过他，奥戴警告过他，奥戴在伊朗的码头上时就知道……多丽丝坐在洛兰的床边，把他拥在怀里，他恸哭。那些眼泪后面有那么大的力量。可怕。你意识不到这位大胆反抗的人体内可以积聚多少过去单纯的痛苦，他一生中一直在与世界较量，与自己的天性作斗争。这就是从他体内倾泻出来的：所有的斗争。

“有时我感到恐惧。就像战争时期在巴尔干半岛的炮击之下我的感觉。就是因为他这样高大傲慢，你有种没人能为他做任何事的感觉。我看到他那张憔悴的长脸，由于绝望、无望、失败而扭曲着，我自己就惊恐了。

“我从学校一回到家，就帮他穿上衣服；每天下午逼他剃胡子，坚持要他和我一起沿贝根街散步。那个年代美国城市的街道还不够友好吗？可艾拉却是被敌人包围。帕克剧院门口的帐篷让他害怕，卡茨曼商店橱窗里的意大利腊肠让他害怕——沙赫特曼糖果店门前有报摊，也让他害怕。他确信每份报纸上都登着他的故事，其实报界停止登载他的故事已经有好几周了。《纽约新闻报》连载伊芙书里的节选。《每日镜报》头版全是他的脸。就连严肃的《时代》杂志也抗拒不住。登了关于电波中的萨拉·伯恩哈特所受苦难的有人情味的报道，全盘相信了俄罗斯间谍那套假话。

“不过事情是这样的。人类悲剧一结束，就落到记者手里，全无新意地编成娱乐文字。也许是因为整个无理性的狂乱正冲击到我家，报上那些含沙射影的古怪细节又无一处不被我注意到，所以在我看来，麦卡锡时代开始了战后内幕小道消息的杰出成就，即它成了这个世界上最古老的民主共和国的统一信条。我们信任内幕新闻。内幕新闻即是真理，是全国的信仰。麦卡锡主义开始将不仅是严肃政治，还有所有严肃的事情都变成为娱乐，为大众观众提供消遣。麦卡锡主义是现在比比皆是的美国式缺乏思维能力在战后的首次繁荣。

“麦卡锡从来没把目的放在共产党问题上;若说没别人知道，他自己是知道的。麦卡锡在爱国运动中做样子公审的那一面，只是它戏剧性的形式。有相机拍下来，就产生了它好像是真实生活的真实性错觉。麦卡锡比他之前的任何美国政治家都明白，从事立法工作的人演起戏来效果要好得多;麦卡锡明白耻辱的娱乐价值，以及如何满足妄想狂的消遣需求。他把我们带回了我们的源头，回到了十七世纪和祖先那个年代。这个国家是这样开始的：道德耻辱是大众的娱乐。麦卡锡是演出的监制人，观点越混乱，指控越无耻，就越迷惑人，其全面乐趣就越有劲。《乔·麦卡锡的自由勇敢者》——这才是我弟弟将在其中扮演他一生最大角色的节目。

“后来不只是纽约的报纸，连泽西州的报纸也加入进来——唔，对艾拉来说这是致命的。他们只要挖掘出苏塞克斯镇上艾拉认得的无论什么人，就让他们讲。农夫，老人，这位广播明星在当地交下的朋友，一些小人物，他们都说艾拉来跟他们宣称资本主义的邪恶。他在锌镇有个怪人好朋友，那位动物标本剥制师，报界找到他，他对他们透露了惊人的内幕。艾拉无法相信。这位动物标本剥制师称艾拉如何一直蒙骗他，后来有一天艾拉带来一个年轻人，他们两个要说服他和他儿子反对朝鲜战争。对道格拉斯·麦克阿瑟将军大放恶语。用尽脏话大骂美国。

“联邦调查局对他大发威力。艾拉在那里又有名。监视你，在你的社区毁掉你的名声，找到你的邻居，让他们毁了你……我得告诉你，艾拉一直怀疑是那位动物标本剥制师告发了你。你和艾拉去了那家动物标本剥制店，不是吗？”

“是的。霍勒斯·布里克斯顿，”我说，“风趣的小个子。给了我一个鹿的脚趾作礼物。我坐了一早上，看他们给一只狐狸剥皮。”

“那么，你为那个鹿的脚趾付出了代价。看他们剥狐狸皮让你失去了富布莱特奖学金。”

我大笑起来。“你是说让他儿子也反对战争吗？他儿子是聋子。又聋又哑。什么都听不见。”

“这是麦卡锡时代——没有关系。沿路下去，艾拉在那里有个邻居，是锌矿工人，遭过一场严重的矿井事故，过去常为他工作。艾拉花了不少时间听这些人抱怨新泽西的锌矿，努力让他们转而去针对这个体制。就是这个是他邻居的人，他一直给他饭吃，那个动物标本剥制师就是要他写下所有在艾拉木屋停靠过的车的牌照号。”

“我见过遭过那场事故的人。他和我们一起吃饭，”我说道，“雷。一块石头掉在他身上，砸坏了他的头盖骨。雷蒙德·斯维克孜。他曾是战俘。雷常为艾拉干些零活。”

“我猜雷给每个人都干过零活，”默里说，“他写下艾拉家客人的车牌号码，然后由那个动物标本剥制师交给联邦调查局。最常出现的是我的车牌号，这项证据他们也用来对付我——说我去看望我的共产党间谍弟弟如此频繁，有时甚至还过夜。那里只有一个人对艾拉保持忠诚。汤米·米纳里克。”

“我见过汤米。”

“可爱的老人。没文化，但是有智慧。有骨气。一天，艾拉带洛兰到了那处矿石堆，汤米免费送给她一些东西，她回家以后就满嘴谈的都是他。汤米看到报上的新闻以后，开车到了小木屋，径直走进去。‘如果我有这勇气，’他对艾拉说，‘我自己就会做个共产党员。’

“是汤米使艾拉重新打起了精神。是汤米把他从苦思中拉出来，把他带回到这个世界上。汤米让他就坐在他身边，在矿石场上，他在那里做生意，大家都能看到艾拉在那里。汤米是镇上受人尊重的人，于是不多久，那里的人就原谅了艾拉是共产党这回事。不是全部的人，但是有大部分人都是。他们两个坐在矿石堆外一起聊天，有三四年，汤米教给艾拉所有他了解的矿物知识。后来汤米中风去世了，给艾拉留下装满矿石的地下室，艾拉就接替了汤米的工作。镇上也承认他。艾拉就坐在那里，患多发炎症的艾拉揉着疼痛的关节和肌肉，经营锌镇矿石场，直到他去世的那一天。一个夏日，在阳光下，正在卖矿石，就跪倒在地死了。”

我不知道艾拉是不是慢慢放弃了自己好辩论、固执、叛逆、需要时就不遵循常规的决心，还是在他在矿石场前卖汤米的标本时这些仍旧在他体内燃烧，高速公路对面是机械加工车间，那里有洗手间。更可能是仍在燃烧;在艾拉身上，一切都会燃烧。这世上没人比艾拉更缺少禁得住挫折感的天分，或者有谁在控制情绪上会比他还糟糕。要采取行动的怒火—— 却转而卖给孩子们五十美分一袋子的矿石。坐在那里，直到他死去，想成为完全不同的人，相信凭借他个人的特性（他的块头，敌意，他忍受的那位父亲），他注定要做个不同的人。气愤他没有改变世界的途径。受此囚禁的痛苦。他一定曾是何等地厌恶这个，现在却用它来摧毁他自己体内让自己永不停止的用之不竭的能力。

“艾拉从贝根街上回来以后，”默里说道，“走过沙赫特曼的报摊以后，回到家，他的情形比离家前还糟，洛兰受不了这个。看着她伟大的大个头叔叔，她曾和他一起唱过那首普通工人之歌：‘嘿—— 嗬!嘿—— 嗬! ’——看到他那样失去锐气，她太难以承受，于是我们不得不把他送进纽约一家医院。

“他以为他已经毁了奥戴。他确信他已经毁了所有名字和地址被记在伊芙交给卡特里娜的那两本小日记本里的人，他是对的。但是奥戴仍是他的偶像，奥戴写来的那些信，出现在伊芙书里以后，在报上被零零碎碎引述过——艾拉确认这是奥戴的末日了，由此带来的羞愧是极大的。

“我试图联系约翰尼·奥戴。我见过他。我知道他们在部队里是如何亲密。我记得在卡柳梅特城时艾拉是他的密友。我不喜欢这个人，不喜欢他的思想，不喜欢他身上融合着优越感和狡猾，他以为他是共产党员，就因此获得了道德通行证，但是我不能相信他会要艾拉对已发生的事负责。我相信奥戴会照顾好自己，相信他有原则性强的共产主义式对事物的不在意，因此是强壮坚决的，而不像艾拉结果证明不是他这样的人。我也没弄错。在绝望之中，我认为如果有谁能让艾拉恢复的话，这人就该是奥戴。

“但是我拿不到电话号码。他不再出现在加里、哈蒙德、东芝加哥、卡柳梅特城或是芝加哥的号码簿上。我照艾拉手里他最后的地址写信去，信被退了回来，信封上标着‘查无此人’。我给芝加哥的每家工会办公室都打过电话，我打电话给左翼书店，打给我能想到的每家机构，努力要找到他。就在我放弃了的时候，一天晚上，家里的电话响了，是他。

“我想干什么？我告诉他艾拉在哪里。我告诉他艾拉是什么样子了。我说如果他愿意周末到东部来，到医院去和艾拉坐坐，只要和他坐在那里，我会电汇给他火车票的钱，他晚上可以到纽瓦克和我们在一起。我不喜欢这么做，不过我要试图诱惑他来，因此我说道：‘你对艾拉的意义很大。他一直想配得上奥戴对他的欣赏。我想你可能帮得上他。’

“这个狗娘养的固执又让人无法接近，他对生活只有一种单一的压倒一切的关系，然后，他用他那种平稳清晰的方式，他的那种声音回答我。‘哎，教授，’他对我说，‘你的弟弟彻底骗了我。我一直自豪地认为我知道谁是骗子谁不是。可是这次我被骗了。党，会议——都是为他的个人野心打掩护。你弟弟利用党爬上了他的职业位置，然后他背叛了它。倘若他是个有胆量的共产主义者，他就该留在斗争所在之地，而那并不在纽约，不在格林尼治村。但是艾拉从来关心的都是人人都认为他真是个英雄。总是扮演，从没有真事。因为他个子高，他就成了林肯了吗？因为他滔滔不绝地大谈“民众，民众，民众”，这就让他成了革命者吗？他不是革命者，不是林肯，什么都不是。他不是个男子汉—— 他和其他一切事情一道，扮演一个男子汉。扮演一个伟大的人。这个人扮演了一切。他丢掉一个伪装，就成了另外一样东西。不，你弟弟没有他希望别人认为的那样正直。你弟弟不是个很忠诚的人，除了对他自己的忠诚。他是个骗子、笨蛋，他是个叛徒。出卖了他的革命同志，出卖了劳动阶级。出卖。收买。彻头彻尾是个资产阶级分子。为声名、金钱、财富和权力所引诱。还有女人，花哨的好莱坞女人。没保留丝毫他的革命理想—— 什么也没有。机会主义走狗。很可能还是机会主义暗探。你要告诉我他是偶然把那个东西留在书桌里的？还是和联邦调查局有了什么进展了，教授？真可惜他不在苏联—— 他们知道如何对付卖国贼。我不想收到他的信，我也不想见他。如果何时我真的见到他，让他小心了。告诉他无论他涂上多么厚的合理化外层，都将会有斗争流血之时。’

“就是这样。斗争流血。我甚至没要作答。谁敢对一位只是也总是纯洁的军人解释纯洁的失败呢？奥戴一生中从没有在这个人这里是这样，在那个人那里是那样，在其他的人那里又是第三个人。他没有人都有的多变不专。这位理想家比我们其他人纯洁，因为他在谁面前都是位理想家。我挂了电话。

“天知道若不是伊芙，艾拉要在半精神病患者区还要受多久的折磨。医院不欢迎访客，反正他谁也不想见，除了我和多丽丝，但是一天晚上，伊芙出现了。医生不在，护士也没多想，伊芙说自己是艾拉的妻子，护士指点她从那边沿着走廊走过来，于是她就在那里了。他看上去很憔悴，仍旧是很没有生气，几乎一句话也不讲，于是一看到他，她就哭起来。她说她是来道歉的，可是只是看到他就让她落泪了。她很抱歉，他一定不要恨她，她要是知道他恨她就会过不下去。她承受了可怕的压力，他不了解有多可怕。她不想这么做的。她尽了一切方法不这么做的……

"她把手蒙着脸，哭了又哭。最后，她告诉他我们只读了那本书的一个句子就都明白的事情。她告诉艾拉是格兰特夫妇写的，每个词句都是。

"就在那时，艾拉说话了。'你为什么让他们写呢？'他说道。'他们逼我的，'伊芙告诉他，'她恐吓我，艾拉。发疯了。她是个粗俗可怕的女人。可怕的女人。我仍旧爱着你。我来就是说这个的。请让我说吧。她不能让我停止对你的爱，永远不能。你一定要知道。''她怎样恐吓你的？'几周以来这是他第一次连续说出几个句子。'她不是只恐吓我，'伊芙说，'她也那么做了。她跟我说如果我不合作我就完了。她告诉我布赖登就会保证我再也找不到工作。我最后会穷困潦倒。我还是说不，告诉卡特里娜，不，卡特里娜，不，我不能做，我不能，不管他对我做过什么，我还是爱他……就在那时，她说如果我不

做，西尔菲德的事业从一开始就会被断送。’

“突然间艾拉又恢复了自我。他在半精神病患者区大发雷霆。一片混乱。半精神病患者还是半精神病患者，那房里的人是可以打篮球，打排球，但是他们还是很脆弱的一群人，有几个就垮了。艾拉用他最大的嗓门大声地喊叫：‘你为了西尔菲德做的？你为了你女儿的事业做的？’伊芙也开始吼叫：‘只有你才要紧！只有你！那我的孩子呢！我孩子的才能呢！’有个同屋的人喊道：‘痛打她一顿！打她啊！’另一个哭了，等医务人员来到走廊上，伊芙已趴在地板上，用力敲打着拳头尖叫：‘那我的女儿呢！’

“他们把她套进了紧身衣——那个年代是用这个的。但是没有塞住她的嘴，于是伊芙就都说了出来，说了一切。‘我对卡特里娜说：“不行，你不能破坏那样的天才。”她会毁了西尔菲德。我不能毁了西尔菲德。我知道你不能毁了西尔菲德。我无能为力。我实在是无能为力！我给了她尽可能最少的一点点。安抚她。因为西尔菲德——那样的天分！这样不对！世上有哪个母亲会让她的孩子受苦？让我的孩子为了成人的愚蠢和他们的思想态度去受罪吗？你怎能怪我呢？我有什么选择吗？你不知道我都经历了什么。你不知道任何一位母亲听到有人说“我要毁了你孩子的事业”时她会经受什么。你从没有过孩子。你一点都不了解父母和孩子。你没有父母，没有孩子，你不知道这个牺牲

都是为了什么！’

“‘我没孩子吗？’艾拉喊道。他们已经把她放上担架床，那时已经在把她抬走了，于是艾拉跟在他们后面跑，一路在走廊里大喊：‘为什么我没有孩子？因为你！因为你和你那个贪婪自私该死的女儿！’

“他们把她推走了，显然从前他们从来没有不得不对访客如此做过。他们给她用了镇静剂，把她放上精神病患者区的病床，锁起来，不让她出院。到了次日清晨，他们找到了西尔菲德，她来带她妈妈回家。是什么冲动让伊芙到了医院，她来说的话——说她是被格兰特夫妇逼迫做了这件丑事——这到底有没有一点真实性，是不是又是个新的谎言，甚至她的羞愧是不是真的，我们从没确切知道过。

“或许是的。当然可能是的。在那个年代，什么事都有可能。人在为自己的生存而斗争。倘若事情真是这样的，那么卡特里娜真是个天才，操纵人的天才。卡特里娜完全知道在何处拿住她。卡特里娜让伊芙选择她可背叛的人，而伊芙，装着无能为力的样子，选了她的无可选择之选。人是只能做自己，伊芙·弗雷姆更是如此。她成了格兰特夫妇实现其意愿的工具。她被这两个人支使，就像一名特务。”

* * *

“好了，不出几天，艾拉就进了安静病人区，再下一周就出了院，然后他真的成了……

“嗯，也许，”默里思索片刻后说道，“他只是又重获了他过去挖沟时的那种纯粹的生存方式，那是在他周围立起所有那些政治、家庭、成功和声名搭起的架子之前的，在他埋葬了那个挖沟人，戴上阿贝·林肯的帽子之前的。也许他又恢复了自我，有他自己方式的演员。艾拉不是个被打倒的优秀艺术家。艾拉只是回到了他的起点。

“‘复仇。’他对我说，”默里说，“就这样明白平静。许多囚犯和无期徒刑犯，用勺子敲着监狱栅栏的，都不能表述得比这更好。‘复仇。’以恳求的动人词句来抗辩，还有与之对称的使人不得不行动的复仇，这两者之间没有选择。我记得他缓缓揉着关节对我说他要毁了她。我记得他说：‘把她的生活丢到了那堆和她女儿相关的破烂里。再把我的生活也丢进去。这个我不能接受。这不公平，默里。有辱我的人格，默里。我是她的死敌吗？好吧，那她也是我的死敌。’”

“他毁了她了吗？”我问道。

“你知道伊芙·弗雷姆出了什么事。”

“我知道她死了。死于癌症。不是吗？在六十年代吧？”

“她死了，但不是死于癌症。记得我跟你说过的那张照片吧，艾拉从弗里德曼过去的一位女朋友寄来的邮件里拿到的，他要用来对付伊芙的那张照片？那张我撕了的照片？我该让他用的。”

“你以前这样说过。为什么呢？”

“因为艾拉用那张照片是要找个不会扼杀她的方法。他的一生都在找寻不扼杀人的途径。他从伊朗回到家乡以后，全部的生活都是在试图平息他的暴力冲动。那张照片——我没有意识到它掩饰的是什么，意味着什么。我撕掉了照片，不让他把它用作武器，他说：‘好吧，你赢了。’我就回了纽瓦克，愚蠢地以为我已有了一定成就，而在锌镇，他开始练打靶子。他那里有刀子。下一周我开车回去看他，他没试图作任何掩盖。他沉浸于狂想之中，无暇顾及掩藏。谈的全是杀人的事。‘炮火的气味，’他告诉我，‘是春药！’他绝对是着了魔。我甚至不知道他有枪。我不知道该做什么。我终于看到了他们真正的相似之处，艾拉和伊芙无望地互相连结在一起，两个灵魂间冲突不止：每人都无可救药地喜好那个一旦开始就无止境的东西。他的诉诸暴力正是她歇斯底里的癖性在男性身上的对应——是同一个瀑布，它在两性间各有其特色的显示。

“我要他把他所有的武器都给我。要么马上给我，要不我就打电话报警。‘我和你一样受过不少苦，’我告诉他，‘在家里，我受的苦比你多，因为得先由我来面对。有六年，我一个人。我什么都不知道。你以为我不了解什么是想拿起枪来打死谁吗？现在你想对她做的一切，我六岁时就想过。后来你出生了。我照顾你，艾拉。只要我在家，我就不让最糟糕的情形影响你。

“‘你不记得这个了。那时你两岁，我八岁——你知道发生了什么吗？我从没告诉过你。你要应付的屈辱已经够多了。那次我们必须搬走。那时我们还没住在工厂街上。你是个小孩子，我们住在拉科瓦那铁路线下方。在那索。那索十八街，背朝铁路。四个房间，没有灯，噪音很大。一个月租金十六美元五十美分，房东涨到十九美元，我们付不起，就被赶了出来。

“‘我们把家当搬出去以后，你知道我们的父亲做了什么吗？你和妈妈，还有我，开始把东西推到工厂街上的那两个房间去，他留在后面，待在腾空了的旧公寓里，他蹲下来，就在厨房正中间大便。我们的厨房。就在我们过去坐在桌旁吃饭的地方，正中间，有一堆他的粪便。他把它涂在墙上。不用刷子。不需要。就用手把粪便涂在墙上。上，下，侧面。他涂完了所有的房间，在厨房洗涤槽里洗了手就离开了，连门都没关。你知道随后几个月孩子们都叫我什么吗？粪墙。那个年代人人都有绰号。他们管你叫呜呜哭，叫我粪墙。这就是我们的父亲留给我这个他的大男孩、最大儿子的遗产。

“‘那时我保护了你，艾拉，现在我也要保护你。我不会让你做这个。我找到了文明的生活道路，你也找到了你的，眼下你不能又退回去。我来跟你解释一点你好像是不明白的事。你究竟为什么成了共产党。你从没想过吗？我的文明之路是书籍，大学，教学，你的则是奥戴和共产党。我从来就不接受你的途径。我反对你的途径。不过，两种途径都是正当的，都有效。可是现在发生的事，你还是不懂。他们告诉你说他们认定共产主义不是走出暴行的途径，而是以实施暴行为目的的计划。他们判定你的政治主张是有罪的，另外还判定你也是有罪的——而你还要证明他们是正确的。他们说你是罪犯，于是你就上好枪，把刀捆在大腿上。你说："千真万确我就是！炮火的气味—— 是春药！"' 内森，我把嗓子都说哑了。可是和一个满腔怒火要杀人的疯子这样讲，并不能让他安静下来。倒更让他激动了。和一个满腔怒火要杀人的疯子在一起，开始讲童年的故事，以那公寓的布置图结尾……

"哎，"默里说道，"我没告诉过你艾拉所有的事。艾拉曾经杀过一个人。就是为了这个，他孩提时就离开纽瓦克走向边远乡镇，在矿上干活。他逃走了。我把他向北带到苏塞克斯镇，那时候就是最远的极限了，但是还不至于远到我无法去查查他，帮他，让他度过那一关。我自己开车送他，给了他新名字，把他隐藏起来。吉尔 · 斯蒂芬斯。艾拉第一个新名字。

"在他认为他们在通缉他之前，他一直在矿上干活。不是警察，是黑手党。我跟你说过里奇 · 博亚尔多，他管一区的非法团伙。开那家叫维托里奥餐馆的流氓。艾拉听到风声说博亚尔多的刺客正四处找他。就在那时，他开始乘火车。"

“他做了什么？”

“艾拉用铲子杀了一个人。艾拉十六岁时杀了一个人。”

艾拉用铲子杀了一个人。“在哪里？”我说道，“怎么干的？出了什么事？”

“艾拉在小酒馆做杂工。他干这活有大约六个星期了，一天晚上，两点钟，他擦完地板，一个人走到街上，回他租的房间去。他住在梦境公园旁一条小街上，战后他们在那里建了廉租房。他在伊丽莎白大道转到米卡街上，沿着威克瓦西公园对面那条黑暗的街道，朝弗里林海森大道的方向走，这时有个人从米尔曼的热狗摊那块地方的阴影中钻出来。在那阴影外面，对着艾拉的脑袋挥出一铲子，打中了他的肩膀。

“他是艾拉退学以后工作的那伙挖沟的里面的一个意大利人。艾拉因为和他之间一直有麻烦就不挖沟了，到小酒馆去做了杂工。那是一九二九年，小酒馆开张那一年。他从底楼做起，要从杂工做到侍者。这是目标。我帮他找的这份工。那个意大利人喝醉了，猛击了他一下，艾拉从他手里抢下铲子，用铲子打落了他的牙。然后把他拖到米尔曼摊子后面漆黑的停车场里。那时候的年青人约会常在米尔曼摊子后面停车亲热，艾拉就是在那里狠狠揍了这家伙。

“这人的名字叫斯特罗洛。斯特罗洛是挖沟的那伙人里头最仇恨犹太人的。反基督的凶手，无用的犹太人……诸如此类。斯特罗洛的专长。斯特罗洛比艾拉大差不多十岁，个头也不小，差不多和艾拉一样高大。艾拉痛打他的脑袋，打到他晕了过去，就把他留在那里。他丢下斯特罗洛的铲子，回到街上，又向家里走去，但是他体内有些东西并没有平息。艾拉体内有些东西永远不会平息。他十六岁，有力气，一肚子火，浑身燥热，冒着汗，又兴奋——这事激活了他——于是他转过身回到了米尔曼摊子那边，冲着斯特罗洛的头猛击，直把他打死了。”

米尔曼的摊子是我和艾拉在威克瓦西公园散过步以后他常带我去买热狗的地方。那家小酒馆是艾拉带伊芙去和默里、多丽丝共进晚餐的地方，那晚他们刚见面。那是在一九四九年。二十年以前，他在那里杀过人。锌镇的那个小木屋——那木屋对他别有一番意义，我从没明白过。那是他的改造之地。他的隐居拘禁之地。

“博亚尔多是如何插手的？”

“斯特罗洛的兄弟在博亚尔多的那处叫城堡的饭店工作。在厨房里干活。他找到博亚尔多，告诉他出了什么事。一开始没人把艾拉和这件谋杀案联系起来，因为他已经离开了那一区。但是过了几年，他们搜寻的就是艾拉了。我怀疑是警察让博亚尔多注意上了艾拉，不过我从不能确定。我仅是知道有人到我家来问我弟弟的下落。小猫来看我。我和小猫是一起长大的。他过去在阿奎达克特保龄球馆经营掷骰赌博。在格兰德的店后面开赌场，后来被警察解散。我常和小猫在格兰德店里打台球。他得了这个绰号是因为他开头是偷猫的，和他的哥哥大猫一起蹑手蹑脚走过房顶，从窗子里进去。他们小学里就已经整晚偷猫了。有时居然来上学，就趴在课桌上睡大觉，没人敢叫醒他们。大猫是自然死亡，但小猫在一九七九年被害，真正的匪帮死法：死在他在朗布兰奇的海滨公寓里，身着浴袍，脑袋上中了三颗点三二口径手枪子弹。次日，里奇·博亚尔多对他一位密友说：‘也许这样最好——因为他太能说了。’

“小猫想知道我弟弟的下落。我告诉他我有好几年没见过我弟弟了。他对我说：‘箱子要找他。’他们叫博亚尔多‘箱子’是因为他在一区意大利人称为电话箱的地方打电话。‘为什么呢？’我问道。‘因为箱子保护我们这个地方。因为博亚尔多在人们需要时帮助他们。’这是真的。博亚尔多常四处走动，腰带扣上镶着钻石，比他们的教区牧师，那个虔诚的家伙还要受人尊重。小猫来过的事，我告诉了艾拉。又过了七年我们才再见到他，那是在一九三八年。”

“所以，他不是因为经济大萧条才坐上火车流浪的。而是因为他被人追捕。”

“知道这个会让你吃惊吗？”默里问我，“你这样崇敬的一个人？”

“不，”我说，“我不吃惊。这合乎情理。”

“这是他垮掉的一个原因。他是为了这个落得个躺在洛兰床上痛哭的下场。‘全完了。’后来为压服它而设计的生活都分崩离析。付出的努力是徒劳的。他又回到起初的混乱状态。”

“这个‘它’是什么？”

“艾拉从军队里出来后，想让自己身边有一些他不能在其面前爆发的人。他出去找寻这样的人。艾拉体内的暴虐让他害怕。他怕它又冲出来。我也怕。那么早就表现出那种暴力倾向的人——有什么东西能挡得住他？

“这就是艾拉为什么想要那个婚姻。这就是艾拉为什么想要那个孩子。这就是为什么那次堕胎摧垮了他。这就是为什么他在发现堕胎事件背后的实情那天到我家来和我们一起住。就在次日，他遇到了你。他遇到了这个男孩，他是他从未做到过的一切，有他从未有过的一切。艾拉不是在吸收你。也许你父亲这么认为，但不是如此，是你在吸收他。他到纽瓦克来的那天，堕胎那件事还很让他痛心，这时见到你，让他无法抗拒。他是个视力差、家庭残酷、没文化的纽瓦克孩子。你是个什么都有的有教养的纽瓦克孩子。你就是他的哈尔王子。你就是约翰尼·奥戴·林戈尔德——你就是这些的化身。这是你的角色，无论你知道与否。帮助他防护自己不受他的天性，他那个大块头身体内所有的力量，和所有危险的狂暴怒火的伤害。这是我一生的职责。

是很多人的职责。艾拉不是罕见的人。努力不用暴力的人吗？这就是那个‘它’。到处都是这样的人。比比皆是。”

“艾拉用铲子杀了那个人。后来呢？”我问他，“那晚是怎样的？”

“那时我不是在纽瓦克教书。那是一九二九年。还没有威克瓦西高中。我在欧文顿高中教书。我第一份工作。我在铁路线附近索伦兹伐木场旁边租了个房间。艾拉出现时是清晨四点钟左右。我住在一楼，他敲我的窗户。我出来，看了看他沾着血迹的鞋子、裤子、双手和脸，我把他带上我那辆老福特车，开走了。我不知道往哪里开。远离纽瓦克警局的地方。那时我想的是警察，不是博亚尔多。”

“他告诉你他做的事了。”

“对。你知道他还告诉过谁吗？伊芙·弗雷姆。多年以后。在追求期。他们单独同住在纽约的那年夏天。他为她神魂颠倒，他想娶她，但是他得告诉她真相，关于过去的他和他做过的最恶劣的事。倘若那把她吓走了，那就吓走吧，但是他要她知道她将得到什么—— 他曾是个野蛮的人，但这个野蛮人已经被消灭了。他说这个就跟那些改造了自我的人进行忏悔是同一个原因：这样她就能让他受此制约。那时候他不明白，也从未明白过，伊芙最需要的正是一位野蛮的人。

“伊芙隐约能够洞悉她自己，这是她的特别之处。她需要粗野的人。她要个粗野的人。有谁能更好地保护她？和一个粗野的人在一起她是安全的。这就说明了她何以会和彭宁顿共同生活了那么多年，他在外面找男孩，和他们过夜，然后从他在他书房开的特别的侧门回家。是应伊芙要求建的侧门，这样她就不用听到他在凌晨四点钟幽会回来。这就说明了她为何嫁给了弗里德曼。说明了她为之吸引的是些怎样的男性。她的感情生涯由更换粗野人构成。如果出现了一个粗野的人，她就排在头一个。她需要这个粗野人来保护她，她需要有个粗野人，以此获得她的无瑕。她的这些粗野人保证了她所珍惜的清白。在他们面前跪下来乞求对于她是最重要的。美丽与服从——她为此而生存，这是她制造灾难的关键。

“她需要这位粗野人以实践她的纯洁，而这粗野人需要的是被驯服。有谁比这位世上最娴雅的女人更能驯服他的呢？为他朋友举行的晚宴，让他收藏书籍的图书室里镶着书架，发音优美身材纤细的女演员做他的妻子，还有什么比这些更能驯服他？于是艾拉对伊芙讲了那个意大利人和铲子的事，她哭了，为他十六岁时做下的事，以及他如何为此承受苦难，如何挺了过来，如此勇敢地把自己转变成一位完美的好男人，于是他们结婚了。

“谁知道—— 也许她认为一位从前的杀人犯正是最好的，为的是另一个原因： 在一位自白过的野蛮人和谋杀犯这里，她可以安全地将这位无法加给别人的西尔菲德加在他身上。普通人会惊呼着逃离这个孩子。可是一个粗野的人呢？他就能接受。

“我头回在报上看到她在写那本书时，我想到了最糟糕的情况。你知道，艾拉甚至把那个人的名字都告诉过她。这个女人认为她被逼到困境时就会什么都说，有什么能阻止她，有什么能阻止她公然喊出来让大家都知道‘斯特罗洛’？‘斯特罗洛，斯特罗洛。我知道谁杀了挖沟的斯特罗洛！’但是我读了那本书，里面没提到那件命案。要么她从没告诉过卡特里娜和布赖登关于艾拉和斯特罗洛的事，要么她终究还是有些约束，大约知道格兰特夫妇（他们是伊芙的另一对粗野人）若知道了会如何对他，要么她是已经忘了，就像她能方便地忘却一切不愉快的事实。我从不知道是哪个原因。也许两者皆有。

“但是艾拉确信这事会暴露。全世界都会看到那晚我开车送他去苏塞克斯镇时看到的他的样子。遍身都是死人流下的血。脸上沾着他杀死的那个人的鲜血。他对我笑道——那是一个疯狂的孩子发出的咯咯的笑——‘斯特罗洛刚刚最后四处溜达了一回。’

“开始是自卫行为，他给变成了杀人的机会。他是凑巧的。自卫促成了他杀人的机会。‘斯特罗洛刚刚最后四处溜达了一回。’我弟弟对我说。他喜欢这件事，内森。

“‘那你刚做了什么，艾拉？’我问他，‘你知道吗？你刚走错了岔路。你刚犯下了最大的错误。你刚刚把一切都变成了另外一回事。都是为了什么？因为那个人攻击了你吗？你就痛打他一顿！把他打傻为止。你得胜了。你把他打成一团，以此泄火。可是你要取得彻底的胜利，你又走回去杀了他——是为了什么？因为他说了反犹太人的话吗？这就得杀了他吗？犹太历史的全部重担都落在了艾拉·林戈尔德肩上吗？胡说！你刚做了一件无法根除的事，艾拉——邪恶，疯狂，在你的生命里永远根深蒂固。你今晚做了一件永远无法更正的事。艾拉，你无法为谋杀罪公开致歉，然后就变得不要紧了。没什么能让谋杀罪不要紧的。永远不能！谋杀不只终结了一条生命——它了结了两条生命。谋杀也终结了杀人者的生命！你永远都摆脱不了这个秘密。你会带着这个秘密入土。你永远都要带着它！’

“看，有人犯了谋杀这样的罪行，我以为要出现陀思妥耶夫斯基式的现实了。我是个读书的人，是英文老师，我以为他会显示出陀思妥耶夫斯基笔下的那种心理创伤。你怎能犯下谋杀罪却毫不为之痛苦呢？那你就成了恶人了，不是吗？拉什科尼可夫杀了那个老女人，但没有在其后二十年中都没觉得什么。有拉斯柯尔尼科夫这样头脑的冷血杀手都终其一生反省其残忍。但是艾拉从来都不怎么自省。艾拉是行动机器。不论那罪行如何扭曲了拉斯柯尔尼科夫的行为……嗯，艾拉用不同的方式偿付这个损失。他为此得到的惩罚——他何等努力要让他的生活死而复生，他竭尽全力站直身子——则全然不同。

“哎，我不认为他能承受，我也从未认为我能容忍。容忍一个犯下那种谋杀罪行的弟弟吗？你可能认为我要么会与他断绝关系，要不就会逼他去自首。想到我竟能容忍一个杀过人然后只是就此压下不管的弟弟，想到我竟能认为我已经尽了对人类的义务……谋杀罪太重大了，不该如此。可是我就是这么做了，内森。我压下不提。

“然而尽管我保持了沉默，二十多年以后，一切事物的根源之根源无论如何还是要被暴露出来了。美国将看到这个残忍的杀手，亚伯拉罕·林肯帽子下真正的艾拉。美国将发现他一点也不好。

“博亚尔多要复仇。博亚尔多那时已经离开纽瓦克，住到了泽西州郊区他大本营的一座豪宅里，但这并不意味着留守一区的箱子的助手们忘却了斯特罗洛被艾拉·林戈尔德杀死的冤情。我一直害怕台球室里某个打手会抓到艾拉，黑手党会派人杀死他，特别是他成了铁林以后。你知道那晚他把我们都带到小酒馆去吃晚饭，把我们介绍给伊芙，而萨姆·泰杰拍了我们的照片，挂在门厅里吗？我真不喜欢那样！还能更糟糕吗？他怎能如此迷醉于他的变形，迷醉于他胜利地把自己重新改造成他称之为铁林的那个人？他事实上又回到了犯罪现场，他竟让自己的脸挂在那里的墙上？也许他已忘记了他是谁，他做过什么，可是博亚尔多会记得，会枪杀他。

“不过，反而是一本书做了这桩事。在这个国家，自《汤姆叔叔的小屋》出版之后，书籍没有改变过任何事情。一本陈腐的娱乐界的书，把什么都和盘托出，由两位机会主义者代写，利用了个简单的名字，伊芙·弗雷姆。艾拉甩掉了里奇·博亚尔多，但是他逃不掉范塔索·格兰特夫妇。这不是箱子派来对付艾拉的打手——这是个社会新闻专栏作家。

"我和多丽丝在一起这么多年，从未跟她说过艾拉这件事。但是那天早晨我从锌镇带回他的枪和刀子，我真想告诉她。那是大约凌晨五点，他把东西都交给了我。那天早上我直接开车回学校，那东西就在前排座位下面。那天我无法教学——无法思考。那晚无法入睡。我就是在那时几乎要对多丽丝讲了。我拿走了他的枪和刀子，可是我知道这还没有了结。不管怎么样，他都会杀了她。

"'时间不停地在转着滚着，终于来到了那一天，叫他自作自受！'这句台词，听出来了吗?《第十二夜》最后一幕。傻子费斯特对马伏里奥说的，就在费斯特唱起终场小曲前，他唱道'当初我本是小儿郎/嗨，嗬，又下雨来又刮风'，整部戏结束。这句台词我始终无法从脑中拂去。'时间不停地在转着滚着，终于来到了那一天，叫他自作自受！'这一系列密码般的收尾鼻音，层层递进玄妙卸去力道，从'不停'的硬邦邦的鼻音，经过'那一天'的平声鼻音，接入'转着滚着'，被'着'柔化了的鼻音。最后'自作自受'几个字的塞擦音和擦音。自，作，自，受。如针刺入我。韵律跃动的元音，声调潮水般涌动，将我吞没。平声让位于去声。单韵母让位于复韵母。短促的 e、i、yu，接入 ao 和 a，紧接着砰地一下，爆出四个去声的‘自作自受’。叫他自作自受。三个塞擦音，一个擦音。Zzzzzz！我开车回纽瓦克，载着艾拉的枪和刀，载着这句台词，语音织就的网，无边际的博识……我自觉已为莎士比亚的文字所窒息。

“次日下午我又出去，放学后又开车北上。‘艾拉，’我说，‘昨晚我睡不着，今天一整天我都没法教学，因为我知道你在为自己招来远远要比被列上黑名单更恐怖的事之前是不会住手的。终有一天黑名单的事会结束。这个国家甚至可能会对受到你这样对待的人作出赔偿，可是如果你因谋杀罪入了狱……艾拉，你在想什么？’

“我又花了半个晚上才搞明白，他最终告诉了我，我说：‘我要叫医院的医生来，艾拉。我要拿到法院指令。这次我要让你永远关进去。我会保证让你余生都作为精神病人关在医院里。’

“他要勒死她。还有她女儿。他要用从竖琴上取下来的琴弦勒死她们两个。他有割线器。他是说真的。他要把琴弦割下来，绕在她们的脖子上，把她们两个勒死。

“那天的次日清晨，我带着那个割线器回到纽瓦克。然而事情是没有希望的了，我知道这点。放学后，我回到家，跟多丽丝讲了发生的事，就在那时我跟她讲了那件谋杀案。我告诉她：‘我本该让他们把他关起来的。我本该把他交给警察，让法律做主的。’我告诉她，早晨我离开他时对他说：‘艾拉，她得和她那个女儿共同生活。那就是对她的惩罚，可怕的惩罚，是她自找的。’艾拉笑了。‘当然，是可怕的惩罚，’他说道，‘但是还不够可怕。’

“我和弟弟相处这么多年，那是我第一次崩溃。把一切都告诉了多丽丝，然后崩溃了。我是认真对她说的。出于一种曲解了的忠诚意识，我已经做下了错事。我看到弟弟浑身是血，我把他带上了车，那时我二十二岁，我做了错事。而现在，因为时间不停地在转着滚着，终于来到了那一天，叫他自作自受，艾拉要杀了伊芙·弗雷姆。剩下唯一能做的就是找到伊芙，告诉她离开城市，带上西尔菲德。可是我不能。我不能去找她和她的女儿，然后说：‘我弟弟准备复仇了，你最好藏起来吧。’

“我被击败了。我这辈子都在教自己面对非理性保持理性，教授我喜欢称为警醒的实事求是的态度，教我自己，我的学生，我的女儿，还试着要教给我的弟弟。我已经失败了。使艾拉去除艾拉的特性是做不到的。面对非理性保持理性也做不到。在一九二九年我已经证实了这点。到了一九五二年，我四十五岁了，但这之间的那么多年仿佛都没有什么意义。我弟弟还是满身力气，满腔的怒火，又要杀人，我又要做一次包庇犯。发生过的一切—— 他做过的一切，我们都做过的一切——以后，他又要跨越这道界线。”

“我把这个告诉多丽丝以后，她坐上车，开到了锌镇。多丽丝接手了。她有那种权威。她回来后说：‘他谁都不会杀了。’她说道，‘不要以为我不想要他杀死她。不过他是不会做了。’‘那他会做什么？’‘我们谈成了一个解决方案。他会去看他的伙计们。’‘那是什么意思？’‘他要找一些朋友帮忙。’‘你说什么？你不是说匪徒吧。’‘我说的是记者。他的记者朋友。他们会毁了她的。你别管艾拉。我来管艾拉。’

“他为何会听多丽丝的而不是我的？她是怎么说服他的？谁知道为什么？多丽丝有办法对付他。多丽丝有她自己的智慧，我把他交给了她。”

“这些记者都是谁呢？”我问道。

“政治上同路的记者，”默里说，“有很多。欣赏他这个属于人民的有真诚修养的人。艾拉在这些人这里很有影响，因为他有劳动阶级的背景。也因为他在工会的斗争。他们常到那家里，参加那些晚会。”

“他们做了吗？”

“他们把伊芙撕成了碎片。他们做了，确实。他们指出她整本书是如何捏造出来的。指出艾拉从未当过共产党。他与共产党毫无关系。

而共产党渗透广播界的阴谋则是一派离奇的谎言。这没有动摇乔·麦卡锡、理查德·尼克松或是布赖登·格兰特的信心，但是这不但可以也将会在纽约娱乐界毁掉伊芙。那是个极端自由主义的世界。想想那场面吧。每个记者都来找她，把她说的每个单词都记在笔记本里，再写在所有的报纸上。纽约广播界的大间谍团伙。其头目就是她丈夫。美国退伍军人协会注意到她，要她对他们发言。一个叫基督教十字军的组织力挺她，那是个反共产主义的宗教团体。他们在他们的月刊杂志上转载了那本书里的章节。《星期六晚邮报》上有篇赞美她的报道。《读者文摘》缩选了这本书的一部分，是他们喜欢的那些东西，这和《邮报》一起让艾拉出现在美国所有的医生和牙医的候诊室里。人人都想她和他们讲话。人人都想和她讲话，不过后来时光飞逝，就不再有记者和人买这本书，渐渐地也没人要和她讲话了。

“一开始没人质疑她。这位知名女演员外表如此纤细，以这样的不幸登场只为了把书卖出去，他们不怀疑她的水平。弗雷姆的逸闻没有激起人最好的思维。是党命令他娶她的吗？那是他做共产党员的牺牲吗？就连这个他们也毫不怀疑地接受了。任何使生命脱去其不和谐、其无意义和其杂乱的偶然性的事情，使生命简单化，以此将一切一致起来——但也将之误解了。共产党命令他去做这样的事。每件事都是党的阴谋。好像艾拉缺乏独自犯下那个过错的能力。好像艾拉需要共产国际来帮他计划一场不良婚姻。

“共产党，共产党，共产党，而美国没人有一点点概念到底是什么共产党。他们都做什么，说什么，什么样子？他们在一起时，是讲俄语、中文、意第绪语，还是世界语？他们制造炸弹吗？没人知道，这就是为何用伊芙那本书的那种方式利用威吓是如此容易。但是随后艾拉的记者就动手了，各篇文章开始出现在《国家报》《记者报》《新共和国报》上面，把她撕成碎片。她启动的那台公共机器并不总是朝着人所需要的方向转动。它有自己的方向。它必须要有。这是在美国。从你启动这台公共机器的那一刻起，除了带给所有人灾难以外，就别无其他结局。

“那些扰乱了她、最使她软弱的东西，很可能发生在艾拉回击的一开始，在她有机会搞明白出了什么事，或者别人有机会关照她、告诉她在这样一场战役中不该做什么之前。布赖登·格兰特掌握了《国家报》的攻击文章，第一轮攻击，在报纸还在试印样张的时候。格兰特为何会关心起《国家报》里写了什么？他何以会采取与对《真理报》内容不一样的态度？你还能期待他们在《国家报》写什么别的呢？但是他的秘书把样张发到伊芙那里，伊芙显然是给她的律师打了电话，告诉他她要有法官来对《国家报》发一道禁制令，阻止他们印这篇文章：里面一切都是恶毒和不实的，都是设计来毁掉她的名声、事业和名誉的谎言。但是禁制令等于新闻审查，法律上来讲法官不能如此去做。那文章出现以后，她可以告它诽谤罪，但那样就不太好了，那就太迟了，她就会已然被毁了，于是她就直接到《国家报》的办公室，要见那个作者。那人是 L.J.波德尔，《国家报》专搜集揭发丑闻诽谤的写手，杰克 · 波德尔。人们都怕他，是有理由的。但波德尔仍旧比不上手拿铲子的艾拉，虽然相去也不远。

“她走进波德尔的办公室，随后就是那个大场面，可得奥斯卡大奖的一出戏。伊芙对波德尔说那文章满篇谎言，都是恶毒的谎言，你知道最恶毒的谎言结果是什么吗？在整篇文章里头？波德尔认出她是隐秘的犹太人。他写他去过布鲁克林，揭开了实情。他说她是查娃 · 弗鲁姆金，一九〇七年生于布鲁克林的布朗斯维尔，在霍普金森和萨特两条街的街角长大，她父亲是个贫穷的移民，是房屋油漆工，油漆房屋的没文化的波兰犹太人。他说她家里没人会说英语，她父亲、母亲都不会说，就连一位哥哥和姐姐也不会。他们两个都是在伊芙之前很多年出生在过去的国家。除了查娃，他们都说意第绪语。

“波德尔甚至挖出了她第一任丈夫米勒，来自泽西州的酒店服务员的孩子，以前是海员，她十六岁时和他私奔了。他还在加利福尼亚，靠残疾补贴生活，是位退休的警察，心脏不好，有妻子，两个孩子，是个好心的老人，说起查娃来都是好话。说她过去是个美丽的女孩。有活力。是个小捣蛋鬼，信不信由你。关于她是如何和他私奔的，米勒说，他那时是个大傻蛋，不是因为她或许爱上了他，而是因为，他一直知道的，他是她走出布鲁克林所需的东西。米勒知道这一点，也同情她，他从来不曾妨碍她，他告诉波德尔，他从未回头找她要钱，就是在她成名以后也没有。波德尔甚至还拿到了几张老的快照，米勒感激地交给他这些照片（未公开他得了多少钱）。他给她看了这些照片：查娃和米勒在马利布市荒凉的海滩上，身后的太平洋浩瀚澎湃——两个漂亮健康快乐的年轻人，穿着二十年代的泳衣，强健的身体，那时他们快结婚了，也盼着结婚。这些照片最后被《机密》杂志转载。

“喏，波德尔从没真正揭发过犹太人。他自己就是个很一般的犹太人，天知道他从来没有支持过以色列。可是，这里有个人一辈子对她的出身都没说实话，如今又在说艾拉的谎话。波德尔有从布鲁克林各类老人、声称是她邻居和亲戚的人那里搜集来的证词，伊芙则说这些都是愚蠢的流言蜚语，如果他把那些愚蠢的人捏造的关于这位名人的事情当作真相来报道的话，她会起诉这家杂志，让它无法生存，起诉他个人，要他倾他所有来赔偿。

“那里有人有照相机，他走进波德尔的办公室，拍下这位昔日电影明星的照片，就是在她提醒波德尔她会对他有何举措的时候。嗯，她体内还剩余的任何一点自制都消失了，她理智的态度，虽然不过如此，也已消失尽了，她啜泣着在走廊里跑，有位总编把她带到他的办公室，让她坐下来，他说：‘你不是伊芙·弗雷姆吗？我很仰慕你。有什么麻烦吗？我能为你做什么？’她就跟他说了。‘哦，哎呀，’他说道，‘这可不行。’他让她安静下来，问她她想更改那篇报道的什么内容。她就告诉他，她是如何生在马萨诸塞州的新贝德福德，生在古老的航海世家，她的曾祖父和祖父是美国北方人一艘扬基快船的船长，虽然她自己的父母并不曾有过什么钱，她父亲是名专利律师，他去世以后，她母亲开了一家很精美的茶室，那时她还是个小女孩。那位总编对她说，他很高兴知道实情。他让伊芙放心，看着伊芙上了出租车，说他会注意，会把这个发表在杂志上。波德尔一直就在总编办公室外面，记下了伊芙的每句话。他正是如此做了：把这个放上了杂志。

“她走了以后，波德尔又重写那篇报道，插进了整件事——她到办公室来，那个大场面，她的行为。无情的老式攻城冲车的写法，他对此有非同寻常的喜欢，而且他还特别喜欢艾拉，不喜欢她。一丝不苟记下了新贝德福德故事的每个细节，以此作为报道的结尾。在波德尔之后报道此事的其他人就直接引用这部分，这成了那些反伊芙文章的另一个主题，是她吸引艾拉的又一个原因，因为艾拉不仅是名共产党，他自身还是位骄傲、观察力敏锐的犹太人，等等。他们笔下的艾拉几乎与她所描述的艾拉一样，与艾拉本人甚少有关联。这些残酷的知识分子忠于事实，写尽了这个女人的故事以后，要从任何一处找出艾拉和伊芙过去情形的任何一点可怕的真相就都需要有台显微镜才行了。

“在曼哈顿，她开始被人排斥。开始失去朋友。人家不来参加她的晚会了。没人给她打电话。没人想和她讲话。没人再相信她。她用谎言毁了她的丈夫不是吗？这说明了她的品格如何？渐渐地不再有她的工作。广播剧到了最后阶段，先是被黑名单，后来是被电视击垮，伊芙也胖了，电视界对她又不感兴趣。

“我只见她在电视上演出过两次。我相信那是她仅有的两次上电视。我们第一次在电视上看她的时候，多丽丝大吃了一惊。是愉快的吃惊。多丽丝说：‘你知道她这样的体形像谁吗？布朗克斯区特里蒙特大道的戈德堡太太。’记得《戈德堡一家》里的莫莉·戈德堡吗？和她丈夫杰克，她的孩子罗莎莉和萨米莉？菲利普·洛布。记得菲利普·洛布吗？你有没有通过艾拉见过他？艾拉带他来过我们家。菲尔在《戈德堡一家》里演爸爸杰克，演了很多年，从节目最先在广播里播出开始就演了，那是三十年代。一九五〇年，他们把他开除出这个电视节目，因为他的名字在黑名单上。菲尔·洛布找不到工作，付不了账单，没法还债。于是，在一九五五年，他住进塔夫脱酒店，吞安眠药自杀了。

“伊芙扮演的两个角色都是母亲。演得极坏。她在百老汇一直是位温和、机敏、聪明的演员，眼下她却是哭哭啼啼的，到处发作—— 很不幸，演得正是酷肖她自己。不过，到那时她一定是大部分靠自己了，没有人给她任何指导。格兰特夫妇在南方的华盛顿，也没有时间，因此她只剩下西尔菲德了。

“就是这个也不长久。一个周五的晚上，她和西尔菲德一同上了那时很流行的一个电视节目。叫《苹果与树》。记得吗？每周一次，半小时的节目，关于从父母继承某种天分、特点或职业的孩子。科学家，艺术界和娱乐界人士，运动员。洛兰喜欢看这个节目，有时候我们也和她一起看。这节目挺有趣，好玩，亲切，有时甚至很有趣味，但都是消遣性的，很轻松的娱乐节目。但是西尔菲德和伊芙做嘉宾时就不是了。她们要给公众看她们删改过的《李尔王》，西尔菲德是贡纳莉和瑞干。

“我记得多丽丝对我说：‘她都读过那些书，她也理解了。她都读过也理解了她演的那些角色。要她清醒地思考就这么难吗？何以一个如此有阅历的人却会如此不可救药地愚蠢呢？都四十多岁了，这么入世的人，却如此无知。’

我觉得有意思的是，《我嫁给了共产党人》这书她出版了，也做了宣传，却没有一次， 哪怕是顺便的，坦白承认她的恶意，一秒也没提。或许那时她已经把这书及其造成的后果都忘却了，多方便。或许这次她吐露的艾拉的事，是还没有经范塔索化扭曲过的，是格兰特夫妇插手之前、被丑化之前的样子。她这次在节目上重提旧事，却来了个大反转，令人大跌眼镜。

“伊芙在电视节目里讲的全是她与艾拉多么相爱，与艾拉在一起她多么幸福，他们的婚姻如何完全毁于艾拉万恶的共产主义信仰。想到万恶的共产主义夺走她的幸福生活， 她还哭了。我记得多丽丝起身离开电视机，过会儿回来了，坐那儿生气。后来多丽丝和我说：‘看她在电视上大哭，太让我震惊了，她就没有一点儿自制吗。随时随地哭，不能停两分钟不哭吗？她是个演员啊，老天。她就不能扮一扮她这年纪该有的样子吗？’

“于是，镜头里是这位共产党人无知的妻子在哭泣，所有看电视的人看着这位共产党人无知的妻子哭泣，然后这位共产党人无知的妻子擦了擦眼睛，每两秒钟看一眼她的女儿以求证实——不是，是求她批准——说明她和西尔菲德之间一切又都好起来，达成了和谐，过去的事情都过去了，又重建了她们过去的信任和爱。既然那位共产党已被根除，就没有比她们更亲近、更融洽的家庭了，接近于《海角一乐园》。

“每次伊芙试着对西尔菲德笑，那种拙劣地挂在脸上的微笑，试着看她，眼睛中带着那种最痛苦的试探的眼神，这眼神就是在祈求西尔菲德说一句：‘是的，妈妈，我爱你，真的。’——就是在明显地求她：‘说吧，亲爱的，哪怕只是在电视上。’——西尔菲德暴露了这把戏，她要不就是怒视她，要么居高临下地对她，要么就恼火地推翻伊芙说的每个词。有一刻就连洛兰也受不了了。这孩子突然对着电视屏幕大喊：‘给点爱吧，你们两个！’

“西尔菲德对这位挣扎着坚持下去的可怜女人没有表现出一刹那的喜爱。一点点宽容都没有，更不要说理解了。没有一点和解的举动。我不是孩子——我不谈爱不爱。我甚至也不提幸福、和谐，或者友谊。只谈调解。我看这个节目时认识到这女孩可能从来都没爱过她的母亲。因为如果你是爱的，哪怕是一点点，你也能有时想想她也不只是你的母亲。你会想到她的幸福和不幸。关心她的健康。考虑到她的孤单。想到她的疯狂。可是这女孩对此毫无想象。这个女儿对一位女人的生活是没有丝毫的了解。她有的就是‘我控诉’的态度。她就只想让她母亲在全国人面前接受审判，让她在各个方面都显得糟透了。当众磨碎妈妈的骨头。

“我永远也不会忘记那个画面：伊芙频频望向西尔菲德，仿佛她对自己和她的价值的整个看法全来自这位女儿，她就是最无情的法官，她母亲的每个过失她都想得到。你真该看看西尔菲德的那种嘲弄，轻蔑地做个怪相嘲笑她母亲，每每假笑一声以示对她的唾弃，轮到她公然这么做了。她终于有地方泄火了。在电视上让她的名人母亲上一大当。她的力量就在于她轻蔑地说：‘你这个如此为人仰慕的女人是个蠢女人。’不太宽厚。大多数孩子要到十八岁才弄清楚这些。都是极度赤裸裸显露自我的东西。在一个人生命中如此晚的阶段还保留着，你感觉其中有种性快感。那节目令你局促不安：母亲矫揉造作的无助模样跟女儿无情地胁迫她之恶毒有着相同程度的不同寻常。但是伊芙脸上的样子最恐怖。那是你想象得出的最不快乐的脸。我那时就知道她不剩什么了。她看上去是被彻底击溃了。

“最后，节目主持人提到西尔菲德即将在市政厅举行独奏会，西尔菲德就坐下来弹奏竖琴。这就是了，这就是为什么伊芙同意在电视上如此降低她自己。当然——是为了西尔菲德的事业。伊芙在公众面前为她失去的一切痛哭，而那女儿却漠不关心，照样演奏竖琴，大肆宣传她的独奏会，我想，还有比这更能比拟她们的关系的吗?

“几年以后，女儿抛弃了她。西尔菲德在她母亲沉沦下去、正最需要她的时候，发现了自己的独立。在三十岁的年纪，她确定，和中年的妈妈住在家里，妈妈还每晚都给她盖好被子，如此纠缠在一起是不利于女儿的情感幸福的。大部分孩子在十八岁或二十岁离开父母，独立生活十五、二十年，然后最终和年纪大了的父母相互协调，给他们帮帮手，可西尔菲德却宁愿是反其道而行之。她因着最新式的精神，去了法国，靠她父亲过日子。

“那时彭宁顿已经病了。几年以后他去世了。肝硬化。西尔菲德继承了那所别墅、车、猫和彭宁顿家族的财产。西尔菲德全盘接过来，包括彭宁顿英俊的意大利司机，她嫁了他。是的，西尔菲德结婚了。甚至还生了个儿子。这就是现实的逻辑。西尔菲德·彭宁顿做了母亲。她在本地小报上是个热门人物，为了一场无休止的法律纠纷，由一位知名的法国布景设计师发起——我忘了他的名字，是彭宁顿从前很稳定的一个恋人。他声称那司机是骗子，要借和她结婚谋她的财，只是最近才登场，断断续续做过彭宁顿的情人，设法伪造或是篡改了遗嘱。

“西尔菲德离开纽约去法国生活时，伊芙·弗雷姆已成了无可救药的酒鬼。不得不卖掉房子。一九六二年死在曼哈顿一间酒店房间里，死于酒醉后的昏迷，距那本书发表后十年。被人所遗忘。五十五岁。两年后，艾拉去世。五十一岁。不过，他活着时看到了她受苦。我想他是很为此高兴的。西尔菲德抛弃她，我想他也是高兴的。‘我们听了那么多的那个可爱的女儿在哪里呢？那个会来说“妈妈，我会帮你”的女儿在哪里呢？不见了！’

“伊芙去世让艾拉得到了最根本的满足，解放了这位挖沟人的享乐原则。大部分时间生活在直觉和冲动上的人，除去了所有的体面装备和一切教化人的社会意义，他就一下子喷发了，不是吗？就这样开始喷涌出来。敌人被摧毁了——还有什么更好的呢？当然，比他希望的多花了点时间。当然，这次他没能自己亲手干，没能感受到鲜血热辣辣地喷射到脸上。不过，我还是从没见过艾拉为她的去世以外的任何事如此高兴过。

“你知道她去世时他说了什么吗？和他杀死那个意大利人后我们安排他出逃的那晚说的话一样。他对我说：‘斯特罗洛刚刚最后四处溜达了一回。’三十多年来他第一次对我说出那个名字。‘斯特罗洛刚刚最后四处溜达了一回。’接着他就放声大笑起来，疯孩子那种咯咯的笑法。‘就让他们来杀了我吧’的那种笑法。我还记得，在一九二九年，他就如此挑衅地笑过。”

我扶着默里走下露台的三级台阶，带着他在黑暗中走过通往我停车地方的小路。我们开车蜿蜒行走在弯弯曲曲的山路上，经过马达马斯卡湖，开进雅典娜。我回头看时，他头靠在后面，眼睛闭着。我先是以为他睡着了，接着我想他是不是死了，是不是他回忆过艾拉所有的经历——听自己讲述过艾拉所有的经历——以后，连这位最有耐力的人也失去了继续下去的意志。接着我又回想起他在我们高中英文课课堂上朗诵的情景，他坐在桌子一角，不过没拿那吓人的黑板擦，给我们朗诵《麦克白》里的场景，扮演所有的声音，不怕戏剧性，不怕表演，文学在他的表演中显得如此有男子气概，我为之感动。我回想起听林戈尔德先生朗诵《麦克白》第四幕的结尾部分，麦克德夫自洛斯那里得知麦克白杀死了麦克德夫一家人，那是我第一次进入一种艺术的精神状态，它压倒了一切。

他读洛斯的台词："府上闯进了刺客，大嫂和幼侄都遭到了残杀……"然后是长长的沉默，麦克德夫明白了，但又无法理解，他读麦克德夫的台词——平稳，空洞，他几乎像一个孩子一般回答道——"我这几个好孩子都死了？""大嫂，侄儿们，仆人们——"林戈尔德先生/洛斯说道，"见一个杀一个。"林戈尔德先生/麦克德夫再次无语。整个班级也是如此：眼下，班级自房间里消失。一切都消失，除了接续下来的所有怀疑之词。林戈尔德先生/麦克德夫道："我的妻子也被杀了？"林戈尔德先生/洛斯道："我方才说过了。"教室墙上的大钟快要指向两点三十分。外面，一辆14路公共汽车嘎嘎地爬上政府大道山坡。第八节课和学校长长的一天还有十分钟就要结束。但是最重要的——比放学后的事甚至比未来的事都重要的——是林戈尔德先生/麦克德夫将明白了那不能理解的一刻。"他自己没有儿女。"林戈尔德先生说。他说的是谁呢？是谁没有儿女？多年以后我得知标准解释，麦克德夫指的是麦克白，麦克白是那个没有儿女的"他"。可是由林戈尔德先生读来，麦克德夫所指的“他”竟可怕地成了麦克德夫自己。“我这几个好孩子都死了？/你是说他们一个也没逃掉？……一个也没逃掉？这一窝可爱的小鸡和它们的老母鸡，一下子全给吞了？”然后是玛尔康说了，林戈尔德先生/玛尔康，仿佛为震撼麦克德夫，无情地说道：“是男儿，就该挺得住。”“要做男子汉。”林戈尔德/麦克德夫说道。

随后是那句简短的台词，由默里·林戈尔德的声音朗诵出来，在我余生中将会一百次、一千次出现：“可我是个人，不能没人之常情啊！”“十个音节，”次日林戈尔德先生对我们说，“就这么多。十个音节，五拍，五步格……九个单词，第三个音步重音自然完美地落在第五个，也是最重要的一个词上……在八个单音节词后的‘人之常情’这个词，是双音节，日常词汇中再平常不过的一个词……与其他词放在一起，在它所处的位置出现，却一道有了何等的力量！纯粹，完全——像一把铁锤！”

“可是我是个人，不能没有人之常情啊！”林戈尔德先生合上莎士比亚戏剧集那本大书，像他在每堂课结束时那样对我们说了声“再见”，就离开了房间。

我们开进雅典娜，默里睁开眼睛说：“我正和一位出众的从前的学生在一起，却一点没让他也讲一讲。也没问问他他自己的情况。”

“下次吧。”

“你为何这样一个人住在这里？你何以会接纳不了外面的世界？”

“我宁愿这样。”我说。

“不是，你听我讲时，我观察过你。我不认为你是如此。我不认为你有任何一刻失去过你旺盛的精力。你孩提时就是这样。这也是为何你能给我如此多的乐趣—— 你会留心。你仍旧如此。可是，这里有什么可留心的？无论有什么问题，你都该走出来。屈服于放弃的诱惑是不明智的。到了一定年纪，这会像其他疾病一样杀死你。你是不是真想在生命还未结束以前就把它全部消磨尽呢？小心这将自己孤绝起来的乌托邦梦想。小心这树林中一座小木屋的乌托邦梦想，它是抵抗愤怒和悲伤的绿洲。坚定不移的孤寂。艾拉的生活就是如此结束的，远在他倒地死去那天之前。”

我把车停在一条大学街道上，和他一起走上通往宿舍的小道。其时已近凌晨三点钟，所有的房间都黑着灯。默里可能是上了年纪的学生里最后离校的，那晚只有他还睡在那里。要是我当时请他住在我那里就好了。不过我也没有这个心情。让人睡在任何能听到、看到我或是闻到我的气味的地方都会打破一连串的条件作用，其形成可不是那么容易的。

“我会到泽西州去看你。”我说道。

“那你得到亚利桑那州了。我不再住在泽西州了。在亚利桑那已经很长时间了。我在上帝一位论派经营的一家教会图书会工作。不然就没什么可选的。若是有头脑的人，这不是理想的地方，但是我也有其他的问题。明天在纽约，后天飞到凤凰城。如果你要见我就要到亚利桑那来了。就是别拖啊，”他笑道，“地球转得可快着呢，内森。在我这里时间可不等人啊。”

一年年过去，我最擅长的就是和我对其感情很深的人说再见。说再见的那一刻到来之前，我通常意识不到这感情到底有多深。

“我不知怎么就认定你还住在泽西州呢。”我能想出的最没风险的感情表达也就是这样了。

“不是。多丽丝被杀以后，我离开了纽瓦克。多丽丝是被人谋杀的，内森。在我们家街对面，医院后面。我不愿离开那座城市，你知道。我不会因为它成了问题重重的黑暗贫困的城市，就离开这个我在此生活了一辈子和教了一辈子书的地方。就是在骚乱以后，纽瓦克都空了，我们还是留在勒海大道上，是留下来的唯一一家白人。多丽丝脊椎不好，还有其他的病，回到医院工作。我在南部教书。复职以后我回到威克瓦西，到那时，教书已经不是轻松的工作。过了几年，他们问我愿不愿意接管南部的英文系，那里的情形更糟。没人教得了那些黑人孩子，于是他们就让我去教。我退休前的最后十年都在那里。没法教任何人任何东西。几乎控制不了混乱状态，更不用说教学了。纪律——全部的工作就是这个。训导他们，在走廊里巡查，争吵，直到后来有个孩子冲你挥出一拳，开除学生。我一生中最难过的十年。比我被解雇时还难过。不能说这种醒悟是毁灭性的。对当时情况的真实性我有直觉。但是那经历是极具破坏力的。我们该搬走的，我们没搬，就是如此。

“但是我一辈子都是纽瓦克体系里的一个狂热分子，不是吗？老朋友对我说我是个疯子。他们那时都在郊区了。可是我怎么能逃走呢？我关心的是怎样让人来尊重这些孩子。倘若有任何机会改进生活的话，若不是在学校那又会是在何处开始呢？另外，作为教师，在任何时候应他人要求做我认为是有趣也值得的事情，我就说：‘好，我会做的。’然后我就全身心投入进去。我们仍住在勒海大道上，我到南部去，对系里的老师说：‘我们要想法引导我们的学生约束自己。’云云。

“我两次被抢。第一次被抢后我们就该搬走的，第二次后绝对是该搬走的。第二次我就在家附近，下午四点钟，三个孩子围上我，拔出一把枪。可是我们没搬。一天晚上，多丽丝正离开医院回家，你还记得吧，她要做的不过是穿过那条街道。可是，她永远也没做到。有人敲了她的头。就在艾拉杀死斯特罗洛的地方北边半英里处，有人用砖头敲破了她的头骨。为的是一个空无一物的手提包。你知道我认识到什么吗？我认识到我被骗了。这不是个我喜欢的想法，但是自那以后我心里一直存着这个念头。

“被我自己骗了，如果你想知道的话。我自己，和我所有的原则。我不能背叛弟弟，不能背叛教学，不能背叛纽瓦克的下层居民。‘不是我——我不会离开这个地方。我不出逃。我的同事尽可以随他们的便——我不离开这些黑人孩子。’于是我背叛的就是我的妻子了。我把我的选择的责任放在了他人身上。多丽丝为我的高尚公民道德付出了代价。她是我拒绝搬出那城市的牺牲者——看，这没出路可循。当你像我所努力的一样将自己从一切分明是谬见的东西—— 宗教，观念，等等之中解放出来以后，你仍旧留有关于你自己美德的迷思。这是终极幻想。为此，我牺牲了多丽丝。”

“这就够了。每个行动都导致损失，”他说，“这是这个体系的熵。”

“什么体系？”我说。

“道德体系。”

他怎么没有早点告诉我多丽丝的事呢？这种沉默是英雄行为还是承受苦难？他也有这样的遭遇。还有什么没说吗？我们可能就算坐在我的露台上谈上六百个夜晚，我也听不到那个完整的故事，关于默里·林戈尔德这位选择做一名普通高中教师的人如何未能逃脱他的时代和地域的骚乱，最终成为像他弟弟一样的历史受害者。这是美国为他计划的生存方式——是他通过思考为自己计划的，通过以批判性的思维向他父亲报复，通过面对非理性保持理性，为自己计划出来的。这就是在美国思索给他带来的东西。这就是他忠于他的理念，拒绝专横的妥协给他带来的东西。倘若有任何机会改进生活的话，若不是在学校那又会是在何处开始呢？不可救药地陷于最美好的意图，一生实在地致力于建设性的生涯，如今却成了幻象，还有那些不再站得住脚的规划和解答。

你在一处克制了背叛，最终却在别处背叛了。因为这不是静止的系统。因为它是活的。因为一切活着的事物都在运动中。因为纯洁是僵化的。因为纯洁是一个谎言。因为除非你是像约翰尼·奥戴和耶稣基督一样禁欲苦修的完人，不然你就会被许多事情推着。因为没有格兰特夫妇为其开路到达成功的严格正义标准，没有这关于正义的大谎言来告诉你你为何做了你所做的事，你就不得不一路一直问自己：“我为什么要做我做的事？”你就得不自觉地容忍自己。

这时，我们同时忍不住拥抱了对方。我把默里拥在怀里，感到——不只是感到——他是多么衰老。很难理解他是从何处找到六个晚上的力量，如此动情地重温了他生命中最不幸的事件。

我什么也没说，我认为不论我说什么，开车回家时都会但愿自己没说过。好像我还是他天真的学生，急于做好事，我真想对他说："你没被骗，默里。这样判断你的生活不恰当。你一定要知道不是这样的。"但是，我自己已是上了年纪的人，知道人在深入检视自己的过去时会得出什么样不乐观的结论，因此我没有说。

默里让我拥抱着他有近一分钟，突然地拍拍我的后背。他嘲笑我："和一位九十岁的老人分手，"他说道，"感情受不了啦。"

"是的。有这个原因。还有一切其他的事。多丽丝的事。洛兰的死。"我说，"艾拉。一切艾拉的事。"

"艾拉和那把铲子。因为那把铲子而强加在他自己身上的，"默里说道，"向他自己索取的、要求的一切。那些坏念头和天真的梦想。他所有的浪漫史。他热爱去做一位他不知如何去做的人。他从没找到他的生活，内森。他处处都找过了——在锌矿，唱片厂，软糖厂，工会里，激进政治活动里，广播剧表演，煽动闹事，无产阶级生活，中产阶级生活，婚姻，私情里，蛮荒状态里，文明社会里。哪里都找不到。伊芙不是嫁给了共产党人；她是嫁给了终生渴望得到自己生活的人。这就是让他愤怒困惑并毁了他的：他永远也建不起一份合宜的生活。这个人的努力都是巨大的错误。可是错误总会显露的，不是吗？"

“全是错，”我说，“你在跟我说的不就是这个吗？只有错。这世界的实质即是如此。没有人找得到他的生活。这就是生活。”

“听着。我不想越界。我不是跟你说我是赞成还是反对。我只要你来凤凰城看我的时候告诉我是怎么回事。”

“什么怎么回事？”

“你的孤独，”他说，“我记得最初，这位很热情的孩子如此期待参与生活。如今他六十五岁，一人独自住在森林中。看到你如此远离尘世，我很惊讶。你生活的这种方式很遁世。你这种修道生活只缺个唤你去静思的铃声了。很抱歉，但我还是要告诉你：你在我看来还是个年轻人呢，太年轻了，不该待在那里。你在抵挡什么呢？到底发生过什么？”

现在是我笑他了，因此我又觉得自己实在了，独立于一切，为之鼓舞，唤出了体内的遁世者。“我用心听了你的故事，这就是发生过的。再见，林戈尔德先生！”

“再见。”

* * *

我回来时，露台上亚香茅蜡烛还在铝桶里亮着，橘黄色的月亮映出低矮的房顶，除了一缕朦胧的月光，只有借着这一小盆火才看得见我的房子。我下了车，朝房子走去，火苗拉长了摇曳着，让我忆起收音机上的指示板——不比钟面大，小小的黑色数字下面泛着成熟的香蕉皮的色泽——我和弟弟不听父母的话，十点多了还没睡，听我们最喜欢的广播节目，黑暗的卧室中只看得见收音机上的指示板。我们两个躺在成对的单人床上，中间的床头柜上威风凛凛站着大教堂形状的小菲尔克牌收音机，父亲给客厅里买了爱默森牌落地式收音机后，我们就得了这台机子。收音机的音量调到了最低，但仍对我们的耳朵有着最强的吸引力。

我吹熄芳香的烛火，在露台的睡椅上躺下，体会到在夏夜的黑暗中倾听隐约可见的默里讲话，就像孩提时在卧室里听收音机，那时的我满怀壮志，要将我所有未经考验的信仰化身在故事中，在全国播出，以此来改变这世界。默里即是那收音机：发自虚无之处的声音，控制了内在的一切，故事盘旋徘徊，在空中飘浮，钻进耳朵，闭上眼那场面也清晰可见，回想过去遭遇的头脑，化作无边的星球，以之为舞台，容纳一切同族人。聆听竟可以如此深入内心！仅仅凭听来，就可以了解。有耳朵能聆听是多么神圣！仅仅凭着静坐在黑暗中倾听，就被猛力带入了一个人生活中最深层的各种错误之中，难道这至少不可算是个半神圣的现象吗？

破晓前，我一直待在露台上，躺在睡椅上，抬头望着星星。我一个人在这里的第一年，自己学会了辨认行星，主要的星体、星群，主要古老星象的布局，借着塞在《纽约时报》星期日版第二栏一角的天文观察者的地图，绘制了它们的轨道运转规律图。不久，那一大堆报纸图片里，我就只看这个了。我撕下标着“天文观察”的内含两栏的文章——在说明文字的上方，天球地平圈为一个圆形所环绕，精确显示下一周晚上十点钟星座的位置——把四磅重的其他东西都扔掉。不久，我连日报也扔了；不久，我扔掉了一切我不再愿意应付的东西，除了生活和工作所需之外的一切东西。我尽力从过去可能就连在我看来也是不太够的东西那里获得完全和丰盈，只是热烈地寓于词性之中。

如果天气不坏，夜色清朗，就寝前我会在露台上逗留十五或二十分钟，观看天象，或是打着电筒，沿着土路走上山顶的开阔草地，从那里能看到林木线上空所有的天象，星星向四面八方分布开，就在这周，木星在东方，火星在西方。这非我们信仰之力所能及，但也是个事实，不容置疑的简单事实：我们诞生，就在这里。我还有想到许多不如这个的方式来结束一天。

默里离开的那晚，我回想起孩提时被告知——小孩子因为祖父去世了睡不着觉，坚持要知道去世的人去了哪里——祖父已变成了一颗星星。母亲带我起床，下楼走到房子边的车道上，我们一起抬头望着夜空，她说那里有一颗星星就是祖父。另一颗是祖母，等等。

母亲说，人死了以后，就会升上天空，变成闪烁的星星，永远地活着。我在天上找着，说：“他是那一颗吗？”她说是的，我们就回了屋，我睡着了。

那时这种解释是讲得通的，真没想到，在这个晚上，它又是合理的了，我因为听了满脑子的故事，毫无睡意，在室外躺到天亮，想着艾拉去世了，伊芙去世了，也许除了西尔菲德还住在法国度假胜地的别墅里，七十二岁，富有的老女人，所有出现在默里对铁人之毁灭的叙述中的人如今都已不再陷于他们的时代，而是死去了，不再陷于时代为他们设下的困境。命运既不由他们时代的观念也不由我们人类的希望所决定：如今只有化学成分氢决定天命。伊芙或艾拉不再会犯错。没有背叛。没有理想主义。没有谎言。既不存在良知，也没有它之缺席。没有母亲和女儿，没有父亲和继父。没有演员。没有阶级斗争。没有歧视、私刑，或吉姆·克劳，也从来都未曾有过。没有不公正，也没有公正。没有乌托邦。没有铲子。与民间传说正相反，也没有竖琴，只有天琴座，它正巧高高挂在东方的天空中，位于银河稍偏西一点的位置，两个北斗七星的东南方。只有艾拉的星座和伊芙的星座在两千万度的高空燃烧。还有小说家卡特里娜·范塔索·格兰特的星座，国会议员布赖登·格兰特的星座，动物标本剥制师霍勒斯·布里克斯顿，矿工汤米·米纳里克，长笛手帕梅拉·所罗门，爱沙尼亚按摩师赫尔吉·帕恩，实验技师多丽丝·林戈尔德，和多丽丝那热爱她叔叔的女儿洛兰的星座。卡尔·马克思，约瑟夫·斯大林，列夫·托尔斯泰，保罗·罗伯逊，约翰尼·奥戴的星座。机尾射手乔·麦卡锡的星座。这个夜晚异常清亮，一如默里永远离开了我的那个晚上——因为这位最忠诚的兄弟，最杰出的英文教师，两个月以后死于凤凰城——站在山顶寂静的平台上，眼前是无错无碍的宇宙。你看到了那不可思议的东西：无冤无仇的壮丽景观。你亲眼看见汇集着时间的茫茫夜空，并非由人类点燃的一片星系。

星星是不可缺少的。

图书在版编目(CIP)数据

背叛/(美)菲利普·罗斯(Philip Roth)著;魏立红译.—上海:上海译文出版社,2019.11
(菲利普·罗斯全集)
书名原文:I Married a Communist
ISBN 978-7-5327-8279-6

Ⅰ.①背… Ⅱ.①菲… ②魏… Ⅲ.①长篇小说-美国-现代 Ⅳ.①I712.45

中国版本图书馆CIP数据核字(2020)第042087号

Philip Roth
I MARRIED A COMMUNIST
Copyright © 1998, Philip Roth
Simplified Chinese Edition Copyright © 2018
SHANGHAI TRANSLATION PUBLISHING HOUSE (STPH)
All Rights Reserved.

图字:09-2018-074号

背叛
[美]菲利普·罗斯 著 魏立红 译
责任编辑/吴洁静 装帧设计/胡枫

上海译文出版社有限公司出版、发行
网址:www.yiwen.com.cn
200001 上海福建中路193号
浙江新华数码印务有限公司印刷

开本890×1240 1/32 印张13.25 插页5 字数204,000
2020年4月第1版 2020年4月第1次印刷
印数:0,001—6,000册

ISBN 978-7-5327-8279-6/I·5077
定价:78.00元

本书中文简体字专有出版权归本社独家所有,非经本社同意不得转载、摘编或复制
如有质量问题,请与承印厂质量科联系。T:0571-85155604